李 香 君 画 像

秦 淮 河 畔 的 美 丽 与 哀 愁

柳如是画像

秦淮河畔的美丽与哀愁

陈圆圆画像

秦淮河畔的美丽与哀愁

董 小 宛 画 像

秦 淮 河 畔 的 美 丽 与 哀 愁

马 湘 兰 画 像

秦 淮 河 畔 的 美 丽 与 哀 愁

顾 横 波 画 像

秦 淮 河 畔 的 美 丽 与 哀 愁

卞玉京画像

秦淮河畔的美丽与哀愁

寇白门画像

秦淮河畔的美丽与哀愁

秦淮河畔的
美丽与哀愁

熊诚 ◎著

图书在版编目（CIP）数据

秦淮河畔的美丽与哀愁 / 熊诚著. ——北京：知识产权出版社，2019.5
ISBN 978-7-5130-6157-5

Ⅰ.①秦…　Ⅱ.①熊…　Ⅲ.①长篇小说—中国—当代　Ⅳ.①I247.5

中国版本图书馆CIP数据核字（2019）第044952号

内容提要

作者以严谨的创作态度，以弘扬家国情怀的价值观为创作理念，精心塑造了柳如是、李香君、马湘兰、寇白门等八位明末才女的文学形象，将才女们的家国情怀融入到脍炙人口的传奇故事中，抒写了一曲明末爱国悲歌。

责任编辑：卢媛媛　　　　　　责任印制：刘译文

秦淮河畔的美丽与哀愁
QINHUAI HEPAN DE MEILI YU AICHOU

熊诚　著

出版发行：知识产权出版社 有限责任公司	网　址：http://www.ipph.cn
电　话：010-82004826	http://www.laichushu.com
社　址：北京市海淀区气象路50号院	邮　编：100081
责编电话：010-82000860转8597	责编邮箱：luyuanyuan@cnipr.com
发行电话：010-82000860转8101/8102	发行传真：010-82000893/82005070/82000270
印　刷：三河市国英印务有限公司	经　销：各大网上书店、新华书店及相关专业书店
开　本：720mm×1000mm　1/16	印　张：19.5
版　次：2019年5月第1版	印　次：2019年5月第1次印刷
字　数：286千字	定　价：52.00元
ISBN 978-7-5130-6157-5	

出版权专有　侵权必究
如有印装质量问题，本社负责调换。

引言

秦淮八艳指的是明末清初南京秦淮河畔的八位才艺卓著的名妓。

对秦淮八艳中的顾横波、董小宛、卞玉京、李香君、寇白门、马湘兰六人最早的记载见于余怀的《板桥杂记》一书。后有人在此基础上添加了柳如是、陈圆圆，于是有了"秦淮八艳"之说。又因为秦淮八艳指的是明末清初南京秦淮河上的八个南曲名妓，故秦淮八艳又称"金陵八艳"。

历史上对"秦淮八艳"所指的八位女子，也有不同说法。

明朝遗老余怀在《板桥杂记》中记载的秦淮八艳是：柳如是、顾横波、马湘兰、陈圆圆、寇白门、卞玉京、李香君、董小宛。台湾郑经生在《董小宛之谜》一文中则将秦淮八艳中的马湘兰换成郑妥娘。王德恒、陈予一合著的《顺治与鄂妃》一书对秦淮八艳变动较大，加上了李十娘、龚之路、黄艳秋三人，去掉了马湘兰、寇白门、卞玉京。

笔者认为，《板桥杂记》的作者余怀与秦淮八艳是同时代人，又久居金陵，为秦淮河上的常客，其书中所记载的应该是比较确切的。此外，清末叶衍兰刻的《秦淮八艳图咏》、现存于董小宛与冒襄故居如皋水绘园中的"金陵八艳"，以及刘培林、张德义合著的长篇小说《秦淮名伎董小宛》中所列"秦淮八艳"之名，也与《板桥杂记》基本相同。

  本书以明末清初时期的动荡社会和朝代更迭的乱世为背景，以正史材料、野史杂记和民间传说为依据，以人文关怀和观照现实的严谨创作态度，以弘扬正能量的创作理念，以散文式的优美笔触，紧凑的结构，精心塑造了桃花传奇李香君、风骨峻秀柳如是、倾国外姬陈圆圆、艳绝风尘董小宛、痴心才女马湘兰、侠骨芳心顾横波、出尘道姑卞玉京、风流女侠寇白门八位绝色才女真实生动的文学形象，将脍炙人口的传奇故事，绘成了一幅幅栩栩如生、风华绝代、侠风义胆、慷慨激昂的壮美图卷。

  这是一部将爱情、历史与人生命运相互融合的悲情史诗般的人物传记作品，也可以说是中国版的《乱世佳人》。

目录

第一章 桃花传奇——李香君
- 第一节 眉楼香影 —— 002
- 第二节 名花折枝风流士 —— 010
- 第三节 红床暖帐爱失真 —— 017
- 第四节 魂归打鸡园 —— 023

第二章 风骨峻秀——柳如是
- 第一节 秦淮河上的花船 —— 030
- 第二节 男装女子竞风流 —— 037
- 第三节 情海生波恨掀浪 —— 058
- 第四节 相位之争 —— 065
- 第五节 千古佳话老少配 —— 072
- 第六节 汝殉国,吾殉夫 —— 077
- 第七节 取义成仁浩气存 —— 084

第三章 倾国外姬——陈圆圆
- 第一节 风尘魇梦 —— 092
- 第二节 乱世奇缘 —— 099
- 第三节 军中夜莺 —— 105
- 第四节 谦让妃位 —— 114
- 第五节 鸳鸯梦碎伴青灯 —— 120

第四章　艳绝风尘——董小宛
第一节　孤身闯金陵 ………… 126
第二节　恶缘 ………… 133
第三节　一入豪门深似海 ………… 140
第四节　愁与西风应有约 ………… 147

第五章　痴心才女——马湘兰
第一节　官家之女初长成 ………… 156
第二节　得人赏识进京城 ………… 159
第三节　人生得意须尽欢 ………… 169
第四节　遇人不淑终是祸 ………… 179

第六章　侠骨芳心——顾横波
第一节　花魁侍女 ………… 186
第二节　登徒浪子劫春色 ………… 194
第三节　阳春三月始逢君 ………… 199
第四节　"一品诰命夫人"的手帕交 ………… 209
第五节　"人妖"之殇 ………… 224

第七章　出尘道姑——卞玉京

第一节　姑苏选美女探花 ················ 232

第二节　重返金陵旧院 ················ 242

第三节　娥眉不幸狎弄月 ················ 254

第四节　别样女冠 ················ 259

第五节　逆风狭路冰弦断 ················ 264

第八章　风流女侠——寇白门

第一节　金陵第一婚 ················ 272

第二节　万金赎还恩义断 ················ 281

第三节　红粉细作 ················ 287

第四节　情劫 ················ 296

第一章
桃花传奇——李香君

她是眉楼花魁,她是琵琶之魂。
她是软香中的风骨,
她是大义与美貌兼备的一代艺伎!

她就是桃花传奇
——李香君!

第一节　眉楼香影

明末清初，江山鼎革。适逢乱世，秦淮烟柳之中亦有无数绝色女子卷入这纷纷扰扰、滚滚逝去的秦淮河中。一瓣离枝落水的桃花漂泊在这轻波潋滟、声色犬马之河。这朵桃花，便是艳名惊绝了千古的李香君。

明朝天启三年，一场大地震肆虐了江宁府（南京城）。这次地震毁了庐舍无数，人们四处逃窜，夜不敢寝，只能露宿街头。三日后，西北方又大震。城内宫殿动摇有声，铜缸之水腾波震荡，顷刻生灵涂炭。坊间有流言，这种种不祥是一个王朝气数将尽的征兆。

《明实录》载："天启三年十二月二十二日申时四刻，忽觉地震失常，令行通查府属州县有无伤损等因。当据上元、江宁、句容等县各称：地从西北方震起向东南去，墙垣动摇，屋脊梁柱俱各有声，城垣墙垛倒塌……"明清史家金日升在他的《颂天胪笔》中留下了地震时他的亲身经历："天启壬戌（癸亥）十二月二十二日，应天府申时地震，声如巨雷，两个时方止。常、镇、扬、泰州俱然，摇倒民房无数，压死多命。"《明实录》亦证实："扬州倒卸城垣三百八十余垛，城铺二十余处。""南直应天府、苏、松、凤、泗、淮、扬、滁州等处同日地震。"此次地震损失惨重，由此可见一斑。

不幸的是，李香君的两个哥哥均死于这场天灾。

明朝天启四年，苏州城阊门枫桥大明武官吴氏府邸，李香君降生了。女儿的降生令父母从丧子的悲痛中喘过一口气，然而，其母最终没能熬过病痛，不久之后就去世了。

官场险恶，祸福无常。又一场噩梦突然降临，是时香君八岁。

这一年朝政巨变，阉党一跃登上朝堂顶峰，他们的头子魏忠贤认定东林党就是一窝祸害百姓、祸害国家的奸党。香君的父亲吴氏随着东林党的失势而逐渐落魄。他因与东林党人交好，成了首批被打击的对象。在一个漆黑晦暗的夜里，香君父亲的一个至交好友冒险前来通报，言明不久朝廷就要来拿他问罪坐监，再三叮嘱香君的父亲速速离去，远遁他乡。

小香君在八岁这年遇到了一生中的第一道坎坷。无路可走的香君父亲情急之下，忍痛将她托付给南京秦淮河畔官设的眉香楼主李贞丽收养，独自亡命天涯。曾经的幸福家庭猛然破碎，如今父女骨肉分离，一别永远。而年幼的香君，就这样失去了家庭所能给她的庇护和温暖，从此独自挺立在风雨之中，听凭命运的摆布。

吴门既已消亡，香君便随养母姓李。

生意好的妓院，都不会藏在犄角旮旯里，而是在热闹繁华之地大张艳帜。

台城自古繁华，秦淮亦是多情，从唐时起就引来无数蜂蝶扑闪其中。香烟缭绕，招多少登徒浪子醉生梦死；娇娥漫舞，引无数达官贵人一掷千金。

李贞丽是一代名妓。香君能够寄身眉香楼（也称为"眉楼"）得到她的庇护，比跟随父亲亡命天涯、朝不保夕要强得多。能保全女儿的性命，是她父亲唯一的安慰了。

明末清初文人侯方域曾作《李姬传》云："李姬者名香，母贞丽。贞丽有侠气，尝一夜博，输千金立尽。所交接皆当世豪杰，尤与阳羡陈贞慧善也。姬为其养女，亦侠而慧，略知书，能辨别士大夫贤否，张学士溥、夏吏部允彝亟称之。少风调，皎爽不群。"

译过来就是："歌女姓李名香，她的养母叫贞丽。贞丽颇有侠客的风度，曾经与他人赌博，一夜之间输尽千金。她所结交的都是一些才华出众的人物，跟宜兴人陈贞慧特别要好。李香君是贞丽的养女，性格也很豪爽，而且聪明伶俐，略读点书，能辨别那些读书人和当官的是否正直贤明，张溥、夏允彝都非常称赞她。李香君年少时，风度高洁豪爽超群。"

香君的养母李贞丽，亦是一个当世奇女子。因青楼女子自小就被授以琴棋书画，兼身处风月场中，来往皆是当世豪富、风流才子，见识眼界自与寻常女子不同。李贞丽既为其中之翘楚，为人大有风月场中的义气与豪情，所交也是当世名仕才子。陈贞慧是复社的领袖之一，能承他青目，也侧面证明了李贞丽不是俗流。当时名流政客很多都与青楼女子往来，被视为风流雅事，人们也都习以为常，见多不怪。

李贞丽虽然实际上是李香君的鸨母，但并没有完全把富贵权势作为结交与评价客人的唯一标准，而是更看重他们的品德、才学。因此，李贞丽没有早早地把李香君当成商品推销给客人，而是尽心教授她诗画琴书，期望这个稚嫩的花苞早日开出一支馥郁的娇花，挣一条出路。李香君在李贞丽的调教下，变得善解人意、善揣摩他人心思，小小年纪竟悟出世间的人情冷暖，平添一份成熟与文静。

桃花开了又谢，谢了又开，转眼已经七载。

李母待香君不薄，将她作为眉香楼的花魁来悉心栽培，教她如何作画，教她如何弹琴，教她读书识字，教她做事做人，教她识人言表，更教她雪月风花和应酬礼节及赌术，以应付各种社交场面。

几年下来，在李母的培养下，李香君成为眉楼花魁。

妓院每隔一段时期便会选出一个最出色的女子，来充当门面，被当选的女子即为花魁。

作为花魁，光有美貌还不够，还要多才多艺，才能艳压群芳，独占鳌头。花魁是每间妓院的门面，借此吸引顾客天天来捧场。这些客人常常靠写诗和赠送"缠头"来表达对花魁的倾慕之情。这些人往往是豪门子弟。

虽然缠头很多，可那都是归妓院的，这个规矩历代皆然，但是再严格的规矩也有空子可钻。客人明里付给妓院的缠头，妓女是不能动的，暗地里留给妓女的小费，只要不被老鸨发现，就成了私房钱。尤其是像香君这样能给妓院带来巨额收入的花魁，鸨母管束不那么严，对她攒私房钱会睁一只眼闭一只眼。对于卖身给妓院的女人来说，她们唯一的收入就是私房钱。

花魁能攒下来的私房钱也不是小数目，几年下来，香君偷偷攒下的首饰和珠宝能值三千多两银子。

在那个年代，上等名妓如李香君、董小宛、陈圆圆、柳如是、顾横波、卞玉京、寇白门、马湘兰等人，大部分都是官妓，也叫女乐、乐伎，即音乐歌舞演艺者。官妓入的是乐籍，是有朝廷编制的，地位虽然卑贱，生活却比较优裕，当然，她们也服务于各级官僚的需要，陪吃陪喝，侍茶赋诗。花魁们是青楼中最为仙姿玉色、温婉多才的姑娘。原则上，她们并不提供性服务。有些上等妓院，见花魁是要付出大笔银子的，即便只是掀开帘子让人开一眼，也要花个天价。

但是，在当时的社会制度下，要出淤泥而不染是非常困难的。虽然行规里没有"卖艺不卖身"的说法，但是能靠"艺"吃饭，显然比只卖身的妓女有更多资本，更有地位，更有机会早日从良。花魁之于青楼群芳，便如莲花之于百花，不一定比牡丹更加娇艳，也不一定比桃花更加多情，她们更胜一筹的，只是那一缕清清白白、落落大方的风骨与傲气。明明是风月场中人，可偏偏就有那一种清白气质在里面，让人情不自禁地由衷欣赏，甚至去追求。花魁们一般也很爱惜自己的名声。在封建礼教社会，这些知书达理、才华横溢的姑娘虽然身陷泥淖，但仍然洁身自爱，渴望通过精进技艺来寻得知音，从而摆脱乐籍，所以不能以一般的观念去质疑她们对名声的重视与维护。最上等的一、二等青楼名字听起来颇文雅。由于是官设的青楼，往往叫"院"叫"馆"，或者叫"阁"。有叫"星辉阁"的，有叫"莳花院"的，有叫"鑫雅阁"的……清新脱俗，颇为风雅，光看名字还以为是卖文房四宝的。由于是官方设立，内部陈设自然是豪华气派，花魁们住的是最大最好的房间，鸨母们一般也不会打骂她们，而是给她们穿金戴银。但是等到她们年老色衰、无人问津的时候，悲惨的生活便开始了。

香君作为花魁，自然是不见普通客人。她接待的多为朝中大官，或是豪门巨富，还有闻名天下的风流才子。她与他们谈诗论文，却没有出卖肉体。她像漂浮在水中的白莲一样，高贵，优雅，有少数客人会懂得欣赏，赞叹她的风度，也不敢玷污了她的这份才情。客观地说，鸨母李贞丽为了自身利益，也会保护李香君的清白。有时个别客人出于嫉妒，会在妓院大打出手，将招牌、家具、花瓶、铜镜等统统砸个稀巴烂。鸨母李贞丽有东林之强硬后台，也不会怯弱，一准将动手的客人告上官府要求赔偿损失。

香君作为花魁，青楼里的头牌姑娘，李贞丽自是待她不薄。李贞丽为香君配置了雅致的书房和卧室，甚至还为她配了两个贴身侍奉的使唤丫头，如同大户人家养小姐一般养着她，轻易不让她出来接待客人。因此，香君对养母自然是感恩戴德。然而她有时也会怅惘，担忧自己的未来。

表面上看，她的生活可能比某些大家闺秀还要优渥。住的是亭台楼阁，穿的是绫罗绸缎，但是这些并不属于她，而是用来服务客人的道具。比如那些精致的服饰，华美的珠宝，都不过是吸引客人的手段。对于客人来说，能仔细地区分这些装束服饰，对之如数家珍，就说明他有鉴赏力，有品位，是个行家里手，也等于表明了他的上等人身份。花魁要是没有首饰珠宝，房间布置得不讲究不雅致，便会失去吸引力；而不能鉴赏这一切的顾客则会被归为不入流、不识货的下等客人，很难再跟花魁来往。卖珠宝的女商贩每隔一阵就去各大青楼推销自己的货物，她们的首饰盒里装满了昂贵的玉簪、金钗、珍珠和珊瑚头饰，供花魁们挑选。花魁手里拿的、用的也都是贵重物件，如装着铜镜子和给客人醒酒用的肉豆蔻的银匣子，象牙的扇骨，有金粉画的折扇等。

秦淮河畔上等青楼里房中的陈设也是极为讲究的。床榻几案，非云石即楠木。罗帘纱幕以外，着衣铜镜、银书画灯、百灵台、玻罩花、翡翠画、珠胎钟、高脚盘、银烟筒，红灯影里，烂然闪目，富丽堂皇，华贵典雅。

在清文人余怀的《板桥杂记》中对眉楼也有记载："嘉兴姚北若，用十二楼船于秦淮，召集四方应试知名之士百余人，每船邀名妓四人侑酒，梨园一部，灯火笙歌，为一时之盛事。先是，嘉兴沈雨若费千金定花案，江南艳称之。曲中狎客，则有张卯官笛，张魁官箫，管五官管子，吴章甫弦索，钱仲文打十番鼓，丁继之、张燕筑、沈元甫、王公远、朱维章串戏，柳敬亭说书。或集于二李家，或集于眉楼，每集必费百金，此亦销金之窟也。"

可见在当时，所谓名流雅士生活之放浪不羁与奢靡无度之风盛行。

梨花似雪草如烟，春在秦淮两岸边。

河旁的无名小花年年开了又谢，谢了又开。

李香君的名气越来越大，作为秦淮河畔的著名花魁，她不仅有过人的美貌和气质，而且还有高超绝伦的琵琶技艺。

她幼时，李贞丽就花了很多心思来教她各种技艺，曾让她从百般乐器中挑一样作为日后的傍身绝技，香君几乎想都没想，就决定选琵琶。

"何故众多乐器不挑，独独选中琵琶？"李母好奇。

"琵琶有情，非其他乐器能比哉。"香君答。

东汉经学家刘熙有云："批把本出于胡中，马上所鼓也，推手前曰'批'，引手却曰'把'，象其鼓时，因以为名。"批把，后改写为琵琶。

香君爱琵琶的另一个原因是琵琶的独立性很强，可以不需要旁的乐器来伴奏。香君也许是想到了自己无依无靠，只能独立于世的境遇，所以才对琵琶如此另眼看待吧。而且，她选琵琶也和许多人不同，她特别喜欢那种音量不是最大，但反应很灵敏、音准非常好、音色厚实的琵琶。

香君是花魁，是门面，是眉楼收入的主要来源。她的技艺越高，吸引的客人也就越多。李母当然要为她请来最好的师父，传授她琵琶琴艺，助她向更高境界迈进。

侯方域在他的《李姬传》中记载："十三岁，从吴人周如松受歌玉茗堂四传奇，皆能尽其音节。尤工琵琶词，然不轻发也。"

这段话的大意就是："十三岁那年，（香君）跟苏州艺人周如松学唱汤显祖《紫钗记》《还魂记》《南柯记》《邯郸记》四大传奇，而且能将曲调音节的细微变化尽情地表达出来。她特别擅长《琵琶记》，然而不轻易唱给别人听。"

李贞丽为她请来的师父是玉茗堂的周如松。他是一个河南人，落魄寄居在无锡，琴艺十分了得，更与李贞丽是多年的好友。听闻李贞丽提及要他教李香君弹琵琶以备日后傍身，他自是更无二言，毫无保留，悉心传授。

香君自是心灵手巧，用心去学。李贞丽严厉规定她每天必学的内容，学不好，则要挨罚。香君知道养母是为自己好，她便也勤学苦练，最终掌握了高超的演奏技巧。

除了弹琵琶，李香君还有一个更为拿手的绝艺——作画，尤爱画桃花。

香君画桃花几乎是无师自通，颇有天分。也许是自伤身世，将自己比作这仲春时节就纷纷飘落在流水中的桃花吧；也许是暗自伤悲，将自己也当成这任人采摘却不能为自己做得半分主，只能听天由命之桃花命运吧。总之，香君偏爱桃花，并许它为一生挚爱。

出局演出皆要有艺名。此时的香君得了个艺名，唤作"香扇坠"。之所以叫香扇坠这个名字，是因李香君长相娇媚，一颦一笑皆是动人，最惹人喜爱的是她那似嗔似喜的表情，眉头微微一皱，轻轻向上一扬，嘴角似笑非笑，微微翘起，总有一种楚楚动人的风情在里面。又因为李香君名字中本就带一个香字，交往的客人们有的凑趣，索性唤她"香扇坠"，一传十十传百，香扇坠的名头便传了开来，日子久了，就这么叫开了。

有苦难言，说与谁人听？一楼高台上是香君表演琵琶的地方。李贞丽笑容满面，向着四方客人矜持地欠身行礼。虽然说开门做生意，来的都是客，可客人也分三六九等，眉楼走的是高端路线，做的是上等人的生意，名声比银子更加重要。一楼有二十几张桌子，坐满了客人，多是一些身家不菲的富商与官僚。重要的、有身份的客人都在二楼包厢，这些包厢非有身份有地位的人不能进入。李贞丽以豪爽大方知风雅而闻名，所以眉楼的客人也多半是些文人雅士和复社的一些正直耿直之臣。

"铮铮铮……"琵琶声接连响起，如同雨滴滴入宁静的池塘，溅起水花，便有涟漪向四下传播开来。

一曲《琵琶行》，天涯何处觅知音。自秦朝就有的琵琶自是琴中之首，它在不被人弹奏的时候，是不是也在寂寞忧愁、自伤身世呢？当它被弹拨出一曲曲《汉宫秋月》《阳春白雪》的时候，一边受到听者的称赞，一边是不是也在心底里害怕，如果有一天音色渐渐不谐，琴弦渐渐松弛，终究会被弹拨者扔掉，丢在角落，无人问津呢？

一曲《琵琶行》弹完，香君眉头结愁，施礼后怏怏不乐地离去。

眉楼三楼闺房，刚刚离场的香君坐在窗前，眉头微蹙，满腹心事。

人言"商女不知亡国恨"，可是商女命贱如草，纵使李香君这样的花魁也战战兢兢，如履薄冰，无法把握自己的未来，这其中的苦楚又有几人能解？

此时的香君青春年少，可过了几年，当年华老去、铅华洗尽的时候，又如何能指望这些达官贵人对她有半分的怜悯？桃花一枝复一枝，时光明年复明年，过了几年，只怕又有新的花魁脱颖而出，自己只好蜷缩在角落里，默默地回忆着曾经种种的伤悲吧。

李贞丽如何不知道养女心里的苦楚，可是人能摆脱宿命的安排吗？古往今来一旦入了青楼，打入了贱籍，又如何轻易脱身？

是时已是明朝末年，大明王朝像所有即将覆灭的王朝一样，颤颤巍巍地走向自己生命的终结。此时朝政动荡，内有奸臣当道，民不聊生；外有女真进犯，劫掠无数，在这样的一个环境下，如何叫读诗书、明事理的香君不忧虑自己将来的出路？

第二节　名花折枝风流士

不久，一个学子的到来改变了香君人生的方向。这个人叫侯方域，也就是《李姬传》的作者。

此时芳龄十六岁的香君已到婚嫁的年龄，她盼望着自己尽快遇到那个如意郎君。养母虽好，但终是寄身青楼，受人轻贱。她对这种强颜欢笑的乐伎生活越来越感到厌倦。而李贞丽对养女有实实在在的疼爱和乱世中普通人的善良。她看出了香君的心思，她的心情也是非常复杂矛盾的，一方面，她希望香君找到好人家嫁了；另一方面，又不希望这一天到来，母女分离。

崇祯十二年（1639年）的秋天，正值秋闱时节，一群从四面八方赶到南京科举的学子才子们如同以往一样纷纷一头扎进青楼女子的怀抱。这一年，香君认识了侯方域。

时值二十一岁，乃为复社四公子之一的侯方域，以南京国子监生的身份参加乡试。他来南京国子监学习时日已长，对于和香君如何认识，侯方域在他的《李姬传》中有交代，然而令人不解的是，侯方域不用第一人称，而用"侯生"代指。他似乎是在刻意掩盖其与香君的爱情关系，但实际上，他与香君的关系却极为亲密与特殊，而且从他后来的诗中也证明了他与香君渊源颇深。在《李姬传》中，他却以极其平淡的语气简短记述了他与香君的关系，以及同阮大铖等人的关系。他这样说："雪苑侯方域，己卯来金陵，与相识。姬尝邀侯方域为诗，而自歌以偿之。初，皖人阮大铖者，以阿附魏忠贤论城旦，屏居金陵，为清议所斥。阳羡陈贞慧、贵池吴应箕实首其事，持之力。大铖不得已，欲侯方域为解之，乃假所善王将军，日载酒食与侯方域游。"

这段话的意思是："商丘侯方域，于崇祯十二年来到金陵，认识了李香君。她曾邀请侯方域题诗，然后自己唱曲给他听作为酬谢。当初安徽人阮大铖因奉承依附阉党魏忠贤而被判罪，削职后退居金陵，遭到正直言论的抨击。实际上首先发难的是宜兴陈贞慧、贵池吴应箕，他们对阮大铖的反击持续而有力。阮大铖不得已，想让侯方域从中斡旋，于是假借好友王将军的名义，每日送来美酒佳肴，陪同侯方域一道游玩。"

十里珠帘，华灯映水，画舫凌波，酒家林立，笙歌不绝。

"金陵有女伎李姓，能歌'玉茗堂'词，尤落落有风调。"因为眉楼端的是"清吟小班"的清流招牌。故"素性不耐寂寞"的侯公子念念不忘到眉楼寻欢作乐。

经风流复社领袖张溥介绍，不耐寂寞的侯方域急着要一睹"香扇坠"李香君的风采。在金陵女妓中，能唱全四本"玉茗堂"的人极少，故李香君名声在外，文人士子中没有不知道的。侯方域在南京结识了张溥、吴应箕、冒襄、陈贞慧、方以智等复社人士，便整日聚在秦淮楼馆，说诗论词，狎妓玩乐。从中也可以想象，他们当时在秦淮河上是如何的放浪不羁了。

侯方域怀着猎艳的心理前来，为的是见识一下久负盛名的秦淮风采。侯方域手头并不宽裕，平日里舍不得乱花钱的他交了千两见面金后，走入李香君的房间。只见室内书画古玩陈设有致，别有一番清新气息，与一般青楼迥异。李香君娇笑盈盈地请侯方域落了座，立即有侍婢送来清茶果品。侯方域被正面墙上挂着的一幅大型书画吸引住了。这是一幅"寒江晓泛图"：寒雪弥漫的清江之上，一叶孤舟荡于江心，天苍苍，水茫茫，人寥寥，好一种悠远淡泊的意境。画上还题有一首诗："瑟瑟西风净远天，江山如画镜中悬。不知何处烟波叟，日出呼儿泛钓船。"画上没有落款，料非出自名家之手。侯方域问："此画是何人大作？"

"乃小女子涂鸦之作。"李香君答。

一个年轻的青楼女子，竟然作出这般神韵的诗画，真令人刮目相看。画是李香君所作，诗也是李香君所题，文人见了，哪能不钦佩？侯即赋小诗赠李香君曰："绰约小天仙，生来十六年；玉山半峰雪，瑶池一枝莲。境院留香客，春宵月伴眠；临行娇无语，阿母在旁边。"

由此可看见，侯方域对李香君是一见钟情，但因李香君养母李贞丽在身边，他们无法亲密。一个是风流倜傥的已婚公子哥儿，一个是娇柔多情、蕙质兰心的青楼待赎欲嫁玉女。接连几次交往之后，他们便双双坠入了爱河。

能博得香君欣赏的侯方域是什么人呢？

侯方域是河南归德府商丘人，明末高官户部尚书侯恂第三子，是明末清初古文家和诗人，复社四公子之一。崇祯五年（1632年）春，十五岁的侯方域回乡参加童子试。此时明王朝内忧外患，东北边境有后金军队不断侵袭，陕西、河南、河北等地农民军蜂起，侯方域在京城与昌平之间奔走时，已经深深体会到战争一触即发的紧张气氛，心中深为忧虑。回到家乡后，侯方域顺利通过县、府、道三次考试，且三次皆位居第一。虽然他一生科举之路坎坷，并不以科第成名，但是依然可以将这次成功视为其立业之始。

这个时候，侯方域并未显露头角，十五岁时他还只是一个默默无闻的秀才，但他却经常自诩为诗文高手，可谓意气风发，不可一世。宋荦《侯方域传》称其："性豪迈不受羁束，素性不耐寂寞，方域倜荡任侠使气，好大言，颇以经济自诩。遇人不肯平面视；然一语合，辄吐出肺肝，誉之不容口，振友人之阨，能不吝千金；然亦喜睚眦报复，时扞文纲。"大意是说其人豪放不羁，好讲大话吹牛，性格傲慢，讲义气，出手阔绰，政治上野心勃勃。但也睚眦必报，心胸狭窄。

此时侯方域的名声尚未远扬，对手却出现了。他就是历史上臭名昭著的阮大铖。

崇祯五年（1632年），阮大铖在家乡结中兴社，成为中兴社领袖，与张溥、杨廷枢、夏允彝、陈子龙等人领导的复社相对抗。

崇祯六年（1633年）春，十六岁的侯方域已经中了秀才，在祖父侯执蒲的安排下，侯方域与东平知州常维翰第三个女儿完婚。妻常氏年长侯方域一岁。侯方域与妻子的关系没有什么"浪漫"，诗文中也无赠妻之作，二人关系平淡无奇。

侯方域从小就爱玩，喜欢凑热闹，幼时祖父管教严厉，他依然偷偷跑去听戏，常"携季弟逸出，选伎征歌"。长大后依然不耐寂寞，风流成性，热衷于参加当地的各种聚会，经常很晚归来。

从《李姬传》对香君的感情描写也可看出来，他对香君的淡漠、动摇、始乱终弃，在人品上与冒襄（冒辟疆）极似。但是《李姬传》叙写了明末秦淮名妓李香君不同于一般女子的见识与品行，才使他与李香君的情事见诸于世。

在此期间，侯方域并不出名。真正使他出名的就是和冒襄大骂阮大铖，以及他和香君的那段亲密关系。

崇祯八年（1635年）正月，高迎祥、张献忠、顺天王等十三家七十二营农民军在河南荥阳会聚结盟，推高迎祥为盟主。李自成提出的分兵定向、四路攻战的方略被采纳。洪承畴围堵失败。李自成率军往河南东部作战，先攻开封未下，便和张献忠携手进攻归德（商丘）。正月十五日农民军破凤阳，焚皇陵，明廷震动。桐城被围攻之后，阮大铖出钱守城，后来逃到南京定居。侯方域极端仇视农民起义，为躲避战乱，也来到了南京。待归德（商丘）平定后，侯方域返回故乡归德。

崇祯八年（1635年）春，农民军围攻桐城，阮大铖跑到南京居住，组织建立"群社"，继续与复社对抗，并逐渐开始图谋以军事作为东山再起的资本，终日招纳游侠，谈论兵法，引起当时南京一带的复社成员陈贞慧、吴应箕等人强烈不满。

在天启四年魏忠贤反攻东林党的过程中，阮大铖也立了一些功劳。因此这个人也有值得一提的必要。

阮大铖也算是个才子，出生安庆府怀宁一书香门第，是典型的"簪缨之后"，曾祖阮鄂为嘉靖二十三年（1544年）进士，依附奸臣严嵩与赵文华，"盗虚誉，以贪墨败"。祖父阮自崙是嘉靖四十年（1561年）举人，伯祖为嘉靖三十五年（1556年）进士，从祖阮自华与嗣父阮以鼎同中万历二十六年（1598年）进士。阮大铖生父阮以巽的科举成就最低，为廪生。

阮大铖于万历三十一年（1603年）中举，当时年仅十七，此后经历数次会试失败，于万历四十四年（1616年）与贵阳马士英等人同中会试。二人从此结识，并成为朋友。

崇祯十二年（1639年），侯方域从家乡商丘再次来到南京，以太学生身份到南京国子监读书时才与当时参加乡试的复社成员陈贞慧、吴应箕、冒襄等人结识，并凭借其父亲侯恂的名望成为复社少壮派的领袖人物之一。

侯方域后来到宜兴给吴应箕遗集写的《楼山堂集序》中称："余交吴子（吴应箕），岁在己卯。"可见侯方域是在崇祯十二年与复社领袖吴应箕认识，并与陈贞慧、冒襄等人成为莫逆之交。

而此时，危机也在悄然迫近阮大铖。究其原因，是东林党官员在承办"钦定逆案"时，将阮大铖列为魏忠贤余党。阮大铖避居老家安庆，后来到南京蛰居，并在库司坊买下豪宅，又在城郊祖堂山修建别墅。他一方面招纳游侠，另一方面又结复社，养了一套完整的戏班子，与马士英打得火热，还请张岱、文震孟、范景文等名士到场看戏，与他们游宴唱和。而且他的戏园子，只演他自己创作的《燕子笺》《春灯谜》等传奇剧。

阮大铖除了有文学才情，还能导会演，曾在自己创作的《勘蝴蝶双金榜》（又称《双金榜》）传奇剧中出任主角。该剧影射了东林党与东厂之间的斗争，其目的无非是为自己被"斥居金陵"做无罪辩护而已。但其时，阮大铖已被陈贞慧与吴应箕为首的复社成员排斥，甚至暴打。侯方域因为当时没有在其中，因此，他对反阮并不积极。刚好这时陈贞慧、吴应箕作《留都防乱公揭》抨击阮大铖。阮大铖选侯方域作为结交的目标，完全是由于侯方域父亲的身份，正因为侯方域与《留都防乱公揭》的起草无任何关系，阮大铖才希望侯方域能够充当中间人。通过侯方域调解他与陈贞慧、吴应箕等人的关系。

原来，当年魏忠贤等人权势达到顶峰之时，无数人争相攀附，从内阁、六部到四方总督、巡抚，全都有其死党任职其中。魏忠贤一统朝政，大肆捕杀东林党人，毁天下书院，榜东林党人姓名于天下。侯方域的父亲侯恂及叔叔侯恪都榜上有名。

阮大铖作为原来的东林党成员，却变节转投阉党，因此许多复社人鄙视阮大铖。由于担心东林党人反击，阮大铖仅当了不到一个月的吏科给事中就请辞回安庆了。这件事情，可以看出阮大铖首鼠两端、两面三刀的圆滑性格。阮大铖行事谨慎，凡事为自己留后路。他每次拜访魏忠贤之后，都要贿赂门卫，将自己的名刺（拜访时通报姓名用的名片）收回，这样可以避免将来魏忠贤倒台时自己被清算。果然后来魏忠贤倒台，人们无法获得他拜访魏忠贤的书面证据。

侯公子的父亲侯恂，曾是户部尚书，和阮大铖同朝为官，低头不见抬头见，关系也不错。据侯方域自己说，父亲侯恂对阮大铖的才华很是欣赏。后来侯恂因贪污军饷下狱南京。不久，阮大铖与侯方域却因为李香君而结仇。

原因是已看上香君的侯方域一心想梳拢香君，但遇到了经济上的困难，算来他与李香君已经相识有半个多月了，却因无钱梳拢而迟迟无法得愿。

李香君韶华年纪，经过了这么多年身不由己的生活，第一次觉得自己找到了可以托付一生的书生，心中甜蜜而踏实。在遇到侯方域前，她觉得自己的未来如同寒水上覆盖的一层薄冰，一旦失足，便坠入这彻骨寒冷的死水之中，再无脱身之日。幸好此时，她得遇侯方域。仿佛是一抹强烈的阳光，照耀在这亘古彻寒的死水之上，仿佛一瞬间，就将这森森寒气驱走，留下一片温暖的土地。而侯方域对李香君的欣赏，在很大程度上是顺应了当时江南文人社会对艺妓文化的一种潮流。

深知自己当年得罪了东林党，几度想法弥补但不奏效的阮大铖，此时，想通过侯方域来调解他与陈贞慧、吴应箕等复社领导人的关系。

阮大铖自从魏忠贤倒台以后就没好日子过，成了过街老鼠人人喊打，喊声最大的是复社的陈贞慧、吴应箕等复社领导人。陈贞慧视阮大铖为斯文败类，简直唯恐他不死，那份《留都防乱公揭》，丝毫不给他立足之地。连阮大铖参加孔子的祭奠也被他纠结众儒生上前一顿群殴，打得阮大铖鼻青脸肿落荒而逃。

阮大铖与侯方域叔父有过泛泛之交。当他打听到复社名士侯方域看中了名妓李香君，又因李香君养母李贞丽和陈贞慧有深交，便通过好友王将军，经常邀侯方域吃吃喝喝进行拉拢。李香君年纪虽然最小，但在眉楼里性子最烈，最敢做敢当。李香君不愿与阮大铖这种人交往，每次都拒绝阮大铖的邀请。

当得知侯方域想梳拢李香君，但手头缺少银子时，阮大铖觉得机会来了，便把一大包银子交给王将军，让他赠送侯方域。可能王将军当时没有告诉银两是阮大铖的，只说借的，而且侯方域要在短期内筹集这么多钱，也是一件难事。侯方域为一己私欲，瞒着李香君收下了这笔钱。

第三节　红床暖帐爱失真

就在李香君以为终于抓住了这束带给她无限希望和憧憬的阳光时，她却尴尬地发现，她对于这束阳光似乎寄予了太高的期望。

在当时，如果某位客人钟情哪个风月场所的女人，就一定要出资举办一个隆重的仪式。这个仪式算是对女人的一种尊重，然后再给老鸨一笔重金。这个妓女就可以专门为这一个男人服务了，这就称为"梳拢"。不过，要出多少钱，则是根据女子的身价来决定的。李香君技艺傍身，是属于身价很高的花魁，并且像她那样的地位，梳拢的时候必然会邀请大批有头有脸的雅士参加。最上等青楼的梳拢费和赎身费是两码事，梳拢费仅为初夜付费，也有客人梳拢后无迎娶（赎身）之意。这样，被梳拢过的妓女身价就会大为掉价。

李香君是名妓，梳拢费用不是一般的数目。于是，李贞丽在梳拢仪式上说："承照眉楼历来规矩，皆为价高者得……"

"吾赠两朵金花予香君。"李贞丽话音未落，一富商才子立刻叫道。

"吾赠三朵金花予香君小姐。"二楼响起了一个声音。

按照规矩，一朵金花就是一千两银子。包厢里六七个读书人，都是复社中的有钱人，也都是侯方域的至交好友。在金陵，复社是一个特殊的存在，在读书人中影响极大。既然都知道复社四公子侯方域仰慕李香君，而且价格出得那么高，其他才子自然不会和他争。

侯方域本来就是一个风流公子哥儿，有了一大包银子，就有梳拢权了。他报出高价后，另外的富商也不再加价，四下里没了声音。李香君脸上露出了微笑。就这样，梳拢仪式很顺利地操办了下来。

从此侯方域住在了眉楼中，日日夜夜都与李香君腻在一起。眉楼的其他姐妹都在心里暗暗羡慕香君觅得了一位佳偶。

李香君当时并未想太多，只想要好好地与侯方域在一起，这便足矣。她想当然地认为，二人既然有了夫妻之实，当侯方域准备离开时，肯定会为她赎身。以侯方域的家世，给她赎身是轻而易举的。

李贞丽见一个月过去了，侯方域已参加完会考，眼看着侯方域在南京的日子已经越来越少了，可是侯方域却迟迟没有提出要为香君赎身之事，她觉得这很不正常。作为李香君的养母，她又如何不为自己养女的前途焦急不安？这时她对侯方域半信半疑。但是，她也知道在事情没有走到最后一步，一切都是未知数。

聚散无常，朝秦暮楚，在这个钱权能够买到一切的秦淮河岸边的教坊当中，仿佛很正常。李贞丽久处其中，见惯了人情冷暖，世态炎凉，自是不会像初涉情场的李香君一样，如一只义无反顾的飞蛾，决绝地冲向那明亮的烛光。

"难道他没有钱了？"李贞丽心中做过无数设想，她猜测侯方域对李香君并不是动了真情，他对李香君只是逢场作戏；她猜测也许侯方域家规甚严，侯方域恐惧家中高堂，不敢为香君赎身；她想过侯方域乃是复社出名的风流人物，只是要一红颜知己来成就一桩风流韵事，而非真心要为香君赎身。如此，李香君就太不幸了……

果不其然，几年后，侯方域在他的《梅宣城诗序》中说的一段话，证实了李贞丽的担忧与猜测。侯方域在《梅宣城诗序》中曰："昔年别君秦淮楼，冷香摇落桂华秋。冷香者，余栖金陵所与狭斜游者也。"此香就是指李香君，很明确地注明了李香君只是自己在南京所狎之妓而已。

颇有侠气的李贞丽，从一开始就暗暗知道，侯方域视香君为露水情缘，只是香君对他抱有殷切的希望。李贞丽到底还是叫来了李香君，讲了心中的种种疑惑，指明她的前途并非一片坦途。但她亦不忍心让已经被爱情冲昏头脑，每天甚是欢愉的香君又变回从前那个忧郁哀伤的女孩。

听了李贞丽的话，李香君才疑惑起来。王将军这么殷勤讨好，每日送来美酒佳肴，陪同侯方域一道游玩，究竟是为什么？王将军家中并不富裕，他从哪里弄来那么一大笔银两？面对王将军与侯方域在眉楼的大笔花销和酒宴排场，李香君心中更不安。李香君越想越觉得不对劲，于是她决定问问侯方域。对侯方域一番盘问后才知道，原来梳拢的钱是阮大铖通过王将军赠送给侯方域的一个人情。精明如阮大胡子（阮大铖绰号），他这样做的目的无非是想通过拉拢侯方域，试图出钱让侯方域为他说项，从中缓和与陈贞慧等人的关系，以化解他与复社与日俱增的矛盾冲突。

李香君对侯方域的这一做法非常不满，痛责他毫无志气。

侯方域在《李姬传》中说"姬曰：'王将军贫，非结客者，公子盍叩之？'侯方域三问，将军乃屏人述大铖意。姬私语侯方域曰：'妾少从假母识阳羡君，其人有高义，闻吴君尤铮铮，今皆与公子善，奈何以阮公负至交乎！且以公子之世望，安事阮公！公子读万卷书，所见岂后于贱妾耶？'王将军者殊怏怏，因辞去，不复通。侯方域大呼称善，醉而卧。"

译过来大意是：李香君生疑道："王将军家境清贫，不是广交朋友的人，你为什么不问一问他呢？"经侯方域再三诘问，王将军于是屏退左右，转述了阮大铖的用意。侯方域忙告诉李香君，梳拢费用是阮大铖出的。李香君私下对侯方域说："我从小跟随养母，与宜兴陈贞慧君相识，他品德高尚。还听说吴应箕君更是铁骨铮铮。而今他们跟你都十分友好，你怎能为了阮大铖而背弃这些亲朋密友呢！况且公子你出身于世家，颇负名望，怎能去结交阮大铖呢！公子读遍万卷书，你的见识难道会比不上我这样的妇道人家吗？"王将军心里颇不高兴，只得辞别而去，不再同侯公子来往。侯公子正中下怀，高高兴兴地喝酒睡觉去了。

听完事情的来龙去脉后，她对侯方域的无原则妥协很不满，又生气说："官人是何等说话？阮大铖趋附权奸，廉耻丧尽；妇人女子，无不唾骂。（若）他人攻之，官人救之，官人自处于何地也？"又说："官人之意，不过因他助俺妆奁，便要徇私废公；哪知道这几件钗钏衣裙，原放不到我香君眼里。"李香君当即气呼呼将侯方域送来的钏钗衣簪统统脱下。

李香君变卖了几件心爱的首饰，拿出多年积攒的缠头银子，又从姐妹们那里借了点钱，总算凑够了数退给了阮大铖。因为这件事，阮大铖气愤不已，看到退回来的钱，觉得自己很没有面子，受到了羞辱。侯方域与李香君自此得罪了阮大铖，成为阮的仇人。阮久欲伺机报复而不得其便。

过了许久，阮大铖的机会终于来了。

明崇祯十七年（1644年）三月，李自成攻破北京，明朝皇帝自缢身亡。同年五月，福王朱由崧在南京即位，建立弘光政权。明末主要的党争则发生在东林党和阉党之间，二者的斗争贯穿整个天启年间，前可追溯到万历，后可延续到崇祯初期，最后以崇祯皇帝逼死魏忠贤、阉党崩溃，宣告东林党取得阶段性的胜利而告终。但是没想到，风水轮流转，阮大铖之前对马士英的那笔"投资"非常成功。曾经马士英在明末被贬谪时，通过阮大铖的帮助才重新回到朝堂。马士英是个知恩图报之人，一直将这份恩情记在心上。几年之后，马士英因为拥立弘光皇帝登基有功而被拜为内阁首辅，当上首辅的马士英没有忘了阮大铖的恩情，不顾东林党的反对，将其启用，任命阮大铖为兵部左侍郎。两人互为臂膀，权倾一时。重新回到政治核心的阮大铖自然要对东林党人进行反扑，为自己报仇。阮大铖是阉党中人，与复社和东林党有很大的仇恨，所以在入朝之后，大肆打压和排挤东林党以及复社成员。两方争斗激烈，削弱国力，给予清廷可乘之机。

东林党开始的确是清流之辈，是一心为国、忧国忧民的党派。但是后来随着利益的诱惑和仇恨的蔓延，东林党逐渐成为陷于私利和党争而忘记国家大义的腐败党派。阮大铖和马士英开始大肆卖官，并排挤铲除东林党官僚。

不久，侯方域与其死党冒襄一同落榜。李香君在桃叶渡为侯方域设宴安慰饯行，她一身白裙怀抱琵琶款款而来，还特地唱了一曲《琵琶记》送他上路。檀口轻开，美妙的歌声犹如黄鹂在山谷鸣唱。临分别时，她对他说："公子的才华名声与文章词采都很好，和蔡邕中郎不相上下。蔡邕学问虽然不差，但难以弥补他品行上的缺陷。如今《琵琶记》里所描写的故事固然虚妄，但蔡邕曾经依附董卓，这个污点却是不可抹杀掉的。公子秉性豪爽不受约束，再加上科场失意，从此一别，相会之期实难预料，但愿你能始终自爱，别忘了我为你唱的《琵琶记》！从今以后我也再不唱它了。"

听罢李香君的话,侯方域立刻着意抚慰,并信誓旦旦向香君保证一定会着手准备为香君赎身之资。

李香君含笑抱着琵琶转身离去,消失在侯方域的视线中。对侯方域而言,能够得到李香君,何尝不是他的福分。美人恩重,而这么多天仍未提及为香君赎身,乃自己从未想过为香君赎身之事,内疚可能是有的,但稍纵即逝。

《李姬传》有载:"未几,侯方域下第。姬置酒桃叶渡,歌琵琶词以送之,曰:"'公子才名文藻,雅不减中郎。中郎学不补行,今琵琶所传词固妄,然尝昵董卓,不可掩也。公子豪迈不羁,又失意,此去相见未可期,愿终自爱,无忘妾所歌《琵琶词》也!妾亦不复歌矣!'"

恰在此时,阮大铖要逮捕侯方域。侯方域迫于搜捕之急,逃出南京。侯方域别过李香君后,即与原配常氏(明东平太守常维翰三女)至宜兴陈贞慧家避难,并以己幼女许聘陈贞慧幼子。回商丘后,侯方域再无音讯。

而李香君则洗尽铅华闭门谢客,仍抱一线希望一心等待公子归来。当时有曾当过朝廷大官的田仰,听说李香君貌美又多才,打算出资三百两银子召她"出局"至府,但李香君予以拒绝。田仰恼羞成怒,指使几名恶仆,跑到眉楼下连喊带骂。李贞丽怕事情闹得不好收拾,便劝香君看在银子的份上允为一见。李香君对养母的妥协非常生气,说:"田公宁异于阮公乎?吾向之所赞于侯公子者谓何?今乃利其金而赴之,是妾卖公子矣。"坚决不去。

此话译过来大意就是:"田仰难道与阮大铖有什么不同吗?我以往所赞赏侯公子的是什么?而今如果为贪图钱财而赴约,那是我背叛了侯公子!"她终是不肯与田仰相见。

李香君不买田仰的账,乃因这田仰是阮大铖的同僚。她是为了侯方域拒绝田大人,但可能不是为了情,而是为了义。李香君认清了这样一个事实,侯方域纵使不被阮大铖逮捕,他也不可能真心与自己长相守,更不会娶自己。当年她要侯方域拒绝阮大铖的拉拢,如果自己为了金钱去赴和阮大铖一类人物田仰的约,不是出卖了侯公子,使自己陷于不仁不义,自毁名声吗!

不管那些道义本身是多么虚无，一个青楼女子能够这样坚贞守护，都让人肃然起敬。

又过了几年，年号变成顺治，朝廷上坐着满族的皇帝。此时百废待兴，顺治皇帝要将天下英才揽入囊中。

河南商丘通向开封府的官道上，施施然走来一位赶考的士子。他眼神沉着，步履稳健，中年气象已压倒眉间鬓角，不似那些意气风发的少年。

三十三岁的侯方域终于没能忍住光耀祖宗、重振家业的念想，想再试一下科举！尽管这样，他还是仅中副榜。而当年的那个李香君，他是否还记得？

历史上，李香君与侯方域的爱情故事扑朔迷离，虚虚实实，真假莫辨，一直难有定论。

但是，真实历史上的侯方域与李香君的这段感情并未能持续多久。

在金陵时期，侯方域应该与李香君有过一段惬意的同居生活。他们相处的时间不长（在桃叶渡李香君为侯方域饯别后，他们就不再见面了），但侯方域为她立《李姬传》，可见他们的关系非同一般，也为他们的相爱在历史上留下了印记。

传说中那把著名的定情之物桃花扇，其实是不存在的。侯方域在《李姬传》二人交往的全部描述中，那把血染的扇子从未被提及。

第四节　魂归打鸡园

侯方域离开南京后不久，李香君的下落也没有文字记载。民间流传的说法却有以下几种。

第一种，李、侯两人看破红尘，携手而去，脱离尘缘。

第二种，虽然受人刁难，时局动荡，经历了许多磨难，但是最后李香君还是嫁给对李香君心生愧疚的侯方域为妾。当时李香君是隐瞒了自己歌姬的身份，在侯家过了一段极为顺畅的日子。后来侯方域变节南下，李香君因身份暴露，被侯府人赶了出来，最后郁郁而死。

第三种，李香君出家，病重离世，两个人连最后一面都没有见着。死之前，李香君知道自责的侯方域正在赶来，因此留下遗言："公子当为大明守节，勿事异族，妾于九泉之下铭记公子厚爱。"就此黯然离世。

总之，无论哪种结果，李香君都不过是抑郁地活着罢了。只是，在为生计苦苦挣扎的日子里，在某个醒来的清晨，李香君会不会记起秦淮河畔的旧时光，那个决绝不肯苟且的自己。如果能记起，她当微笑，那姿态已足够优美，至于坚守的是什么，已不是那么重要。

不过，笔者依然还是想续接一下有关李香君与侯方域流传最广的第二种传说。这也是比较合乎情理的，这也是合乎善良人们意愿的传说。

不久，阮大铖为报复侯方域，李香君被阮大铖强征入宫为弘光帝歌舞女。南京城破后，福王逃跑时被清兵抓获，皇宫失守，宫女歌姬四处逃窜。李香君趁机逃离宫廷，在一片混乱的街道上，她竟然不知自己该去往何处。她回到自己居住多年的眉楼前，只见一片火海，眼看着眉楼烧成灰烬。天下之大，何处安身！侯方域，她的爱人，又在何方！李香君只得流落于栖霞山一带。大权在握的阮大铖，大肆对东林党、复社人士进行报复，未抓到侯方域，又下令缉捕其父侯恂。于是，侯恂逃亡到安徽徽州朋友处避难。

清顺治二年，南明弘光元年（1645年）秋，对李香君心怀内疚的侯方域在栖霞山寻到李香君。经过商议，二人携手渡江北上，前往老家商丘。他们历尽艰辛，回到商丘侯府。李香君隐瞒歌伎身份，以吴氏女子、侯方域妾的身份住进西园翡翠楼。在这里，她与公婆和睦相处，与侯方域原配夫人常氏相敬如宾，姐妹相称，与侯方域鱼水情深，琴瑟和谐。

从清顺治二年（1645年）到清顺治九年（1652年）这八年时间里，李香君生活得平安、舒适。

明朝亡了，流落江南的侯方域还是想当官。顺治八年，他又参加了清朝的科举考试，不过还是连乡试都没过。屡试不中的侯方域郁闷不已，回老家便将其书房更名为"壮悔堂"，表示为自己年轻时所做诸多事后悔之意。并写了两部文集《壮悔堂文集》《四忆堂诗集》。

李香君没有子嗣。侯方域一时兴起，去到南京为香君求子，顺便寻找她的养母李贞丽。

就在侯方域去南京为香君求子、寻亲的时候，她担惊受怕的身份问题终于暴露了。公公侯恂这位孔孟之道的卫士，知道李香君曾是秦淮歌伎后，怒不可遏，令李香君滚出翡翠楼。后经人说情，才让她住到离城十五里的侯氏农庄——打鸡园。那里是一个前不着村、后不着店的荒凉村落。而此时得知李香君已身怀有孕，引起婆母和常氏夫人的同情，二人一再向侯恂求情，侯恂才勉强答应派一个小丫头去那里服侍。

侯方域在江南寻亲求子回到商丘之后，发现李香君被赶到城郊打鸡园，悲愤至极。他多次在父亲面前长跪认错，替香君辩解，说明她卖艺不卖身，请求父亲收回成命，但最终遭到的还是无情的训斥。

回到商丘的侯方域一直奉其父侯恂于南园。

明清时期，商丘称归德府。明代归德府文学成就不高，没有出现特别著名的文学家。稍有影响力的文学家主要有宋纁、沈鲤、杨东明、侯恪、张星等。

但明末清初之际，商丘文学却出现了一个繁荣兴盛时期。雪苑社是当时商丘一个重要的文学社团。

清顺治八年（1651年）秋，侯方域筑壮悔堂，整理诗文，著书立说，重建雪苑社，除他和贾开宗二人外，又有徐作肃、徐世琛、徐邻唐、宋荦四人加入，称为"雪苑六子社"。

清顺治十年（1653年）春，李香君在打鸡园生下一子，但因为自己身份低贱，孩子不能随侯方域姓侯，只能随自己本来的吴姓。孩子生下不到几个月，李香君便在郁闷绝望中含恨离开了人间。李香君何时死去没有记载，但从传说和有关史料推测，李香君当死在顺治九年底至顺治十一年间，年龄不超过31岁。坟墓埋在村东头。侯方域在痛苦与内疚中，为李香君立碑，上刻两行字：

卿含恨而死

夫惭愧终生

碑前摆一石桌，桌前立一圆形石墩，上面镌刻着"愧石墩"三个大字。侯方域生前经常去凭吊，每次他都呆呆地坐在愧石墩上，久久不忍离去。

在李香君去世仅一年后，也就是清顺治十一年（1654年）十二月十三日，年仅三十七岁的侯方域，也在忧闷中走完了自己充满惆怅悔恨的人生之路。

李香君生下的儿子，原先一直住在打鸡园，后来搬迁到离侯府南园一里路之隔的侯宅——雪苑村（侯方域号雪苑）居住。侯府一再严厉申明，无论到什么年代，李香君遗留下来的那一支人脉，都"只准口传，不准入家谱"。

因为史料不全，各派说法不一，加上年代久远，纵然有记载，也飘拂飞扬于岁月，何况青楼行当地位低微，难入正史，而野史传说轶事之类又难辨真伪。这也是作者的无力无助之处。无论如何，作者还是尽力想还原一个较为真实的李香君。

自孔尚任的《桃花扇》于清康熙三十八年（1699年）问世后，李香君闻名于世。《桃花扇》的广泛流传，在很大程度上影响了后世对于侯方域、李香君情事的正确认知。人们往往将戏剧人物与历史人物混为一谈。侯、李情事的真相如何、后续又有怎样发展，侯方域与李香君的结识究竟是惺惺相惜的性情相投，还是因为侯方域风流，只是在金陵的一段秦淮故梦，历史真实和戏剧情节给出了不同的答案。纪实传记只有客观、公正、严谨，才是对历史、对故人的尊重。

侯方域所作《梅宣城诗序》，已明证侯方域与李香君的这段所谓的爱情，只不过是风流文人的一次狎妓而已，对侯方域来说又何来坚贞的爱情？

不可否认，《桃花扇》中的许多人物和情节都是有历史依据的，但它作为艺术作品，作者在塑造人物时是允许虚构的，自然与历史真实不同，因此历史上的侯方域并不完全与《桃花扇》中的侯方域相同。

在孔尚任的《桃花扇》面世以前，没有任何关于"血溅诗扇"的蛛丝马迹。在一个文人聚集的秦淮河畔，如果发生了这样一件足以产生轰动效应的烈女壮举，应该是大街小巷津津乐道的谈资，何以没有任何一个人去关注它，去记录它？这样一个最能体现李香君性格和节操、具有悲壮色彩的壮举，为何侯方域没有写进他的《李姬传》？这显然是不正常的。可见那柄桃花扇只是孔尚任艺术虚构的一个贯穿全剧的道具，事实上是不存在的。

李香君血溅桃花扇的故事，不管是侯方域的《李姬传》，还是清初文学家余怀专门描写明末秦淮生活的《板桥杂记》，均无记载。

雪苑后六子中年龄最小的宋荦在《观〈桃花扇传奇〉漫题六绝句》中有一句："凭空撰出桃花扇，一般风流也自佳。"宋荦是侯方域最后几年隐居生涯的亲历者，他的这句诗道出了此中玄机。

宋荦，号漫堂，河南商丘人。他父亲宋权是侯方域的老师。在侯方域等人的影响下，宋荦成为"雪苑社"六子之一，康熙三十一年为江南巡抚，任职十四年。康熙皇帝四次南巡，均是宋荦、李煦、曹寅共同接待。康熙帝赐他许多贡品，并为他故里商丘西陂书写匾额，最终官至礼部尚书。

李香君高贵品格，不仅表现在她对阉党余孽马士英、阮大铖的愤慨，拒绝与之同流合污；而且还表现在她不羡金银财富，不为追求物质享受而放弃人格原则，甘守清贫，保持了高尚节操。她虽是青楼女子，与所爱的侯方域仅一月恩爱之情（一说一年），仍死守她的原则，绝不做其他男人的玩物。

如今，南京秦淮河畔，李香君故居"眉楼"矗立在钞库街中段。故居占地不太大，是唯一幸存的河厅河房建筑，背依秦淮河，靠河边还有一个小小的私家码头，当年李香君就是从那里出入画舫。

这是一栋两层的木质结构楼房，门上挂着"眉楼"的大匾，与安徽民居的格局相似，楼上楼下各有四五间房，还有一个天井。

据说这栋楼的二楼是李香君当年的生活住所。其中有一间卧室，是李香君和侯方域住过的房子。他们在这里度过了一段幸福时光。虽不知李香君真相结局到底如何，但这个女子的真性情，以及她在朝代更迭战乱之时所坚持的强烈正义感与对爱情的忠贞，放在当代的今天，依然让人肃然起敬、可歌可泣，而书写李香君的价值与意义也就在于此吧。

第二章
风骨峻秀——柳如是

她是特立独行的男装艺妓,
她是妙笔生花的诗画大家,
她是带刺的玫瑰,她是以身殉国的风骨女侠!

她就是风骨峻秀
——柳如是!

第一节　秦淮河上的花船

万历四十六年（1618年）某天未时，在浙江嘉兴一座破旧的老宅里传出一声婴儿清亮的啼哭。

母亲疲惫地靠着床沿坐起来，目不转睛地望着哭个不停的女婴，满怀惆怅。

这个女婴就是日后名震秦淮河畔的柳如是。

女婴的父亲据说是一名塾师，在女儿刚出生的时候，他为女儿取了一个好听又美丽的名字——杨云娟。这是浙江一个破落的书香门第之家为刚出生的女孩取的普通却又散发着书香气息的名字。

幼时的记忆早已模糊。云娟只隐约记得母亲说过，她的祖籍是嘉兴。那时，她的家在清太庄，那是一座豪华气派的大庄园，她的祖上世代信佛。然而，柳如是的确切身世至今扑朔迷离，一说出身朝廷御医，一说出身贫苦之家等，众说纷纭，难以考证其真伪。但作者根据明末社会环境与生活习惯推测其出身书香门第。因为大凡书画突出者，承传父母天赋基因者居多。

因为家道中落，生活难以为继，在一个细雨绵绵的秋日，看着女儿瘦骨嶙峋的小手，父母踟蹰再三，终于狠下心肠，把她卖给了扬州一个做"瘦马"生意的牙婆。是年，杨云娟五岁。

明清时期，江南一带烟花业空前繁盛，有人专门四处收养一些家境贫寒、眉目姣好的小姑娘，调教好了再卖出去。因为这些女孩长得瘦弱，所以被称为"瘦马"。养"瘦马"之风江南处处有之，而扬州"瘦马"最为有名。"瘦马"买回后按其容貌、资质分为三六九等，并根据其长相胖瘦高矮、灵巧程度授以不同技能。这些"瘦马"调教出来后，最好的往往被大户人家高价梳拢买

第二章 风骨峻秀——柳如是

去做妾，稍次一等的会被老鸨子买入青楼，更次一等的就被殷实之家挑走，领回去结婚生子，外带当半个账房先生用。、

没有忽然而至的清风，没有高远而湛蓝的天，似乎深秋的寒意就这样在细细的雨帘里开始。

苏州吴江盛泽镇靠着太湖，官船、商船，日过千帆。

盛泽镇街上，一栋青砖绿瓦、花团锦簇的气派庭院，就是盛泽名妓徐佛的归家院。这里每到夜晚就会亮起一连串的灯笼，在夜幕下散发着诱人的暧昧色调。

不到两年，七岁的柳如是就被牙婆转手卖给盛泽鸨母徐佛。徐佛见她聪明伶俐，面目姣好，便收她为养女，教她琴棋书画，教她饮酒承欢，还教她赌博并熟读当时流行的小说。柳如是诗词悟性极高，并精于歌舞弹唱。

崇祯四年（1631年）柳如是十三岁，吴江富豪周道登看中了她。周道登曾是万历年间的首辅宰相，是一个罢官归乡的老贪官。他将柳如是从归家院高价买回家，做他夫人的丫鬟。

这一年，柳如是先是惨遭周道登玷污，之后又被赶出了周家大门。

柳如是在周家只是一个婢女，其地位不仅无法与正妻相比，也还低于其他姬妾，但她还是招来了周道登妻妾的嫉妒。原本互相争风吃醋的妻妾们，拧成一股绳，联手对付柳如是。刚开始她们只是对她瞪瞪眼睛或指桑骂槐，随意调遣她服侍她们，柳如是要么敬而远之，要么予以抗拒和反击，这更加激怒了她们，大老婆唆使姬妾们向周道登告状，说柳如是与书房琴童私通。对众姬妾的说辞，周道登起初嗤之以鼻，但听多了也就信了。

柳如是与周府书房琴童确有密切交往。她在周府当婢女，与书房琴童属同一阶层，心有苦闷无处诉，孤独寂寞之时，便向这位同龄琴童说说心里话。柳如是本就略懂琴棋书画，又被琴童弹的一手好琵琶吸引，想跟他学艺，所以有共同遭遇和爱好的两人很容易说到一块。他们在一起多有言谈交往也是极自然的事。然而这成了姬妾们攻击扳倒柳如是的一个事由。此事被群妾无限放大，添油加醋，就成了大逆不道之事，况且众口铄金，柳如是有口难辩。

周道登听信了群妾的诬陷后，怒不可遏，欲将柳如是处死。当死神一步步逼近，柳如是在想什么，做什么？陈寅恪先生的《柳如是别传》没有详尽记载，但作者从柳如是机智与刚烈的性格来推测，她大概没有向周道登乞求活命。她唯一要做的是申明自己的清白，不光是为自己，也是为了保护那位无辜琴童的名誉和性命。面对死亡，柳如是在愤慨之时极有可能毫无畏惧地说出了一番慷慨激昂之话。于是，暴怒的周道登被周母劝阻而手下留情。十四岁的柳如是被赶出周家，重返养母徐佛的归家院。

从这一件事，可以看出柳如是自小就偏爱才子。

而此时的她相比同龄人，才艺更为突出。

据史学大师陈寅恪先生的《柳如是别传》所云："河东君及其同时名姝，多善吟咏，工书画，与吴越党社胜流交游，以男女之情兼诗友之谊，记载流传，今古乐道。"

柳如是爱读书，善吟诗作画，且善饮善谈，已然引得一帮真假风流名士趋之若鹜，争相前来盛泽吴江镇归家院一睹她的美貌和才艺。也是在此期间，柳如是认识了风流名士复社领袖张溥。

当时，南明复社领袖娄东名士张溥（张西铭）告假还乡，路过吴江，将帆船泊在垂虹亭下，换乘扁舟前去看望情人徐佛。适逢徐佛外出，柳如是出迎。张溥一见柳如是比徐佛更年轻貌美，顿时喜出望外。柳如是听张溥自报家门，知道他是诗人，也是复社领袖和朝廷官员，心中十分高兴。寒暄过后，她信口念出张溥所作诗句，并上楼找出卷了边角的张溥的诗集，证明这本诗集是她的枕边书。张溥想不到自己的书早已先伴美人眠，就说遇到知音，并坐下和新结识的知音谈心。两人相逢的话题与情形，已无从查考，只知道张溥此行有了意外的收获。之后，张溥继续行他的路，柳如是仍然回到了归家院。一切都没有改变。她很快失望了。在这样一个缺少爱的环境里，她已将自己的名字改成了杨爱，却仍然寻觅不得。

对于张溥与柳如是这段交往，陈寅恪在《柳如是别传》一书中引用明清文人顾苓传记《河道君》中的文字："先是我邑盛泽归家院有名妓徐佛者，能琴，善画兰草。虽僻居湖市，而四方才流，履满其室。丙子春，娄东张西铭（张溥）以庶常在假，过吴江泊垂虹亭下，易小舟访之。佛他适，其弟子曰杨爱，色美于徐，绮谈雅什，亦复过之。西铭一见倾意，携至垂虹，缱绻而别。"

虽然写得含蓄，点到即止，但翻看《柳如是别传》对柳如是褒誉有加的学术般的考证，也能强烈地感受到陈寅恪大师对柳如是深深的敬重、欣赏和同情，并把她引为异代知己。或许陈寅恪先生受其"颂红妆"主旨的制约，其笔下的柳如是太过高尚和完美。

看陈寅恪《柳如是别传》是一件极考验人耐心的事，陈老一直用文言文写作，而且是学术论文的格式，心浮气躁的读者会读不下去。但对于有志研究柳如是的学者来说，无疑就是一本绝美的读物了。不管顾苓也好，陈寅恪大师也好，本书作者也好，显然无法写尽柳如是坎坷又曲折动荡的一生，写尽男权社会对女人的伤害。身在乱世青楼污泥之中与男权封建社会，社会地位极其低下，生存已是艰难，更多身不由己，又如何独善其身？这也是青楼女子的悲哀之处！

崇祯五年（1632年），周道登一蹬腿去了西天，妻妾闹着分财产，此时没人关心那个周府小妾去了何处。徐佛为了从柳如是身上赚取更多的银子，将其高价转卖到了苏州城轻烟楼。

轻烟楼在苏州阊门，阊门是带有瓮城的水陆城门。陆城门东西两道城门，还有南、北两个童梓门。门外有吊桥，门内就是阊门大街。这一带曾经是苏州最繁盛的商业街区，青楼林立，莺歌燕舞。《红楼梦》开篇就说："阊门最是红尘中一、二等富贵风流之地。"

柳如是这时已是头牌，要见她并不是很容易的事情，也并不是有钱就能如愿的。她经常在轻烟楼独立的厢房中漫不经心地抽着水烟等候已选中的客人。而凡见她者，是要提前下帖子预约的。她不轻易下楼见客，也很少和姐妹们谈论风月，甚至不饰铅粉，整日素颜见客。她拒绝穿统一的艳服，而以淡雅、朴素的服饰为主，有时干脆以粗布示人。恰恰是柳如是这种居家套路的随意装扮，反而赢得了客人的青睐，来听她弹唱的客人接踵而来。

轻烟楼是官办妓院，每一层都供有管仲神牌，艺妓们每天早上会给管仲叩头烧香。每到这时柳如是就冷笑。她偏不拜管仲，只拜观音。头牌就是有个性，老鸨拿她没办法。

在苏州阊门这个陌生的地方，开始的日子最难捱，听不懂方言，对当地人情世故一窍不通，加之气候不适应，柳如是也吃了一番苦头。嘈杂劳碌的苦力，南腔北调的盐商、茶商和地方官员，在轻烟楼停留下来寻欢作乐。有官员或大户包夜，花魁的身价以蜡烛计时收费。

柳如是一心想脱籍从良。为了脱籍，早点离开"轻烟楼"，不再做笼中鸟，她拼命地卖艺挣钱。

柳如是清醒地意识到自己悲惨命运的实质，不愿任凭男人玩弄，于是想出了一个自我保护的办法，谓之约法三章：

一、有争风吃醋、为争夺花魁而打架斗殴之前科者，不见。

二、不能有效约束家里之姬妾，致使争风吃醋、引发闹剧者，不见。

三、在青楼姐妹中名声不佳者，不见。

此约法三章很快在各青楼姐妹中传开，名妓们纷纷仿效。鸨母被柳如是的气势震惊了，自此之后，反而对她心悦诚服。

柳如是的性子快而直，但是偶尔除了妥协别无他法。她有时不得不接客，但会坚持要客人套上绵羊肠子制成的安全套，故避免了花柳病。另外，她还开出条件，来过夜的客人必须买她的画，否则免谈。柳如是有一幅山水画，卖到了两千两银子的高价。

不久，柳如是的身体出现明显的不适。水土不服，患上皮炎，气候不适，使她的皮肤变得干裂，脸上、嘴唇和身上像冬眠的蛇一样一层一层地脱皮，她不得不忍痛擦砒霜遮盖。饮食不适，肚子更是常常挨饿，鼻孔也常常无缘无故地流血，她的体重也轻减了不少。后来，柳如是索性只卖画，老鸨也不敢强迫她，毕竟她是轻烟楼的招牌。

柳如是在风尘中辗转奔忙，在乱世风尘中往来于江浙各地之间。苏州府相比盛泽镇，选择的余地很大。对于那些看不顺眼的暴发户、粗鄙客谢象三之流的求见，她拒绝应召，拒绝赴谢象三富丽堂皇的燕子庄，动怒时撕了名帖扔了珠宝银子。"庸俗有以利动者必敛容谢之"。而且，她不愿被人包下。青楼头牌有脾气，但是她能帮老鸨挣钱，所以轻烟楼纵容她的脾气，宣称她是"相府下堂妾"。

聪慧的柳如是懂得营销自己，用更高、更精湛的才艺和独特个人魅力，留住固定客源和吸引新的客源。她不停地写书法，画客人要的画，以求早日解脱。

后来，柳如是终于脱籍换回了自由身。她自备画舫，独张艳帜，从此浪迹吴越间，开始浮家泛宅的游妓生涯。

脱籍的这一天，她邀约了好朋友女画家杨云友一同坐马车出游，在草地上，她放浪形骸，抽着水烟，喝着酒，玩酒令，手舞足蹈，一个人又唱又跳。

放浪只是表象，掩饰不了的是哀伤与愁思时常茕茕孑立于心头。她再一次将手拂过潮湿的眼睛。

南京秦淮河，一条见证了明朝兴盛衰落的河，一条荡漾着艳情的河，两岸码头林立，货物堆积如山，商贾云集，吆喝声此伏彼起。一些腰缠万贯的财主大户，一帮博古通今的文人墨客，一群家底丰厚的工商巨子，依据他们的眼光和财力在这寻找他们的猎物，构成了一副明末俗世的艳情长卷。

水波涟涟，河面弥漫着一层薄雾。早起泛舟的学子和达官贵人模糊地看到一艘缓缓游动的彩船正徐徐向前行进，一面写着"相府下堂妾"巨幅大字的艳旗迎风招展，猎猎飘扬，再细看时，却见一位妩媚动人的艺伎正抚琴浅唱低吟。

微风从河边吹过来，带来不绝如缕、如泣如诉的歌声。

船移影动，沿岸已围满了看热闹的人们。这些有钱有闲有地位的名流惊呆了，大家议论纷纷。

有豪客出高价求过夜，让柳如是厉声喝退。

玫瑰自有傲骨，可不是什么人都可以采摘的。

她把画舫泊在岸边，开始作画。她画的是在月堤摇曳的烟柳。空气仿佛凝固了。这幅画竞拍的底价从六两银开始，由于互不相让，竞价攀升的额度越来越高，直到二十两。二十两银子，相当于一个中产农户一年的收入……

这是她高悬"宰相下堂妾"艳旗，泛舟卖艺生涯的第一次成功。

柳如是尽兴而归。

自此以后，她整日泛一叶扁舟，吟歌赋诗，笔墨丹青。她画她钟情的山水，画群山里孤独的房子，画花卉，画烟雾笼罩的柳林，也画好看的仕女……

她的画娴熟简约，清丽有致；书法则"铁腕怀银钩，曾将妙踪收"。

她也会陪同名士荡舟于山水之间，饮酒赋诗，酒酣耳热之余，起轻舞，唱吴音，舞罢歌阑，挥翰墨，濡丹青，以赚取收入。彼时，清风徐至，松涛满耳。

秦淮河一带轰动了，柳如是身边逐渐聚集了一大批文人墨客及权贵富豪。她不再是那个站在"瘦马"交易市场上，靠着牙婆将发卡插入头发就敲定交易的女孩了，她已身价百倍。

柳如是敢爱敢恨，有勇有谋，在盛产温顺奴婢的旧社会，鲜见这样扬眉霸气的女子。然而，命运的起伏沉浮，只在闭眼与睁眼之间。

第二节　男装女子竞风流

　　有了自由，就能随心所欲地选择想去结交的人。在与书法家李存我的交往中，柳如是对书法的热爱与日俱增，逐渐形成了豪放自由的风格。在与文人才子的交往中，她喜欢试探对方对自己感情的真伪，感觉不对，马上各走各路，绝不拖泥带水。她不喜欢闲谈风花雪月，花言巧语已打动不了她。柳如是深知自己身份卑微，虽然挣得多，但还是被人瞧不起。因此，便有意识地和有地位的志士名人接触。她似闲云野鹤，抵松江后她就住在船上，既已脱籍，更是我行我素。

　　她在江南士林中，寻找着自己理想中的人。这人必须文采出众，品德高尚，让她为之倾倒。她也愿意为此付出自己的爱。当然，她也要求对方为自己付出真爱。

　　第一个进入她视野的，是"云间三子"之一的宋徵舆（宋辕文）。宋徵舆青年才俊，倜傥潇洒。他一见柳如是，便倾心相交，写诗求爱。宋徵舆在《秋塘曲并序》称赞柳如是："凡所叙述，感慨激昂，绝不类闺房语。"年纪轻轻，性格中"有烈丈夫风"一面，已凸显出来。

　　柳如是传话，约他在白龙潭画舫上相见。宋徵舆去了，柳如是一笑："宋郎且勿登舟，郎果有情者，当跃入水佚之俟。"（大意就是你如若心中有我，就跳入水中等待。）宋征舆听了，毫不犹豫地跳入水中，赢得了美人芳心。

　　然而，同居不久，柳如是发现，宋征舆是一个作秀高手，全无真情。一怒之下，柳如是决意离开。临行约见宋徵舆，在他面前放一副古琴，一把倭刀，柳如是问，你跟不跟我一同走？宋征舆期期艾艾，吞吞吐吐。柳如是当即操刀斫琴，七弦俱断，叫宋征舆滚蛋，两人从此恩断情绝。

这个狂放任性的小女子，把喜怒好恶都摆在脸上。与宋徵舆断交后，柳如是又开始和才子们交往。她的个性、美貌、才华倾倒了包括松江才子陈子龙在内的复社成员。

松江老名士陈继儒为她写诗："妇颜如花，妒心无乃竟，忽对镜中人，扑碎妆台镜。"

松江河上，多了一道别样的风景。人们经常看到一个男装丽人伫立于画舫，或弹琴作画，或吟诗赋诗。这个时候的她已彻底抛弃女性的装束，绝不为迎合男子委屈自己。她讨厌憎恨艺伎的红绿衣饰，因为它们被人标记成一个屈辱的"卖"字。她索性脱掉那身沾满脂粉气的女装，以男装示人。她每天一身儒生打扮，成为很多男人眼中的异端。伪君子们嘲弄揶揄她，谓之蔑视礼教，有人觉得她不好驾驭太难驯服，于是，来求她赋诗作画的人少了，还有人将柳如是告到松江府衙，谓之伤风败俗。松江府衙则以外籍流妓不得入境为由，将她驱逐。

她的美丽，她的不同寻常，引起了一个人的关注与好奇。这个人就是陈子龙。

他闻讯赶到当地府衙，谓之柳如是是自己请来的客人，坚决反对府衙驱逐她。柳如是得以解围，到处打听帮助自己的那个人是谁。

有一天，在和松江的朋友吃饭聊天时，她终于得知：帮她的那个人是松江几社领袖、才子陈子龙。

陈子龙大柳如是十岁，一表人才，宛如一百多年前家住阊门的江南才子唐伯虎。他初名介，后改名子龙；初字人中，后改字卧子，又字懋中；晚号大樽、海士、轶符、於陵孟公等。朝廷官员、诗人、词人、散文家。于万历三十六年（1608年）六月初一出生于南直隶松江华亭（今上海市松江区），崇祯十年进士。是晚明著名的文学团体复社骨干，几社领袖，抗清志士，精通经史，诗词双绝。

原来，当时张溥和陈子龙等复社、几社成员和东林党人正到处收徒讲学，张溥就跟陈子龙介绍了柳如是。陈子龙后来成为柳如是铭心刻骨的情人。

第二章　风骨峻秀——柳如是

他们的关系，陈寅恪在《柳如是别传》是这样记载的："陈杨两人之关系，其同在苏州及松江者，最早约自崇祯五年壬申起，最迟至崇祯八年乙亥秋深止，约可分为三时期。第一期自崇祯五年至崇祯七年冬。此期卧子与河东君情感虽甚挚，似尚未达到成熟程度。第二期为崇祯八年春季并首夏一部分之时，此期两人实已同居。第三期自崇祯八年首夏河东君不与卧子同居后，仍寓松江之时，至是年秋深离去松江，移居盛泽止。盖陈杨两人在此时期内，虽不同居，关系依旧密切。凡卧子在崇祯八年首夏后，秋深前，所作诸篇，皆是与河东君同在松江往还训和之作。若在此年秋深以后所作，可别视为一时期。虽皆眷恋旧情，丝连藕断，但今不复计入此三期之内也。"

最初，当柳如是兴致勃勃地给陈子龙写信自称为"弟"时，陈见柳如是竟以男子自居，十分不快，没有回信。

柳如是又气又羞，几天后在河上泛舟挥毫卖艺时，碰上在大船上巡讲的陈子龙。陈子龙的大船刚摇走，柳如是的画舫就追了过去。众目睽睽下，大怒的柳如是冲着大船大声斥曰："风尘中不辨物色，何足为天下名士？"陈子龙听了深感惭愧，由此对她刮目相看。他决定登门拜访这位胆敢骂他的女子。

陈子龙专程登门致歉，并热情邀请柳如是去松江各处一游。机会太难得了，柳如是欣然应允，并吟诗唱和，展露才学。

从此，两人开始了文墨之交。

两人见面无所不谈，评品天下大事，切磋诗词艺文，惺惺相惜。随着对陈子龙的逐渐了解，柳如是对他的爱慕也日益升温，不知不觉地坠入了情网。陈子龙也很快迷恋上她。柳如是在两人闲谈时多次流露出身为女儿身的遗憾。她向往男性的英雄气概，感叹自己身不能为男儿。这种感叹有对青楼身世的自怜与厌倦，也有对家国危难的担忧。与陈子龙、张溥等人评论时政时，她经常发表自己的见解，以南宋时期叱咤风云的巾帼英雄梁红玉自比。

张溥称她为奇女子。

她喜欢陈子龙，不单是因为他风流倜傥，更重要的是他代表了她对美好未来生活的憧憬。他们互相影响，在这段关系里，柳如是颇有受益和成长。

陈子龙不仅是复社和东林党的骨干，更是明末的著名文学家，具有多方面的杰出成就。他的诗歌造诣较高，诗风或悲壮苍凉，充满民族气节有沉雄瑰丽的独特风格，为云间诗派首席，被公认为明代最后一个大诗人、"明诗殿军"，并对清代诗歌与诗学产生较大影响。而陈子龙各体诗歌中，成就最突出的是七律诗与七言古诗。陈子龙的奏疏与策论都有很深厚的功底，也很有成就。陈子龙的《三慨》等作品真切感人又寄托自己缠绵忠贞之情。而且他也曾主编巨著《皇明经世文编》，删改徐光启《农政全书》并定稿，这两部巨著具有很重要的史学价值。

柳如是的诗词风格也有些受到陈子龙的影响。

陈寅恪在《柳如是别传》有引自顾苓在《河东君》传里的描述："为人短小，结束俏利，性机警，饶胆略。婉媚绝伦。顾倜傥好奇，尤放诞。"

另有明末沈氏证实了顾苓对柳如是的评价，传云："河东君柳如是者，吴中名妓也。美丰姿，性狷慧，知书善诗律。分题步韵，顷刻立就。使事谐对，老宿不如。四方名士，无不接席唱酬。"

而陈寅恪更对此呈有文案："河东君之为人慷慨爽直，谈论叙述不类闺房儿女，观前引宋让木《秋塘曲》，知其当日在白龙潭舟中对陈宋彭诸人道其在周文岸家不容于念西群妾事，绝未隐讳，可为例证。由是推之，此次重游练川亦必与孟阳言及其所以离松江迁盛泽之经过，而于其不能为卧子家庭所容之原委复当详尽痛切言之也。"（见陈寅恪《柳如是别传》第三章河东君与"吴江故相"及"云间孝廉"之关系）

但是陈子龙对柳如是的迷恋可能仅仅耽于情欲。在家中已经有一个正室张夫人的情况下，与柳如是交往之后，陈子龙又在当年冬天纳了蔡氏为妾，旋即北上进京赶考，在进京途中又与一个风尘女子相约，但是未遇（见李雯"卧子纳宠于家身自北上，复阅女广陵而不遇也，寓书于予道其事因作此嘲之"）。可见，陈子龙在家里有一妻一妾，又与柳如是交往的情况下，还与其他烟花女子有染。

1635年，陈子龙背着家人与柳如是同居了，他们住在几社一个朋友的别墅里。那地方唤做南楼，离几社的聚会处南园以及陈宅都不远。

柳如是将此楼称为鸳鸯楼，并把这段时间写的词集命名为《鸳鸯楼词》。在此期间，柳如是为人校书取酬维持生活，陈子龙则埋头攻读以备科试。清茶淡饭滋润着缠绵悱恻的生活。从屋里走出，可直接抵达南园。南园既是朋友间诗酒流连的场所，也是复社政治活动的重要据点。陈寅恪说："几社之组织可自视为政治小集团，南园之宴集复是时事之座谈会也。"

陈子龙是复社领袖张溥政治集团的骨干力量，他和张溥交情不浅，二人属于同年进士，都是当朝首辅主考官周延儒的弟子，与钱谦益也有来往。他们宣扬气节，也有各自的政治野心，欲在明末的风云变幻中有所作为。因此，每到张溥来苏州城讲学，陈子龙便带柳如是去听。张溥评议时政痛骂阉党，是东林党与阉党斗争的继续。而当时，苏州一带的文人入盟最多，他们有的在朝，有的在野，结成了浩荡洪大的政治力量。由于张溥等人的筹划和努力，当时的文人士气大振。一扫"宁坐视社稷之沦胥，终不肯破除门户之角立"的明时陋习，打破门户之见，号召以国家为重。年轻的张溥在阉党势力熏天的日子里，不顾个人安危，挺身而出，振臂高呼，树起了以文会友的旗帜，来绾结天下士人的心。他匡扶正义的勇气，歆动天下。然而，慷慨激昂的背后，他却又在幕后操纵朝政，反被高官大臣利用。蹊跷的是周延儒前脚进京出任首辅，为拥戴他出山竭尽全力的复社领袖张溥后脚就得病猝死，年仅四十。他很可能是死于这场政治斗争。

陈子龙深受张溥的影响，而柳如是又深受陈子龙的影响，因此柳如是对政治产生浓厚兴趣。她关注时政，经常预感明朝将亡并由此感到忧虑和悲伤。在这个阶段，她从陈子龙口中听到钱谦益这个名字，并读到了他的诗文。由于她本人的身份和所处的环境，可以在江南社会独自谋生，比名门闺秀有更多的活动自由，也因为长大成人，阅历增长，所以这时的柳如是对人情世故颇有独到的见地。因此，既然已经同居，对她来说，明媒正娶不是当前重要的事情，最重要的是弄清对方是真情还是假意。纵使不可能终身厮守在一起，也想在最美的时光淋漓尽致地挥洒爱意。

蜡烛从南楼一厢房陡然明亮起来，跳跃的火光把墙上的陈子龙画像照得变了形，那是她前几天画的。

一天夜里，柳如是谈到两人的关系时询问陈子龙有什么打算。哪怕做妾都行，她不愿意这样偷偷摸摸的同居。而陈子龙心里只有功名和政治仕途。两人第一次为此吵架。二十七岁的陈子龙含含糊糊，柳如是觉得陈子龙是在推脱，在敷衍。尽管他已经有一妻三妾，但若真心想娶自己，也不是一件难事，士大夫、富商大贾哪个不是三妻四妾？穷，不是根本问题，况且她已是自由身，但是陈子龙让她感到不能托付终身。这使她突然萌生一种想要赶快解脱的冲动。她决绝地提出了分手。

正月十五，有些后悔的陈子龙送了柳如是一双精美绝伦的桃花绣鞋。这双鞋精美绝伦，色彩媚，花式俏，他亲手为她穿上。

但柳如是厌倦了他的反反复复，畏畏缩缩，当着他的面，脱下桃花绣鞋，二话没说，从二楼扔了下去。

陈子龙有些心虚，便也没有发作。

夜空烟花流光溢彩，映照在柳如是近乎透明的脸上，没有人能看见藏在她眼底那深深的伤。

陈子龙在此期间，写了《湘娥赋》向柳如是传情。但没有结果的感情，有存在的意义吗？柳如是写了一系列轻灵又凄凉的诗文。她是清醒而自知的。对他而言，不是穷的问题，而是根本没有娶她的心，身份总是跨越不过去。柳如是清楚，可是她用情至深，一时半会还是走不出来。

"卧子（陈子龙）此年所赋诗中，其为河东君而作者亦颇不少。如《陈忠裕全集》拾'甲戌除夕'七古略云：'去年犹作长安客，是时颇忆江南春。惟应与客乘轻舟，单衫红袖春江水'等即是其例。兹更录数篇，借此可见卧子钟情河东君一至于此也。"（见陈寅恪《柳如是别传》第三章河东君与"吴江故相"及"云间孝廉"之关系）

陈、柳很多诗词都同题同韵，柳如是的《男洛神赋》就是为酬答卧子之《湘娥赋》而作。此诗行文古奥，用典冷僻，铺张扬厉，驰骋才情，将平生最迷恋之人夸得花团锦簇："尔乃色愉神授，和体饰芬。启奋迅之逸姿，信婉嘉之特立。群妩媚而悉举，无幽丽而勿臻。"

自古以来，在世人眼里，女子至少要有几分含蓄、收敛，或曰端庄，可柳如是就敢这么无遮无掩地表达欢喜，炽热奔放中透着豁达，有酣畅淋漓的抒情，亦雅亦谐的顽皮，实在罕见大胆。

然而笔者细读深究，既可看出柳如是不仅自叹身世之飘零，又有戏谑讥讽陈子龙性情之拖延、懦弱、虚妄、反复之感，还似女子般优柔寡断，同时，也是她内心失望嗔恨的折射。这也看出，柳如是的内心并非如她表面那样坚强，有其柔弱复杂的一面，甚至有些多愁善感。

"然则《男洛神一赋》实河东君自述其身世归宿之微意，应视为誓愿之文、伤心之语。当时后世竟以轻佻游戏之作品目之，诚肤浅至极矣。特标出之，以告今之读此赋者。"（见陈寅恪《柳如是别传》第三章河东君与"吴江故相"及"云间孝廉"之关系）

这段为时半年的短暂恋情结束之后，柳如是沉疴难起，一种说不出来的隐痛，蚕食着那一点点心灵的绿叶。柳如是在《别赋》里更把别离写得充满期待："虽知己而必别……冀白首而同归，愿心志之固贞。"

可见柳如是爱得深沉。相反，陈子龙的《拟别赋》则表现得相当洒脱，甚至不以为意："苟两心之不移，虽万里而如贯。又何必共衾帱以展欢，当河梁而长叹哉？"

南楼待不下去了，抬眼尽是伤心处。柳如是彻底失望，她不想触景生情。不久，分手后的柳如是独居横云山。

此后，柳如是决定回到苏州小镇的归家院去，这里也许有赌气的成分，但是谁都劝阻不了。柳如是从此陷入泥淖，难以自拔。这一段悱恻缠绵的爱情故事，从一开始就先天不足，注定了要以悲剧收场。

她对陈子龙依依难舍，曾一气呵成《梦江南·怀人》，洋洋洒洒二十阕，逐一追忆南园之"画楼""棠梨""鹭鹚洲""木兰舟"等景物。前十首以"人去也"为首句，后十首以"人何在"为首句，真情倾吐，字字泣血，思念之苦，如缕不绝。

在她的《梦江南·怀人》词二十阕里，在追忆他俩在南楼、南园的往事里，混杂着回味、留恋、怨艾、微嗔，将从前的甜美与当下的落寞点染得细腻传神。最后一阕尤其直白，她用小女子娇俏的口吻叙说，似乎看得见满面泪痕和强作镇定的神色。

人何在？人在枕函边。只有被头无限泪，一时偷拭又须牵。好否要他怜。

人去也，人去小棠梨。强起落花还瑟瑟，别时红泪有些许。门外柳相依。

那年她十七岁，他二十七岁。她的放旷、促狭、尖刻，甚至她不肯低眉的个性，在他这里通通缴械。虽是风月场里的头牌，私下里她也经常对自己的感情患得患失。她无法不规划未来，不为自身婚姻考虑。在她看来，陈子龙是一个很传统的士大夫，严格地遵守着士大夫的行为标准。虽然他秉性风流，但是在功名仕途面前，他会首先抛下儿女私情。这样的人绝对不会违背士大夫的行为标准，让一个青楼女子入自己的家门。他太自私，他不允许自己身上有一点的污痕。但是，她觉得，陈子龙不是完全不爱她，这才让她更悲伤。这种失落与对昔日恩爱的难舍难忘，交织冲突，让她非常痛苦。

她把所有的痛苦失落寄情于诗词歌赋。她的第一部诗集完成了，仅仅过了一年，她又写出了第二部诗集。她与良师益友汪然明的书信集也相继问世。

崇祯十年（1637年），陈子龙高中进士，任绍兴推官，后升兵科给事中。春风得意的陈子龙又兴致勃勃找回她，为柳如是诗集《戊寅草》作序，称她的诗："有寒澹高凉之气，大都备沉雄之致"，与他们云间派的诗风不谋而合。这年，陈子龙一阕《长相思》赠予她：

美人昔在春风前，娇花欲语含轻烟。

> 欢倚细腰倚绣枕，愁任素手送哀弦。
> 美人今在秋风里，碧云迢迢隔江水。
> 写尽红霞不肯传，紫鳞亦妒婵娟子。
> 劝君莫向梦中行，海天崎岖最不平。
> 纵使乘风到玉亭，琼楼群仙口语轻。
> 别时余香在君袖，香若有情尚依旧。
> 但令君心识故人，绮窗何必长相守。

这首诗隐约反映出了陈子龙在感情上轻佻且洒脱的心理。他们二人纠缠不休，分分合合，想必只能做相好吧。

她怔在那里，脑子里满是滚滚的流年。

彼时他已是朝官，怀抱不可言说的雄心壮志，有着大好前程。

"抱得美人归"为当时一般读书人的另一个宏愿。文名、功名与美人，三者集于一身，可谓荣耀无限。这也是风流才子陈子龙的人生追求。或许得到了，便也遂了心愿，如此而已！

但对柳如是来说，生活的苦楚，已经让她过早体察到人世的艰辛与冷酷；生活的现实，已经开始让她怀疑陈子龙对她的感情了。

"河东君（柳如是）之与大樽（陈子龙），其关系虽不善终，但两方之情感则皆未改变，而大樽尤缱绻不忘旧欢，屡屡形之吟咏。然则其割爱忍痛，任河东君之离去而不能留之者，恐非仅由河东君之个性放诞使然，亦实因大樽妻张氏之不能相容，即不能受河东君之气如牧斋夫人者，有以致之也。"陈寅恪如是说。

然而，柳如是的情感巅峰，就此定格。她绝不暧昧，幸与不幸，只好认命。她再次斩断情丝，抽身而去，及时终止了无结果的爱。尽管二人再次以分手收场，但由于之前和陈子龙的关系，她在松江成了头牌艺伎，也成了江南文人圈中小有名头的书法家与诗人。

此后二人再未相见。而她再也不提陈子龙，可见陈子龙伤她有多深。

有时柔情似水、有时豪气云天的柳如是，在深爱陈子龙的时候主动离开，也在自己艺伎生涯的巅峰时期，再次改了姓名。

这一次，她放弃了本家的杨姓，改云娟之旧名，易以柳姓，名影怜，自称蘼芜君。她只想把这一切当枯枝埋葬！

柳也不是她的本姓。柳如是的柳姓，只是寄托或者隐含如岸柳一样四处无依之感。旧时女子无名姓是司空见惯的事。那些隐其姓或者不知其姓的女子，多少与其身世的复杂或辛酸有关。人生之中，姓氏不明，对所有中国人来说，大多数情况下，是难以接受或者无法释怀的。

不能明示本姓，或许，一切都是不得已。

说到蘼芜，让人想到那句"开到荼蘼花事了"。想想柳如是的结局，是否这"蘼"字早就预示了一个不幸？冥冥之中，似乎暗含着一种悲凄。

陈、柳分手，陈寅恪先生分析，是陈家复杂的家庭关系和不宽裕的经济状况导致柳如是不得不望而止步。他说："考河东君于崇祯八年春季虽与卧子同居，然离去卧子之心亦即萌于此际。盖既与卧子同居之后，因得尽悉其家庭之复杂及经济之情势，必无长此共居之理，遂渐次表示其离去之意。此意决定于是年三月末，实现于是年首夏之初，故此词即河东君表示其离意之旨。"（见第三章河东君与"吴江故相"及"云间孝廉"之关系九）

顾苓《河东君传》则将原因归结为陈子龙无法消受她性情的过分跌宕放恣，遂遗憾告别："（柳）尤放诞，孝廉（陈子龙）谢之去"。

但作者据理推测，无疑，陈子龙没有担当才是导致柳如是离去的主要原因。也许从一开始，他根本就没有想过要把柳如是纳入自己的人生规划，权当是一场露水情缘而已。更重要的是，陈子龙素来以将相之才自负，其志甚大，如果这次为了柳如是，背上个抛妻别子的骂名，那从前辛辛苦苦积累起的名望，岂不是都东付流水了？

柳如是虽为一代名妓，但她不愿以色事人，想以自己的才华博得名流的尊重。她的这种行为，在当时被冠以"放诞"之名，其实不过是一个身处风尘却才华出众、有着独立自主人格追求的女性，在当时的男权社会中谋求男女人格平等的艰难尝试。她的这种尝试，还表现为她的诗文创作充满男儿气概。宋辕文说她："叙述激昂，绝不作闺房语"。如她写给宋辕文的诗《赠宋尚木》，其中"峥嵘散条纪，慷慨恣霸王。与论天下事，历历为我伤"等语句，铿锵有力，充满阳刚之气，确实不像是女子所写。柳如是如此展现自己男性化的一面，无非是想向身边的男性显示，她和他们是同类，有着和他们一样出众的才华，并以此来寻求与他们平等的关系、平等的人格。

因此柳如是这种性格，在择偶的过程中，格外艰难，也格外慎重，因为在两情相悦之外，她还需要对方给她以平等和尊重，给她自由发挥的空间。而陈子龙对女性的态度，却不能满足她的要求。陈子龙有首新乐府《范阳井》，记述孝廉范士楫家的妇人在兵乱中为保贞节集体投井的事实时，是这么说的："男子苍黄出奔，顾谓若妇：卿自为计！答云不负君，无烦言。"在诗中，那些既不给男人增添逃难的负担，又能够保持自己的贞洁，不给男人增添道德污辱感的女子，得到了陈子龙的敬重和表彰，但临难只顾自己保命，丢下一家妇孺的自私男子却没有遭到他的批判。可见陈子龙在道德上对女性的要求，完全是和那个时代吻合的，甚至更为保守。他们在性格上和对女性的贞洁观上是格格不入的。

可见他们个性以及观念上的分歧，也是两人最终没有走到一起的一个次要原因。

分手后的阵痛让柳如是一时陷入了迷惘之中，善饮的柳如是更借酒浇愁了。重新回到吴江盛泽镇后，她给杭州的知己朋友汪然明写信。

"弟昨冒雨出山，早复冒雨下舟。昔人所谓欲将双屐、以了残缘，正弟之喻耳。明早当泊舟一日，俟车骑一过，即回烟棹矣。望之。"

"据此札所言，河东君此时迫切不可缓待之情势，及其焦急之心理，可以想见矣。"陈寅恪在《柳如是别传》中说。

"得读手札，便同阿众，与弟感怀之语，大都若天涯芳草，何由与巴山之雨，一时倾倒也。许长史真诰，亦止在先生数语间耳。望之！余扼腕之事，病极，不能多述也。"

与陈子龙分手后，她又想离开盛泽镇。一是想通过汪然明认识比陈子龙更出色的名流以增身价，二是想通过传授诗画维系生计，三是表明旷达自信之心，希望从失恋的苦痛中尽快走出来。

汪然明收信后约她秋末在杭州见面。关于这段经历，陈寅恪在他的《柳如是别传》有记载，考证了其手札的真实性："揆以河东君平生之性格及当日之情势，则除其常所往来之几社少年外，更欲纳交于行辈较先之胜流以为标榜，增其身价，并可从之传受文艺。斯复自然之理，无待详论者也。（第四章河东君过访半野堂及其前后之关系四）

"河东君于七月得然明复书，谓以家事不能往晤，故约其在秋末会于西湖也。由此观之，崇祯十三年首夏至孟秋间所作之尺牍实为河东君身世飘零、最困苦时间之作品，若能详悉考证其内容并分析其与然明之密切关系，则钱柳因缘之得如此成就，殊为事势情理之所必致者也。兹择此四通中有关者略诠释之于下。"（第三章河东君与"吴江故相"及"云间孝廉"之关系五）

崇祯十一年（1638年）秋末，柳如是第一次来到了杭州，约见汪然明。

汪然明，号松溪道人，讳汝谦，徽州盐商，富甲一方，因其重情任侠，义薄云天，被士人称颂。汪然明很大方，故因此得了个"黄衫豪客"的绰号。汪然明是巨富，又是一位精通金石音律、善为诗文的才士。当时盛传凡有诗文处，皆有汪然明。他在杭州西湖旁建了三处宅院：在城内的缸儿巷，在西溪的横山别墅，还有湖边的"不系园"。"不系园"是一艘大游船，也称不系舟，远远看起来，就像是一座游动的、变化莫测的园林。汪然明人脉甚广，喜好宴会之乐。他最著名的宴会场所都是在西湖"不系园"上举行，每到聚会之时，各地名家名流齐聚一堂。

当时，江南一带的大文人陈继儒、董其昌、李渔、钱谦益，才女艺妓王修微（自号草衣道人）等名流，都是"不系园"的常客。大才子董其昌与女画家杨云友曾在这里订下终身。戏剧家李渔在杭州生活时，也是"不系园"的常客。除了"不系园"外，汪然明在西湖边还有几艘做工精巧的小船，取名也极为风雅——"雨丝风片""团瓢""观叶""随喜庵"……

他极其推崇柳如是的文才，认为她是女中豪杰。一天，汪然明请柳如是作一篇哀悼朋友女画家杨云友的文章。当时的柳如是以一弱女子浪迹江湖，彷徨无依，故对于云友之死深有感慨。她们在苏州曾经同住了一段时间，结下深厚的友谊，而且两人和几个姐妹曾相约自梳，永不嫁人。可见三百多年前的柳如是多么有气概，有远见卓识，不同于一般女子。（自梳女也称妈姐或姑婆，是指女子把头发像已婚妇一样盘起，以示终生不嫁、独生终老，死后称净女。自梳女是从明中后期产生。由于中国古代封建礼法严苛，不少女性不甘受男权夫权虐待，矢志不嫁，或与女伴相互扶持以终老。这就是自梳女的雏形。）

面对好友卒然离世，柳如是不禁悲从中来。她这样写道："泣蕙草之飘零，怜佳人之迟暮，自非绵丽之笔，恐不能与于此。然以云友之才，先生之侠，使我辈即极无文，亦不可不作。容俟一荒山烟雨之中，直当以痛哭成之耳！。"

这其中也自然流露出她自己沉沦人世的感伤之情。

此际，汪然明经常邀请柳如是参加吴越名流的诗酒集会。并把名流才子才女介绍给柳如是认识，同时也热心推荐她的诗画，并请人赏读。清代女作家林雪在《柳如是尺牍小引》中赞誉说："琅琅数千言，艳过六朝，情深班、蔡，人多奇之。"《尺牍》中最具柳如是词文风格的代表作是《踏莎行》：

花痕月片，愁头恨尾，临书已是无多泪。写成忽被巧风吹，巧风吹碎人儿意。半帘灯焰，还如梦水，消魂照个人来矣。开时须索十分思，缘他小梦难寻视。

很多才子名士读了柳如是的诗文赞叹不已，甚至将她誉为女中状元，"谪来天上好居楼，词翰堪当女状头。三十一篇新尺牍，篇篇蕴藉更风流。"

柳如是在杭州期间，经常受邀在资助人和朋友的宅子里逗留。她的名妓生涯最红火的十年里，几乎每年都要换一个地方居住。在南京秦淮河畔，她在上等青楼租了一间空房子。鸨母久闻她大名，为了吸引人气，便以低廉的价格租给她，一租就是一年半。她卖画卖字，收入不菲。

这个美丽、气质独特的年轻艺伎迷倒了不少名流豪客，也成了许多男子追逐的对象。这一切助长了她心头的那股傲气，也使得她深感厌倦和疲惫。

柳如是不是没有思考过她的婚姻大事。她已经20岁了，以她的出身和资历如果不嫁人，她只能面临这几种职业选择，当三"姑"：尼姑、道姑、卦姑，或者六"婆"：牙婆（贩卖人口的妇女）、媒婆、师婆（女巫）、虔婆（鸨母）、药婆、稳婆（接生婆）。

以她强势清高的性格，这些都不在她的考虑范畴之内。

她无法想象自己就这样混迹于朋友之间，从此孤独一生。而此时，原来想自梳的青楼好姐妹也都已云游其他城市，这迫使她又改变了做自梳女的打算。聪慧如柳如是者，当然不会一条路走到黑。方向已定，方法可变换。

自和陈子龙分手后，她暗自发誓说："我生不辰，坠兹埃尘，然非良偶，不以委身。今三吴之间……幸窃科第者，皆恰夫耳。唯博学好古，旷代异才，我乃从之。所谓天下有一人知己，死且无憾！"

这里也有赌气的成分，就是一定要找一个比陈子龙更出色的男人。

她知道自己想嫁给哪种人，非良偶，不以委身。唯博学好古，旷代异才，我乃从之。这说明柳如是对婚姻是非常明智与清醒的。汪然明虽然很有钱，但不是她要找的那种人。她始终不曾"委身下嫁"，乃是因为当时商人并不具有读书人一样的社会地位，士农工商，差了好几个等级。

汪然明也并非只是一个浑身铜臭气的势利之徒，他也写有一部《春星草堂集》。但他是个商人，就决定了他的一切努力都只是附庸风雅。

而对知音汪然明而言，以大商人所见的"世面"，汪然明也和陈子龙一样，自然也不会为柳如是这样的烟花女子动"明媒正娶"之心。赞赏是一回事，但迎娶又是另外一回事，这当中的原因，大约是汪然明认为柳如是个性太强，心计也太深了些。以汪然明的世故，当然会洞若烛火。汪然明看出了她的心思，于是想将柳如是推荐给朋友钱谦益认识，故而邀请他来西湖荡舟闲游。

当年，汪然明用大量银子在杭州、苏州等地修建了高级会所和书院，供各地东林党人使用。因此得到东林党朝中人钱谦益等人的免税特权，有了盐米油等各种战略物资的经营特权。这些书院不仅环境优美，典藏丰富，更重要的是，两茶一饭，免费食用。寒门学子，只要文章过得去，也可以免费进出书院读书。至于会所，更是奢靡，高级学生和文章大家在这里读书，还有色艺俱佳的美女在里面侍候，名曰"司书"，也叫司史、倌人之类的雅称。可见，汪然明也是一位精明的大盐商。

也就是这一年，已经是礼部右侍郎的钱谦益，因东林党与阉党斗争被牵连，再次被朝廷免去了官职，贬回原籍常熟。当时钱谦益已五十七岁高龄，因此做事沉稳老道的汪然明并没有明说介绍之事。钱谦益猝遭巨变，心境黯淡悲凉，一路逶迤南归。前往西湖排遣愁怀，疲倦时便落脚在旧爱杭州名妓草衣道人王修微家中。柳如是客居杭州，是草衣道人的常客。有一天她将一首游湖时即兴作的小诗搁在了草衣道人的客厅里。钱谦益无意中发现了那帧诗笺，拿过来一看，见上面写道：

> 垂杨小宛绣帘东，莺花残枝蝶趁风；
> 最是西泠寒食路，桃花得气美人中。

好清丽别致的诗句，文学大家钱谦益不由得击节称赞。善解人意的草衣道人看在眼中，心领神会，便提议改日请柳如是一同游湖。钱谦益自然求之不得。

第二天，一艘画舫果然载着三个人悠悠荡荡于西子湖上。一见柳如是长得娇小玲珑，楚楚动人，且腹内竟藏着锦绣诗文，钱谦益立即生出一份怜爱之情。柳如是虽是与鼎鼎有名的钱谦益初次相见，却毫无拘束之态，谈诗赏景，随心所欲。柳如是那可爱的神情，使钱谦益暂时忘却了心中的抑郁。虽然当时他们只是一起游玩，但就此却注定了两人一波三折的终生之缘。

钱谦益走后，草衣道人不时提到钱谦益大名时流露出来的仰慕之情，令柳如是难忘。虽然柳如是仰慕钱谦益的才华声名，但她心里也没有底，她害怕再遭到拒绝。

一缕微弱的光线，从窗幔的缝隙中钻出来。在幽暗的光下，模糊了柳如是激动又担忧的脸。整夜，柳如是失眠了。她想得太多太多。冷静下来，她还是决定去争取一下。

"天下唯虞山钱学士始可言才。吾非才学如钱学士虞山者不嫁。"柳如是放胆豪言。

柳如是对作为东林党领袖的钱谦益被罢职自然是萌生了一丝同情和理解，而当时钱谦益在诗坛上更是最受瞩目的人物。而且在此之前，柳如是也读到不少钱谦益的诗文。她由心里崇拜他，仰慕他的才学与声名，但如果说到爱情，她自己都没有多想，只是心里很敬佩这个人。然而，寻寻觅觅，身边也没有再比钱谦益合适的人选了。

天色昏黑，暗蓝的夜色像海水一样淹没了四周，带着无人知晓的心酸岁月从她身边溜过，又带着她的梦想流向未知。

风刮得越发猛烈，而天空中黑云遮月，雨降临得如此神速，挟着彻骨的寒意悲鸣着。

在这样一个凄冷的冬天午后，柳如是乘一叶扁舟前往常熟拜访钱谦益。钱谦益，字受之，号牧斋，晚号蒙叟、东涧老人。学者称虞山先生，清初诗坛盟主之一，籍贯苏州府常熟县鹿苑奚浦。钱谦益满腹文章，明史说他："至启、祯时，准北宋之矩矱。"可见在明末清初的政治舞台上，钱谦益的确是一个颇有影响的人物。

除了名震东林，这位半野堂的主人不但家产巨富，良田千顷，婢女过百，而且，此时朝野正盛传复社、几社领袖们正在幕后积极运作东林党元老钱谦益复起，入内阁为首辅大学士。可以说，此时五十七岁的东南名士领袖钱谦益，要财有财，要势有势，而且还是未来首辅的热门人选。

当然，也许柳如是并没有想那么多。她也不一定清楚复社、几社领袖们的政治动向。

柳如是把小舟泊在桃花涧下，坐一顶青布便轿，直奔城东钱谦益家宅——

半野堂。

已削籍归乡两年的钱谦益，正闲坐在书房写字，忽听得佣人传报有客人来访！不一会儿，拜帖就送到了书桌上，钱谦益拿过拜帖一看，上面写着："晚生柳儒士叩拜钱学士。"

柳儒士？哪个柳儒士？他心里起了疑问，这名字似乎未曾听说过，是谁呢？也许是慕名前来造访的东林党或复社成员或自己的门生吧。这些人钱谦益接待得不少，如今反正闲居无事，又是大冷天来拜访，门庭冷落已久的钱谦益让佣人有请来客。

待钱谦益踱进客厅，柳如是已站在屋里欣赏墙上的字画了，听到脚步声，柳如是连忙转过身来，朝钱谦益深深一揖，恭恭敬敬地称礼："晚生见过钱老先生，冒昧造访还望见谅！"

钱谦益细细打量了一下来客，见他一身单薄的兰缎儒衫，青巾束发，一副典型的富家书生打扮，举止虽然斯文得体，身材却娇小婀娜，似乎缺少了男子的阳刚之气。面色略显憔悴，却是明眸生辉，鼻挺嘴秀，皮肤白嫩透着红晕，清秀有余而刚健不足。看着看着，钱谦益猛觉得有几分面熟，可搜索枯肠，始终想不起在哪里见过。

柳如是看着钱谦益若有所思的神情，不禁露出一丝笑意，似乎猜中了他在想什么，就说是在草衣道人那里见过先生，先生还读过她的一首诗。钱谦益恍然大悟，这才想起两年前那一幕。只是西湖一别，钱谦益万万没想到柳如是还会跑到常熟来看他，而一身男装，又令他眼前一亮，多了一分异样的惊喜。

柳如是迎合了老学究钱谦益的审美倾向。

古时的女子循规蹈矩，墨守成规，不敢越雷池一步，更不敢表露自己的真实情感，与柳如是这样有文化、无拘无束的艺妓无法相比，哪有什么情趣可言？而不请之至，又一身男装的柳如是自然让他眼前一亮。

他喜欢有个性有才华的女子，更将她视为他的"尤物"。

钱谦益的门生，也即明末文人顾苓（顾云美）作为目击者，根据印象画过一幅《河东君初访半野堂小影》，上附柳如是传，形容俏佳人求见老才子的情景:"崇祯庚辰冬,扁舟访宗伯,幅巾弓鞋,著男子装,语言便给,神情洒落,有林下风。"后附题笺:"是身材不逾中人,而色甚艳。冬月御单衣,双颊作朝霞色,即之体温然。"

从这里可以看到,假小子柳如是身材矮小,却绰约多姿,虽隐身于男装,依然光彩照人。

她脸上朝霞般的潮红,是出自内心对爱情的憧憬。

在他落魄革职之时,柳如是的忽然而至,钱谦益自然万分的感动与感慨,他热情地请柳姑娘落座,又命侍婢上茶奉酒驱寒。

钱谦益喜欢个性彰显,才气飞扬的女子。不曾想,他心动已久的小才女主动登门,瞬间把单调的季节变得异彩纷呈。这个冬天,在半野堂,在欣赏她的老学究为她设下的歌筵绮席上,富有个性的她绝不会甘心扮演粉颈低垂落落向隅的仕女花瓶,必然高谈阔论,议笑风。而他宽厚的笑容一如巨大手掌,供她的灵魂在上面肆意狂舞,释放所有明亮的热情。

一番寒暄问候之后,二人越谈越投机。钱谦益挽留柳如是在半野堂住上一段日子,并在此守岁过年,而她也像是不想走的意思。这就是缘分吧。缘分不是迷信,也不是巧合,它是一种情感状态,如一个扣搭上另一个扣,一个结系上另一个结,如一枚寂寞已久的钥匙啪嗒开启一把同样寂寞的锁。至于柳如是,临行前可能确实有一番盘算,倘若钱谦益不能令她心悦诚服,依她的个性,她肯定懒得磨蹭瞎耽误工夫。

接下来的日子,寂静的半野堂中荡漾起一老一少的欢声笑语。他们一同踏雪赏梅、寒舟垂钓,相处和谐,丝毫没有隔膜感。他们彼此读懂了对方,不同的遭遇,因此惺惺相惜。为了感谢柳如是的慰藉之情,也为了留下她,财大气粗的钱谦益金屋藏娇,命人在他的红豆山庄中为柳如是特筑一楼。他亲临现场督工,仅以十天时间,一座精美典雅的小楼就建成了。钱谦益根据《金刚经》中"如是我闻"之句,将小楼命名为"我闻室",以暗合柳如是的名字。小楼落成之日,他还特意写诗抒怀:

> 清樽细雨不知愁，鹤引遥空凤下楼；红烛恍如花月夜，绿窗还似木兰舟。
>
> 曲中杨柳齐舒眼，诗里芙蓉亦并头；今夕梅魂共谁语？任他疏影蘸寒流。

在我闻室里，柳如是和钱谦益并席近坐，一同进餐；两人围炉取暖，一起饮酒。她的侧脸显现出清晰的轮廓和少有的温柔。她紧束的长发，被兰袍装裹的身体，令他心动和心痛。他觉得自己一下变年轻了。

久违的温暖浸润着柳如是。

这年柳如是在钱家守岁。那应该是他们一生中最美好的时光，感情已经萌生，心意尚未挑明。她喜欢这样大方、家道殷实、豪侠的钱谦益。他知她，懂她。如此真心宠爱自己的钱谦益，还有什么不可以？他就是那个可以托付一生的归宿啊！

钱谦益的一片深情，让柳如是感动不已。她是一个历尽坎坷的女子，成名后虽然也有万人捧着，可无非都是逢场作戏，又有几人能付出真情呢？钱谦益虽是年近花甲老人，可那份浓浓情意比一般的少年公子要纯真得多。也许是同样尝过生命的苦涩，才有这种深切地相知相惜感吧！感念之余，柳如是回赠了一首"春日我闻室作呈牧翁"的诗：

> 裁红晕碧泪漫漫，南国春来正薄寒；此去柳花如梦里，向来烟月是愁端。
>
> 画堂消息何人晓，翠帐容颜独自看；珍贵君家兰桂室，东风取次一凭栏。

然而，细读整首诗，其意境中所流露出的心情，不是浅薄的两情愉悦，而是一种莫名的忧愁。

诗题中有"我闻室"，诗句中嵌有"柳如是"，这肯定是柳如是有意为之。这表明柳如是与钱谦益的关系已经不是初遇时的一面之交。他们二人的情感，此时多少已经有些情深如许了。尽管可能在柳如是的情感天平上，是感恩多过于爱情。

诗中的"泪"和"愁"，也许是孤守、独处造成的。作者推测，此时柳如是与钱谦益处于别离状态。

原来，柳如是果真又遇到了麻烦。两人遭到了来自钱姓家族乡绅的一致强烈反对。乡绅们说柳如是只为图他钱财，这样的风尘之女，绝无真心可言等云云。柳如是再一次陷入窘境与尴尬之中。与钱谦益的爱情节外生枝，一波三折，让她顿生不安与惆怅。

家族的反对，乡人的闲言碎语，令柳如是不安。他们两人本来相约着游览西湖，但一到苏州她就得了病。柳如是在鸳湖与钱谦益分手，独自回到吴江。

然而，回到吴江的柳如是自责起来，如果此时就这样离开钱谦益，他定会误会自己对他不是真心。柳如是沦落风尘多年，可谓阅人无数，见过的公子、才子、名流显贵为数不少，可有几个能情有独钟？如今遇到钱谦益，才华自不用说，二十八岁就夺得探花郎，诗词享誉一方，虽说年纪大些，可有情有义，对她又是这般关照，与他在一起，情投意合，衣食无忧。她觉得和他一起生活肯定会安稳恬静，美中不足就是年纪相悬太大，将来他走在自己前面怎么办？他能长命百岁吗？可是，长命百岁的男人有几个？而且，面对家族与邻里同辈的反对，他会改变心意吗？万一他心志动摇了呢？自己又怎么办？钱谦益火一样的热情，反而使柳如是冷静下来思考问题。她突然害怕行差踏错。她想冷静，也要让他冷静。可是，此时离开他又是否明智？然转念又想，就等待钱谦益采取主动吧，也借此检验钱谦益的真心能坚持多久！

陈寅恪《柳如是别传》也记叙了柳如是这段经历："然牧斋（钱谦益）家中既有陈夫人及诸妾，又有其他如钱遵王辈，皆为己身之反对派，倘牧斋意志动摇，则既迁入我闻室已成骑虎之势，若终又舍牧斋他去，岂不贻笑诸女伴，而快宋辕文谢象三报复之心理耶？"（见陈寅恪《柳如是别传》第三章河东君与"吴江故相"及"云间孝廉"之关系五）

果不出柳如是所料，到鸳湖柳如是走后，钱谦益也冷静下来，颇有他的一些顾虑：一是两人年龄的确悬殊太大，毕竟她今年才二十四岁，整整比自己小了三十六岁；二是自己身为罪臣，前途无望，怕拖累她。如此想来，便难以下定决心，可心中却又舍不下她。他从杭州归来，她却未如约而至。他急得四处托人说项，又找到汪然明帮忙成全此事。

然而，令钱谦益想不到的是，就在他辗转奔波杭州寻找柳如是之时，柳如是却在吴江经受另一场身心的伤害。

第三节　情海生波恨掀浪

大雨过后的吴江古巷，老树上晶莹透亮的水珠白得刺眼。柳如是病了。这是崇祯十一年（1638年）年初冬季节，漂泊的岁月似乎没有终点，让柳如是感觉前途黯淡。

天色已经暗了下来，窗外的烛光远远地投射过来，跳跃在房间的墙壁上，像一抹孤零零的彩霞在空中飘舞。

钱谦益会来松江吗？愁思与病痛交织的柳如是思虑和担忧着钱谦益。而与此同时，盘桓于心的始终是他的年龄。自己苦苦追寻的风尘知己，难道就是个白发老夫？这种心态在柳如是的诗中有所流露。之前并没有认真考虑年龄问题，但是现在，太大的年龄悬殊却像横亘在她面前的一道墙，阻碍她心路继续向前延伸。她无法想象他过世后的种种困境。他肯定之于自己先走，自己如何承受这丧夫之痛？更担忧的是，只要钱谦益这座靠山一倒，她以后的路或将更坎坷不平。她在矛盾中挣扎，在进与退中权衡利弊。然而，也在反复权衡中，理性战胜了感性。与此同时，让她更为心烦的接踵而至。因为在此期间，发生了一件令她焦头烂额，心力交瘁的事——她被一个人她不喜欢的人纠缠上了。

这个人就是富豪谢三宾。他疯狂追求的举动令她招架不住。

谢三宾频繁骚扰，软硬兼施，令柳如是惊恐不已。

谢三宾何许人也？

谢三宾是鄞县人（今浙江宁波），乃钱谦益的门生，曾入南明鲁王内阁，为大学士；然清军南进时，他曾两度降清。谢三宾于天启元年（1621年）中举时，正好钱谦益作主考官，被其收于门墙之下，后降清。谢三宾比钱谦益要小十一岁，名气虽然没有钱谦益大，可家底不差，也算一方名流富豪。谢三宾痴迷柳如是，丁忧回乡，连守孝也顾不得了，追柳如是追到吴江。

柳如是和谢三宾是怎么认识的，史料没有记载。但肯定是在柳如是认识钱谦益之前，谢三宾就认识并开始追求柳如是了。柳如是曾拒绝接受邀请前往谢三宾的豪华燕子庄。也许刚开始时，柳如是和谢三宾应该还是有交往的。他肯赞助诗人，还能画能诗，说明此人也还风雅；加上有钱有势，最初向柳如是走来时，应该貌似一文人雅士。谢三宾虽然人品不佳，但对柳如是一直情有独钟。他曾重金买下柳如是的书画，曾在《美人》一诗写道："香袂风前举，朱颜花下行。还将团扇掩，一笑自含情。"

从诗中柳如是的娇羞含笑神情看出，柳如是对他起初时应是确有好感的，甚至可能也有委身下嫁之意。当然，也不能排除是谢三宾的自作多情，也有可能是柳如是为卖字画而使的一种伎俩和手段，毕竟柳如是是一个很理性的人。

谢三宾为佳人倾城一笑而神魂颠倒。在《一笑堂诗集》中还有一首诗名《柳》，献给柳如是，亦颇见其爱恋的心绪："曾赐隋堤姓，犹怀汉苑眠。白门藏宿鸟，玄灞拂离筵。一曲春湖畔，双眉晓镜前。不愁秋色老，所感别经年。"

从中可体味谢三宾对柳如是的一往情深。故对男女感情而言，政治漩涡中的逆竖者未必不会动真情。

这就不难理解，在风尘中飘移不定的柳如是多么希望找一个如意的可托付终身的男子，但柳如是是一个不肯委屈自己的人。况且她冰雪聪明，三言两语间对人的好坏便能有个确认，发现这人不"廉贞"之后，柳如是不仅不再理他，而且有意躲避他。气急时她还拔长剑痛斥驱赶谢三宾的无聊纠缠。可是，当谢三宾知道他的老师钱谦益也在追求柳如是时，谢三宾认为钱谦益挖墙脚，故而恼火起来，找了帮地痞到柳如是住处骚扰，发誓要把这位花魁弄到手。谢三宾八方搜捕，柳如是四处躲藏。柳如是身陷危境，烦躁不安。

和谢三宾对抗需要强大政治资本和金钱、人脉资本，而柳如是没有。当务之急就是要找一棵大树作为自己的庇护，以摆脱麻烦。彼时，她比任何时候都需要钱谦益。他是谢三宾的老师,又是东林党领袖,只有像他这样的人才能降住谢三宾这样的恶人。可她和钱谦益分开已经三个多月了,也没有钱谦益的消息。汪然明知道她的行踪。若他真有心娶自己,定会去杭州找汪然明打听。这也是她不得不重返吴江归家院的原因。

她多想钱谦益像天神一样出现在吴江来解救自己,但同时,她也担忧,如果这个节骨眼儿上钱谦益突然跑来吴江,必定会激怒性格蛮横的谢三宾。钱谦益很可能在毫不知情和防备下,卷入一场情场争斗。这对钱谦益的名声会有损害,因此,柳如是十分忧心失去理智的谢三宾对钱谦益痛下杀手。

眼见谢三宾一步步逼来,钱谦益毫无消息,绝望之际,柳如是准备以死击退他。彼时,柳如是并不知道,钱谦益正一路舟车劳顿奔吴江而来。

漆黑的雪夜,寒风刺骨呼啸,夹杂着飞雪狂乱地扑打着疾行者。吴江石板路上一串人影飞快地穿梭,最前面是瘦削肤色黝黑的老者,他略显憔悴的容颜上绽露让人触目惊心的坚定,此人正是钱谦益。

他必须去,只有带她离开归家院才能让她彻底摆脱谢三宾。他要去抢回他生命中最重要的人。在汪然明处,他知悉了自己的学生谢三宾正在纠缠柳如是时,归心似箭,连夜租了马车动身前往吴江。他要阻止谢三宾,并明确告知他自己和柳如是的关系,让他知难而退。归家院是早两年柳如是买下的,徐佛从良嫁人后,归家院归柳如是所有。前可出村,后可进城,环境也清幽。不惧一死的柳如是一身宽松儒袍,坐在床沿,咕噜咕噜吸着阿拉伯水烟,心神不宁地等待着两个男人的到来。

果然,谢三宾又缠上来了。

"眼下正在养病,汝且回去。"柳如是先是好言相劝,素手拿捻子打了火,点燃烛台蜡烛。屋内虽是豪华,却无往日脂粉气息。

谢三宾准备把羊角灯笼给她。灯笼光照之下,只见她娇小俊俏。灯下看美人,那种凄丽又与白日不同。此时谢三宾看她病态娇容,还能闻到一股清香,忍不住伸手拉她。

"放手!"柳如是厉声怒斥。

钱谦益赶到归家院,见走廊排满了五六个谢三宾的家奴打手,凶神恶煞。两个归家院的婢女在一间客房门口正焦急地东张西望。

那天晚上,师生两个对峙着,没有礼数,开口便唇枪舌剑起来。

"吾与如是早有婚约,汝切勿乱来!"

不料话没说完,谢三宾就准备拿刀砍钱谦益。柳如是怒不可遏,挺身挡在谢三宾面前,表示如再纠缠不休,便以死相搏,死后变作厉鬼,决不放过谢三宾及一家老小!她的决绝和刚烈震慑住了谢三宾。

钱谦益又对谢三宾施压,并以告官相逼。迫于压力和钱谦益的势力声望,最后,谢三宾做出了让步,承诺不再纠缠柳如是。

清代史家全祖望在《鲒埼亭外集》载有此事,说在明天启元年乡试中,当时钱谦益为主考官,谢三宾先是拜在钱谦益门下,"其后与受之争妓柳氏,遂成贸首之仇。"贸首之仇,意思是要拿下对方的头颅。两人为争柳如是闹得这般不共戴天,确属罕见。谢与钱争柳姬,几于操刀,可见争执一度极为激烈。

两人虽为争夺柳如是撕破了面子,但钱谦益娶柳如是后,大兴土木修建"绛云楼",手中缺钱,钱谦益以所藏珍宋版《汉书》抵押,向谢借千金,二人复通往还。

陈寅恪这样评价谢三宾:"三宾人品卑劣,诚如全氏所论",但认为他与钱谦益晚年似未交恶。所以谢三宾在其所撰《一笑堂集》中称钱谦益为座师,直到清顺治四年仍然称他为座师,并且二人还有多首诗歌唱和,用以证明后来两人"交谊未改"。

陈寅恪先生说:"牧斋平生有二尤物,一为宋槧两汉书,一为河东君(柳如是号),其间互有关联,已如上述。"钱谦益以宋版《汉书》抵押千金于谢三宾,正是兴建绛云楼时,钱不惜把"每日焚香礼拜"的宋版《汉书》,忍痛割爱给情敌谢三宾,目的是把谢三宾心仪的柳如是抢到手。这位高徒更绝,硬是让老师比买入时亏上二百两银子。有得就有失,美人在怀,大概谢三宾想,让你损点财还只是小意思。

不久,柳如是嫁给钱谦益后,谢三宾仍念念不忘,作《即事》记述自己的怅恨心情:"万事瓦解不堪言,一场春梦难追觅。无情只有杨柳枝,日向窗前伴愁绝。"

这里的"无情只有杨柳枝",丝毫不掩饰对柳如是"无情"的懊恼之意。陈寅恪先生对此感慨道:"三宾害如是之单相思病,真可谓天下之大痴。"

也正是因历经这件事,柳如是不再思前想后,最终下定决心嫁给钱谦益,不再介意他的年龄!现在,她必须作出此生最大的决定了。

钱谦益爱柳如是的一无所有,爱她因一无所有衍生出的孤冷、狡黠、勇猛、凌厉、果断、刚烈……柳如是被这样爱着,才决定嫁给他,尽管是小妾,也比现在强。她担心谢三宾走了,还有王三宾、李三宾来纠缠。

好在这次,钱谦益终于求婚了。

按大明律例,"凡以妻为妾者,杖一百;妻在,以妾为妻者,杖九十,立改正;若有妻更娶妻者,亦杖九十。"那时的士子娶名妓,是连夜一乘红色小轿悄悄抬回家去。然而,柳如是的性格决定了她的行事方式,她不想偷偷摸摸。这次相见,她提出唯一的条件,就是钱谦益娶她时必须是以匹嫡之大礼相娶,即明媒正娶,相当于有妻更妻。而大礼相娶,更重要的一件事,就是同房时的权利,明媒正娶的妻子,不会在同房之后离开床榻,小妾同房后则必须离开卧室。

她以为他会拒绝,不料,钱谦益却毫不犹豫答应了。

柳如是笑了,豪爽而甜蜜,像冬日的寒梅。

柳如是与钱谦益的爱,是风尘知己的爱,超越了举案齐眉的卿卿我我,更像两个歃血为盟的兄弟,站在风起云涌处,无须对视,已是肝胆相照。

柳如是开始询问他的一切。

这些年,钱谦益运气欠佳:官场中箭落马,虽携董小宛游了一趟黄山,但美丽纤柔的她,却不是钱谦益心中的那个人,而钱谦益也不是董小宛心中的那个他。钱谦益比柳如是大三十六岁,若他只是贪恋青春,大可以追求比柳如是小很多的董佳人。他和董小宛虽然有交往却没有这方面的记载。

钱谦益探花出身,一直有宏大的政治抱负,不然也不会被人视为一号政敌予以暗算。柳如是跟他正相反，她出身低卑，备受践踏，更想跳起来，跳到一个让人仰慕的高度，刷新她屈辱的过往。他们起点虽然不同，但都在一个点上相遇，这个点就是：不甘时下，欲有所作为。

明朝覆亡前夜，清军兵临城下。月光明亮得像一个铜盘，作为必须做出抉择的朝廷前重臣，钱谦益的心思一定比柳如是复杂得多。

他要娶她，但是与反对他娶烟花女子的兄弟们，甚至宗族乡绅会从此成为陌路。他要娶她，妻妾们也不同意。他要娶她，也会因此声名狼藉。他将失去身上所有的光环，可是，只要能让眼前的柳如是嫁给自己，他愿意此生隐居山间不问政事，和她过闲云野鹤的逍遥日子。他想开了，不再畏惧那一切。

柳如是答应嫁他了，但同样也有许多难解之题在钱谦益心中盘桓不去，时隐时现，妻妾们怎么安排，子女问题，亲戚关系如何处理。而柳如是面对的问题依然是，钱谦益比自己大三十多岁，将来他走了之后自己怎么办？除了琴棋书画，拂袖歌舞，自己啥也不会做。但是，她又希望他是能压制住他的侍妾的，至少，不能让他的那些妻妾们欺负她。到这时，她释怀了，自己死都不惧，生又何惧？钱谦益不满六十，以他东林余威，很有可能再入阁朝中，因此有一个问题一直萦绕在心，困惑着她。她不明白，为什么如此有学问的钱谦益却在仕途中沉沉浮浮，此后的半生，若他入朝，她至少可以助他一臂之力！

内屋静寂安宁，只听得见烛火的摇曳和暖炉中噼啪作响的声音。着了厚厚锦袍的钱谦益半躺在暖炕上，原本瘦削的脸更显得瘦骨嶙峋，憔悴得让人心疼。

刺骨的北风带着雪花狂乱地蹦跳在黑夜之中，钱谦益的心因为柳如是的关心暖如春，亮如夏，仿佛他们的命运早已联系一起。他亏欠她的，将以此后的生命弥补于她。她想了解的，他也一一和盘托出。

心近了，更近了。隔着昏黄摇曳的烛光，柳如是看着他刹间愁云惨淡的神情，方知自己刚才的问询触及了他的痛处。

钱谦益仕途多舛，几次被弹劾罢官免职，说明他不是善于钻营投机取巧之辈。仕途的沉沉浮浮，其心境悲凉可想而知。直到崇祯十七年（1644年）明亡，在前后长达35年的时间内，三起三落；可见他的人生有多跌宕起伏。他还因出色的文才，被视为文坛巨擘，江左三大家之一；然而，他不仅是学者文人，还被视为政治上的野心家。他曾经参与了东林党人反对魏忠贤阉党的政治活动，钱谦益被魏忠贤视为东林党魁首之一。

最令他铭心刻骨的一次仕途博弈，就是来自首辅之位的遗恨！既然柳如是想知道，又何须保留？那段往事，时至今日，仍令他记忆犹新。

第四节　相位之争

天启七年（1627年），明熹宗驾崩。他死后无子，兄终弟继。崇祯帝当了明末最后的皇帝，也是明朝第十六位皇帝。

钱谦益的政治命运又因为崇祯的突然继位而改变，并在短短的时间由天堂到地狱。

《明史》说崇祯："且性多疑而任察，好刚而尚气。任察则苛刻寡恩，尚气则急遽失措。"崇祯原本是一个忧郁王子，在危险的环境下长大，有点人格分裂，暴躁压抑，没有安全感，不相信任何人。这些缺点在以后执政时更加突出，他缺乏治国的经验和才干，手下又无真才实学的人才，加上东林党痛恨魏忠贤，自然在崇祯面前千方百计地对魏忠贤泼脏水，因此，崇祯不但不相信魏忠贤，痛恨太监，也不相信大臣和将领。

崇祯急于重振大明国威，于是，首先对以魏忠贤为首的阉党进行了彻底的大清洗。两个月后，魏忠贤被流放南直隶凤阳府并处死，钱谦益等东林党余人才免遭魏忠贤的打击。凡与逆案有关的官员，不论是首犯，还是胁从犯，统统给予严惩。他将东林的反对者和魏忠贤视为一类，广泛株连，将他们打为"阉党"，残酷处分。其打击"阉党"的热情甚至超过了"阉党"的敌人，其性格残暴的一面初现端倪。不可否认，崇祯是勤政的，但这样诛杀"阉党"的同时，也就否定了大量跟魏忠贤合作过的有能力的大臣，造成了打击面过宽、株连太多，以致朝廷人才匮乏的后果。尤其是作为朝廷中枢权力基础的内阁，缺员太多，严重影响官僚机构的正常运转。崇祯在打击"阉党"的同时，朝中留下了很多空缺。国家需要振兴，崇祯要选贤臣辅佐自己，当时的东林党活下来的人中，资历和名望最高的就数钱谦益，何况魏忠贤当年还亲自指控他为"东林党魁",因此,被弹劾回家的钱谦益等东林党名人接诏重新回到朝中。这样,革职赋闲多年的钱谦益又被崇祯召回平反复出,任礼部侍郎。这时他异常激动,欣然命笔,写下了《戊辰七月应诏赴阙车中言怀十首》,对皇恩感激涕零:"重向西风挥老泪,余生何以答殊恩?"

从这里看出,至少他还是心向大明王朝的,或者是忠于皇权的。

陈寅恪在《柳如是别传》中提到了此事:"盖明之季年内忧外患,岌岌不可终日。当时朝中急求安攘之人才,是以士大夫之获罪罢废者欲乘机起复,往往'招纳游侠,谈兵说剑',斯乃事势所使然,殊不足异。"

崇祯,一位想有所作为的皇帝,面对他的哥哥天启帝留下的烂摊子,当然也想重振朝纲。然而他要面临的困难很多。首先,他要面对的不是一个人,而是盘根错节的一个强大的利益集团。天启帝临终前曾专门叮嘱弟弟崇祯说,魏忠贤"恪谨忠贞,可计大事"。人之将死,其言也善。朱由校在生命最后时刻对魏忠贤给予如此高的评价,固然掺杂着个人私情,但最主要的是他认识到了魏忠贤在处理"大事"方面清醒而果决,尤其是在维护大局、知人善任、赏罚分明的关键问题上。魏忠贤为巩固个人权势,未免有党同伐异、残忍歹毒、贪婪、罪恶的一面,但从他曾经力排众议、大胆启用辽阳战败后遭受谗言的熊廷弼,抛开私怨、违心推荐赵南星、孙承宗、袁崇焕等一批能臣直臣等诸多方面,可以看出,他对大明江山还是有用的。

可惜,崇祯没有听信哥哥的话。

由于东林党头领们满口仁义道德,处处声称为民谋利,崇祯被东林党假象迷惑,只重用东林党,朝政又重新掌握在东林党手中。而东林党又是个复杂的群体,有洁身自好的贤臣良将,也有混账贪婪腐败的奸臣、败家子,而且他们往往是权高位重的实权人物。

由于人事大换血,伴随东林党崛起的首先是人事斗争,说白了就是权益之争。有时,权益之争,比战争更残酷。

东林党人当政后,非党人士就靠边站了,一批新生代无党派人士也遭到排挤,其中的代表人物就是温体仁和周延儒。"阉党"成员自不必说,这些人得不到崇祯的信任和重用，自然跟崇祯离心离德，崇祯就算劳心劳力，费尽心思累死，也不可能一个人支撑将倾大厦。

夺权的战火进一步升级，它也在挑战崇祯的治国能力。这个时候，钱谦益再次遭遇强劲对手，阻挡了他迈向首辅的路！他始终无法达到自己梦寐以求的权力顶峰。

事实上，当历史的脚步渐行渐远之后，在这件事背后有着诸多无法了解的历史谜团。笔者也无法确切地描绘那时险恶的政治环境，只能根据有限的、准确的或者不准确的史实尽量去还原这个历史悲剧。

转眼到了十一月，大学士（首辅）刘鸿训很快被崇祯罢官。崇祯命吏部会推接替首辅人选。为此明争暗斗持续不断，谱写了明末党争的新篇章。这是三位江南才子之间的较量，分别是代表东林党出场的主角钱谦益和代表非东林党新生代出场的温体仁、周延儒。

崇祯元年冬，诏令会推阁臣。诏令一出，钱谦益做起了首辅梦。他是万历三十八年进士，授翰林院编修。年轻时小有文名，二十八岁中探花后，名声更著，随后加入东林党，与叶向高、孙承宗、高攀龙、杨涟、左光斗、周顺昌、黄道周、文震孟等老一辈东林党社会名流私交甚厚，而且也是颇有影响的东林党首之一。而对于钱谦益来说，要想成为阁臣，必须将温体仁和周延儒这两个竞争者排除在外，他认为自己比他们更有资格问鼎权力中心。作为东林党首领，钱谦益人脉广，门生多，个人又有雄厚的财力资本，更有江南富商撑腰，又有声望，这点事不难办。

温体仁是浙江乌程人，比周延儒大二十岁，也是学而优则仕，虽然没有周延儒名头大，但工龄比较长，在仕途上稳步上升，天启七年升任南京礼部尚书，崇祯初年迁任礼部尚书。他是周延儒和钱谦益的顶头上司。崇祯帝刚刚即位就擢升他为礼部尚书。温体仁认为这是皇上有意重用他的信号。因此，对这次入阁，他信心很足。

而周延儒简直就是一个"学霸"：万历四十一年，刚满二十岁的周延儒参加京城会试、殿试均中第一集会元、状元于一身。明代连中三元者仅洪武年间的黄观和正统年间的商辂二人，周延儒连中二元，可以排第三位，科举成绩不是一般的辉煌。不仅在科场上独占鳌头，在官场上，周延儒也是一帆风顺，先入翰林院为修撰，天启年间以少詹事之职掌南京翰林院。崇祯帝即位不久，便召周延儒回北京授以礼部右侍郎的官位，成为部级大员。此时周延儒还只有三十五岁，却已有了十四年官宦生涯。

　　崇祯帝锐意革新政治，温体仁、周延儒二人才华横溢，政治"清白"，没有党派背景，这是他们从南京调往北京任职的原因。就名望、才学、资历而言，钱谦益进入会推名单没有一点问题，问题是他不仅要确保自己进入名单，还要确保他的竞争者不能进入名单。所以，钱谦益和同党商议，认为温体仁才可能是阻碍自己上位的绊脚石。

　　温体仁资历比钱谦益老，职务也比他高，是阁臣的有力竞争者。周延儒虽然资望有些浅，但他机智，为人狡诈，更有政治手段，分析问题透彻，且因召对称旨颇受皇帝的青睐。不久前，驻守在锦州的士兵哗变，督师袁崇焕请发军饷，崇祯皇帝在文华殿召集大臣商议，大臣都请求动用内帑，唯独周延儒发表了独到的看法。周延儒认为，士兵闹饷就发饷，容易引起各地军镇模仿学习，这样下去会造成更多的闹饷。同时他还认为，山海关虽缺银子，但不缺粮食，不至于引起士兵闹事。士兵闹事必有内情，很可能是骄横的武官煽动闹事来威胁袁崇焕，可能是满桂为抵制袁崇焕上任而煽动的兵变。周延儒的看法深刻而且联系实际，崇祯认为十分中肯，对周延儒颇为欣赏。同时也认为钱谦益学识渊博。但钱谦益的性格毕竟与温体仁那类人不一样，还不至于因此就干出阻人前程、背后下刀之类的龌龊事来。不过把瞿式耜推出来，培养一个更加亲近的"自己人"加入竞争，这却是理所当然，正大光明的手段。

　　钱谦益委派自己的门生且是同乡的户科给事中瞿式耜运作此事。在瞿式耜等人的暗箱操作下，成基命、钱谦益、郑以伟等11人进入会推名单，钱谦益位列第二。

　　在这份名单中，礼部有三位侍郎入选，而作为礼部尚书的温体仁却没有入选；同样是礼部侍郎，被皇帝眷注的周延儒也没有入选。这不仅引起了温体仁和周延儒的不满，也引起了本来疑心很重的崇祯对大臣结党的怀疑。大臣结党是崇祯最为痛恨的事情。温体仁和周延儒挨了一闷棍，也不肯善罢甘休，和钱谦益争斗起来。于是温体仁立即和周延儒结成一党，翻出多年前早已被人淡忘的科场舞弊案，半路狙击钱谦益。两人联手共同对付钱谦益，给得意中的钱谦益安上了"盖世神奸"的绰号。崇祯对奸臣极为敏感，生怕重蹈哥哥天启的老路。温体仁则利用崇祯的怀疑，乘机对钱谦益及其同党展开反击。周延儒则到处放话，指责钱谦益及其同党操作此次会推。温体仁动作更大，揭了钱谦益老底。双方交锋的第一个回合是"钱谦益案"。

温体仁呈上一本《直发盖世神奸疏》，揭发钱谦益在天启元年以翰林院编修之职主试浙江时，接受考生钱千秋贿赂。对于大臣们的纷争，崇祯和万历的风格相反。老道的万历深知群臣互相倾轧动机十分复杂，处理任何一方，就会落入另一方的陷阱，因此不予理睬，进行冷处理。缺乏执政经验的崇祯不知深浅，总愿意展示皇帝的权威，他最喜欢做的事情就是让斗争双方当面对质，自己担任法官的角色，进行裁决。崇祯决定让二人当面对质。钱谦益听说皇上要在文华殿召见自己，暗自窃喜，以为是要任命他为内阁大学士（宰相），于是穿戴整齐，踌躇满志地来到文华殿。没想到刚一进门，皇帝就劈头盖脸地质问他当年科场舞弊收贿一事。于是，温体仁和钱谦益拉开了一场对质的大战。温体仁有备而来，由于钱谦益沉浸在即将胜利的狂喜中，丝毫没有心理准备，被能说会道的温体仁冷不防打了个措手不及。钱谦益面对咄咄逼人的温周二人毫无办法，虽然极力分辩但却无济于事，更何况那次科场舞弊案多少和自己也有些联系。钱谦益一时张口结舌，语无伦次。钱谦益当年主试浙江时和考生钱千秋约定将"一朝平步上青天"之句藏在七段段尾用于录取。当年案发，钱谦益用官位和贿赂压了下来，因此，现在到了温体仁再次揭发此事，钱谦益已再无招架之力。

眼看钱谦益就要处于下风，恰恰此时其他内阁成员又都纷纷替钱谦益说好话。东林党人御史毛九华、任赞化等人更为钱谦益申辩，骂温体仁、周延儒重用"阉党"。温体仁被指责写过赞颂魏忠贤的诗作，而周延儒则被指与"阉党"成员冯铨关系密切。崇祯让温体仁与毛九华、任赞化当面对质，结果富有辩才的温体仁将二人驳得体无完肤、瞠目结舌。温体仁指责毛九华、任赞化是钱谦益的同党，为了给钱谦益报仇才对他发起了攻击。

然而，令人想不到的是，钱谦益同党的义举事与愿违。他们的做法使痛恨结党的崇祯感到钱谦益确实有结党的嫌疑，温体仁的指控有道理。崇祯认为，弹劾温体仁和周延儒的人越多，越说明二人没有结党营私，否则不会这么孤立，因此他更加信任和器重二人。崇祯对奸臣极为敏感，于是认定钱谦益"结党欺君"，因此立即做出决定：会推结果作废，下诏将钱谦益革职，撵回老家。

从这件事看，崇祯作为大明帝国的最高统治者，他对政局缺乏把控能力，对事件缺乏判断能力，偏听偏信又独断专行。而只因钱谦益一人之事迁怒其他官员，这也直接说明崇祯在治理整顿国家能力上，远远比不上他哥哥天启帝。钱谦益本来已经步入了内阁的门边担任首辅的，却因为礼部尚书温体仁、礼部侍郎周延儒的联手攻讦而免官。温体仁后入明史《奸人传》，周延儒名声也不好，但这能否就证明钱谦益是无辜的呢。

钱谦益原本想阻止温体仁入阁，安排自己的学生瞿式耜"谋沮之"，并推举自己。这些事不过说明政治上的钱与温的手段相若。只不过，比较起来，他似乎缺少更阴狠毒辣的手段。终其一生，他只是个学者，不适合当政客。

作为明末重臣，钱谦益削职为民，成了一名下野乡宦。由此可见，钱谦益也精通官场之道，也曾阿附阉宦，科场舞弊也非君子所为。显然，钱谦益也并非完美。这也符合官场潜规则。

陈寅恪曾经在《柳如是别传》中也略微提到此事。他说："然牧斋（钱谦益）之对待政敌殊有前后之分别，于温体仁始终痛恨，于周延儒，则周氏第壹期为相与温氏钩连，即阁讼有关之时期，遂亦怨之，及周温俱罢相，温又先死，牧斋乃欲利用玉绳，冀其助己，稍变前此态度，后因周氏阻其进用，遂更痛恨。综观前后虽有异同，但钱周两人终是政敌，而于阁讼一端尤为此事之关键也。"

第五节　千古佳话老少配

经过这次打击，钱谦益在崇祯一朝再未受重用。虽然大难不死，但也隐含苦涩，悲哀苍凉。

然而，也正是这一次沉重打击，竟让他遭遇了另一种重生——他邂逅了柳如是，从此柳如是像太阳一般，燃烧了他日渐垂老的生命。

柳如是的意外到来，使赋闲"半野堂"多年的钱谦益感到了久违的轻松与愉悦。他生命的大部分时光都消磨在失败的官场角逐之中，到此时，深深浅浅的皱纹已爬满了他的前额和眼角，晚年能够有一位既年轻貌美，志趣相同，又富有学识才情的女人陪伴左右，解脱荣辱忧患和精神苦闷，也算是求之不得的大好事。十多年来，钱谦益官场受挫，怀才不遇，故而常常以"山中宰相"谢安自比，做梦都想步他的后尘，在政治上有所作为。然而，一年又一年，仕途之梦似乎离他越来越远。

崇祯十二年（1639年）元旦，柳如是和钱谦益在西湖、苏州、嘉兴、松江等地尽情地游玩一个多月。二人找汪然明商妥定下在松江舟中成婚的计划后，才依依不舍地分别而去。

同年夏天六月初七，柳如是、钱谦益终于迎来了大婚之日。彼时钱虚岁六十，柳虚岁二十四。钱谦益在原配健在的情况下，果然信守吴江约定，以"匹嫡"之礼迎娶柳如是。以迎娶大老婆的同等规格娶亲，这让柳如是欢天喜地。

朝廷前重臣、大才子娶烟花女子，实乃天下奇闻！这天一大早，晨曦初现，城头万人列队江畔两侧，等候着看热闹。人们窃窃私语着，等新郎官钱谦益携新娘柳如是款款登上画舫。

明末社会风俗和道德标准，士大夫涉足青楼楚馆、狎妓纳妾，被看作是风流韵事，但要以大礼娶一妓女，则是伤风败俗、有悖礼节，被视为洪水猛兽。钱谦益爱柳心切，这个不羁世俗，有魄力、有担当的男子，全然不顾世俗偏见和礼法名器，坚持用大礼聘娶，去兑现吴江之行的郑重承诺。

虽然只是小妾，但大礼聘娶，柳如是已心满意足。就算钱谦益陪不了她很多年，此生也已无憾！

需要特别说明的是，在中国古代一夫一妻多妾的婚姻制度下，钱谦益在原配夫人陈氏尚在人世的情况下，以"匹嫡"之礼迎娶柳如是，在当时不但是严重违礼的行为，而且是违法的行为。所以，当两人结婚的芙蓉舫经过松江境内的时候，许多松江的乡民用板砖"招呼"了他们。

合卺之礼被别出心裁地安排在一艘大画船上举行。在响遏云天的笙歌声中，八人抬轿子，皂色盖帱，钱谦益峨冠博带，在鼓乐声中如少年般快步登上画船，牵出新娘柳如是。柳如是大胆掀开红盖头，这在当时是违反封建礼教的，在人们目瞪口呆之时，柳如是已迈开三寸金莲，喜气洋洋登上了钱谦益高价租来迎亲的汪然明的"芙蓉舫"。她是想要亲眼看着眼前正进行的一切。沿岸的观者成了一堵墙，士绅们弄不懂曾官居礼部侍郎高位的大文人钱谦益为何会被一个青楼女子弄得如此神魂颠倒失去理智，他们纷纷向奢华的婚船投掷瓦砾以表达心中的鄙夷。但他们想象不到，就在船舱被砸得"砰砰"作响的时候，柳如是正满脸娇嗔地与钱谦益唱和情诗。松江士绅百姓纷纷赶到岸边看热闹，人声鼎沸，笙鼓喧天。忽然，岸上骚动起来，一群人左拥右挤，还朝着画船大声叫骂。钱谦益走到船头，听到有人高声责问："原配尚在，就以匹嫡之礼娶妓，成何体统？"旁边有人立即起哄，有人嘲笑，有人谩骂，一片混乱。他不屑地瞥了一眼，转身吩咐船工开船。岸上围攻嘲骂之声愈来愈响，无奈船已慢慢离开码头，有人拾取石块砖瓦投向彩船。一时间瓦石如雨，船头一片狼藉。钱谦益全然不顾，依然喜滋滋地写他的《合欢诗》。

婚礼毕，柳如是如愿成了继室夫人。柳如是深知自己的狂放举动，必然会引起钱谦益原配陈氏及妾朱氏、王氏等人的不满，因此有所收敛，一直未敢去钱府拜谒。

钱谦益便吩咐家人一律叫柳如是"夫人",不得称为"姨太",而自己敬称爱着男装的柳如是为"河东君"。

滚烫的空气让柳如是感到一种温馨,感到一种心心相印的理解与被宠爱的得意,当然,也有一种虚荣心的满足感。这时的柳如是在想些什么呢?也许想到了曾经讥笑她离经叛道的那帮人,也许想到了让她痛彻心扉的陈子龙……

钱谦益不怕世道险恶,人言可畏,比起陈子龙,他真诚太多。心身被唤起,灵魂中有感恩更有恬谧的知足之感。她希望结婚是一个重生的开始。

陈寅恪对此事也有简单叙述:"云间缙绅哗然攻讨,以为衊朝廷之名器,伤大夫之体统,几不免老拳。满船载瓦砾而归,虞山怡然自得也。"(《柳如是别传》第三章,河东君与"吴江故相"及"云间孝廉"之关系八)

花船满载石头而归,钱谦益毫不为意,"买回世上千金笑,送尽平生百岁忧"。他娶回了在他眼里最美的女人,得意还来不及呢。而柳如是这些年来东奔西走,终于得到明媒正娶之待遇,胸中一口恶气吁出。

那晚,破例穿了新娘礼服的柳如是醉了,她一口一口地把斗彩高足杯的酒喝干,再给他斟上。她斟酒的过程缓慢,仿佛要让这过程无限延长下去,没有终止,没有尽头。而钱谦益,也醉了。她靠在他衰老却又温暖的怀里,泪涕涟涟。吴江的耻辱,松江的创伤,一切都淡去了,钱谦益拯救了她。唯有他尊重她,把她当人看。她像是准备把一生的泪水在这一夜里流尽,她用喜庆的泪水为自己漂泊的生涯降下帷幕,而同时,也为未来的相濡以沫、同甘共苦拉开序幕。新婚之夜,夫妻俩沉浸在甜蜜幸福之中。钱谦益凝视着如花似玉的新夫人,喜不自胜。

柳如是存心逗他,问:"相公爱我什么?"

答曰:"我爱你乌个头发白个肉。"

"那你爱我什么?"

柳如是敏慧伶俐地应声而答:"我爱你白个头发乌个肉。"

说罢两人相视大笑。柳如是把他比作肤黑而又做宰相的王安石,如此戏谑逢迎，自然令自负相才的钱谦益心花怒放。柳如是在他的心里又多了一份可爱俏皮和知心。柳如是有幸遇钱，钱谦益欣慰得柳。他们是乱世佳缘。

"去年梅开花尚少，今年花开多益好。花开岁岁春常在，种花之人花下老。君不见拂水山庄三十树，照野拂衣白如雾。又不见卧雪亭前雪一丛，千花万朵摇春风。"（钱谦益诗作）这哪是六十岁男人的心态，柳如是激活了钱谦益至情至性的诗心。

婚后的柳如是依然是儒生装扮，但行为举止有所收敛，对此，钱谦益也不在意。柳如是很聪明，钱谦益家里妻妾一堆，自己出身又被人看不起，若住一处，少不得拌嘴吵闹。为避开家庭纠纷和矛盾，柳如是提出，按在吴江的约定，不入本宅而另辟新窝，钱谦益欣然答应。但那几年吃了一场官司，花了很多钱，加上十几年革职赋闲在家，没有俸禄，只能靠地租生活，而钱谦益广置良田美宅于南京、扬州，如今迎娶新人又花了大笔银子，手头一时有些周转不过来，建筑新居的费用一下难以凑齐。钱谦益怕委屈柳如是，不惜出卖家藏的传世孤本宋刊前后《汉书》给情敌谢三宾，得白银一千两，在虞山北麓盖起绛云楼。此建筑画梁雕栋，富丽堂皇。绛云楼建成之后，钱谦益尤喜收藏图书，常不惜重金购求古本，多方搜罗购置图书孤本。因得刘凤厓载阁等诸家藏书，故藏书丰富，名冠东南，几可比拟内府，并编有《绛云楼书目》。除了图书之外，在柳如是建议下，钱谦益还收藏了不少善本图书的刻版。这些钱谦益所收藏的精美刻版，也都放置在绛云楼中。除此之外，这里还藏有很多装帧精美、材质珍贵的图书、字画，还有象牙做书签的精装书本，裱糊细致的画轴等。

夫妇俩搬入绛云楼居住。此楼共有五楹三层，楼上两层为藏书室，楼下为客厅、卧室、书房及客房。自此，两人在绛云楼内题花咏柳，浏览史书，校勘典籍，日子过得充实而温馨。钱谦益每得佳句即示夫人，而击掌之间，柳如是答诗已成。有时柳诗先成，钱谦益必冥思苦索，欲超过夫人，待相互出示，往往伯仲难分。时人评论，钱谦益诗文"气骨苍峻，虬松百尺，柳未能到"。但柳诗"幽艳秀发，如芙蓉秋水，自然娟媚，宗伯公（谦益）时亦逊之。于是旗鼓各建，闺阃之间，隐若敌国云"。

这里可以看出，此时柳如是的诗，有的比钱谦益更胜一筹。

陈寅恪在《柳如是别传》中较为细致地叙述了他们结婚及他们婚后的生活："辛巳六月虞山于茸城舟中与如是结缡。学士冠皤发，合卺花烛，仪礼备具。赋催妆诗，前后八首。云间缙绅哗然攻讨，以为亵朝廷之名器，伤大夫之体统，几不免老拳。满船载瓦砾而归，虞山怡然自得也。称为继室，号河东君。建绛云楼，穷极壮丽，上列图史，下设帏帐，以绛云仙姥比之，亵甚矣。不数年，绛云楼灾，宜也。但河东君所从来，余独悉之。"

"婚后，豪宕自负，有巾帼须眉之论。易姓名为柳。归钱之后，稍自敛束，在绛云楼校雠文史。牧斋临文有所检勘，河东君寻阅，虽牙签万轴，而某册某卷立时翻点，百不失一。所用事或有舛误，河东君颇为辨正，故虞山甚重之。常衣儒服，飘巾大袖，间出与四方宾客谈论，故虞山又呼为柳儒士。（见陈寅恪《柳如是别传》第三章河东君与"吴江故相"及"云间孝廉"之关系八）

"至虞山访牧斋于半野堂，遂为一生之归宿。风尘憔悴，奔走于吴越之间几达十年之久，中间离合悲欢，极人生之痛苦，然终于天壤间得值牧斋，可谓不幸中之幸矣。古人有言：'士为知己者死，女为悦己者容。'河东君以儒士（见《牧斋遗事》"国朝录用前朝耆旧"条所述牧斋戏称河东君为柳儒士事）而兼侠女，其杀身以殉牧斋，复何足异哉？"（见陈寅恪《柳如是别传》第三章河东君与"吴江故相"及"云间孝廉"之关系五）

然而好景不长，一场空前的浩劫悄然临头，打碎了钱氏夫妇悠闲风雅的隐居生活。他们被卷入一个巨大的政治漩涡。

第六节　汝殉国，吾殉夫

崇祯十七年（1644年）三月，农民起义大规模爆发，战火不断蔓延，闯王李自成带领农民军攻占北京。这一年崇祯皇帝朱由检走投无路，上吊于煤山。

当崇祯皇帝自杀的消息传到南京，这座明朝的陪都陷入了惊恐和慌乱之中。接下来的问题就是，立谁做皇帝。此时，留守南京的大臣们分成了两派。一派是以南京兵部尚书史可法为代表的正直爱国的官员，另一派是以凤阳总督马士英为代表的腐败乱政官僚。马士英为了独揽大权，操控朝政，主张拥立昏庸荒淫的福王朱由崧称帝。经过一番明争暗斗，马士英出任内阁首辅，福王朱由崧即位，于次年改元弘光，史称南明，也叫南明政权。

史可法本来并不赞成朱由崧当皇帝，但这时也只好同意了。钱谦益作为前臣元老，有资历有声望，又是一方名士，必定会引起新政权的注意，不奉新朝便侍旧主。

果不其然，这年六月六日，钱谦益时来运转，被南明小朝廷授予礼部尚书兼翰林院侍读学士。面临着命运的选择，钱谦益喜出望外，柳如是自然也异常高兴。此番复出，不仅实现了相公十五年来重列朝班的梦想，而且官升一级，她比钱谦益更高兴。

同年七月十五日，柳如是打点好行囊，随踌躇满志的钱谦益赶赴南京就职。他们乘官船到苏州，取道大运河北上。途经丹阳境内，钱谦益高兴，特地雇一头毛驴，作夫人的代步工具，自己还亲自替她牵辔执鞭。丈夫长期隐居林下，而今终于有了出头之日，欣喜之情难以抑制。然而，钱氏夫妇的喜悦并未持续多久。他们很快意识到，情况远没有想象的那样乐观，在国家内忧外患之时，弘光帝昏愦无能、荒唐透顶，整日沉湎酒色。他没有一丁点收复失地的雄心壮志，而是耽于个人享乐，大兴土木，建造宫殿，还派出宦官去民间搜罗美女。马士英则利用弘光帝的荒淫昏聩疯狂地结党营私，为非作歹。他把魏忠贤的余党阮大铖拉进朝廷，让阮大铖把持了兵部的要职。

就在南明君臣醉生梦死、争权夺利之时，局势一天天地恶化。

1645年4月，清军腾出精力，分别从山东沿运河南下、从河南东下南进、从湖北顺江而下，东、中、西三路大军对南明发起总攻。

弘光帝满足于江南半壁河山，依旧醉生梦死。危亡之际，在朝堂之上，依然是党争激烈。马士英入阁为首辅后，把持朝政，起用阉党阮大铖，任用私人奸小，排斥忠良，贪赃枉法，大肆卖官鬻爵，即使是毫无才识的白丁，只要肯出钱买官就可位至将帅，所以当时有"扫进江南钱，填塞马家口""官职贱如狗，都督满街走"的民谣。同时，坚决主张抗清的史可法却被马士英和阮大铖排挤。

南京此时已是危在旦夕。忠将史可法焦灼地劝谏弘光帝应该振作精神，光复故土，朱由崧只是敷衍了事。国难当头，史可法身为军事最高长官，便主动要求上抗清前线去统率军队，杀敌报国，督师扬州。

然而，当史可法到了长江北岸巡查，竟然长叹一声。他一到扬州，就发现情况比他想象的要复杂得多。原来，长江北岸驻扎着四支明军，叫作"四镇"。四镇的将领飞扬跋扈，割据一方，互相攻杀，纵容士兵残害百姓。可惜的是，史可法以文臣驾驭武将，缺乏胆略和气魄，在四个明军将领出现矛盾时，只是用尽心思在各个方面应付、调停，既无法将他们拧成一股绳，也不会相互制衡，只能维持表面的和谐。因此，一旦清兵攻来，防御阵线即告瓦解。

史可法抱着与城共存亡的决心，率亲军4000人苦守扬州。4月15日，清军兵临城下。清将多铎（清太祖努尔哈赤第十五子）五次写信给史可法劝降，史可法均不启封，将信投入火中，以示抵抗到底决不屈服的决心。

可惜的是，史可法所守的扬州城，基本没有组织起有效抵抗。5月20日，在红衣大炮的轰击下，扬州城陷落。史可法被俘后遇难，一同殉国的还有扬州总兵刘肇基、知府任民育等。多铎攻入扬州后，下令屠城。大屠杀持续了整整十天，史称"扬州十日"。扬州居民除少数城破前逃出和个别在清军入城后隐蔽较深的百姓幸免于难，其余几乎全部惨遭屠杀，"城中积尸如乱麻"。

有人估计，被屠杀人数"计八十万余"。有着数百年历史、风物繁华的江北名城扬州成为一片废墟。

扬州既失，江北失去依托，清军跃马挥鞭，直杀到长江边上，并趁夜色掩护，由京口渡江，直驱弘光政权的首都南京。

次年五月，清军突破长江防线，一路杀向南京。弘光帝携后宫嫔妃及亲信冒雨出逃，阮大铖等大臣也溜之大吉。

"城门大门口，昨大兵至维扬，城内官员军民婴城固守。予痛惜民命，不忍加兵，先将祸福谆谆晓谕，迟延数日，官员终于抗命。然后攻城屠戮，妻子为俘。是岂予之本怀，盖不得已而行之。嗣后大兵到处，官员军民抗拒不降，维扬可鉴！"

这是清军首领多铎发布的檄文，他威胁南京军民，如果不投降的话，清军就要像在扬州一样搞大屠杀。

南京城顿时陷入恐慌混乱之中。皇帝跑了，阮大铖跑了，南京城里最大的官就是钱谦益了。群臣急商"战守之策"。钱谦益十分清楚目前的困境，明军根本无力抗衡，敌众我寡，敌强我弱，身边武将，或早已逃之夭夭，或早已降清，或战死沙场，早已溃不成军。投降，至少还可以免遭屠城，保全南京百姓的生命和财产。

宁可自己蒙受污名，他果断建议投降。

对于死亡，钱谦益当然是恐惧的，自己一死，也许能换个杀身成仁的名声，但那些无辜的人，凭什么让他们做这虚无荣誉的殉葬品？在南京覆亡之前，钱谦益给苏州等四郡长官的信中，的确提出，如今"大势已去，杀运方兴""为保全百姓之计，不如举郡以降"。

就这样，钱谦益保全了南京百万生灵，这却也成为他一生擦不掉的污点。因为选择投降而被世人唾骂，这也使柳如是与钱谦益的感情发生了改变。

在熟悉这段历史之后，有一个"大逆不道"的观点在笔者脑海里挥散不去：史可法是民族英雄，钱谦益何尝不也是民族英雄？了解明清历史的人都应该对钱谦益不陌生。而钱谦益在今时今日的"负面"形象，在作者看来，疑点颇多。

降清还是抗清，曾是清初衡量人们政治立场的标杆问题，而乾隆帝的标准，就是不问降清反清，唯以忠君为准绳。

现存各种史料和民间著作，加上统治阶层的宣传意识导向，再加上后人很多小说、野史、影视剧、著作等的刻画，经过和史可法截然不同的对比后，钱谦益的小人形象几乎被坐实。

但如果从另一个角度看，为保卫百万南京百姓生命而忍受屈辱的钱谦益，就是十足的英雄。毕竟时代已经变了，观念不同了，不同时代下的选择，必然有其时代的局限性，我们不能穿越回去，难以了解钱谦益投降前后的原委，但从结果来看，钱谦益虽然自己蒙受了污名，却保住了南京这座城市及其数万百姓。

弘光元年，顺治二年（1645年），弘光朝廷为时一年的生命宣告结束。这一年，柳如是二十八岁。

灯影下拉出一道长长的影子，投射在她苍白的脸颊上。

大明亡矣！大明亡矣……而她的丈夫，不仅没有与大明同生共死，还是那个高举白旗向敌军投降的人……柳如是悲愤难当。

过了两天，一心赴死的柳如是吩咐下人备下一桌丰盛的酒宴，脱下那身儒生服。她在酒宴上盛妆丽服，殷勤地为丈夫斟酒夹菜。酒过三巡，她举起酒杯，一饮而尽，然后劝说钱谦益效仿史可法殉节，她甘愿和他一同去死。

钱谦益不吭声，柳如是黯然道："眼看大厦将倾，国将不国，汝乃大明重臣，唯以身殉国，汝殉国，吾殉夫，方能保全名节，流芳百世。"

听罢此言，钱谦益面色惨白，默然无语。他感叹自己一生坎坷，虽名扬天下，却生不逢时，仕途不昌，平生唯一得意的是花甲之年得到柳如是这一红颜知己。而今，大明江山被一群奸佞小人弄得山河变色。以死殉国，固然能青史留名，可自己幸福的家，美丽的夫人，还有千千万万手无寸铁的南京无辜百姓，难道也要伴随亡去的大明江山灰飞烟灭吗？难道要眼看着一条条鲜活的生命在多铎的屠刀下血肉横飞，化成灰烬吗？殉国有啥意义？难道只有"杀身成仁"，才能被奉为英雄？

"不能！"钱谦益坚定了执念，简短道。

一切都是那么宁静，宁静得如同静止一样。

柳如是已一心赴死。她的眼中盛满决绝。

钱谦益自知自己一把老骨头，死不足惜，可是柳如是才28岁，好日子还没过几年，怎又舍得让她去死？

见丈夫如此贪生怕死，柳如是悲痛绝望，无话可说。突然，柳如是摇摇晃晃地冲向栏杆，想要跳入荷花池自尽。情急之中，钱谦益一把抱住妻子，老泪纵横，苦苦哀求。她表现出的凛然气节和情怀，令钱谦益感到汗颜。

柳如是也感动了三百年后的陈寅恪。

关于柳如是以身殉国，陈寅恪《柳如是别传》上引顾苓河东君传云："乙酉五月之变，君劝宗伯死，宗伯谢不能。君奋身欲沉池水中，持之不得入。其奋身池上也……是时长洲沈明抡馆于尚书家，亲见其事，归说如此。……柳君亦女中丈夫也哉……"

陈寅恪又说："消夏闲记及牧斋遗事所记，与河东君及牧斋之性格一诙谐勇敢一迟疑怯懦颇相符合。"

柳如是不愿当亡国奴苟且偷生，被人耻笑。她实在难以承受山河破碎，故国败亡的打击，陷入深深的忧郁之中，也陷入对钱谦益的失望里。夫妇俩产生了隔阂。

过了几天，清军进入南京。钱谦益以南明礼部尚书的身份率百官前往郊外出席迎降仪式。《清史稿》记载："顺治二年豫王多铎定江南，谦益迎降。"

时代的激烈变化使他们两人产生了思想上的分歧，二人的感情就此出现裂痕。柳如是心绪不好，一天到晚不理他，这使钱谦益非常痛苦。他也反思自己，是否真错了，如果当初不降清，夫妻关系也不会恶化到如此地步。可是，难道只有一死才是英雄？难道只有牺牲南京百万老百姓的性命才是正确的？谁说皇权就代表正义,谁说府衙就代表苍生?然而,他在情感上是那么依赖妻子,她的冷淡疏离又使他难以承受。有一天,钱谦益终于忍无可忍,冲柳如是恨恨地说:"要死,要死!"柳如是一听,顿时火冒三丈,大声呵斥:"你应死在乙酉!死在今日,太晚了!"

关于柳如是和钱谦益的冷战,陈寅恪在《柳如是别传》中是这样记载的:"复次,顾公燮消夏闲记选存'柳如是'条云:'宗伯暮年不得意,恨曰:要死,要死。君叱曰:公不死于乙酉,而死于今日,不已晚乎?'"

两人就这样僵持着过了一段时间。清朝立国不久,为了收买人心,也为了笼络读书人,朝廷欲招纳录用前朝的年高望重者。作为前明旧臣的钱谦益,因为声望和实际影响力的缘故,他也在清王朝的征召之列。

钱谦益奉命赴京受职。无论钱谦益如何劝说,倔强的柳如是都拒绝同去。她决不做降臣的命妇。

钱谦益只好孤身而去。

抵京后,钱谦益并未被重用,更不用说授予他梦寐以求的宰相之职,只给了他一个礼部右侍郎的位子,充修《明史》副总裁。闲曹冷局,令他心灰意冷,他开始后悔接受清朝的征召,落得千秋骂名,又舍不得柳如是,常常思念她,于是写信向她诉说思念,并且继续解释降清的原因,解释当时南京百姓所处的危境。

毕竟,此生,钱谦益对她恩德如山,也是她此生的依靠,更是她一生的知己。分离的日子,也使柳如是逐渐冷静下来,也渐渐理解了他。于是,她写信劝钱谦益辞官还乡,归隐山水之间。而且,此时的柳如是为了帮丈夫洗刷耻辱,同时也真心期望大明复兴,已在暗中捐款支持反清复明的志士,为他们购置武器。她在一封信中情真意切道:

> 自从相公辱临寒家,一见倾心,密谈尽夕。此夕恩情美满,盟誓如山,为有生以来所未有,遂又觉人世尚有此生欢乐。复蒙挥霍万金,始得委身,服侍朝夕。春宵苦短,冬日正长。冰雪情坚,芙蓉帐

暖；海棠睡足，松柏耐寒。此中情事，十年如一日。

不意山河变迁，家国多难。相公勤劳国事，日不暇给。奔走北上，跋涉风霜。从此分手，独抱灯昏。妾以为相公富贵已足，功业已高，正好偕隐林泉，以娱晚景。江南春好，柳丝牵舫，湖镜开颜。相公徜徉于此间，亦得乐趣。妾虽不足比文君、红拂之才之美，藉得追陪杖履，学朝云之侍东坡，了此一生，愿斯足矣。

第七节　取义成仁浩气存

在亲情的召唤下，又因思念柳如是，不到半年，钱谦益决心归隐。他以老迈多病为由，乞求归里，辞官回到南京家中。经过了这些大起大落之后，钱谦益和柳如是终于拨开迷雾，消除了一切隔阂，可以真正携手面对生活中的一切问题了。

顺治五年（1648年），柳如是生下一女。老年得千金，钱谦益喜不自胜。然而在老家仅仅过了半年多平淡生活，钱氏夫妇忽然又大祸临头。

钱谦益因黄毓祺起兵反清案牵连，被关入金陵狱中，柳如是顿时陷入惊恐焦急之中。

原来，清朝建立后，以征服者自居，入京后就将半数北京居民驱逐出城，以便驻屯八旗兵；同时命令在京城近郊开辟牧马场，饲养战马，强占了百姓的大片良田沃野。

随后，清政府又强迫推行"圈地"命令，任意圈占百姓的土地，抢占百姓的屋舍。清朝统治者还强迫推行"剃发"令，搞得人心惶惶，动荡不安。

此时，钱谦益的旧友江阴人黄毓祺，由于不满清朝统治者的残酷统治，于顺治初年在海上举兵反清，从舟山群岛进发，准备溯长江而上，攻克常州等地。此阶段，为了洗刷丈夫的污点，为了复明抗清，柳如是已暗暗开始捐款资助复明抗清志士购置兵器弹药。在柳如是的劝说和影响下，钱谦益也主动与黄毓祺联络，资助其招募义军，还让柳如是亲赴海上犒师，帮助筹集兵饷。

可惜的是，第二年，黄毓祺不幸兵败被俘。部属招供黄毓祺曾在钱谦益家中留宿，钱还资助黄招兵买马。钱谦益遂被江南总督马国柱抓获，投入监狱。

危急关头，刚刚生产完的柳如是不顾身体虚弱，四处筹钱，打点银两，鼎力救夫。除继续求助权要梁维枢等人外，她派人找到告密者，拿出银两催促其连夜逃走而无法出面作证；再说服已定死罪的黄毓祺，坚决否认与钱谦益有过来往。黄得知行刑日期后，作绝命诗坐死狱中。这样一来。既无原告也无证人，对钱谦益就无法立案。为避免露出破绽，柳如是又花银子打点狱吏，以黄因服刑过重而亡上报，狱吏也无须承担责任。与此同时，一些留在南京的明朝遗民，同情钱谦益因反清复明而下狱，通过各种关系向朝廷大员说情开脱。为了把他从牢里救出来，柳如是联系了各方友人，花了二十万两银子。

最后，马国柱"以谦益与毓祺素不相识"上报朝廷，了结此案。钱谦益又一次死里逃生。回到家中，他感慨万端，称柳如是为"孺仲贤妻"。经此一劫，夫妇俩的感情更加牢固。

陈寅恪在《柳如是别传》中提到此事："牧斋年六十七，河东君年三十一，牧斋以黄毓祺案当死，而河东君救之，使不死。"

自此以后，钱谦益专心学问，以著述作文为主要职事，柳如是随侍在钱谦益的左右，她把很多精力都花费在读书写作上。读写使得柳如是的才学更加增进，她的词甚至超过了钱谦益。

然而，不幸和灾难如同恶魔一样如影相随。

顺治七年（1650年），一场突如其来的蹊跷大火将绛云楼藏书焚毁，满室的古籍、画作、刻版等，全部毁于一旦！

这场大火燃尽了钱谦益的心血，也让柳如是欲哭无泪。她原打算协助钱谦益重订国史，如今大火烧毁了他俩最后的希望。钱谦益疑是清朝廷所为，他无奈痛呼："苍天烧我楼中书，不能烧我腹中书。"

绛云楼遭灾之后，黯然神伤的柳如是和钱谦益移居到了长江口白茅港卜筑红豆庄隐居。

也就在此时，南明的最后一面旗帜出现了。

这个人就是郑成功，名森，表字明俨、大木，幼名福松。他的出现，使柳如是对复兴大明又燃起希望。

1654年，郑成功接受李定国合作的建议，两人定好时间，李定国的明军从西南反攻，郑成功从东南反攻，双方合力夹击清军。民族英雄李定国是明朝忠臣。

顺治十六年（1659年），郑成功进攻南京。

郑成功、李定国是明朝遗老们抗争的最后期望。

是年冬，长夜未明，一辆马车伴着夜色缓缓驶向红豆庄柳如是夫妇府邸。郑成功旳到来，使柳如是欣喜万分，南明有希望了。夫妇俩兴高采烈盛宴招待了郑成功。

原来早在1644年，郑成功就曾到南京国子监求学，拜大儒钱谦益为师。"大木"是钱谦益给他取的名字，意思是国家栋梁之意。他此次前来拜访，主要是为筹备军饷。

柳如是二话不说，拿出了家中银两。自柳如是嫁入家门，钱谦益对她百般宠爱和呵护，因此家政、财权统统交给她掌管。

在随后的时间里，柳如是坚持资助抗清势力，为了帮助姚志卓起事，她把所有的私蓄拿出来，组建了一支五百人的小型起义军。明末清初经学家、史学家黄宗羲在《思归录》中说："顺治七年，谦益曾袖七金赠余曰：'此内子（即柳夫人）意也。'"可见柳如是对钱谦益的推进作用。

柳如是的一腔热血感动了钱谦益，为了洗刷降清的耻辱，此后，钱谦益积极与尚在抵抗的郑成功与张煌言等保持联络。钱谦益在柳如是鼓动下，以老迈之身参与反清复明斗争，不仅在背后帮助他们筹备经费，还数度出入抗清大营。这使他的名声逐渐好转。钱谦益还多次冒险，利用人脉策反清军将领，甚至还和柳如是一起视察过郑成功的海上舰队。由于钱谦益做过两朝高官，也熟悉水运，多次列举当务之急事、要事，并将清军在江南的动态及时报告给抗清军队。他更全然不顾年迈体弱，多次亲赴金华策反总兵马进宝反清，成为江南士绅反清的领袖。李定国以蜡丸书命钱谦益及前兵部主事严拭联络东南。钱谦益便"日夜结党，运筹部勒"动员郑成功、张名振北伐。柳如是与钱谦益又"尽囊以资之"，先后与反清复明志士魏耕、归庄、鹤足道人等秘密策划，以接应郑成功再度北伐。

而红豆庄作为柳如是夫妇的隐居之所，此时也派上了大用场，方便柳如是与各地志士复明义军联络，刺探海上消息。钱谦益曾经几次联络郑成功，请其以精锐水师封锁长江，歼灭南方清军，并且多次鼓励李定国与郑成功北伐。

1654年3月，李定国发动广东战役，二次入粤，写信给郑成功，要求郑氏出兵配合，但郑成功迟迟未应。李定国屡次向郑成功的水师求援，可惜的是，郑成功始终将郑氏利益放在反清大业之上，也就是说郑成功的复明是以他自己为首的"复明"。故郑按十万大兵不动，导致李定国孤军奋战，最终兵败。

可惜，金陵灿烂的夕阳正无可挽留地西坠，天空中充满了无法预知的悲伤。

恢复大明朝的最后希望因此破灭。

南明抗清局势却越来越弱，柳如是、钱谦益看到大业东流，不禁伤感无比。

这一年的秋天，钱柳双双回到常熟老家。一路所见或是流离失所的灾民，或是横尸遍野的惨景，曾经的大明江山如今满目疮痍，让钱柳二人心情沉重。

归乡之后，当地的读书人经常到钱家聚会。在这种场合，柳如是有时头戴貂帽、足蹬锦靴；有时身着道袍、肩披霞帔，出来和大家一起酬唱应对。

只是，她的眉眼间多了一丝忧郁，复兴大明，永远在残留的梦里了！这是她一生也摆脱不了的痛和遗憾。

斗转星移，转眼到了康熙三年（1664年），八十三岁的钱谦益走到了人生的尽头。

这年五月，钱谦益带着满腹的牵挂和留恋，离开了人世。柳如是母女在灵前放声恸哭，悲伤欲绝。他走了，她的世界倒塌了。

丈夫死后，四十七岁的柳如是受到钱氏家族的排斥。为了家产，族人钱朝鼎、钱曾伙同家族中的其他人向柳如是勒索金银、田产、房产、香炉、古玩等。钱曾狮子大开口，伸手便要银子三千两。

丈夫去了，柳如是失去了依靠，也失去了生活的希望。同年6月28日，为了保护钱家产业,柳如是用血书立下遗嘱,然后解下腰间孝带悬梁自尽,追随至爱的钱谦益,结束了自己风雨飘摇的一生,年仅四十七岁。

在笔者看来,钱谦益的诗文成就未必在苏轼之下,而其情义当在苏轼之上。别看苏轼写了感人至深的"十年生死两茫茫",也别看陈子龙满载痴情的《湘娥赋》,说得好永远不如做得好,钱谦益,这个性情温软的男人,给了柳如是数十载遮风挡雨的幸福生活。

作为一代才女,柳如是一生写了许多香艳的诗词,让文人学士佩服和赞赏。然而,她用鲜血为女儿写下的遗书更让世人感叹。

"我来汝家二十五年,从不曾受人之气,今竟当面凌辱。我不得不死,但我死之后,汝事兄嫂,如事父母。我之冤仇,汝当同哥哥出头露面,拜求汝父相知。我诉阴司,汝父决不轻放一人。"

在这场被称作"钱氏家难"的事件中,柳如是以惨烈的方式告别人世。从遗书不难看出,这个刚烈的女子,在系上孝带的那一刻,她想得最多的,一定是二十多年来一直宠爱她、保护他的钱谦益吧。她与他成婚之后,他对她又爱又敬,更重要的是,他能给柳如是充分的自由。柳如是嫁为人妇后,还常身穿儒服,出闺阁接待宾客,钱谦益因此称赏她为"柳儒士"。换做陈子龙,只怕绝不能容许自己的妻妾有如此行为。事实证明,柳如是嫁对了钱谦益,正如她之前说过的:"吾非才学如钱学士虞山者不嫁。"

在钱谦益去世多年后,乾隆皇帝还曾不顾身份地破口大骂钱谦益:"本一有才无行之人""大节有亏,实不齿于人类"。于是钱谦益的著作遭到销毁,名字被列入《贰臣传》乙编。天下文人才子骂钱谦益之风蔚然而起。关于钱氏如何降清、如何剃发的丑态传闻应运而生。数百年来,钱谦益的汉奸形象几与小丑无异。乾隆皇帝除了点名把他列入日后《贰臣传》之首,修《四库全书》时,所有钱谦益的著作也全部被排斥在外,凡涉及钱谦益名字者或改或删。同时,他还下令销毁钱谦益所著的《初学集》《有学集》等一百多种著作,甚至凡有他名字的序文或列名校勘之书,都在禁止之列。

每个人都是复杂的矛盾体,非黑即白太简单化。我们不能按今天的观点指责那个时代的某个人选择的道路不对。我们要求当时的明朝将吏必须忠于这个腐败政权，不见得明智。维护南明小朝廷的立场，提倡对它愚忠到底，反对任何人降清，这实在没必要。

也许钱谦益性格中确实缺少刚烈的一面，在清军南下时他做出了率先迎降之丑剧，留下了千古骂名，但是被他保全下来的南京百万性命，却没有人提起。他为百万平民打开了一条逃生之路，反被遗忘！

或许，如果他当时死了，就是民族英雄了，历史又会是另一种说法。

三百多年来，世人只看到钱谦益的背叛、懦弱、圆滑，甚至连他后来为反清复明倾钱倾力也不被接受，"该反时降，该降时反"，成为人们批判他的又一把柄。所谓"水太凉""头皮痒"纯属造谣，无中生有。然而，对世俗礼法毫不在乎的钱谦益不知心中是否也在批判自己。他曾写道："海角崖山一线斜，从今也不属中华！更无鱼腹捐躯地，况有龙涎泛海槎。望断关河非汉帜，吹残日月是胡笳。嫦娥老大无归处，独倚银轮哭桂花。"今天作者也只能在钱谦益的这首诗歌中，体味他的悲哀和挣扎。

幸好他有柳如是！

三百多年来，香艳的秦淮河畔留下了八位名妓的身影，唯柳如是文才诗艺高居"秦淮八艳"之首，可见世人对她的推崇。她著有《戊寅草》《湖上草》《东山酬和集》《红豆村杂录》《河东君诗文集》《尺牍》《我闻室鸳鸯楼词》《梅花集句》《柳如是诗》等作品。其数量之多，文辞之美，足以令人咋舌。其《尺牍》，清人认为"艳过六朝，情深班蔡"。她的书画也极负盛名，书画《月烟柳图卷》后人赞其为"铁腕怀银钩，曾将妙踪收"，历来为收藏珍品，价值连城。

其中，柳如是创作于1643年的《月堤烟柳图》，是现存最早的一件中国女画家所创作的写生山水图，在中国画史上有着极其重要的意义。她的《人物山水册》现藏在美国弗利尔美术馆。1909年，上海神州国光社出版了《柳如是山水人物画册》。

剔除许多荒诞不经的传说，柳如是依然是晚明一大景观，一位杰出的艺术家、一位时尚达人。她被人称道的不仅仅是她的诗画书法作品,更是她爱憎分明、敢爱敢恨的性格,是她敢于反抗封建礼法男尊女卑的独特个性,勇于追求自由之精神,也是她横溢的才情,她深厚的家国情怀。

柳如是的名字从来没有被时光遗忘,至今依然犹如红豆一般美丽晶莹,被世人仰慕,在历史的长河中闪烁着别样的光芒。

第三章
倾国外姬——陈圆圆

她柔若无骨,她倾国倾城。
她是昆曲的精灵,
她是军中观音!

她是就是倾国外姬
——陈圆圆!

第一节　风尘魇梦

崇祯十五年（1642年）春，苏州教访司天香楼，一场弋阳腔戏剧正在激情上演。

粉白的脸，浓彩夸张地勾勒出突出五官，服饰艳丽。且听那弋阳大戏的锣鼓敲起来"咚咚"一阵，"铮铮"几下；慢拍云板，铿锵峥嵘；咿呀的胡琴传递出声声思念，音乐把现场的气氛推到高潮。

突然，乐声戛然而止，静谧无声之时，袅袅娜娜走出一位凤眼女子，她凤冠霞帔，丽颜如花。一个亮相，一声清唱犹如黄鹂出谷，端的是"待月西厢下，迎风户半开"。

演崔莺莺的这个人，叫陈圆圆。这是陈圆圆最喜欢的一场戏《西厢记》，也是天香楼的压轴大戏。她小小一张瓜子脸，头发全部挽在后面，微微枕在旁边那张生的肩上，眼波是亮闪闪的一潭秋水，浅浅笑着，我见犹怜。

关于陈圆圆的姿色相貌和表演技能，想来还是古人说得更客观，也更接近真实："观者为之魂断""声甲天下之声，色甲天下之色""姑苏清倌人（歌姬）昆曲清倌人陈圆圆年青聪慧，容貌娟秀……姑苏歌姬陈圆圆演《西厢》，扮贴旦娘角色，体态倾靡，说白便巧，曲尽萧寺当年情绪……"清人陆次云在《虞初新志》中这样述说观后感。

因此，人们不难相信陈圆圆甫一登台便能让数千人众惊艳叫绝的传说了。

正是这张面孔，缔造了秦淮河畔的一段传奇。陈圆圆被时人誉为"苏州第一名妓"。

天香楼是苏州的上等青楼，金碧辉煌。这里的客人都是戏迷，只为花魁陈圆圆而来。

"妙哉！《西厢记》被她唱活了，甚是多才多艺啊！"几个作士子打扮的人道。待一折戏唱完，陈圆圆盈盈走向台前，向众人道个万福。接着，欢快激昂的鼓乐声传来，陈圆圆长袖一展，舞姿曼妙，几声唱腔低回舒缓，高亢激越，勾魂的温柔，颠倒众生。

"五十两！"马上有人喊到高价。

"六十两！"

"七十两！"

"一百两！"

客人们大都是豪客，不在乎钱。他们开的出局费（出场费）一个比一个高。

当然，天香楼里的姑娘们标价再高，也不过是鸨母、龟公的摇钱树。在凡夫俗子眼里，再是头牌也改变不了姑娘们身为教坊女的事实，尽管青楼和红院（娼门）差别很大，青楼里的姑娘大多数是教坊司出身，从小开始培养，教其琴棋书画，文学素养较高，吟诗作赋甚至不输于那些秀才。这些文人士子不惜花费数十两银子，就是为了能见上陈圆圆一面，听她演唱一出《西厢记》，弹上一曲儿，然后被迷得神魂颠倒、意犹未尽地离去。

由于客人们竞价高昂，《西厢记》演出持续不衰。连演半月之后，时年春天，陈圆圆遭人抢掠。

掠夺者不是等闲之辈，乃是大富豪田弘遇，他抢走了陈圆圆，准备把她献给崇祯帝。

原来，田弘遇的养女嫁给了崇祯为妃，被封为皇贵妃。她"能书，最机警"，一时很受崇祯的宠爱。田弘遇自比国丈，官封右都督。他仰仗女儿得宠，"窃弄威权"，京城里没有一个人敢得罪他。人们对他敢怒不敢言，但心里无不痛恨他。

田弘遇作为崇祯的宠臣，当然非常了解国势已危急到何等地步。农民军日益向京畿逼近，不能不引起他对自身安全与家室财富的忧虑。

崇祯曾经很宠爱田妃。田贵妃为崇祯帝生了四个儿子，可见皇帝对她的喜爱。太监曹化淳为表忠心，便从南方掠来不少美女，供崇祯玩乐。崇祯一时被女色迷住，竟累月未与田妃相见。田妃未免不吃醋。田弘遇见自己的女儿失宠，也趁进香机会到苏州掠美女，以图博取崇祯的欢心。因此，闻陈圆圆之名，立即前往天香楼。

胆小谨慎的陈圆圆听闻田弘遇要来，来不及卸妆就离开天香楼，坐轿仓皇离去。为了避免事端，她能做的，只有赶快躲藏起来。

小轿穿过喧嚣的市井，繁华的小巷，拥挤的庙会。陈圆圆每次出现，都是万众瞩目的焦点。卖菜的小贩为了见美人一面，弄翻了自己的菜摊。姑娘在脸上涂满厚厚的胭脂，东施效颦，非要与其争个高下。年迈的老人拄着拐杖，步履蹒跚也要一睹美人的风采。

陈圆圆的小轿被围得水泄不通，田弘遇眉头一皱，计上心来，便想出了一招，让侍从撒了一地碎银。果然，穷人们一看满地碎银，便发了疯似地来抢。这样一来，便分散了大家的注意力。田弘遇的手下立马出动，抓到了陈圆圆。

情急之下，鸨母乃求地方官吏、百姓庇护。当地百姓聚集了上千人出来要求田弘遇放走陈圆圆。但田弘遇以权势相威胁，又不惜千金贿买地方官，陈圆圆最终被他带回北京。与陈圆圆一同被强买的，还有名妓顾寿、杨宛等人。

这一次，是陈圆圆人生的又一个重要转折点。

陈圆圆是江苏武文厚县奔牛镇人。生于明天启四年，本姓邢，家境贫寒，世代务农，三岁时父母不幸双亡，只得由桃花坞的姨母抚养。她从姨丈姓氏，改陈姓，名沅，字畹芬，小字陈圆圆。

陈圆圆的姨丈是个小商贩，人称陈货郎，家里有个杂货铺。虽然姨丈并没读过什么书，却喜爱风雅，家里有个不大的书房。窗前的桌案上永远摆放着文房四宝，却从来无人问津。自从陈圆圆来到姨母家之后，姨丈的这间书房就变成了她一个人的世外桃源。她在这个并不宽敞的房间里，度过了一段安宁而多彩的时光。

由于姨丈操持小本经营，时常挑着货郎担走街串巷，出屯入村，卖些针头线脑剪刀之类的小物，所得寥寥，勉强糊口。又因货郎这个行当，平日外出卖货，招揽生意还须手摇拨浪鼓，口中不停吆喝，所以姨丈养成了唱歌的习惯。为了广为宣传他的杂货铺，他还招来能唱歌的稚童与他同住，家里常有十数人。他教他们唱歌，"张打铁、李打铁、打铁打到三十夜，打把剪刀送姐姐"，为他的货物做宣传，彼时"日夜讴歌不辍"。大概陈圆圆受姨丈的熏染，由此爱上唱歌。

日子一天天过去，转眼陈圆圆十四岁了。然而，不幸的日子却猝不及防地到来了。

这一年，苏杭地区年谷不登，土地龟裂无雨，虽不至哀鸿遍野，但百姓的日子愈发艰难。原本富庶的江南，桃花围裹的桃花坞，也仿佛变得黯淡无光。

终于有一天，她发现姨丈的脸色越来越难看，一副嫌恶的样子。他不再考虑如何为陈圆圆找户好人家，反倒觉得这个外甥女长相出众又能写词唱歌，不如卖了划算，就和妻子商量，说与其饿死，不如把外甥女送到梨园去学昆腔，好歹算是个本事。姨母在家没有地位，做不了主，听丈夫如此劝说，只能点头，哭哭啼啼地应允了下来。

于是，姨丈把陈圆圆当作品质上佳的"瘦马"，以五十两纹银的高价卖进了苏州教坊司。

在这里，陈圆圆开始学习昆腔，成为女乐歌伎。

教坊司的歌伎大部分是犯官的家属，有像陈圆圆这般大的女孩子，也有三十多岁的少妇，甚至还有五六十岁的老妪。在这里，女乐们除了学艺或被迫接客以外，还有一种特殊使命，那就是祈雨。陈圆圆到教访司后不久，就赶上一场祈雨仪式。

求雨是远古时期以性娱神活动的遗存。在殷商时期，为了祷雨，通常是由女巫"雩舞"。有关祈雨，《周礼》有载："若国大旱，则率巫而舞雩"。所谓雩舞，是一边跳舞一边大声号呼而求雨。

五月朔日，仪式在苏州城重檐斗拱的九龙庙中进行。庙内张灯结彩、鼓乐喧天，陈圆圆等女孩斋戒三天后，祈雨队伍正式出发。一路鸣锣开道，黄旗掩映，后面紧跟着数以百计的乡绅耆老，身穿白色苎布长衫，手持明香，顶着烈日，三步一拜，五步一跪疾呼："救命啊！老天爷啊！""救命啊！老天爷啊！"

这些被征召来的女孩子会分组在十二个不同的地方进行祈祷，向上苍请求降雨。色艺俱佳的陈圆圆要担当领唱的角色。为了表现诚意，在祈雨的过程中，她们必须不吃不喝不睡觉。陈圆圆知道，若求不来雨，会受到严惩，所以引吭高歌，竭尽心力，直到声嘶力竭。天缘凑巧，祈雨至次日，竟连下了三天三夜的大雷雨，解决了苏州的大旱。然而，陈圆圆的情同姐妹的好友却死于这场求雨。经此一事，陈圆圆相信神灵的力量，性格变得更为隐忍。

之前活泼爱笑的陈圆圆，再也回不来了。在洞箫月琴的曲调中，回望几年前，记忆里依然是好友鲜活的容颜。

此刻，陈圆圆多舛的人生又开始了新的篇章。

她坐在轿里，眼前一片漆黑，心中的悲愤再也抑制不住，泪水溢出眼眶。

两乘大轿来到紫禁城的东宫门，田弘遇亲自领陈圆圆拜见皇帝。田弘遇命人停下轿子，又吩咐一名身强力壮的太监背上陈圆圆，另一名太监把一块黑布蓬蒙罩在陈圆圆的头上和身上。

陈圆圆被黑布蒙着，伏在太监的背上，宫中的样子想看也看不到。只觉得行了很长的路，那气喘吁吁的太监才停住了脚步，开始一步步登着台阶，不一会儿，那太监又停住了脚步。

陈圆圆被放下，并摘去黑布。她站稳了脚跟，睁开双眼望去，只见面前一座极富丽的宫殿，殿中燃的烛灯黄得出奇，一股股奇香从殿中飘出。

陈圆圆的美名早传遍朝野。与宫中嫔妃相比，她身上别有一种说不出的风韵。崇祯虽然欣赏她的姿容，但此时面对混乱的朝政，他也无心女色，摇头叹息道："此女诚佳人，但朕以国家多故，未尝一日开怀，故无及此。国丈老矣，请留殊色以娱暮年，可也。"

崇祯此时急需的治病良方，不是女色，而是捷报。

"此女雅善歌笙，并工诗画，超凡仙品。藩府不敢私有，特进诸皇上。"

田弘遇觉得崇祯是因为心情不好而拒绝，心有不甘，恳切地再三向皇帝进献。

田弘遇暂时把陈圆圆留在宫里，且把她的生活安排得十分妥帖，没有人和她多说什么，她也很清楚自己不过是一枚任人摆布的棋子，这一盘棋的输赢却全不在自己。

唱曲，抚琴，书画，舞蹈，还有宫中的各种复杂的礼节，她每天都在学习，她什么也不愿意想，也不敢想。

宫里的生活也不是高枕无忧，那些太监、宫女经常躲到角落里窃窃私语，无非就是在说教坊司掠来的女乐不干净。后宫佳丽三千，宫里的女人就像后花园里的牡丹，娇艳欲滴不说，还一茬接着一茬，从不间断。与这些嫔妃争宠岂有好日子过？梦里繁花落尽，弦虽断，曲犹扬。一叶一枝，一曲一场叹，一生为一人。

陈圆圆没有想到，这阴差阳错的机遇，竟会促成她和另一个男人的一段佳缘。

或许崇祯是觉得，如果在此国家危急之际收了此女，必将背上好色误国的罪名，还怎么让沙场血战的将士心服口服？所以他坚持拒绝了田弘遇，让田把陈圆圆接走。眼见崇祯并无收纳之意，田弘遇只能把陈圆圆带回铁狮子胡同家里，充当自家歌舞班的歌舞姬。

陈圆圆到底是金粉秦淮培养出来的，一入田府的私家歌舞团，立马艳压群芳，成为台柱子。各路王侯将相，晚间常来铁狮子胡同串门，为的是亲眼见识陈圆圆的天姿国色，倾听她的美妙歌声。田弘遇自然明白近日为何门庭若市，因此倍感骄傲，也越发喜爱陈圆圆，又请京城乐工琴师，不断为陈圆圆量身订制艳词新曲，这样总能带给满座高朋以无限惊喜。大家既陶醉于陈圆圆的一颦一笑，又大赞美主人的好客。一些新歌一经她演唱，就被各个王府侯门的乐班仿效，没几天就传遍街坊。陈圆圆的唱腔，如同一股秦淮河的香风，从南方飘来，席卷京城。

崇祯十五年（1642年），田贵妃因病而亡。因为女儿去世，田弘遇在皇帝身边的势力顷刻间崩塌，加上崇祯皇帝多疑的性格，他很担心自己小命不保。

田弘遇留着陈圆圆除了用来解解闷，还在计划着另一件要事：为了巩固自己的地位以及找到倚靠，他一直寻找机会结交实权人物。在他看来，崇祯的大明朝即将土崩瓦解，崇祯已不是一个牢固的靠山了。在乱世，没人比手握重兵的将军更靠得住，起码能保他和家人活下去。英雄难过美人关，用一个女人来换一份生命与财产的保障是当务之急，尽管有些不舍，但利大于弊，这是划算的买卖。

这个机会终于来了，他把目光放到了镇守山海关要塞、奉召回京城述职的吴三桂身上。

与此同时，陈圆圆也再次迎来了人生的又一个重要拐点。莫测高深的命运，终于把绝代佳人陈圆圆与大明王朝的重要关口山海关长城，紧密地联系在一起了。只是，她无论如何也没有想到，她的美貌竟在无意中成为朝代更替的一把钥匙。

第二节 乱世奇缘

　　崇祯十六年（1643年）盛夏，宁远总兵吴三桂入卫京城。崇祯把入卫的吴三桂等将领请入宫中，在武英殿设宴，慰劳他们。崇祯特别倚重吴三桂，把他视为保家卫国的功臣，赏赐丰厚，寄以重托。吴三桂亦慷慨受命。

　　正是因为崇祯这次的召见，在这一年的盛夏，机缘巧合，陈圆圆意外邂逅了吴三桂。

　　这年盛夏的一天，陈圆圆与吴三桂见面了。田弘遇特意选了个吉时，在府中张灯结彩，摆下美酒佳肴款待吴三桂。为了讨好吴总兵，田弘遇让陈圆圆在席前轻歌曼舞。陈圆圆性格温婉随和，却也是十分聪明和富有主见之人。既然田弘遇如此重视，这一定是不同寻常的客人。她没有照田弘遇的穿戴要求去做，而是特意挑选了一套白色戏服，淡扫蛾眉，轻点朱唇，化了淡雅的桃花妆。

　　一阵悠扬清新的丝竹声后，陈圆圆身披白纱舞衣从重重帘幕中缓步而出，像一朵白云飘到了大堂之中，超凡脱俗。但见她轻舒水袖，明眸含笑，像烟雾笼罩着的梅花，朦胧而诱人。吴三桂本不愿结交田弘遇这类人，早欲离席而去，见到陈圆圆，一见倾心，再也挪不动步子了。而陈圆圆见吴三桂星目剑眉，面庞白皙，也对他顿生好感。

　　一段曼妙的舞蹈之后，陈圆圆在堂中站定，随着动人心弦的音乐，一曲《飘零怨》，犹如天籁之音，仿佛从遥远的天际飘来，轻悠悠地直入吴三桂的心底，带给他宛如清泉浇身的凉爽。吴三桂早已飘飘欲仙，捧着酒杯，痴痴地看着她，好半天忘了喝酒，也忘了搁下酒杯。而她明眸含笑，美目传情地在他眼前轻舒长袖，款摆纤腰，旋转如风地舞着。

吴三桂一直生活在人烟稀少的北方辽东，眼前这位歌喉婉丽的江南绝色佳人，怎不让他眼前一亮，丢魂落魄！

陈圆圆一曲歌罢，又捧了银壶来为吴总兵侍宴斟酒。吴三桂心荡神移地接了酒，一饮而尽："佳人果然美若天仙！不想你如此年轻便有这等才艺，实在叫人佩服。"

陈圆圆听了这句话，心里一阵阵甜味涌上来，一时不知道怎么答他才好，只连说了几句："将军过奖。"

吴三桂出自将门，精武善战，实乃国家栋梁。国难当头，陈圆圆亦知田弘遇是不足倚靠的朽树，她期盼能托付于吴三桂这样的武将。如今见到年轻的吴三桂，亦颇动心，看着他，第一次明白什么叫心动。她很难爱上一个人，却对吴三桂情不自禁，席间频频以目顾盼吴三桂。

本来这时她该卸妆了，但因有客在旁，只好作罢。吴三桂看出她的意思，便对她说："美人勿要客气，自便可也。"

陈圆圆好像一个听话的木偶人一般，吴三桂叫她做什么都照做。她一边卸妆，一边则盯着吴三桂，好像恐怕他飞走的样子。吴三桂见她可爱的样子，忍不住笑了出来，恨不得马上抱美人入怀。田弘遇注意到吴三桂对陈圆圆目不转睛，早已明白了几分。

第二天，吴三桂就带了千两黄金作聘礼，到田府求婚。吴三桂直截了当地对田弘遇说："倘以陈圆圆送我，战乱之时，我会先保贵府，再保大明江山！"话一旦挑明，正合田弘遇心意。他已是风烛残年，有陈圆圆这样的绝世佳人，也难再做什么了，倒不如放她去个好去处，也能保全自己的家人和财产。田弘遇又跟陈圆圆说出吴三桂的意思，没想到陈圆圆同意了。于是美事一拍即成。

田弘遇高高兴兴，把早已准备好的丰盛嫁妆装上大马车，亲自把陈圆圆送到了吴家，顺理成章成了吴三桂半个岳父。

不料，就在田家宴后，突然从关外不断传来战报。

崇祯十七年（1644年）正月，被崇祯起用为提督京营的吴三桂之父吴襄，被急调入京，家亦随之迁来。

吴三桂那时已娶妻辽东人张氏，因此陈圆圆只能做他的侍妾，但即便是做侍妾，对当时一个沦落风尘的年轻女子来说，也是一件幸事。

吴三桂得一绝代佳人，喜不自胜；而陈圆圆，也禁不住喜形于色，她期望从此与他举案齐眉，比翼双飞。

这一年，她十七岁，他三十二岁。

良辰美景奈何天，赏心乐事梦不醒。

此时边关战事告急，吴三桂虽然皇命在身，仍不管不顾，还是举办了隆重的纳妾之礼，只等享受了洞房花烛夜，再启程远征。

这一夜新郎新娘早早入了洞房，红烛垂泪，罗帐昏黄。已过戌时，陈圆圆看一眼沙漏，手指不安地扯起帕子。

外头雨打芭蕉，正是疾风骤雨时刻，本是极美妙的音效，今夜却让人无端烦躁。

陈圆圆穿了一袭红衣，坐在床沿。这一身是吴三桂特意给她赶制定做的，只为庆她今日新婚之喜。

房内熏的是陈圆圆独爱的梅香。吴三桂又叫人将房内素净的纱帐撤了，换上几十两一匹的红绢，轻薄似蝉翼，光是一开门一关门这掀起的微风，都能让那纱帐微微地飘扬起来。

只恨良宵苦短，好梦易醒，两人情意绵绵，意犹未尽之时，屋外已响起大军开拔的号角。吴三桂揽衣推枕，匆匆梳洗完毕，恋恋不舍地离开了，返回被清兵虎视眈眈的宁远。

面对分别，陈圆圆无比怅然。

虽然她知道吴三桂这份爱，大抵是基于自己的美貌，但无论如何，他却是唯一一个给了她名分和庇护的男人。他给了她一个安定舒适的家，从今往后她不用再抛头露面、卖艺卖笑了。陈圆圆感到庆幸。她庆幸自己终于有个依靠，有个家了，从今往后，或许再也不用像东西一样被人送来送去了。她希望此生就这么守着她心中的英雄，直到人生尽头。

吴三桂离京，府里就剩下他的老父吴襄。日子过得平静而自在。

很快，京城的第一场大雪下来了。

陈圆圆预感到时局的动荡，开始忧心忡忡，焦虑不安。她神不守舍地望着朱门外覆盖着绿色琉璃瓦的屋顶，期盼着征人归来。她受够了颠沛流离的生活，害怕这种看不清前方路途的忐忑，她不知道等待她的将是什么样的命运。

1644年3月19日，一个头戴白色毡笠、身穿蓝布箭衣的不速之客，骑一匹乌驳马，带领着一支穿得破破烂烂、浩浩荡荡的农民大军势如破竹地攻进了京城。原本繁华的都城断壁颓垣，一片狼藉。

作为一个面朝黄土背朝天的陕西农民李自成，似一颗流星，无法遏制地燃烧起来，以气冲牛斗之势撼动了大明帝国的根基。他把手足无措的崇祯皇帝赶下龙椅，使其最终吊死在后院的一棵树上！

明朝二百七十六年的封建统治，也终于在这场轰轰烈烈的农民起义中土崩瓦解。

这一年，大明王朝走到了末路。

陈圆圆之美，京中人尽皆知。李自成手下大将刘宗敏围住吴府，勒令吴襄交出陈圆圆。此时的陈圆圆插翅难飞，"为刘宗敏所挟去，不知所往"。

这种抢掠方式，触到了吴三桂的痛处，使原来打算投降李自成的吴三桂改变了主意，觉得李自成的大顺政权并不可靠，绝非自己的理想托身之所。

更令吴三桂愤怒的是，父亲吴襄等亲人被闯王农民军勒索抄家，后又被杀，爱妾陈圆圆又为李自成部属所掠。李自成贪图陈圆圆美貌，欲纳陈圆圆为妃。

吴三桂怒斩李自成派来的使者，做出一件让天下人震惊的事情：引清兵入山海关，并声称与李自成不共戴天。

吴三桂挥师紧追李自成的残部，一心要夺回心爱的女人。他一直追到山西绛州，忽然京师有人来报，说是已在京城寻获了陈圆圆。吴三桂喜不自胜，立刻停兵绛州，派人前去接陈圆圆来绛州相会。

第三章　倾国外姬——陈圆圆

陈圆圆来到绛州时，吴三桂命手下人在大营前搭起了五彩楼牌，亲自骑马出迎。陈圆圆就这样回到了吴三桂的身边，经过一场生死的磨难，他们终于团聚了。

陈圆圆一见吴三桂，忍不住喜极而泣："妾忍辱负重，为了能再见将军一面。今日得见，死也无憾了。"吴三桂见她蓬头垢面，心都碎了，抱住泪流满面的陈圆圆，连连安慰。

这一夜，重聚之欢胜似当初洞房新婚，营帐中点起了红烛，挂起了芙蓉帐，喝过重逢喜酒的吴三桂紧紧搂住失而复得的陈圆圆，看着扎一根辫子作满人装束的他，陈圆圆不禁叹息落泪。

尽管昔日心仪的"英雄"已为"降虏"，她仍为失而复得的缘分激动不已。

"从今往后妾随将军左右，永不分开。"

吴三桂拿了把剪刀给陈圆圆，陈圆圆不知他何意，正纳闷间，却见他在已剃发留辫的头上，剪下一缕发辫。陈圆圆明白过来，接了剪刀，对着铜镜，也剪下一缕头发，并把两人的头发牢牢绑在一起，以示你中有我，我中有你。

陈圆圆经历了劫难，又受奔波之苦，神色犹带几分倦态，却更加显得娇憨妩媚，让吴三桂又怜又爱。

此时，营帐有传令兵来报李自成农民军逃逸方向，陈圆圆忧虑不已。她知道若此时吴三桂争取主动抢先占领北京，振臂一呼，部分尚留京的大明官员定会开宫迎接，而且，百姓都知三桂是剿杀闯贼的大英雄，也会响应吴三桂。于是她便阻拦吴三桂追剿李自成，劝他立马赶回北京，以防多尔衮乘虚而入。

陈圆圆颇有眼光，看得很明白，谁先入北京，谁就会占优势。如果三桂先入京，就成了新主人。见吴三桂不吭声，她又说："若不幸为妾所料，是将军虽破逆闯而负罪多矣。今乘逆闯穷促之计，实无劳将军虎威，方今为大局计，将军宜迅回北京，以看九王动静，或者九王以将军兵威尚盛，将有戒心。不然中国已绝望矣。"

吴三桂觉得言之成理，便听从陈圆圆之计，传令回军北京。不料刚走到河北便接到摄政王多尔衮不准他进北京城,令他追击农民军的消息。多尔衮是想把北京留给自己去占领,为稳住吴三桂,阻止他入京,便以顺治帝的名义口头封吴三桂为平西王,并说到时会由顺治钦命,授以册印,正式封王领重赏。在个人利益面前,吴三桂也就死心塌地为清军效劳。

十月十三日,顺治封赏满汉诸王,开盛宴庆贺。吴三桂果然受封为平西王,赏赐玉带、蟒袍、貂裘、玲珑、撒带、弓矢等物,又特赐平西王册印、白金万两、鞍马一匹、不带鞍之马两匹。陈圆圆见多尔衮带兵已经进入北京,吴三桂彻底降清,心绪复杂,流下了泪水。

吴三桂为哄陈圆圆开心,给她买了她喜欢的油壁车、青骢马,又给了她许多银两。他还经常陪着陈圆圆坐上金色的白玉镶的车轮马车。从前的梦想都化作了现实,化作眼前的良辰美景,陈圆圆暂失忘怀了失落与悲伤。

日子在白兰花的香气里慢慢度过。

耳鬓厮磨的日子里,吴三桂发现,陈圆圆只会唱歌,弹琴演戏,百事不理。"卿卿懒得很啊,眼见香包掉在地上也不捡,一步跨过了事。"吴三桂把她宠上天了,笑哈哈地对属下将领说她,"糊里糊涂,俗事皆不知。"

她侍奉他更衣吃饭,也是笨手笨脚的。吴三桂反倒认为她清纯可爱。在他看来,她的笨拙,说明她极少伺候人,而是专心攻艺。

有一次,侍卫买米回来,吴三桂故意逗陈圆圆,问她每斗米多少银两,她竟然答是八百两银一斗(当时三两到八两一斗)。吴三桂笑得前仰后合。

然而陈圆圆大事绝不糊涂。吴三桂问她喜欢什么,她竟展书,曰:"筑巢共栖衔泥燕,一人一世一双人。"

有时陈圆圆一句"贼强人"娇嗔而出,吴三桂乐得也回送她一句"贼妇儿",两人就这般打趣取乐,好不快活,不一而足。

人前人后,吴三桂都叫她"卿卿"。在古代,卿卿大概就是现在"亲爱的"的意思,可见吴三桂宠爱陈圆圆的程度。

关于陈圆圆的生活趣事及与吴三桂的家庭生活,史料鲜有记载,也只能从一星半点的零散诗词中捕捉了。

第三节　军中夜莺

因为经历了京城劫掠一事，吴三桂不敢再疏忽，陈圆圆也害怕有变，要他立即上奏多尔衮准其随军。多尔衮为使吴三桂安心作战，特批准陈圆圆随军侍奉其左右。本来，吴三桂是可以带正妻张氏等幸存家人一同随行的，但既然吴三桂提都不提，故张氏等人也随他。此后，陈圆圆跟着吴三桂征山西，过河南，下江南，舟车劳顿，在硝烟弥漫中辗转奔驰。

军中有一美女，仿佛注入了一股幽香，是一道行走的风景，令人赏心悦目。

没想到陈圆圆这着棋倒收到奇效，为热血沸腾，指点江山的吴三桂及其军营，增添了一丝浪漫的色彩。

顺治二年八月初从江南传来捷报，南明弘光政权已被消灭，福王朱由崧被俘，以多尔衮为首的清朝统治集团欢欣鼓舞。天下形势，已成一统之局，战事随之减少，无须动员更多的军队投入战场。到此时，出征的大军已很疲劳，需要休整。

八月，朝廷命三桂到锦州北镇屯戍。这里地势险要，崇山峻岭，峡谷激流。吴军分别驻扎在山背面的三条大谷内，而四处兵器、辎重、装备仓库则设于防区右后方的山谷之中，并以大深水作为屏障。驻军营地，也大多选择布设在河谷地带的制高点上。

随着战争的结束，早年烽火连天的辽东已成为大后方了。吴三桂携家眷与部属又回到离别两年多的家乡，好像进入一个无人区。

陈圆圆忆及往事，虽不免慷慨，甚至有些感伤，毕竟从多年的奔波中得到了安宁，既无往日长途跋涉之苦，也无战场上拼死拼活的千钧一发之险。试想陈圆圆此刻的心情，大概会从这平静中感到慰藉吧。

吴三桂和他的部属暂时不打仗了，周围也无敌人威胁，陈圆圆和吴三桂感到从没有过的轻松。他除了进行必要的军事训练，督导将士们排兵布阵，就是料理农事以及下军营巡查防御工事。在此期间，不管吴三桂去哪里，都把陈圆圆带在身边，生活安逸舒适。

因为有吴军驻守，战事又暂告一段落，锦州难民陆续返回家园。锦州城开始繁华喧闹起来。当时北镇及附近义州（辽宁义县）、宁远（辽宁兴城）、中后所（辽宁绥中）辽西走廊四百里的大片土地，连同城镇在内，都拨给了吴三桂，作为他安排部众之地。义州、宁远、中后所属辽西走廊，也尽数归于吴三桂管辖。

将军营府前是一条悠悠长河，对面鲜红的彼岸花如火般铺到天边，将八月末的浅蓝天空染出半分血红，美得惊心动魄。然而，驻守的生活却更单调乏味。尽管此前陈圆圆一路为吴三桂分忧解愁，轻歌曼舞，但纷繁的军务，使得吴三桂静不下心来看，便把爱好丢在了一边。

现在终于安定下来，吴三桂也有了兴致，尤甚喜陈圆圆弋阳腔唱的《西厢记》。因为此曲可以一人演唱，不用众人帮合，因此，闲暇之余，陈圆圆也就经常为吴三桂演唱此曲。

陈圆圆声色双绝的传说早已流传于大街小巷。得知陈圆圆貌若天仙，歌生犹如天籁，一时豪门子弟纷纷出动，把营府围了个水泄不通。当时"观者如堵"，大家都争相目睹这绝世璧人的风采，倾听她的歌声。

吴三桂属下的将领们更以金银财宝等厚礼相送陈圆圆，盛赞她的风采及歌声。当时有才子掷诗从窗口扔进去"不愿千黄金，愿得陈圆圆心；不愿神仙见，愿识陈圆圆面"。

陈圆圆骇得赶紧把诗烧了，她担心吴三桂看到吃醋。

几百豪门子弟络绎不绝到营府，轰动一时。

将士们爱围在陈圆圆和吴三桂营府外，只为听她一展歌喉。她的声音洪亮、圆润，高而不尖，在营帐外的士卒也听得一清二楚。

吴三桂得意地私下问他们："我君何如？"（君为陈圆圆尊称）。

众将士们都说："姝丽，绝异于众，姿颜真姝丽也。"

又问："歌声何如？"

"可与夜莺媲美也。"

"吾师赏识人也！"吴三桂非常高兴。

从此，"夜莺"就在营帐中流传开了。军营将士们为听她歌声，天天等在帐外，只为一睹她的风采，一听她的歌声荡气回肠。

她一出现，不论老少，都被她这种美震撼，仿佛不能移步，为之心旌摇曳，甚而目瞪口呆，失魂落魄。

吴三桂喜热闹，最喜欢一大堆人赞美他的美妾。吴三桂又把将士的话高兴地说与陈圆圆听。而陈圆圆并不表露什么，只是觉得累，却也很开怀。吴三桂里里外外言必称她为"君"，此后，干脆就唤她"夜莺"。

将士们几乎每天都陆续来营中欣赏。开始陈圆圆还是迎而不拒，因为他最喜欢听人说陈圆圆之美，歌声之动人，她也心喜，但每天如此，她也烦累了。不过，她不忍扫他的兴，只好依从。

仰慕者从军营四下而来。吴三桂不但不让卫侍驱赶，还分外自豪。陈圆圆只得回避躲起来不见。

最后，吴三桂还是征求陈圆圆意见，陈圆圆一听有痴迷者千里迢迢来到锦州，非要见上一面，听她唱上一曲，十分感动，不忍再拒。

方圆几十里附近的读书人听说来了陈圆圆，也一涌而来，人山人海地围观，挤得陈圆圆举步艰难，一连几天都无法好好休息。

陈圆圆产生了倦怠心理，为避开围观，吴三桂只好带她出外游逛。二人坐车到锦州城游玩，少年见了陈圆圆，都会怦然心动频频回头，有的甚至忘情地跟着他俩的马车走。有少年难以亲近她，就投掷水果给她，以表达自己的爱慕之情。每每满载而归，陈圆圆因此常吓得不敢出门。

在那一群投掷水果的少男少女中，有一个衣衫褴褛的少女，引起了她的注意。她每次扔的不是水果，而是军营里营妓们自己种的用来腌制的满洲咸菜。

陈圆圆一看就知道是吴军所属军营的随军营妓,见她如此追慕自己,分外激动,便冲她友善一笑。之后,陈圆圆便再也没有看到这个少女,她也很快忘了这么一件事情。

然而,接下来发生的一件小事,却强烈刺激了陈圆圆的神经,每日只掩卷门帘,不理吴三桂,吃饭也一反常态,格外挑剔。吴三桂只当她胃口不好,吃厌了山珍海味,就让将士在山上捡些野菜回来,但是陈圆圆就是说不喜欢吃。吴三桂猜来猜去,也猜不出个究竟!

原来,陈圆圆生闷气,是因为吴三桂手下有一校尉是陈圆圆戏迷,曾对吴三桂说想听陈圆圆唱《挂枝儿》。其实校尉也许只是痴迷陈圆圆的美貌,只是想看她几眼而已,因此征得吴三桂同意后,陈圆圆也不忍辞谢,愿意献唱,为宴请助兴,丝竹管弦之声忽起,蓦然唱出一段江淮口音的歌调来:

听初更,鼓正敲,心儿懊恼。想当初,开夜宴,何等奢豪。
进羊羔,斟美酒,笙歌聒噪。如今寂寥荒店里,只好醉村醪。
闹攘攘,人催起,五更天气。正寒冬,风凛冽,霜拂征衣。
更何人,效殷勤,寒温彼此。随行的是寒月影,吆喝的是马声嘶。
似这般荒凉也,真个不如死!
五更已到,曲终,魂断。

《挂枝儿》在当时是甚为风行的时调小曲,所谓"不问南北,不问男女,不问老幼良贱,人人习之,亦人人喜听之",可见其风靡程度。但它还有一个更贴切的名字,叫《五更断魂曲》,是魏忠贤祭歌。

陈圆圆一声三叹,自然而不造作,行腔运气浑然天成,随心随意。一去三拂,令听者潸然泪下,众将士也被陈圆圆感染。

"余音绕梁!盖余三月惑肉味矣。"这名英俊的校尉赞赏陈圆圆,目不转睛地看着她。

"公子过奖。"陈圆圆尊卑不分，但一颦一笑，一举一动，无不风情万种。

哪知这一句恭维却让吴三桂醋性大发，他放下酒杯，上前一脚就把校尉踹倒在地。这一脚力道很大，校尉倒地呻吟，半天起不来。吴三桂当即将他赶走，更不准校尉再来营府看陈圆圆表演，最后索性将其削职罢官，逐回老家贵阳。

陈圆圆认为吴三桂这样做很无理。大概是疑校尉有觊觎之意吧，陈圆圆看出了他的心思。低眉菩萨也有光火的时候，她不唱《西厢记》，也不弹曲儿给他听了。

"吾待她千依百顺，何如她嫌吾非俊美无俦，爽朗清举？"吴三桂只好捂住有疤的鼻子揽镜自嘲。

关于吴三桂外貌，清人知县钮琇在他的《觚剩》用"延陵将军美丰姿""状貌奇伟"的话来赞美他，大概并非虚语，亦非媚人之辞。他的鼻子鼻梁右高左低，是因为受过刀伤而有点败相。这条伤疤就是大凌河之役，为救父亲，曾带二十余名家丁闯入数万后金兵重围之中受伤落下的……

吴三桂信手拿了酒杯，开怀痛饮。

戌时刚过，暮鼓已鸣，街上无人，只有零零落落的几间酒肆青楼依然热闹。幢幢人影依然在席间觥筹交错，灯红酒绿，声声入耳。眉来眼去、虚意逢迎，庸脂俗粉和纨绔公子哥儿每天上演着俗世的闹剧。只有陈圆圆不同，仿佛浊世中的一缕清泉，兀自流淌。

在吴三桂眼里，她仿如白莲。陈圆圆见他服软，气才消了。不久，陈圆圆提起校尉的事，埋怨他不该那样对待校尉。吴三桂也可能有些自责，根据其特长，就一纸任命将那校尉调至水师任职。

当时，驻守锦州的将士也很想见识陈圆圆，就派将领来请吴三桂和陈圆圆赴宁远视察新修建的防御城墙。当地达官贵人，文人骚客，好奇心大发，蜂拥而至去观看她表演。当《挂枝儿》一曲唱完，人们不顾陈圆圆坐车走远，大喊："夜莺！夜莺！"硬是一路追着她的马车。陈圆圆抵挡不住宁远边兵的热情,看到自己这么有魅力并且还有这么多人喜爱自己的歌喉,十分高兴,在贴身护卫的簇拥下回到军营,特地演唱了一曲《飘零怨》。那是她初遇吴三桂时,为他弹唱的一首曲。吴三桂分外高兴。

一时之间,艳名满辽东,仿如韩娥再世。

夜莺娇小乖巧,已是惹得人怜爱,更何况有着天籁一般的动听嗓音;露珠形态圆润,已是尽得当时天巧,与当时审美流行同步。

然而,陈圆圆高兴几天,又沉默寡言,心事重重了。因为有一件事让陈圆圆始终无法释怀,那就是随军营妓。

原来,在来宁远之前,那位久未出现的少女,正是吴军的随军营妓。不甘被将士肉体蹂躏的这个少女,却因为陈圆圆友善的那一笑,激发了她逃跑的念头。她感觉陈圆圆是一个善良可信的人,回军营之后便和姐妹们言及此事,商量找陈圆圆以求脱离苦海。在姐妹们的掩护下,被强迫侍兵的她逃过看守的追捕,在一日傍晚,赤身裸体,光着双脚来到陈圆圆帐前,寻求"夜莺"保护。

唐代边塞诗人岑参在《玉门关盖将军歌》中曾透露了营妓的不堪生活:"军中无事但欢娱,暖屋绣帘红地炉。织成壁衣花氍毹,灯前侍婢泻玉壶。"

满身伤痕的少女告诉陈圆圆,她们饱受摧残,受尽了吴军的凌虐。即使是生病的时候,也要勉强撑着身体接待兵士,每餐却以稀粥咸菜充饥。在此种挨打受饿极度摧残的环境下,已有六名姊妹精神失常。

陈圆圆对此事怎能再袖手旁观?她找到吴三桂,说起随军营妓惨遭毒打甚至得精神病的事,让吴三桂下令,善待这些营妓。

在她看来,营妓都是被逼良为娼的良家妇女。陈圆圆曾因生活所迫,沦落风尘,怎不感同身受?

吴三桂觉得为难,没有一口应允。陈圆圆怕他生气,连忙哄他,乖巧地倒了茶水,跪倒在地,举杯奉上。陈圆圆又提出给她一份俸禄,至于她怎么花,他不得管。吴三桂猜测她可能将俸禄分给营妓。吴三桂觉得陈圆圆在民间声誉很好,人们普遍同情她,而怨愤自己,因而,在这一事上,还是听从陈圆圆的才是,若阻止此事,引起营妓不满,则必然因小失大。况且,女人毕竟是女人，她并未拥有重兵在手，就是给她再多的俸禄，也不能引起什么祸乱。而此事若是能成，吴三桂本人亦有开创风气之先的名声，必可为民间传诵。

于是，陈圆圆提的要求，比如，不准将士打骂营妓，对打骂营妓的将士一律实行严惩，不予俸禄，必须为六名已患精神病的营妓寻访名医医治……基本上除了辞退放行，所提要求，吴三桂都答应下来。尽管陈圆圆还是感到有所遗憾，可她已经尽了最大的努力了。

一天晚上，一辆四围有幔幕垂垂的香车，远远停在一间名为怡乐房的营妓帐篷门口。原来是陈圆圆乘着她的油壁车出帐营来了。油壁车轧轧响的声音一下惊动了正在门外等候的将士。

陈圆圆拿了一大包碎银，吩咐什长统一分发给军官士兵，让他们付给服务他们的每位营妓，同时，也叮嘱他们不得对营妓们动粗，说她们很可怜。她能做的也只有这些。

陈圆圆为营妓争取权益的美名从此军中传开。一些辽民将官家属猜测吴三桂是听了她的话。吴将军宠爱她，什么都听她的。于是，他们开始找陈圆圆，要她向吴将军替他们求情，他们想要地，想要官职，想要世职，想要优恤金，不一而足。

这些辽民主要是随吴三桂撤出宁远时入关将官兵士的家属。

陈圆圆都不问青红皂白地答应下来。但是，她留了一个心眼，她将这些家属的将领名字都一一记在了心里。

似乎她对人都是有爱无恨，但有时这未必好。吴三桂曾经说过她，大意是说，那个人分明不好，她还要特别待他好，还说他很可怜啊，其实所有人都憎厌那个人。

陈圆圆性情温厚，心软随和得人缘，有江湖气，她也许爱恨不分明。她不像柳如是那么有棱角和有心眼儿，但也不像董小宛那么软弱。

她把吴三桂属下副总兵官张国忠、佟师圣、李应科，参将朱采、孙文焕等人找她的事告诉吴三桂，并要吴三桂为这些人在皇帝面前邀功请赏。

果然，不久，吴三桂因公进京，就上奏皇帝，为他的125位部将请功，获得了朝廷的奖赏。

这些部将们也成为他在二十几年后反清的主力干将。

官方《明清史料》丙编第三册记载了这个事："朝廷拨给一万石，'计口授食'，十万人均分，每人才得一斗，不过'苟延岁月'。眼下正值春播季节，没有种粮，'无力耕播'，如不另发给牛具、籽种，及时播种，后果不堪设想。"

"三桂标下副总兵官张国忠、佟师圣、李应科，参将朱采、孙文焕等向朝廷提出报告，恳请再多发放粮米，以度艰难。"他们在报告中写道："辽东军民屡经搬移，蓄积赍裹罄竭无遗，人皆鹑衣鹄面，地当初复，房屋又属灰烬，且粮米有限，人民众多，啼饥号寒，不忍闻见"。据他们说，这次搬迁回故土的辽东军民共十万之多。

吴三桂的话反映了辽民搬迁所面临的实际困难。清入关前，从今辽宁北镇、义县，经锦州、兴城至山海关，称为辽西地区，是明清反复争夺的战场，生产遭到严重的破坏，许多房屋废弃、毁坏。个别城镇如中后所、前屯卫，从被清攻击至陷落的过程中，毁坏的程度更为严重。但一些城市并没有受到多大损伤，如锦州、宁远等，几乎完整无损。

清兵占了空城，关外已无明一兵一卒，没有必要进行毁坏。所以，吴三桂说各城都成"灰烬"，确有不实之处。而且他还夸大事实，说拨给他和所属部众的土地，不是贫瘠，就是低洼地，这也不全对。要粮，要好地，加特权，求优恤，凡他所求，朝廷无不慨然应允。他想要的都得到了。

也许吴三桂以为，此去关外安置，将永镇锦州，为长远计，就拼命多要地，要好地。对吴三桂的要求，把辽西走廊尽数归于他的部属。朝廷还是在可能的情况下给予了最大的满足。吴三桂除了对他部属的笼络，也是想为他和陈圆圆买地置屋。可见，陈圆圆对吴三桂的影响之大，这也就不难解释陈圆圆在吴三桂心里的分量有多重了。

……

顺治五年初，朝廷向吴三桂下达了西征入陕的命令。

离开锦州时,吴军兵分几路,将士和营妓们纷纷前来送行。营妓们和一些兵丁们狂喊着"夜莺",一路追着陈圆圆的座驾青骢马。陈圆圆看着依依不舍的众人,流下激动的泪水。她把早早备好的碎银一一分发给前来送行的营妓们和兵丁。

而对吴三桂来说,他想要的土地,特权,金银财宝,朝廷都满足了,故而对有貌有德有智的陈圆圆刮目相看,更对陈圆圆宠爱不减。陈圆圆喜欢做什么,只要不触犯他的利益及损害他的名声,他都不管,由着她挥金如土。

而陈圆圆也有了一种前所未有的成就感,她终于感到,自己乃是有用之人,心里的愧疚也稍微减轻。

西征的大军出发了,在从陕西至四川的金牛道上,陈圆圆不事脂粉,身穿戎衣,端坐马车上。

车轮滚滚,千百乘车子,一字排开,鱼贯而行。数千里的旅程,他们跋山涉水,历重重险关,越道道隘口。褒斜谷位于陕西省眉县西南,谷口有关,又名斜谷关。这里山高云深处,好像是为美人搭起了如画一般的楼阁;大散关陕西宝鸡市西南,有岭名叫大散岭,岭上有关,称大散关。他们行到此处已是月亮西沉,恰似为美人摆上梳洗打扮的明镜……

只是,江山依旧,故国易主,朝乾夕惕,心里的故国之梦,离陈圆圆越来越远。尽管内心极为排斥异族统治,但有时候,却也不想因此与夫君反目,总是姑息着为清军效劳的吴三桂。动怒时,也只能轻声嗔几句,毕竟,再受宠爱,她也深知自己的位置。自己乃一妇人,一蚁民,伤心难改旧管弦,况且,谁当统治者,只要不杀人,蚁民能有饱饭吃,有衣穿,日子安稳,谁当又有何妨?她唯有接受现实。

第四节　谦让妃位

陈圆圆随吴三桂入陕,跟着他转战各地,南北驰逐无宁日。之后又出征四川,见证和亲历了大小无数次战斗。吴三桂又给农民军余部和其他抗清势力以重创,基本肃清了各种抗清势力在陕西的活动。明末清初诗人吴伟业的《陈圆圆曲》写道:

专征箫鼓向秦川,金牛道上车千乘。

斜谷云深起画楼,散关月落开妆镜。

……

手握皇帝赐予征战之权的吴三桂,盛排仪仗,放炮起行。只见军旗飞舞,剑戟如林,铁骑荡起阵阵烟尘。军鼓声伴着浩浩荡荡的人马向着秦川(泛指陕西一带)进发。

陈圆圆坐着她的油壁香车,在战火尘埃中穿行。一日复一日,一年复一年。

……

顺治十四年(1657年)五月,世祖又给吴三桂增加了年俸一千两白银。这是奖励他在四川所立下的功劳。

在《清世祖实录》里,记录有世祖以他"平靖大寇"的功劳,"增注入册",特加俸银千两,原年俸已达七千两,再加上这千两,每年的俸银高达八千两。

到此时,面对这些巨额银两,陈圆圆内心却莫名地快活不起来。日求一饱，夜求一宿，过多的金银财宝在她眼里都已失去魅力。

吴三桂因灭明有功被朝廷封为平西王主政云南。有钱又有势的吴三桂踌躇满志，人生得意！

顺治十六年（1659年）正月初一，正值元旦之日，南明最后一个小皇帝永历，和他的文武将吏逃到云南的西部永平。

春风拂过，皱起昆明河的一池清水，街头的混乱场面被吴三桂血腥肃清。

南明残部进退失据，走投无路，络绎不绝地前来昆明向三桂投诚归降。

南明永历政权维持了14年，终于垮台了，在永历与部分臣属逃亡缅甸后，留在云贵或四川的余部如水之归海，纷纷投向清政权。这表明永历这个小朝廷已经土崩瓦解，几无再生之可能。

陈圆圆黯然神伤，总觉得愧疚。可每每言及当年，吴三桂总是说是因为爱她，故陈圆圆也再不与他理论争辩。

不过，从吴三桂口中，陈圆圆知道仍有李定国抗清的势力存在。他们正在寻找永历，而在两湖、四川交界处，抗清的武装力量继续活动，特别是暗中反清的势力，也没有完全停止活动。

吴三桂为了更多的立功请赏，以云南匪患严重，时常扰民为由，决心清除反清余患。吴兵进城，大肆屠杀，不少百姓死于非命。这在《明季南略》有载："屠其众十余万"。

当时，陈圆圆得知百姓惨遭屠戮，曾劝阻吴三桂切勿滥杀无辜，同时也担心吴三桂在云南扫清匪患后，云南平安了，皇帝就要撤藩，到时吴三桂就没权了。陈圆圆把话说得委婉，吴三桂认为陈圆圆说得有道理，就把剿匪改为赶匪（包括李定国抗清余部），还给土匪们送粮食吃。就这样，土匪来了，就把土匪赶跑，不把土匪赶尽杀绝。吴三桂迅速采取上述各项措施，也很快安抚了人心，局势也日趋稳定起来。

正月初三，陈圆圆跟着吴三桂与其他两路军浩浩荡荡开进昆明城。

经历了许多事情，吴三桂愈发宠爱和信任陈圆圆。此时，吴三桂的正妻张氏及孩子和孙儿，以及一众小妾也回到了吴三桂身边和他团聚。

吴三桂自1644年降清，从东北一直打到云南边陲，他立下的不世之功，已填满了清朝为他记功的功劳簿。吴三桂想的只是个人利益。他盘算的只是清朝廷肯定不会亏待他，将用更高的赏格来酬谢他！因此，他志得意满。

但是，陈圆圆的想法是和吴三桂截然不同的，在吴三桂戎马倥偬的那些年里，陈圆圆一直紧随其左右。这一路走来，她为他消愁增乐，也为他出谋划策，其实在陈圆圆内心深处，她是不希望吴三桂为了谋取他的江山而滥杀无辜的。而他效力的这个满清，不但没有给百姓带来安稳生活，反而使他们陷入更深重的黑暗！这样一想，又会触景生情，为曾经因她而犯下的罪孽难过。扬州十日，嘉定三屠，皆是因吴三桂引清军入关的后果，当初繁华江南的血染秦淮，白骨遍地，究其原因竟然是吴三桂轻飘飘的一句"为了卿卿"。因此，潜意识里，她总是为自己，也为吴三桂的罪孽而不安。这种愧疚感忽深忽浅地伴随她的一生。

她有时会想起死去的永历帝，也曾恳求吴三桂不要杀他。可是吴三桂还是把他杀了，这件事让她耿耿于怀。

原来，吴三桂把逃亡缅甸的永历帝朱由榔从缅甸索回后，清军将领将爱星阿提出将永历皇帝献俘北京，让朝廷处置，而吴三桂为了确立自己的功劳，力主朝廷将永历就地处决（也有说法，是他想暗中保全永历帝一命，但康熙偏又下密旨，硬要他杀了永历）。

据说在如何处决永历的过程中，吴三桂展现出对前君主的残忍无情，他决意将永历帝"骈（斩）首"。永历帝为人谦和，颇有万历遗风。他在西南十余年，于百姓之中有很高的名望。而今吴三桂杀了永历有负民心，也有负于大明。

不管永历被杀是不是因为吴三桂的主意，这件事对陈圆圆都是一次沉重打击。她更加自责。但是所幸，吴三桂仍待她如昔。

昆明稳定后，吴三桂将五华山的永历皇宫重加修葺，建成了平西王府。当了平西王的吴三桂心还在陈圆圆这个跟着自己出生入死的女人身上。他提出立陈圆圆为平西王妃。但此时，他在外也与别的女人有染。

陈圆圆却不肯接受。歌伎出身而贵为藩王姬，已让她心满意足。

第三章　倾国外姬——陈圆圆

她还有什么奢求呢？锦衣玉食，宝马香车，金银财宝，应有尽有。至于王妃的封号，她是承担不起的。她没有其他非分之想，婉言谢绝了吴三桂的美意，"妾出身卑微，德薄才浅，能蒙将军垂爱已属万幸，实在不配贵为王妃，宁愿作侍妾追随将军左右！"

吴三桂没有依从她，执意封陈圆圆为正妃。

可此时，吴三桂的正妻张氏却对吴三桂专宠陈圆圆深为嫉妒与不满。陈圆圆不时遭到张氏的冷言冷语，甚至欺负。有次陈圆圆和吴三桂巡视回府，刚下马，迎着张氏走了上去，施礼后，正想跟她说话，众目睽睽之下，张氏却拉着儿子一转身走了，弄得陈圆圆十分尴尬。

晚上吴三桂来敲陈圆圆的房门，张氏就在屋里摔摔打打，指桑骂槐。温婉胆小的陈圆圆不敢开门，唯有忍气吞声，以泪洗面。

吴三桂夫人张氏，是关东人。她是吴应熊的生身之母。史料说，其人长得有些丑，且性妒、强悍。她与吴三桂是结发夫妻，而此时儿子又招为额驸，她的身份增价十倍，显得更加高贵，连吴三桂也不敢轻易得罪她了。

按情理，张氏是吴三桂的原配正妻，又生长子，妃位应属于她。可是，吴三桂不想把妃位给张氏，却给陈圆圆。据此推测，此时期的陈圆圆仍是三桂最喜爱的姬妾。到此时，陈圆圆跟随他已有二十余年。

关于他们的感情生活，清人钮琇在他写的《陈圆圆》中有说："忆及当年牵梦幽谷，挟瑟句阑时，岂复思有兹日。"

吴三桂封王，正妻张氏理所当然是王妃。陈圆圆只是宠妾，是没有资格作妃子的。陈圆圆当然有自知之明。如今，华服锦衣，有婢女供使唤，荣华富贵何以复加，如再为正妃，必遭张氏嫉恨，使自己处于危险之中。因此，陈圆圆坚辞不受妃位。她很清楚，接受王妃的封赐，无疑是让那莫须有的精神枷锁更加沉重。陈圆圆出身梨园，熟知唱词，颇有素养。时人皆称陈氏能诗能文，且能深明大义，因此，她还是采取了息事宁人的态度给吴三桂写了一封信，陈述自己的情怀。她写道："妾以章台陋质，谬污琼寝。始于一顾之恩，继以千金之聘。流离契阔，幸得残躯。获与奉匜之役，珠服玉馔，侬享殊荣，分已过矣。今我王析珪祚上，威镇南天，正宜续鸾戚里，谐凤侯门，上则立体朝廷，下则重型裨属，稽之大典，斯曰德齐。若欲蒂弱絮于绣裀，培轻尘于玉几，既蹈非耦之嫌，必贻无仪之刺，是重妾之罪也！其何敢承命。"

吴三桂抛开正室，立她为妃，遭婉拒，也在情理之中。因此她写信拒立为妃，是可能之事。信中情文并茂，辞藻华美，但也不排除有后世文人加工和润色。

此信入情入理，吴三桂不再勉强，遂立正室张氏为妃。陈圆圆深谙贵极而险，盛极必衰的道理，不愿卷入是非之漩涡，力劝吴三桂晋封张氏为王妃，这使张氏对陈圆圆刮目相看。自此事后，张氏虽霸道，却也不再加害于陈圆圆。

陈圆圆没有被立为妃，而吴三桂喜新厌旧，对她的宠爱也在逐日减少。然陈圆圆能歌善舞，此时虽年近四旬，风韵依旧不减当年，非那些轻薄女子所能比，故而仍能博得吴三桂的欢心。陈圆圆通晓明达，害怕此后变生事故，想避开那些是是非非，便提出找个清静地方居住。吴三桂于是专门为陈圆圆修建了一座豪华花园，名字叫"野园"，在昆明北城外。在这繁花似锦的春城，在清风花香中入睡，她只求睡时吴三桂在她身边，醒时吴三桂还在她身边。无论是梦，还是醒，都不能把他们分开。这时的陈圆圆还是想挽回吴三桂的心。

在那段日子里，吴三桂多少还是顾及一点陈圆圆的感受的。他常来野园，二人在月光下摆下酒宴。酒酣时，陈圆圆会唱上一曲，歌声悠扬清婉，那是属于他们自己的"中和韶乐"，不是用来装点权势，而是对自己内心幽情的诉说。陈圆圆依旧额秀颐丰、容辞娴雅，风韵丝毫未减。吴三桂听得动情，也会拔出宝剑，随歌起舞。

因为有更大的政治野心，贪婪的吴三桂拼命向朝廷索取粮饷，向当地百姓征收各种赋税，数年之间，已聚敛起如山一般的财富。这些数不尽的金银，除了用来供养他的军队、供他本人和他的家族纵情挥霍，还有一个重要用途，这就是收买知识分子和士大夫。

权势的膨胀，让吴三桂风流好色的本性如野草般疯长。他不再顾及陈圆圆的感受，将她搁置一边，开始四处搜罗美女。有了新欢，吴三桂很快把宠爱移至"八面观音""四面观音"身上，冷落了陈圆圆。"八面观音"和"四面观音"是两位美姬,她们原是南昌人,是明礼部侍郎李明睿的家伎。李有家伎十数人,"声色极一时之选",而犹以"八面"与"四面"长得最美,也最为楚楚动人。吴三桂将她们藏之于丽宫金屋。

清人《庭闻录》刘健记载,他的父亲刘昆曾在李家见过"八面"与"四面"的歌舞,不禁赞叹:"果尤物也!"李明睿年老,"八面""四面"被给事高安弄到手,献给了吴三桂。

到此时,吴三桂的私生活极度糜烂下去,拥有这些绝代佳人日夜陪伴,仍不满足,又特遣专人前往出美女的三吴地区选购十五六岁的秀女。先后购买吴伶美女四十余人,朝夕歌舞。

《昆明市志》也记录了吴三桂穷奢极欲的生活:府苑中,花木清幽。内有一座列翠轩,里面有大厅五间并列,宽敞明亮。窗外空地数丈,都栽上绿油油的小草,如一块翠绿的地毯。这块空地的尽头,层峦叠嶂,高插天际。每到春秋两季,乘风和日丽,三桂携笔墨到轩内写大字。他本不善写字,却喜欢临池挥毫。当他挥笔写字时,有侍姬数人,环列在他的周围,鬓影钗光,与翠绿的山光之色互相辉映。三桂置身其中,真如蓬莱仙境!吴三桂的姬妾队伍日益庞大,他整日纵情声色,日夜生活在这成百上千的美女之间,醉生梦死。

陈圆圆早就料到会有这么一天,不免黯然伤神,却也无可奈何,唯有躲避一边。在她心里,自己曾经仰慕的英雄吴三桂渐渐地模糊了。

陈圆圆最后的一丝希望从此破灭。

他变得野心勃勃,仿佛再也没有在意过她。她也变了,变得成熟,能干,不再是当年那个口言"八百两银一斗米"的迷糊小姑娘了。她知道自己需要什么。

她把一腔心绪寄托于佛事念经。眼不看,心不烦!

韶华易逝,恩宠难回。当有新人,他不再留恋她,纵使她美如天仙,也厌了、倦了。而她,也厌倦了轻言浅笑一心侍奉取悦他的日子。一个男人功成名就之后就荒淫无耻起来,权力让他和自己渐渐疏远。他依然做他的云南王,脂粉堆里,醉生梦死,而她则清心寡欲,也渐渐失去了他的消息……

第五节　鸳鸯梦碎伴青灯

初秋，漫山遍野的黄叶别有一番风情。山中空气清新，深吸一口气，坐在马上的陈圆圆被侍女扶了下来。陈圆圆突然觉得这一幕很眼熟，好像多年前在苏州九龙庙祈雨的场景。

接近寺庙的时候，寺庙院中仅有一个小沙弥在那里挥着扫把扫地，香火虽鼎盛，却不见多少香客。这样也不错，佛门清净地，还是人少一点比较舒服。

此后，陈圆圆便住在吴王府的另一座冷清别院中。吴三桂似乎忘了她的存在，欲举兵反清。而她，出家的念头却也愈加浓烈了。

但她还是想作最后的努力。

这天傍晚，在吴三桂和同僚聚会回来之前，她在庭院外站了许久，看着粉墙黛瓦的华屋，发着呆，心里忽然有两个声音在争辩。一个声音说："陈圆圆，你要抓住他。吴三桂是王，你要臣服于他。"为什么要抓住，抓得住吗？二三十年，她全身心地爱着他，抓住了吗？渐渐地，另一个声音占了上风："吴三桂是王爷，今日有'八面''四面'，明日就会有'九面''十面'，红颜易老，他总归不会一直属于她一个人。"

曾经天荒地老的承诺都不过是一场梦幻，最后只成了一片空白。原来，她在他心中，究竟是比不过他屠杀性命也要换来的地位。原来，他终是喜新厌旧的。纵然自己美若天仙，声如夜莺，他也会喜新厌旧，终究会抛弃自己。

吴三桂终于回来了，却不似以前和颜悦色。陈圆圆顿时心灰意冷，也许多年前在苏州九龙庙祈雨的那一幕又在她心里重现吧。她明知道吴三桂为清廷效力，杀人如麻，作孽多端，但仍为他担惊受怕，怕他受到上天的惩罚，就苦苦劝说他："人生在世，不过数十年，何必称王称霸，争城夺地，涂炭生灵……"

"妇人之见。"吴三桂看也不看她一眼,就打断了她的话。他的语气是冰冷的,疏离的,厌倦的。

陈圆圆绝望地掐断了对他的最后眷恋,知道一切已无可挽回,便说:"妾侍奉王爷已有二三十年,如今王爷功成名就,妾却于心不安。请允我削发为尼吧。"

吴三桂突然流下泪水。这是忏悔的泪水,还是屈辱的泪水?是释然的泪水,还是不舍的泪水?大概他的内心也和陈圆圆一样,这么多年来,是否也有无人知晓的隐痛?这十几二十年来,他一直被骂叛贼,被清廷当枪使,说不怅恨也是假的吧。也许他也饱受煎熬,只是这些话能说给谁听呢?

这样情绪失控的他是她从未见过的。吴三桂没有马上答应陈圆圆的请求。

从小到大,她所要做的,只是讨好男人,取悦男人,她早烦了。现在她厌烦了他的冷落,她更厌倦与他的女人们争风吃醋。他变了,她亦然。

陈圆圆一心归佛,不久后,终于正式做了尼姑,改名寂静,号玉庵。

也许是自责,也许是内疚,也许还顾念一点旧情,吴三桂为她建了金碧辉煌的洪觉寺。

洪觉寺坐落于祖堂山。山势陡峭,峰叠峦翠。繁茂树木遮天蔽日,曲径小桥蜿蜒盘过,偶尔传来清脆的鸟鸣,人在山中行,感觉心旷神怡。

陈圆圆在庵内诵经念佛,茹素吃斋,不问世事。

禅房外的檐廊下,春雨淅沥而落,潮湿的空气逐渐掩盖住了庵内独有的檀香味。四周的树木郁郁葱葱,远远地就能看到几处佛殿飞檐。

好久都没有如此安宁了。她习惯性地顺手梳理自己的头发,才惊觉头发已经不在了。晨起用过的斋饭,尚未做完的女红,日常的事情总是做着做着就忘却了,可年少时候的那些过往,现在反而变得愈加明晰起来。

远处传来悠扬的钟声,那是僧人们开始做晚课了,诵经的声音在山间回响。她闭上了眼,双手合十,向着诵经声传来的方向跪拜。佛可以包容一切。她或许在想,难定是非的这一生,是否能被佛祖宽恕。那些死伤与战乱似乎皆是因自己而起,而半生的颠沛流离,满身华美的服饰以及强颜欢笑的表情,不过是一场梦幻泡影。

她的身边放着一个竹编的针线簸箩,里面搁着尚未做完的绣活。陈圆圆坐下来,拿起绣活,着灯仔细看了起来。那是快要完成的绣佛,色彩艳丽华美,表象庄严。那是家乡传统的苏绣技法,精致细腻。

她是否在想,假使当年只是苏州一个普通的民间绣女,如今这个年纪是不是已经儿孙满堂,颐养天年了呢?如果姨丈当年不把自己卖到教坊司,命运又将如何?

旧日繁华事尽删,春秋愁锁两眉弯。珠襦已分藏棺底,金碗犹能出世间。

离合惊心悲画角,兴亡遗恨记红颜。看他跋扈终何益?宝殿飘零碎瓦斑。

这一生,她曾是佞臣实现野心的香饵,曾是那个被当朝天子封为"平西王"的男人不惜背弃家国也要追逐的对象。她知道,她不能阻止吴三桂,也无法左右自己的命运,更没有胆量与张氏争强斗狠。她也很清楚,吴三桂如此下去将是悬崖之马,等待他的结局将会惊心动魄。她就这样静静地看着,想着。

然而,"欲洁何曾洁,云空未必空"。即便是她每日里吃斋念佛,青灯为伴,难道真的能隔绝尘世纷扰,求得内心宁静?未必!

果不其然,康熙十二年(1673年)十一月,在康熙宣布削藩之后,吴三桂杀大清钦差云南巡抚朱国治,兴兵造反,起兵反清,称:"天下都招讨兵马大元帅",提出"兴明讨虏",光复大明中华,将矛头指向清廷。康熙帝出兵云南镇压,吴三桂联合平南王尚可喜、靖南王耿精忠分三地举兵造反。军队由云、贵而开进湖南,几乎占据湖南全省,进而进入四川,四川官员纷纷投降。福建、广东、广西、陕西、湖北、河南等地都有藩王或将领响应反清,声言:"逐鞑虏,复汉室,不破燕京誓不还!为大明报仇雪恨!"

康熙十五年（1676年），已经兴兵三年的吴三桂部，财政、兵力皆出现问题，各部又离心离德，因此被兵力并不精锐的清军抓住机会反扑。清朝有整个国库作为后援，各部齐心协力，成围攻之势，最终杀得吴军一退再退。

而这时的陈圆圆也已云游到五华山长国寺。她的心情是矛盾而复杂的，一方面，她始终对故国灭亡心怀遗恨；另一方面，她又知道，吴三桂举兵造反，最终受伤害的还是无辜的百姓。他是断不会有好下场的了，而她的内心又何尝不受煎熬？

康熙十七年（1678年），吴三桂在衡州称帝，国号大周，同年秋，就在焦虑中死去，时年六十七岁。叛军无首，很快瓦解。一年后，清军攻入昆明，吴三桂的一切从此结束。

康熙十八年（1679年），云南吴王府乱作一团，仆人们纷纷收拾细软逃走。吴三桂的姬妾们作鸟兽散惶惶不可终日，唯有陈圆圆还在佛堂敲着她的木鱼，喃喃数着佛珠。作为失宠的姬妾，她也从前来禀报的侍卫口中得知吴三桂已经兵败而亡的消息，不过她的反应倒是平静，看不出悲喜。

陈圆圆早就料到了如斯结局，清朝廷决不会放过大叛贼的小妾，她必定和其他家眷一起被满门抄斩。倘若活下来，只有一条路，那就是没入贱籍，充当随军营妓，受尽污辱与折磨。

宁死，也不苟活！

她从容地念完了经文，换上白色素衣，面容沉静地跃入莲花池中。

一代传奇，自沉于此，为她的神话缔结了终点。

她的这番自沉，笔者不认为是殉情，她只是不甘受辱，或许说是为了寻个解脱反而更为恰当。

回过头，再重新审视明末清初这段历史时，"红颜祸水"这口黑锅不能让陈圆圆背。倘若吴三桂没有投清，明朝或者可苟延残喘一段时间，然而以李自成之凶猛，以多尔衮之雄才，以明朝内的党争之烈，明朝的灭亡也是指日可待的。吴三桂当时降清，不过是在明朝三百年江山这一摇摇欲坠的瘦骆驼身上，压上的最后一根稻草罢了。

长期以来，很多人误把一个女人被劫当成吴三桂投降清朝的主因，这其实是错误的。在民间传说中，吴三桂本来是想要投向李自成的，当他得知自己所爱为其手下大将刘宗敏所劫夺，而背后指使人是李自成时，感情上受到创伤，深感奇耻大辱，进而激变为复仇心理。如他所说："大丈夫在世不能保一女子，有何面目立于世上！"在这种盛怒之下，吴三桂的政治态度骤变。但实际上，吴三桂投向清朝一边最重要的原因，乃是李自成与吴三桂阶级利益不同。李自成起于微末，其部下将士多为农民草寇，对地主阶级天生有一种仇恨。当李自成攻破北京城之后，纵容其部下在北京城四处劫掠，许多地主士绅在此次战斗中遭祸。得知这一消息的吴三桂势必要考虑到自身的阶级利益。按照当时的情况，即使他投向李自成，在李自成的队伍里也会处境艰难，所以吴三桂再三考虑，还是觉得清朝更能保证他的利益。

这才是吴三桂降清的根本原因，而绝不仅仅是为了陈圆圆。

铁狮子胡同里依旧寂寥，一阵风刮过，在胡同里久久不能平息，仿若铁狮子那长长的叹息！

陈圆圆已逝去三百多年了，关于她一生的评说并未结束。那么，她的是非功过就让历史继续证明，做出新的回答吧！

第四章
艳绝风尘——董小宛

她聪明灵秀,她神姿艳影。
她是"针神曲圣",
她是"美厨名师"。

她就是艳绝风尘
——董小宛!

第一节　孤身闯金陵

苏州城外有条半塘河，河水清澈平缓。河的两岸风景秀丽，河边有一座小楼，名叫"董家绣庄"。

这是一座富丽堂皇的抬梁式大厅，是董小宛父母接待商贾豪客和操办红白喜事的地方。正厅步杆和内四界的梁架上各有四对雕梁画栋的棹木，形如官帽翼翅，邻舍把它称为官帽厅。棹木上雕了各种戏文故事，梁头的山雾云和抱梁云为"鹤鸣九皋"图案，其形象生动，精妙绝伦。

董小宛就出生在这样一个富裕的家庭。

董小宛，名白，字小宛，别号青莲女史。她的名和字，是知书达理的母亲因为欣赏唐代大诗人李白的诗文而取。

董家是苏绣世家，所刺绣的服饰、戏衣、被面、枕袋帐幔、靠垫、鞋面、香包、扇袋等，皆绣工精细、配色秀雅，而且图案花纹含有喜庆、长寿、吉祥之意，深受皇室和民间喜爱。此外，董家还有一种"画绣"，属于高档用品，称为"闺阁绣"。所绣佳作栩栩如生，笔墨韵味淋漓尽致。所以董氏家族的生意一直兴隆旺盛，到董小宛这一代，已经有近两百年的历史了。

董小宛的母亲白氏，原是姑苏秀才的独女，很有学识。生下女儿董小宛后，视女儿为掌上明珠。幼年的小宛头发有些卷曲，宝石般乌亮的眼睛分外有神，人见人爱。

董小宛天生丽质，样貌俊秀且十分聪慧。白氏非常疼爱，一心想把女儿调教成一个大家闺秀。董小宛从小就耳闻目染，琴棋书画、针线女红自然得益于母亲的悉心培育。

在这样的一个大家族里，董小宛过着公主般锦衣玉食的生活。

董小宛生性好静，且多愁善感，虽然是地地道道的苏州大家，但在她的记忆中，家中之人却丝毫没有那些纨绔膏粱的做派。在她的印象里，父辈、祖辈们的一生，并没有把太多的时间、金钱花在玩乐上。那青砖木楼、精美砖雕构筑的苏州大屋，伴随着她度过富足的童年。

董家的绣丝绸庄一直做刺绣生意，而且常常把一些喜气、祈福、吉祥的诗绣在被面、枕袋帐幔上。由于生意兴隆，董小宛也时常跟着父亲坐着马车运送绣品。董父还在风景如画的半塘河一带买地建屋居住。半塘河就是位于河道交错、一派田园风光的苏州码头附近。当时的苏州城每天晚上要关城门，于是，有钱的商贾、浪漫的文人墨客都不愿住在笼子样的城中，城西门外的半塘河渐渐成为苏州最繁华发达的黄金旺地。

在夜色中，时有从董家绣庄传出董小宛咿咿呀呀的昆曲声，用吴侬软语诉一片衷肠、叙一场离愁、道一段别绪，闻者无不称赞。

然而，战火弥漫，朝廷的腐败，天灾人祸的摧残，令这静谧平和的乐园顿生硝烟，往昔商铺林立的半塘河逐渐由盛转衰，日趋荒凉衰败了起来。如同一个迟暮美人，在岁月的木屐声中暗褪了香靥与红颜，半塘河的喧闹繁华，从此一点一点流逝。

崇祯二年（1629年）三月，定立魏党"逆案"，东林党四散溃逃。捕杀的恐慌蔓延到苏州。当时，崇祯虽然逮捕了魏忠贤，罢逐了阉党，但积重难返，他仍然任宦官、倚厂卫。

在董小宛十三岁那年，江浙、湖广大旱，颗粒无收，后又闹起了蝗灾。百姓们遭难，十人之中饿死有三、病死有三，剩下那四个为了活命，一股脑儿都爬上山头，当了强盗造了反。他们一不做二不休，把朝廷运公粮的船都给抢了。

兵荒马乱，灾害频繁，瘟疫肆虐爆发，饿死、病死的人横尸遍野。

清初苏州名医叶天士在他的《温病论》中这样说道："吾吴湿邪害最广，是瘟疫、湿热病屡发地区。仅苏州一地人口即由23万户锐减至5万户。"

仿佛经历了一场噩梦，许多家庭一夜之间就失去了亲人。董小宛的父亲也在这场噩梦中,不幸患上了暴痢,不久便撒手人寰。家里的顶梁柱轰然倒下,家中的重担压在白氏一个人身上。这突如其来的变故,如同炮铳,将她们母女击得身心俱疲。料理完丈夫的后事,白氏不愿在城中的旧宅中睹物思人,倍感悲伤。加之她无心打理家中产业,又因不懂经营管理,白氏只得将绣庄的事情委托伙计掌管,自此董小宛和母亲孤儿寡母,隐居在半塘河畔。

一年时光在不知不觉中流走了,崇祯九年,大明新政后,灾难再次降临,爆发了盐帮,矿工叛乱。这次大规模叛乱,波及江浙湖广四省,影响极大。乱象又迫近苏州,人们不由得惶惶不安,纷纷背井离乡。白氏也打算关闭绣庄的生意,收回资金以备随时逃难。谁知绣庄伙计一算账,不但没有银两剩余,反而在外面欠下了几千两银子。白氏心知是伙计中饱私囊,可又抓不到确凿证据。白氏一个女流,人又善良忠厚,对此毫无办法,气怒交集之下,重病在床。绣庄破产,债务压迫,董小宛锦衣玉食般的生活也彻底宣告结束。

昔日的奢华与舒适日渐销声匿迹,只剩下几许苍凉的回忆与旧时留下的斑驳痕迹。富甲一方、贤德仁厚的董氏家族也随着历史的动荡与浩劫而家道败落。

庞大的债务,母亲的医药费用,令深爱母亲的董小宛万念俱灰。董小宛从小随母亲学习诗书,养成一副孤高自傲冷僻的性格,更不肯低三下四地拉下面子向人借贷。而家庭的不幸变故,又使她的性情变得更为内向。为了医治母亲,董小宛一边绣扇面沿街叫卖,一边托人推荐合适的乐坊,想要卖艺不卖身,以渡过家庭的经济危机。

秦淮两岸,一带妆楼临水盖,家家粉影照婵娟。

鸨母问她有什么才艺傍身,董小宛如数家珍,一一报上来。听说善唱昆腔,又精女红刺绣,还会吟几首小诗。鸨母当即考她,请她高歌一曲。董小宛刚声音响亮地唱完一句"良辰美景奈何天,赏心乐事谁家院",台底下就炸了锅似的叫好(古代崇尚嗓门大,就是为了能让远处的人听到,容易吸引客人),鸨母于是大喜过望,赶紧抢下她的包袱,又赏她一个窝窝头。

小宛就这样留了下来。

第四章 艳绝风尘——董小宛

此后很多年,在苏州秋深的夜雾中穿过时,在南京麻石街的暮色中走过某个街口,在乐坊花园里被深夜的草木清香笼罩时……她都会在某一瞬间伤感地记起那些年,想起儿时的快乐,想起曾经在苏州半塘河一带那个声势显赫的苏绣大家族。

尽管已经破落至一贫如洗,但是祖上的遗风依然在董小宛的骨血里透出一股没落的贵族特有的书香气息,那一脉传承的世家遗风似乎就这样根深蒂固代代相传沿袭了下来。

董小宛生性沉默寡言,内向孤僻。

尽管她也清楚自己走的路是离经叛道的,但是,彻底改变家庭的困境,仍然是她那时最强烈的追求。

董小宛天生容貌秀美,气质出尘,凭借一曲明亮的昆腔,很快在莺歌燕舞的秦淮河畔脱颖而出,可是她的清高无法适应自己歌姬的身份。她不擅风情,经常得罪客人。但凡心怀不轨的男人,她根本不见,都会冷冷地拒之门外。因为不肯卖身,被鸨母冷嘲热讽。但因为昆曲唱得好,鸨母也不敢随意打骂她。

流水脉脉,孰言无情,唯有这不变的秦淮河,见证了千百年来才子骚人与艳姬商女的无情与多情。

一张张珠帘悬挂在里间的门口,轻风微拂,窗口吹入的风吹动了珠帘,发出轻微的"叮叮"之声。

一晃两年过去了,果真有惊无险,平安无事。已成花魁的董小宛就是每天陪客人喝喝茶,弹唱个昆曲,有时也同姐妹们出局随文人才子游览于名山大川。董小宛的心也渐渐安定下来。

不过,她总是喜独处,讷口少言。

某天,董小宛和往常一样,准备挑战难度极大的《懒画梅》。按当时的规矩,难度高的昆曲,其价格也更高,来客往往也爱听。从元朝末年起,起源于苏州昆山的昆曲开始在苏州一带流传。当时浙江的海盐腔、余姚腔和起源于江西的弋阳腔,被称为明代四大声腔,所以昆曲也叫昆山腔。昆山腔开始只是民间的清曲、小唱,其传唱区域,起初只限于苏州一带,到了明朝万历年间,便以苏州为中心扩展到长江以南和钱塘江以北各地，明朝万历末年还流入北京。

喊堂（即见客）后，董小宛摆盘上桌，点烟倒茶，弹唱助兴。一位官员模样的中年男人走过来，偷偷拉董小宛的袖子，低声叫她出局到府上一唱。

出局！她突然想到同楼姐妹被人下药失身的事，不禁恐惧。这两年来，从来是卖艺不卖身，为了省事，凡遇到这种情形，小宛例行的应付方法就是直接拒绝。这位官员继续纠缠，不肯离开，撩起衣袍，掏出二十两银子，

"轿子已候在外也。"

董小宛还是不肯。当他转身走的时候，董小宛怕他跟鸨母告状，让自己又挨一顿嘲骂，而且看这人面色平和，不似邪淫之徒，就说："官人请到屋里听曲。"这位官员同意了，遂在小房间里听了一阵儿。哪知他醉翁之意不在酒，听着听着，就悄悄闩上了门，也不出一声，猛一下搂住了董小宛，就要撕扯她的衣裳。小宛虽然老实软弱，但情急愤慨之下，也不吭声，猛然咬其手，夺门而出。好在乐坊嘈杂，一时未惊动人。

董小宛有惊无险，躲过一劫。

按乐坊规矩，歌伎不准甩客（即不能拒绝客人），不准犯"八大块"说丧气话。所以，即使被客人无理骚扰，歌伎也不能出声骂人，更不可大喊大嚷，否则，被负责监视她们一举一动的龟爪子发现，马上就会讨得一顿毒打。

董小宛知道惹祸上身，当夜便离开了南京，辗转回到苏州。苏州家里一贫如洗，母亲依旧卧病在床，慈祥的病容里仍一如往昔地忧愁着女儿的未来，在残花落叶的秋风秋雨中，叹息着昔日繁华的逝水流年。

一些债主听说董小宛回了半塘河的家，纷纷上门催债。债主上门，请医配药，日常家用开销，都需要大量的钱。董小宛无力应付，为了生计，更为了医治母亲的病，她只好重操旧业，将自己卖到苏州官立妓院"双成馆"。

像她这样经过秦淮河"镀金"，集名气、才华、美貌于一身，尚且保留了处子之身的名妓，可称价值连城，"梳拢"的价格炒到上千两银子。当时，江南一带有钱的官员和商人很多，一千两长期"梳拢"包养一个名妓根本没有压力，还能成为炫耀的资本。

因为董小宛才艺出众，加上清高自洁，故颇得一些正直文人的赏识。她多次地受客人之邀，和姐妹们陪游太湖、登黄山、泛舟西湖，醉心于静穆的山水之间，一去就是十天半月，因此结识了不少名人公子，其中就包括著名的东林党人钱谦益。

当时隐退的官员都不会闲着，他们喜欢到处游山玩水。

董小宛清楚，名妓再好，在别人眼里都是以色侍人，以年轻貌美、才艺出众为资本取悦于男子的。因此，她们的归宿大致相同。虽然，她告诉客人，她是乐伶，不是色妓，然而，她也清醒，有几个才子、富豪会花钱就单单只和乐伎喝茶、论诗、弹琴？就是真有，也不会长久停留在这种状态，这只是她的一厢情愿。况且，老鸨唯利是图，还给她下了最后通牒，说如果她还这么守身如玉，不肯就范，就断绝她的银资，降低她的待遇（古代官妓待遇很高，董小宛已配有一名婢女服侍她的饮食起居，且有独立的厢房）。为了母亲，她只好被迫答应接客梳拢，但同时提出一个条件，就是必须由她自己挑选客人，而且梳拢后对方要为自己赎身才行。尽管条件很苛刻，但由于董小宛的昆曲远近闻名，又是"双成馆"头牌花魁，前来捧场听曲的老戏迷不少，捧场的多，价格就高，"缠头"就多，老鸨收入也多，所以看在头牌的面子上，老鸨只得勉强依从答应。

当时，在董小宛卖艺的青楼，发生了一件令董小宛非常羡慕的事，就是同籍姐妹中有一个知书达理、色艺俱全的艺妓，在得到一个贵人的宠爱后，成为贵夫人。原来，那名艺妓是在贫寒才子苦读赶考之际相识的。二人情投意合，艺妓以巨资相助，贫寒才子高中进士。功成名就后，那位才子仍不忘旧情，便以重金赎其出妓院，带回家中娶其为妾。

不过，另一件事则让她心生焦虑。也是一个青楼姐妹急于脱离妓院，想从良嫁人，便倾自己一生所积血汗钱，送与一男子，却被骗遭弃。这两件事在董小宛心中如一石击浪，久久不能平静。但是她的心事，从来不对任何人讲。

她只有期盼，在这个花花世界中，能快一点遇到心中的那个良人。愿得一人心，白首不相离。同时，她也希望借助良缘赎身，替母亲治好病。她开始留心挑选意中人。

对于柔弱好静而又清高自洁的董小宛来说,她常常在想象中寻找那种从未体验过的被保护、被呵护的感觉。她想找一个比自己年长的,可以跟自己琴瑟和鸣的文雅才子共结连理,从青楼名册脱籍除名。

明朝崇祯十二年(1639年),就在董小宛与客人出游之际,却有一个公子慕名前来寻访她而不得遇。此人便是当时的复社四才子之一的风流公子冒襄(冒辟疆)。

第二节　恶缘

秦淮河畔，香楼林立。

明朝崇祯十二年（1639年），香楼之岸的江南贡院，一片嘈杂。

"恭喜太仓王望老爷高中乙榜第二百六十名……"报喜人一路喊着往楼下跑过，一群士子纷纷张目仰望，多么希望自己是高中的一个。楼上不断听到有人在大笑谓曰："哈哈哈，中矣，中矣！"轰天的喜悦之下，却见身子一晃，"啪"的一下屁股坐在楼板上了。

然而，这里在座的复社六个人，都绷着一张脸在等待下一个。可惜，望穿秋水，都过去五六十个报喜的，就是没有报到他们的名字。

六个人当中，一个中等身材、面容极其普通的男子眼巴巴等候报出自己的名字。直到报喜人离去，才和几个同党唉声叹气地走出贡院。这个无精打采的人，就是冒襄。

这一次是他第五次来到南京参加乡试了。他和义兄侯方域一样，屡试屡败，这次又名落孙山，连个举人也没能捞到。

冒襄心中苦闷，无以排解便流寓南京，整日流连妓院，以寻花问柳为乐事。

在当时士人眼中，既然是才子，自可以尽享红粉佳丽。何况旁边就是一墙之隔的脂粉香楼。

入夜后，十里秦淮渐渐喧嚣热闹起来，游船画舫凌波荡漾，酒香笙歌，丝竹弦乐，桨声灯影飘荡在迷离的夜色中，如梦如幻，描画出金粉荟萃、纸醉金迷的烟柳繁华景象。

在南京青楼流连之际，他听到侯方域等复社众公子经常谈论美女，谈到董小宛时更是交口称赞，不禁让他对这位传说中的"冷美人"大感好奇。兴奋莫名之余,便想要见识见识这位董小宛。

清初文人姚佺谓如此评价冒襄:"人如好女。"他应该是一位相貌清秀的读书人。也有人说他性喜寻花问柳,好色风流,不学无术,全仰仗其祖父声名才博得名气。冒襄的义兄张明弼却夸他是:"秉乾坤之秀,灵气独钟"。

听说董小宛已回了苏州,冒襄便急不可待动身到苏州双成馆去见美人,不料董小宛已经受名流之邀和姐妹们游太湖去了。

冒襄屡次登门皆不见美人,虽在苏州有名妓沙九畹和杨漪照为伴,心中却总觉得怅然若失。就在冒襄准备离开苏州时,董小宛回来了。

然而这样一位色艺双绝的女子,性情却和大多数青楼女子不大一样。她只把他当作普通的风尘客,拒绝了冒襄的求见。

她天性淡泊,不喜欢繁华热闹,只爱一个人幽居独处。余怀在《板桥杂记》这样说她:"性爱娴静,遇幽林远涧,片石孤云,则恋恋不忍舍去;至男女杂坐,歌吹宣阗,心厌色沮,意弗屑也。"

可见如此行为,倒颇有"北方有佳人,绝世而独立"的风致。她虽然身在青楼,却喜日日登山临水,群居离索而孤芳自赏,不接客,决不以色侍人。她喜欢伴游,其实也是一种自我保护的方式。她用异于他人的态度来证明自己的独一无二,以此来求得心理上的平衡。之后冒襄又不死心,接连去了双成馆好几次,都无缘见到董小宛。直到准备离开苏州前夕,冒襄才终于得以与董小宛相晤。

原来,冒襄遭拒绝后又连接去了几次双成馆,又因不舍花钱,都被龟爪子逐出而不得见。他打听到了董小宛生母白氏在半塘河的家。病中的董母早已听闻冒襄数次来访,这一次女儿终于在家,且对冒襄印象不错,自然竭力引荐,从而促成了冒与董的第一次见面。

这是一个深秋的寒夜,董小宛刚刚参加酒宴归来,正微带醉意斜倚在曲栏边。冒襄终于目睹了董小宛的芳容,却见她鬓鸦凝翠,鬟凤涵青,秋水为神玉为骨,芙蓉如面柳如眉,赞叹之下,"惊爱之"。

董小宛看他一眼,却见来人眉毛弯垂,颧骨高耸,满脸似笑非笑,面相猥琐,实难讨人欢喜,甚至有些讨厌,哪有什么"秉乾坤之秀,灵气独钟"?她笑出声来,揶揄道:"早闻四公子大名,冒公子果然异人!"

冒襄不以为忤,见美人开口,便声声盛赞她美貌,又迫不及待表达思慕爱意。这类的花言巧语董小宛听多了。她讨厌媚俗之语,无心搭理,想让他知趣而退。冒襄见她极为冷淡,坐了不到一会儿只好匆匆离去。

冒襄便掉转船头,转身追逐其他佳丽。

在此后的这三年中,董小宛泛舟西子湖,游览黄山,倒也开怀惬意。冒襄这个人,对她来说,只是一匆匆过客,一面之后,不留任何痕迹。

转眼到了崇祯十三年(1640年)的夏天。待在如皋家里的冒才子又想到苏州来勾搭董小宛。正好有朋友从苏州过来,带来董小宛的消息,原来她人不在苏州,陪着一帮才子文人去西湖和黄山游山玩水了。

到了崇祯十四年(1641年)春,冒襄因省亲湖南再到苏州半塘山塘街,想会见董小宛,但董小宛仍是滞留黄山。

董小宛藏在黄山一年,日日为病母求神祷告,采摘药草,大概名山风光能为自己减轻痛苦,黄山丹崖绿树、奇石古松际,董小宛寄情于淡淡白云间,幽静且充满希望。冒襄再次见到董小宛,已是崇祯十五年(1642年)的春天。

这天正是元宵节,官宦人家、青楼妓院门口,花灯争奇斗妍。

几度科场失意,冒襄怅然若失,船过山塘桐桥,见水边一座小楼挂出了缤纷的花灯及白色的条幡,一问,才知是双成馆董小宛居住的独栋小楼。

冒襄狂喜。三年前,那个曲栏边"懒慢不交一语"的董美女顿时浮现在眼前……

但同行的朋友劝他说,白氏刚刚去世,双成馆董小宛病了,已闭门谢客多日。

转过一个弯,来到一户小院门前,里外人声寂寂,石板路上白纸满地。冒襄撩起长衫,踏上青苔石阶,轻叩两声门环,推推斑驳的朱漆院门。小楼大门紧闭,尤显冷清。对于丁忧名妓门前的冷清,人们早就习以为常了。

董小宛已病得人事不知,以为自己就要死了,忽然见有客来,躺在帷帐中不想见。

"是以前来过的那个冒襄公子求见。"婢女告诉她。

董小宛回忆了一会儿,印象中也想不起冒公子是谁。经婢女再三提醒,才知道是他。

由于董小宛对冒襄初次印象并不好,故生厌恶。加上又刚刚亡母,忧郁之中,也没有兴趣理他,便嘱婢女不见此人,也不开门。

此时,只要冒襄稍一转念,故事便到此为止。但冒襄却起了执念,大有不见美人誓不罢休之缠劲,根本没有顾及会引发什么样的后果,执意要登门见客。叩门好久,董小宛烦不胜烦,只好勉强叫婢女开门。

冒襄一进门,掀开绣帘,但见楼内灯火昏黄,到得董小宛房里,又见药罐满地。

冒襄折腾了好几个月,才终于见上董小宛第二面。董小宛无奈何,只好披衣起床,素衣白裙、不施粉黛,勉强招待外客。那一刻,正是董小宛生命中最凄凉的时候,慈母离逝,董小宛的天塌了。这次的打击对她来说几乎是致命的。忽然冒襄再次来临,无比温柔体贴地安慰她。他十分动容,哽咽着告诉她,自己曾数次寻她,还告诉她,他是多么想念她。这些话如甘露,如黑暗中明亮的一抹光线,给她带来了温暖。他还告诉她,说他大骂了阮大铖。事实上,"骂座"与"里妇市儿之骂"(黄宗羲语)已相去无几。他"骂座"是出于复仇心理。而复社四公子所谓的"骂座"事件,就冒襄而言,朋友义气是他攻击阮大铖的最初的心理驱动。

但冒襄此举,不经意间在董小宛心中树立起了豪侠公子的伟岸形象。然而书生问政,向来只图一时快意,抒发心中块垒而已,往往不计后果,不求周全。那个时代的江南名妓节气颇高,仿佛达成一种共识,都喜欢有才学、有胆识、有正义感的文人。

冒襄长期在风月场浸淫,练就了信口开河的本事,冲动之下,他眼眶湿润地拉住董小宛的手,说要娶她。

不难理解,一个貌似正义又痴情的冒襄在她绝境时忽然出现在面前说要娶她,这足以打动她。

董小宛对冒襄说:"余母恒背称君奇秀,为余惜不共君盘桓。"(《影梅庵忆语》)可见董母对此是甚为惋惜的。她们母女关系亲密,母亲的话肯定会对董小宛造成影响。冒襄满怀同情地将她宽慰一番,董小宛心有欣慰,渐渐对他也就有了好感。

此时董小宛已十六岁,和许多歌妓女子一样,心中正期望择婿脱籍。

而复社四公子之一的冒襄时年二十九岁,又寻觅自己多次,可见其真心实意,家世又好,又说想办法为她脱籍。之后在冒襄的穷追不舍下,董小宛不可能无动于衷。

董小宛刚刚遭遇了人生重创,失去了爱母,心境凄婉脆弱,面对冒襄的表白,心迹的陈述,无意迎和,但因元宵,冒襄又没有走的意思,出于礼数,人又善良,便着了婢女酒菜招待。

冒襄神气飞扬,拉着董小宛的手边拜边谢,说了一大堆甜言蜜语。

冒襄频频给董小宛敬酒。董小宛感念身世,痛失慈母,借酒浇愁,几杯酒下肚,反而更加迷人。冒襄神魂颠倒,心猿意马,趁小宛酒醉,拥了董小宛同入罗帏。

一夜缠绵之后,第二天一早,冒襄就忘了昨晚的深情厚谊,信誓旦旦,头也不回地踏上了返乡的归途。冒襄说自己要赶路,准备马上开船独自离开苏州。朋友和仆人都劝冒襄不要辜负董小宛,曰:"你昨晚与小宛一见,就这样走了貌似不厚道啊,不要辜负了她呵。"(姬昨仅一倾盖,拳切不可负)。于是,冒襄只得悻然前往董小宛家告别。

苏州河的波光冰凉,痛了谁的心肠?誓言全都随风而散,情爱原来如此易碎。而她也认了命,谁让自己此生为妓,只能寄希望于下辈子修得好福分。既然已成为他的人,此生也跟定他了。

冒襄到了董小宛楼下,只见董小宛已经淡妆鲜衣,正凭栏眺望。只是董小宛断然想不到,屡次寻觅的问花人,眨眼之间已是冷心冷面,判若两人。她表示自己已经收拾好了行李,要一路相送。在"却不得却,阻不忍阻"的情况下,冒襄勉强带上了董小宛,可让人闹心的事很快又出现了。

没过几天，他们遇到了堵船，二里宽的毗陵河道上横七竖八塞满了船，把冒襄的船堵得寸步难行。派家丁出去一打听，才知是因为河水过浅，行船的航道被封了。江浙干旱已久，天不下雨，哪还来的水行船呢？因此，董小宛困在河道，停停走走，足足送了冒襄27天，可见董小宛用情之真。

冒襄在他的《影梅庵忆语》里是这么说的："（董白）姬曰：'我装已成，随路相送。'余却不得却，阻不忍阻。由浒关至梁溪、毗陵、阳羡、澄江，抵北固，越二十七日，凡二十七辞，姬惟坚以身从。登金山，誓江流曰：'委此身如江水东下，断不复返吴门！'余变色拒绝，告以期迫科试，年来以大人滞危疆，家事委弃，老母定省俱违，今始归，经理一切。且姬吴门责逋甚众，金陵落籍，亦费商量，仍归吴门，俟季夏应试，相约同赴金陵。秋试毕，第与否，始暇及此。此时缠绵，两妨无益。"

言下之意，就是董小宛非他不嫁了。

"我找你只当消遣玩儿的，可别拿我当终身依靠啊。"冒襄在心里打起了退堂鼓，总而言之，不肯要她。冒氏身为一个标准的花花公子，自然懂得做花花公子的原则，在冒襄的原则里，那就是逢场作戏，只玩不爱！世间让人动心动情的女人那么多，哪能每个都认真？相逢一杯酒，散时不留恋，这才是妓与客的相处之道。

为了摆脱董小宛，他反复强调三点难处，第一是考试的时间快到了；第二是父亲这一向滞留危疆，家里一团乱麻，他回去料理一切事务；第三，也是最重要的一点，就是怕花钱。董小宛的债务及脱籍之事，要花一大笔钱才能办妥，他根本不想花钱，对这场由他引发的感情纠葛，到手后就想早点解脱，以甩开董小宛。

董小宛是个聪明人。冒襄推三阻四的态度，使她明白他没有把两人的情感放在心上。董小宛有些悔恨自己不该饮酒，而今失去贞洁，他却以种种借口推卸责任，想一走了之。到此时，她已进退两难，欲哭无泪。董小宛从小爱读道德文章，在封建伦理的耳濡目染中，她最大的理想是做贤妻良母。社会地位低下的董小宛想要摆脱的，就是让她厌恶的艺伎卖笑生活。她想要正常的家庭生活，遵循三从四德，生儿育女，相夫教子，如此而已。

朋友们见董小宛人美又痴情，心有怜悯，便有意帮助她。其中一位机灵的，看到桌上正好有一罐骰子，便说："我看这样吧，如果真的天遂人愿，那么这骰子一掷得胜。"

但是冒襄铁石心肠，不为所动。原来冒襄见一个爱一个，吃着碗里还瞧着锅里。此时，他正寻思着追求陈圆圆，但陈圆圆根本就不见他。他本来就是欢场浪子，情虽不伪，但也从来不专，出入青楼歌馆本就为图个乐子。况且，他觉得董小宛的赎身费太高，根本就不想出这笔钱。他想甩掉麻烦，故而装聋作哑。

董小宛心里肯定是五味杂陈，备感酸楚吧。但此时也只好打起精神，对着船窗外的天空拜了拜，一掷，所有骰子竟都是"六"！一船人大呼"奇了，奇了！"全船人惊异——上天也帮她。

她有些激动，却只是看着骰子，一时说不出话来。

冒襄见状，赶紧说："小宛果然乃天赐予余（我），然今如此匆忙，反倒会坏了好事。不如暂时分别，从长计议（徐图之）。"

董小宛掩面痛哭，失声而别。无奈孤舟箫韵，江湖飘篷，返回居所。

冒襄总算是得以解脱，如释重负。

余怀在他的《板桥杂记》里记载，冒襄有很多"婚外情"，而冒襄也从不掩饰他对女人的态度。他曾在《影梅庵忆语》中说："外遇之女色，不必过求其美；若以作姬妾，则不可不求其美。"意思就是，外遇的女子不漂亮也可以对付；但是家里的姬妾就要漂亮了。外遇的女色，犹如走大街上，口渴了，随手取用的一次性杯子；娶回家的姬妾，则如收藏的瓷器，那就得挑三拣四了。

从中可见其价值观及人品。

第三节　一入豪门深似海

自那日分别之后，冒襄像失踪了一样渺无音讯。他对她的情转瞬即逝，在若即若离、毫不在意的平淡中游转、掠过。董小宛在苏州家住了一段时间，心焦地等待冒襄的来信，盼望他兑现娶她的承诺。

他不来信，董小宛便写信给冒襄，要求他信守诺言。她的《书闷》一诗就表现了此时望眼欲穿的心情："病眼看花愁思深，幽窗独坐弄瑶琴。黄鹂亦似知人意，柳外时时送好音。"此诗用琴音、鹂音寄意，表露了她对冒襄音信的殷切期盼。

一天，晴好的天气里，她将琴案摆在院中，弹起了《凤求凰》。琴声幽远，如泣如诉。

一曲未完，琴弦"嘣"的一声断裂开来，弹在她手上，将指尖划开一个口子，看着伤口渗出的血珠，董小宛感到一阵莫名的不安。

天空传来一阵雁鸣，抬头望去，一队南飞大雁掠过长空，该不是春天里遇见过的那一队吧？

几个月过去了，冒襄终究失约没来。明明说要娶她，可董小宛左等右等也不见他来。而为了他，董小宛早已不见客，在半塘苦熬度日，终因容光绝艳，被当地恶少盯上。她只好和婢女涂敷炭灰，独自跑去南京找他。路上遭了盗匪，所带盘缠全被抢劫，躲在芦苇里足足饿了三天。好不容易到了南京他所在的桃叶寓馆，又怕打扰了他考试，等到冒襄考完，才去见他。小宛还写了一首题为《与冒襄》的诗以表明心迹：

事急投君险遭凶，此生难期与君逢。

> 肠虽已断情未断，生不相从死相从。
> 红颜自古嗟薄命，青史谁人鉴曲衷。
> 拼得一命酬知己，追伍波成作鬼雄。

若不是走投无路，怕也不会这样屡次被负仍不肯放手。

同考士子见冒襄只顾自己科举，把痴心等待他的女子抛在一边，不闻不问，都劝冒襄顾怜一下美人。他们被董小宛的忠诚感动了，纷纷吟诗作赋赞美她，唯独冒襄无动于衷。他享受着美人的情深和众人的艳羡，却又丝毫不把董小宛放到心里去，只会一门心思束紧钱袋做铁公鸡，横竖不花钱。或许，冒襄作为一个没有功名但是有家业的人，想要解决董小宛脱籍确实是一件困难的事。而董小宛孤苦无依，虽然兰心蕙质，但出身是硬伤，而她又是一个深信传统礼教的女子，觉得只有嫁人才是女子唯一的归宿，即便这个归宿会委屈自己，也好过没有。碎银已经花光，因为早已不再出局接客，几乎快要饥寒交迫而死。为了让冒襄安心考试，董小宛没有惊动他。婢女建议她卖唱，以解燃眉之急。小宛只好在贡院附近酒馆，重拾昆腔，卖唱筹钱。

冒襄又落榜，与仕途无望，便把气恼发泄在她身上，又要她赶紧回去。但董小宛并没有放弃，依然痴情道："如蒙公子不弃，妾身跟定公子了！"

冒襄听了并不欢喜，他思前想后，害怕负担赎身费用，便要她自己想办法筹措银两，到时再作打算。

开端已如此不易，足以磨去一个名妓所有的自信和锋芒。

最后还是闻知小宛遭遇而来的钱谦益动员很多已经当了大官的老部下，又出钱又出力为董小宛赎了身。冒襄《影梅庵忆语》有记载："虞山宗伯闻之，亲至半塘，纳姬舟中。上至荐绅，下及市井，纤悉大小，三日为之区画立尽，索券盈尺。楼船张宴，与姬饯于虎，旋买舟送至吾皋。至月之望，薄暮侍家君饮于拙存堂，忽传姬抵河干。接宗伯书，娓娓洒洒，始悉其状，且驰书贵门生张祠部立为落籍。吴门后有细琐，则周仪部终之，而南中则李宗宪旧为祠垣者与力焉。越十月，愿始毕，然后往返葛藤，则万斛心血所灌注而成也。"

此段大意就是：虞山宗伯（钱谦益）听说后，亲自去了半塘，把她接到舟中。把那些索债者聚来，上至荐绅下到市井，所有债务尽悉，三日内厘清了所有债务。然后在船上为小宛饯行，又买船把她送往我家乡。到下月十五，傍晚我与父亲在拙存堂饮茶，忽听说小宛已经到了河岸。我接到宗伯书信，才详细知道这件事，并且他已修书给门生张祠部处理落籍之事。吴门那边还有些没有厘清的事，由周仪部处理完成，南中李宗宪也出了力。到了十月，事情终于处理完毕，来回纠缠，此事真是万斛心血才得以办成。

冒襄回到家中，不问小宛音讯。在家优哉游哉和其父喝着茶聊着天，丝毫力气不费银两不花地白得了个美人儿，最后还感叹了一句这事真麻烦，是"万斛心血所灌注而成"。真是讽刺。

崇祯十五年（1642年）十一月十五，历尽艰辛的董小宛终于坐船抵达江苏如皋冒家。女子的痴心，于天际里划过最美的弧线。只可惜，此时佳人不似佳人，不过是一个苦苦求食的怯懦、愚痴的女子；才子不似才子，不过冷心冷面的无情郎君。所谓的传奇早在追逐与摒弃间褪尽最后一丝温情美丽，呈现的全是最惨淡的现实。

冒襄的父亲冒起宗此时已从襄阳辞官归家，冒襄有些惧怕严父，不敢实说自己要纳一名青楼女子做妾。偏偏董小宛到达冒家的那天，冒父兴致极好，喝酒喝到四更天还不散。冒襄心猿意马，好容易熬到散席，便三步并作两步找到正妻苏氏，一颗悬着的心才算落地。原来苏氏早已另外为小宛安排了住所。

在这样一个深秋的下午，董小宛感恩着一切。无论如何，他的家庭肯收留自己已是幸运。冒父和冒襄的正妻苏氏接纳了她，也正是因为他们的态度，才使董小宛有了落脚之地。

几天后，冒襄举家来到如皋别墅居住。

冒襄家里原来有一众仆人使女，但冒父已辞官归家，冒无职无业，正妻苏氏又病歪歪在床，好在冒家依然凭借多年积蓄的钱财和田地，可以轻松无忧地度日。但冒襄为了充分发挥董小宛的作用，陆续卖掉了粗使婆子、侍宴丫鬟，辞退了绣娘、厨子、杂役、账房、两个小公子的私塾先生及深夜伴读等，让董小宛身兼数职，以一当十。这样一来，就造成了两大后果：一是《影梅庵忆语》对董小宛的描述，赞其德容兼具，艺貌双全，展示出十八般才艺，样样精通。二是关于董小宛的死因，时人综合冒襄之好吹牛之浪荡个性，普遍看法就是：她是在冒家活活累死的，而余怀也在他的《板桥杂记》证实了这一点。

董小宛终于有了归宿，尽管这种归属仅仅是嫁入豪门大族的一个小妾，但毕竟摆脱了卑微的乐籍身份，算是从了良。

董小宛内心是自卑的，自己落于风尘，不再是当初董家的大小姐，能遇到这么一个人，就是命定，即便是侍妾，也算三生有幸了吧。

尽管她发现冒襄爱讲大话、假话，好自我标榜，整天东游西荡，更以恩人自居，对她动辄使唤指使，天天要她研习菜肴，做好全职小妇。但董小宛怀着感恩之心，便也尽心尽力去做一个贤妻良母。

这天，打更的声音传来，已是五更，董小宛一觉醒来，便匆匆着衣在厨房里忙着收拾柴火，准备煮早饭。早饭简单精致：黄灿灿的小米粥，松软的玫瑰香糕，以及亲手腌制的时鲜小菜：蒲藕笋蕨、枸蒿蓉菊等。摆在桌上，黄的如翡，绿的如翠，清香扑鼻，令冒家人食欲大振。

苏氏赞叹几声，拾箸就夹。因为是侍妾的身份，冒襄不让董小宛上桌一起吃饭，她只能站在苏氏背后，随时为他们添饭端茶侍候。

董小宛是一个执拗的人，纵然冒襄将她当丫鬟使用，纵然毫无平等自尊可言，但她依然安慰自己，再差劲的丈夫也强过那些风流过客，每日依然细心地照顾公婆、丈夫及苏氏。

只有到夜深人静的时候，她才辗转难眠，不免挑灯赋诗，以排解心中忧思："桃对无踪，柳枝何处？嗟嗟，萍随水，水随风，萍枯水尽。"

凉风有些刺骨，董小宛瑟瑟如寒蝉，也不敢生火炉。此时，仍不见冒襄回来。

她听见苏氏门中隐约有人的哭声，便想去看看。原来，冒襄留宿本地妓女沙九畹和杨漪照家中，几天夜不归宿。

苏氏也这么可怜！董小宛安慰她几句，叹息不已。

日子在劳累、沉闷、紧张中悄然流逝，转眼到了冬天。

有一天，冒襄突然心血来潮，一反常态，竟然要董小宛帮他抄写《全唐五七言绝》。

董小宛在卧室里简单梳妆完毕，赶紧伏于案前抄录，冒襄经过她的身边时，她闻到了一股奇特的香味。在金陵时，姐妹们都喜爱使用这种脂膏。董小宛猜测他可能是献词给他追求的妓女沙九畹和杨漪照，便有些触景生情，想起他狂追自己的一幕幕情景，潸然泪下。

到了傍晚，董小宛服侍他洗漱完毕后，他又出去和妓女鬼混了。董小宛独坐一隅，把内心的忧闷哀愁诉诸笔端。

她抱了母亲白氏留给她的古琴来到后院花园，每当小宛坐在窗前弹起古琴，母亲的形象就浮现在眼前，母亲骑着毛驴踏雪而来的形象成了她幻觉的一部分。多少次，她觉得自己骑着毛驴踏雪而去。

春节的第二天，冒襄仍然流连妓家。三更之后，他才回来。看到董小宛的诗，便打听董小宛在家干了些什么家务，有没有把肉腌好，木柴劈好，家人一一服侍好。丫鬟翠娟心疼董小宛在冒家的际遇，便如实告诉他，最后，求他待董小宛好一些。

也不知冒襄怎么想，大概认为董小宛和翠娟说了什么不满，转身气呼呼上了楼，冲董小宛就大骂一顿，一手抓起诗稿就要毁去。

董小宛不吭声，也不求饶，只拼命去夺她的诗稿。谁知冒襄抢过诗稿，投入火炉，又翻箱倒柜，把董小宛的诗稿全部搜尽，焚烧殆尽。

关于董小宛诗稿被焚，《影梅庵忆语》有轻描淡写的记载，只字不提董小宛如此悲伤的原因："客岁新春二日，即为余抄写《全唐五七言绝》上下二卷，是日偶读七岁女子'所嗟人异雁，不作一行归'之句，为之凄然下泪。至夜，和成八绝，哀声怨响，不堪卒读。余挑灯一见，大为不怿，即夺之焚去，遂失其稿。"

第四章　艳绝风尘——董小宛

董小宛不敢阻拦丈夫毁其诗稿，只能眼睁睁看着他把自己呕心沥血之作掷入火炉。出身高贵，落籍娼家，深知"易得无价宝，难得有心郎"之真谛，感念昔日姐妹各有不幸遭遇，想到自己身世，也联想自从嫁到冒家，逐渐发现冒襄的寻花问柳及毫无顾怜之心的种种不堪，因而各种感怀赋诗，词句哀怨亦在情理之中。然而，冒襄以不喜美人发悲音为由，将其焚毁，于董小宛作品可谓大劫。

夜色中飘着蒙蒙细雨，在檐下八角灯的映照下，如丝如线，晶莹剔透。风一吹，斜斜地飘过来，散在脸上，玉一般清凉。

冒襄的正妻苏氏体弱多病，董小宛便承担起料理家务的担子来。她恭敬柔顺地侍奉公婆及大夫人苏氏，悉心教育照料苏氏所生二男一女。

苏氏胃口不好时，董小宛会烹制色香味俱全的膳食和糕点，引得她食欲大开。据说以她姓氏命名的"董肉""董糖"，在江南广受喜爱，非常有名。苏氏心情郁闷时，董小宛会唱昆曲，讲笑话，逗得她忘记烦恼，乐不可支。冒襄爱吃甜食，每次都踩着吃饭的点，一进门毫不客气地据案饕餮，横扫董小宛辛辛苦苦又揉又发又蒸制作的糕点，偶尔蹿上冒襄心情大佳，边吃还边调侃她，以为乐事。

一天，苏氏正式带着董小宛，拜见冒母和七大姨八大姑。本来冒母已吩咐厨师办置酒菜，偏偏冒襄又叫董小宛亲自下厨，做了火肉、风鱼、松虾、油鲳、烘兔酥鸡、满满一桌菜，累得董小宛直不起腰。他从不心疼她，甚至一句体贴的话也没有。

如同以往，她只能站在一侧，为他们添饭送茶点，冒家一家人则心安理得地享受她的服侍。

尽管她的贤惠能干博得了冒家的称赞，但她的内心始终是不安的。冒家于她而言就是正统社会的代表，她以卑贱之身入门，为了在正统社会得到一席之地，不得不拼尽全力操劳，以求得存在的价值和必要性。离开这个家，即使名声再响，生活再自由也不过是一个妓女，也会有人老珠黄的那一天。她未必不曾听闻其他艺妓姐妹的悲惨遭遇。在她眼中，那不是值得憧憬的未来，对她来说，纵使冒襄对她再不好，在冒家再苦，她也不愿回归那"万顷火云""如梦如狱"的卖笑生涯。

因此，比起在青楼卖艺卖笑，这种苦难对她而言，犹可容忍，甚至微不足道，虽苦犹甜。乃更以感恩接纳之心报答其与家人，逆来顺受，绝不敢反抗。

第四节　愁与西风应有约

崇祯十七年（1644年）天下大乱，闯王李自成率领20万农民军攻入了明帝国的首都北京。

董小宛未雨绸缪，早将家里的字画、古玩、金银器皿等收拾好，装进木箱，又将碎银子和铜钱缝进布袋，分散藏匿。

冒襄认为董小宛此举纯属多余，站在一旁摇着折扇，说三道四："有此闲工夫，倒不如多习制作甜点、菜肴。"

这种呼么喝六已是家常便饭，董小宛不理他。见董小宛不接茬，冒襄无趣地甩甩袖子，出门逛花街柳巷去了。

使女翠娟怜恤董小宛，对冒襄一向看不过眼，说他整天夸夸其谈，不作正经事，好像真能扫平天下似的，其实不过志大才疏，空谈朝政。

五月，大清精兵沿江而下，直逼烟柳繁华的苏杭。如皋的富户纷纷逃亡，冒襄想抛弃董小宛，让她和翠娟几个家仆守家。冒家父母不忍将董小宛丢下，执意要带上董小宛。冒襄这才勉强答应，匆忙雇船舟，挈家累，除留下翠娟等少数丫鬟留守外，举家避难。四处兵荒马乱，他们一路奔波，辗转于深山密林、茅屋破庙，一日数徙，苦不堪言。对这一次逃难，冒襄在《影梅庵忆语》这样说："余即于是夜一手扶老母，一手曳荆人，两儿又小，季甫生旬日，同其母付一信仆偕行，从庄后竹园深箐中蹒跚出。维时更无能手援姬。余回顾姬曰：'汝速蹴步则尾余，后迟不及矣。'姬一人颠连趋蹶，仆行里许，始仍得昨所雇舆辆，星驰至五鼓达城下，盗与朱宅之不轨者未知余全家已去其地也。"

由于舟车劳顿，冒襄染上了痢疾，几近僵死。

董小宛侍疾之时，冒襄对她呼来喝去，连打带骂，说自己是病失常性。既然失常性，为什么打骂的都是董小宛，从来也不曾打骂过母亲和正妻？很简单，他心里早已认定，姬妾是可打可骂之物罢了。

在客栈里，董小宛不计前嫌，煮汤熬药、端屎端尿，尽心尽力地护理他。他高热不退，她就整夜为他打扇揭被擦澡；他腹痛难忍，她就一刻不停地给他按摩；他恶冷发抖，她就端坐着搂紧他，用体温为他驱寒……几天几夜目不交睫，硬是将他的小命从阎王爷手里夺了回来。她自己却劳累过度，一头栽倒在地。

冒襄感激涕零，握着董小宛的手，说出的却是这番薄凉的话："汝病成如此，行走吃力，余（我）只能将汝弃在这里。余带双亲、元芳（苏氏）和两孩子先行逃命去了。汝病好后自行逃命即可……"冒襄扶老携幼，头也不回地离开。

但老夫人想起逃难这一路多亏董小宛的机智聪敏，全家才屡次化险为夷，这才逼着冒襄去寻回她。冒襄返回原处，发现董小宛已奄奄一息。

多亏董小宛将碎银子和铜钱缝进布袋，分散藏匿，精打细算，才勉强维持着全家的逃难生活。

后来的事实证明，虽然装着全部家当的木箱未能幸免于难，但董小宛藏在各处、甚至缝进贴身衣物里的散碎银钱，还把自己出嫁时，姐妹们送的珠宝首饰古董字画卖的卖，当的当，在几次紧急关头买通了逃命的路，救下了冒家人的命，也支撑了后来的生活。

好不容易回到劫后的家园，董小宛发现翠娟和留守的家仆全部被杀死，愤慨不已，性情大变。虽然还和原来一样，当牛做马地料理一日三餐，包揽一切重活脏活，却不再任劳任怨，开始顶嘴，且言辞一针见血。

"吾乃一介贱籍女子，如何能与公子口中的官宦小姐相提并论？然沦落风尘，并非吾所愿。今日归汝，只是当初不忍看汝那般可怜痴缠，而今汝若委曲求全，既不喜，何如休吾矣？"

她变得不卑不亢。

冒襄听到董小宛让他写休书，很吃惊，这个一向逆来顺受的贤德女子竟敢对他说这样的话，实在出其不意。他恼羞成怒，便反咬一口，硬说是董小宛赖着他。他说："虽然我很欣赏你，也能理解你为了自保寻求庇护的苦衷，而且我能掏得起给你赎身的银子，梳拢之资更不在话下，但我还是不喜欢被利用的感觉。我家中以前妾室不少，但都是真心实意跟着我的，就算今日你愿意自荐枕席，我府中也不差你这一个心不甘情不愿的小妾。"

"信口雌黄，非男儿也。"董小宛顶回去。

在冒家，小妾是没有地位的，冒襄依然居高临下，董小宛每每等着他们吃完她熏制的海味和腊肉后，才用一小壶芥茶泡米饭，再佐以一两碟水菜香豉，就是她的一餐。董小宛不用美食，未必是不爱，或许只是不想落人口实，被喜胡言乱语中伤诽谤的冒襄讥为骄奢淫逸，娼家习气不改。

冒襄往往骂过董小宛之后，有时心情好时，又对小宛省吃俭用的生活消费甘之如饴。但当冒襄吃饱喝足，心满意足地吟"纤手搓来玉色匀，碧油煎出嫩黄深"时，她也不再谦恭赔笑，而是冷脸扭头避开。

古语"饱暖思淫欲，饥渴起盗心"，果真一针见血！冒襄酒足饭饱，心情俱佳，开始媚眼乱飞，吟诗作赋地戏弄她。

于是《影梅庵忆语》里，冒襄愉快地消受起了美妾深情，笔下生花地写了一大堆全能贤德美妾的好处：既有绝世美颜又聪明又贤惠，既出得厅堂下得厨房，又会写诗、作画、种花、算账、做饭、煮茶、制香、女红，还能陪酒陪玩等，生活则只需吃饱即可，连衣物首饰都不需怎么置备。这样完美的美妾哪里找？他不吝词句，翻着花儿地赞美董小宛，话里话外把自己与她雕塑成一对情深似海的神仙眷侣。

后世便有了《影梅庵忆语》关于和美恩爱的夫妻家庭生活。

然而接下来发生的事，却彻底把《影梅庵忆语》描绘的爱情童话击得粉身碎骨。

明弘光元年（1645年）3月，又一次战乱，清军从归德分两路向南进攻，一路指亳州，一路指徐州，于5月间进入明末留都南京。弘光帝逃到芜湖，很快就成为俘虏。

清军攻下江南后,进入浙江,占领了杭州、嘉兴、湖州等地。一些浙江农民、手工业者和一部分地主阶级知识分子,纷纷行动起来抗清,战乱很快又波及苏州。大批的市民为避兵祸,只得背井离乡,再次逃难。

《影梅庵忆语》是这么说的:"余独令姬率婢妇守寓,不发一人一物出城,以贻身累。即侍两亲挈妻子流离亦以子身住,乃事不如意,家人行李纷沓违命而出。大兵迫橏李,剃发之令初下,人心亦惶惶。家君复先去惹山,内外莫知所措。余因与姬决,此番溃散,不似家园尚有左右之者,而孤身累重,与其临难舍子,不若先为之地。我有年友,信义多才,以子托之。此后如复相见,当结平生欢。"

上面文字大意即是:上次逃难,冒襄就要扔下董小宛,这回冒襄仍然觉得带着董小宛太麻烦,连累自己和家人逃命,就决定自己带上父母老婆及两个儿子先走,直接把她和一群丫鬟扔在城里守家,结果留下的人被杀了个七七八八,还是冒襄父母舍不得董小宛,定要带上她走,不然她会死第二次。好不容易带上她,冒襄又嫌她小脚走得慢,怕拖累到家人,到半路,冒襄直接说把她送给一个朋友,自己携家带口逃难。

最后这两句大意就是要把她扔给一个朋友:"我有多年的一个朋友,有信义又有才,把你托给他,如果咱们还能再见,那就继续在一起,不能再见你就自己看着办吧!"这般凉薄言语自他口中说出来,竟是丝毫不觉愧疚。

冒老爷眼看儿子那点出息,又听董小宛的这番话,于心不忍,在此危急时刻,之前犹豫不决的冒老爷颓然一叹:"未曾想余这个亡了国之大夫,连一儿媳皆庇护不了啊……"这次又是因冒父母出面才留住了董小宛。

"余因与姬决"这般无情话在《影梅庵忆语》多次出现。不难发现,冒襄每次在困难和危机时刻,总是选择放弃董小宛。

逃难的路上车马辚辚,沿着黄土驿道,迤逦北行。董小宛不计前嫌,便与冒家老小再次踏上了"辗转深林僻路、茅屋渔艇。或一月徙,或一日徙,或一日数徙,饥寒风雨,苦不具述"的流亡之旅。

第四章　艳绝风尘——董小宛

依着群山蜿蜒连绵的古道，行进在湿冷的冬雨里，雉堞如锯齿，发着寒冷的光。

没行多远，冒襄就昏昏沉沉地发起了高烧。幸好每过一个小镇，冒老爷还有余党旧僚，第一件事就是派人将当地最有名的大夫唤来，亲自监督大夫把脉诊病，董小宛煎药。

这样过了大半个月，冒襄的高烧才慢慢退却，每日也能倚着车壁，半躺半靠地坐上一会儿。董小宛找来破毛毯，垫在冒襄背后，让他靠得更软更舒服，接着又弄来铜暖炉，生火燃炭，为他驱寒保暖。

这次逃难，冒襄一病就是一百五十天。《影梅庵忆语》说到这次大病："此百五十日，姬仅卷一破席，横陈榻旁，寒则拥抱，热则披拂，痛则抚摩；或枕其身，或卫其足，或欠身起伏，为之左右翼。……鹿鹿永夜，无形无声，皆存视听。汤药手口交进，下至粪秽，皆接以目鼻，细察色味，以为忧喜。日食粗粝一餐，吁天稽首外，唯跪立我前，温慰曲说，以求我之破颜。余病失常性，时发爆怒，诟谇之至，色不稍忤，越五月如一日。每见姬星靥如蜡，弱骨如柴，吾母太恭人及荆妻怜之感之，愿代假一息。姬曰：'竭我心力以殉夫子，夫子生而余死犹生也。'"

此情此景，张爱玲在《倾城之恋》里也写过。白流苏与范柳原在倾城之中成了一对顷刻间心意相通的夫妻，董小宛却无法在倾城之中得到属于自己的真正的爱情。

他们的关系，对冒襄来说，完全没有平等可言。冒襄对董小宛的薄待几近绝情，实难以理论。

小宛悉心伺候冒襄，冒襄还是经常骂她，绝无好脸色，整天一脸焦黑，如同被雷劈过。他非但不感激董小宛的无私付出，反而常因自己的病痛而辱骂甚至责打董小宛。董小宛麻木了。冒襄说她"色不稍忤"，是说她面上没有不悦，她的内心如何呢？是不是真的能泰然处之，圣母一般呢？董小宛当是有怨的，有怒，亦有恨。

她的一腔深情，终究是错付他了。

这几年来，因为董小宛的到来，冒襄过上了神仙一般的日子，然而，冒襄却永远以一种居高临下的姿态俯视董小宛。从不邀小宛共进餐，使得董小宛由原来对他的悉心照料变成郁郁寡欢。她已在"愚爱"中甦醒。越是有才情的女子，内心就越敏感。

这天，董小宛正一如既往地帮冒襄整理书籍，忽然发现旁边的笔筒下，压着两幅冒襄新写的柳体字帖。其字疏朗清秀，一帖写着："夫权国授。"另一帖写着："既嫁从夫。"

他特意写出这两句话供董小宛临摹，是有深意的，分明也察觉到她和原来大不相同。董小宛冷冷一笑，一反常态，扯过宣纸，龙飞凤舞地写下一行斗大的柳体："苍髯老贼，皓首匹夫。"

这些年做牛做马，大门不出，小门不迈，如何不从夫？"苍髯老贼，皓首匹夫"。声音铿锵有力，在暮色中飘散。一股郁积的怨闷从笔下吐出。

此时的董小宛已经醒悟，她在想自己的出路！像闪电划过黑夜，又像黑屋子里燃亮了璀璨的华灯。

然而，就在董小宛计划着准备离开冒家时，她病倒了！

八九年的辛苦操劳，如牛似马，身体与精神的双重压榨与虐待，早拖垮了董小宛的身体。

"红颜自古皆薄命，青史谁人鉴曲衷。拼得一命酬知己，追伍波臣做鬼雄。"这恰如其分地反映了董小宛悲苦的命运。

一天，董小宛突然硬撑着病体想为自己求一卦，或许她已预感到命不久矣！她不知道自己哪里做得不好，一心追寻的那个所谓的知己，却是如此人面兽心。为什么自己是如此薄命？

禅堂清雅古朴，香炉里熏着檀香，青烟袅袅，窗边种着一株菩提，两株银杏，树叶婆娑，姿态奇古。董小宛盘膝而坐，请教一禅师。禅师说："这位施主，情深意真，命数不同凡响。"

董小宛暗暗惊诧。说她命数波折，她信；说她孤高坎坷，身世飘零，她信；说她遇人不淑，她信；说她红颜命苦，她信，但这不同凡响却要从何说起？不管是秦淮昆腔女乐、苏州女乐花魁，还是小妾、教习、丫鬟，无一不卑微低贱，渺小如尘埃，平凡如蝼蚁，离不同凡响差了何止十万八千里。

"不同凡响，贵不可言。"禅师仿佛看透董小宛的心。

"只可惜，劫数因缘，累世夙愿，求不得、放不下，又如何？"

"大师何意？"董小宛迷惑。

"世间万物皆幻象。"

冒襄并不关心她的生死，仍整天出去和娼妇鬼混，根本不着家。董小宛的病越来越严重，到后来几乎喝不进一口水。

弥留之际，董小宛唤婢女燃起火盆备汤沐浴，换上一件从娘家带来的绸缎白色服装，又照照铜镜。她看见镜中那女人骨瘦如柴，眼睛恍惚失神，再看看那双手，却是布满了伤痕，那是种种辛劳后留下的疤痕。

花落人亡，无路可走。

落日沿着西边淡灰色的山头，缓缓黯淡。暮色如水波，在天边起伏荡漾。

一滴泪水滑落眼角。她的思绪，细若游丝地向远方飘去。她想起了许多年前家乡的帆船和河边的杨树。

也许感叹一切都是命定，就像预想中的情景，正在一出出地上演。她想起了那些遥远的夜晚，那些侍候母亲的日子。

桌上的烛火在滔天悲哀的压迫下，无力燃烧，挣扎两下，颓然熄灭。

董小宛芳魂离躯，飘散在江南山水间。她生前曾赋《孤山伤逝》一首，似是对生前身后的描摹：

> 孤山回首已无家，不作人间解语花。
>
> 三吴美人同一哭，悔将冰雪误生涯。

到生命的最后一刻，她终于大彻大悟。

顺治八年（1651年）正月初二，一代名妓董小宛病死在冒家，年仅二十七岁。

冒氏的《忆语》洋洋洒洒万余言，对董小宛的种种温柔、饮食起居、兴趣爱好记叙不厌其烦，而对其"久病之状"却一笔带过，最为不详，令人迷惑不解。也许因为董小宛的悲惨遭遇对世代官宦的冒家来说，是有辱脸面的丑事，所以对外的公开说法只能是因病而亡了。

难怪他的义兄张明弼在《冒姬董小宛传》中特别申明："其致病之由，与久病之状，并隐微难悉。"

《板桥杂记》则有明确指证曰："后卒为辟疆侧室，事辟疆九年，年二十七，以劳瘁死。"

铁证如山！

"以劳瘁死。"董小宛就是为奴为婢累死的！心累体累！伤痕累累！余怀毫不留情揭穿了冒氏的伪善面目，也击碎了冒氏自编自演的千古爱情神话。

"仗义每多屠狗辈，负心多是读书人。"明代诗人曹学佺一针见血地说。

只可惜一代美人，一个不幸的女人，活在我们触摸不到的时光里，一生几经波折，从高贵，到落魄……

历史已远去，留给世人的只是一个扑朔迷离的，令人心酸而无法破解其真相的意味深长的故事，唯有嗟叹一代红颜命比纸薄，伤怀她短暂悲苦而痴情的一生。

第五章
痴心才女——马湘兰

她姿色如常人,却为六院冠冕。
她的魅力,在容颜之外。

她就是痴心才女
——马湘兰!

第一节　官家之女初长成

明嘉靖三十五年（1556年），江南一带连降暴雨，洪水泛滥，致使江河暴涨，不少堤岸被冲垮，数十万亩良田被吞没不见，万千农民遭殃，死难者不计其数，流徙者亦难以估量。一时间，饿殍遍野，满目疮痍。

这一年，马湘兰刚满十岁。她的父亲是一名县令。身为父母官，怎能眼见百姓受苦不管？于是他开粮仓赈济灾民，写奏折上报朝廷。每日询问灾情，但凡有灾民上门诉苦，一概厚待。然而面对大面积的洪涝，想要妥善解救灾民绝非易事。

偏在这时，马县令手下的主簿一心想往上升，仗着朝廷有人，便生出祸害之心，以无中生有之罪，陷害马县令。他将奏章暗送朝廷，称马渎职失守，酿洪水大患并引怒众多灾民，为乱一方。又说他对朝廷和皇帝不满，对世宗下巫术。

古代帝王是非常迷信的，甚至还设立专门管理风水天象的部门——钦天监，负责观察天象，推算节气，制定历法。

世宗朱厚熜皇帝迷恋道教长生不老尤甚，所以如果有人敢对皇帝下巫术的话，一旦被举报，不管是谁，都是死罪。世宗盛怒之下，降罪于马，赐他死罪。马县令吞金自杀后，身为音戏曲律家的母亲和马湘兰四姐妹随即被没入贱籍，押送南京教坊司。母亲不堪打击羞辱，上吊自杀。

从此，马湘兰跌落秦淮风尘，在夫子庙旁的环采阁充当一名乐伎。

《秦淮广记》有载，马湘兰，本名唤作马守贞，小字玄儿，又字月娇，有姐妹四人，她最年幼，故此也被人唤作"四娘"。马湘兰乃湖南籍人氏，一说南京籍人氏，实无可查考。马湘兰人如其名，如幽兰之香气不可亵玩，性如玉兰之高傲不可侵犯，才如金兰之华贵不可轻视。湘兰之兰，堪称一绝。

第五章　痴心才女——马湘兰

金陵浮华，轻歌曼舞虚度春宵，人世多变，动荡起伏祸福莫测。正是那似水的柔情，拨开了少女紧锁的豆蔻年华，那逝去的光阴，激荡才女久违的沉思梦呓。

嘉靖三十五年（1556年），世宗虽信道灭佛，但尚有作为，边界和平，工商业发达，从而滋长了浮华世风。据当时的记载，文人中科举之后马上纳妾，大兴土木建豪宅一时成风，盛宴歌舞，极尽奢侈铺张。

江南金陵繁花似锦，远离那黎民挣扎之哭号，避开那百姓徘徊之暗影。光彩夺目的金陵宝地，仍沉浸在一片歌舞升平之中。怨不得文人冯梦龙曾言："嘉靖间，海宇静谧，金陵最称饶富。"虽此，以六朝古都闻名的金陵，也正随着大明王朝的龙气渐消而日薄西山，已从被光环笼罩的形胜之地，渐渐走向淫雨霏霏的不振与堕落。

秦淮河两岸的十里风月，那佳人如云的盛世芳华，让人免不了念叨"温柔富贵乡"。由此，秦淮河女子，顿成浪人雅士的追逐对象。一时间，多少佳丽，名声在外，多少故事，引人怆然泪下。有情天，无情人，纷纷扰扰，说不清、道不明。红颜命薄，才子无情，幻化成一樽含蕴百味的酒盏，于醉时品其芬芳，于醒时感其苍茫。

马湘兰由一个大家闺秀，落魄到青楼环采阁做乐伎，人世沧桑，谁也难料。

马湘兰丧父又失母，自是绝望至极，幼小年纪，其创伤何人得以抚平？夜幕垂降，青宅艳屋，再无半点笑声。父母的往昔音容笑貌，如今已成过去。游走回廊，轻扶栏杆，马湘兰泪水涟涟，抬头望月，月无明光；低头对地，地无皎影。朗朗读书声，此生难再寻觅。

一朵初开兰花，正欲倾吐芬芳，展现其绚丽之色，然而未等香色宜人，却突然遭逢狂风暴雨，摧折花蕾，不复往日灿烂迷人。泪水盈眶，殷血欲滴，再无奔放娇艳之日。这便是马湘兰人生中第一遭劫难，来之疾疾，痛之切切。

环采阁的胡老鸨见她会吟诗作画，小小年纪便画得一手好兰竹，甚是欢喜，教导她，逢女就称姐姐，遇男就称姐夫，叫她这个老鸨为"娘"。马湘兰幼小，唯有点头。

余怀《板桥杂记》载:"妓家,仆婢称之曰娘,外人呼之曰小娘,假母称之曰娘儿。有客,称客曰姐夫,客称假母曰外婆。"

马湘兰姿色中等,在环采阁不算特别出众,甚至在美女如云的秦淮河旧院(青楼)并不具有优势,但她胜在富有才情,绰约多姿,性情开朗,嘴巴甜。她小小年纪,哪懂什么卖弄风情,会说话只是因为性格,不管老少,逢客便叫姐夫,声音绵软动听,却也很讨人喜欢。

胡老鸨知道她缠头多,便经常搜她身,总是哄骗说:"娘给儿攒起来,过冬给儿买件锦袍。"给她的都是些"代价券"。

这"代价券",是大明朝廷专向青楼发行的几种特殊铜钱。

当时青楼妓院中妓女多为被迫而操娼业,不少人想跳出火坑,一有钱做路费就要逃走,所以南北(南京北京)教坊司严格控制高等妓院的姑娘们积累和使用现金。

那么,妓女的日常花销怎么办?就用这种朝廷专门发行的"代价券"。其多为铜制,呈花瓶或扇面等不同的形状,上面有妓女的姓名和这枚货币代表多少钱,有"钱二百文",有"钱一两"。一般妓女平时买零食,买胭脂花粉,或付车钱,就可用这种"代价券"支付给小贩、车夫、艄公,而这些人可持之向妓院兑换现款。

当然,"代价券"本身还有个信誉问题。所以只有高档有名的妓院才用,人们才认可它。这种"代价券"无疑是老鸨控制妓女的一种方法,它的出现反映了明代畸形社会的畸形繁华。

马湘兰不知是诈,还分外高兴。和其他官妓一样,除了能得到饮食衣物之外,马湘兰不会有任何收入,她们唯一一点进项就是私房钱。但是,老鸨们常常以各种哄骗将其搜刮一空。

眼看马湘兰就要十四岁了,胡老鸨嫌马湘兰长得不出众,性子烈讨人嫌,更不打算把她作花魁培养了。于是老鸨放出口风,贴出红告示,为马湘兰招梳拢客。

第二节　得人赏识进京城

明世宗嘉靖三十九年（1506年）仲夏。

一日，一位名叫王朝的老员外过六十寿诞。他是邻近南京六合人，来到环采阁挑红牌梳拢。胡老鸨见老员外有此打算，就说马湘兰是环采阁红牌，说她温文尔雅，知书达理，极力推荐。老员外信以为真，准备好了二百两银票，打算梳拢马湘兰。

马湘兰当然不愿意把自己的贞洁送给一个老头子，对胡老鸨破口大骂，殊死反抗。硬的不行，鸨母就来软的，她叫领家用迷春酒（即蒙汗药）混在汤里，待迷昏马湘兰后，将她送给了老员外。

夜更静了，一切罪恶都被黑暗吞噬……待到马湘兰苏醒之后，才知遭人凌辱，伤心欲绝，羞辱难当。她性情刚烈，不想再受屈辱，气恨交加之下决定立刻逃走。哪知那老色魔欲念未消，想要再次强占马湘兰。既已清醒，马湘兰怎么可能就范，她竭力反抗，号哭撕打，在奋力挣扎中咬破了老员外的鼻子，鲜血汩汩。

老员外气急败坏，扬言取消迎娶之事，又着胡鸨母教训马湘兰。

胡鸨母见马湘兰如此刚烈，决定严惩她，杀鸡儆猴。次日清晨，鸨母将马湘兰脱去外衣，只剩亵衣，将其毒打之后绑在门堂示众，口称要丢尽其颜面。一时间，路人皆过来围观。

马湘兰遭受毒打侮辱，羞愤难当，然而她不畏胡鸨母淫威，口中句句反击。胡鸨母见此女毫不退缩，更琢磨要加重惩罚。正当胶着之际，一少妇走来，推开众人，走近马湘兰，见其遍体鳞伤仍然言语犀利果决，遂问明缘由。

马湘兰于恍惚之间，睁开双眼，目虽能视，脑中却一片空白。尚在花蕾年纪，如何能忍受这般蹂躏。她期盼自己得此一死，早日归去阴司，与父母团圆。然而她并未想到，这缓缓向其走来的美妇人，从此要改写她的人生轨迹。

美妇人不动声色上下打量了她一番，见她有一双天足，顿时喜形于色，问她会不会音律，通不通诗书。马湘兰见她并无恶意，便实言以告。美妇人更欢喜，问她愿不愿意来自家的私塾帮忙。原来她在江南贡院附近的沉香街给儿女们开了私塾，并分为男馆、女馆，想请马湘兰和其他三位私塾先生教她收养的已故姐姐的六个儿女。马湘兰一听能够做私塾先生，立马答应下来。

这位美少妇叫吴真元。她为命运多舛的马湘兰赎了身，将其安置到自家的私塾里。

从此以后，马湘兰摆脱了青楼女子的身份，开始教吴真元的两个养女绘画、诗词和音律。她偏爱竹、兰，而她的画技恰好"兰仿子固，竹法仲姬，俱能袭其韵"。马湘兰是一个爱兰、知兰、种兰、画兰、吟兰、颂兰的人，不但在院宅里种上品种各异、香幽气清的兰花，还细心浇灌，使得满院的兰花体态娴雅，花香悠远，沁人心脾。而且她凭着自己的兰心蕙质，凭着对兰花清雅高洁气韵深深的体悟，将兰花的姿态和气韵展现在书画和诗歌上。吴真元甚为高兴，送给她一支钿翠牡丹金钗。可是，马湘兰发现吴真元身份很神秘。她从不言及她的一切，对她自己的背景守口如瓶。马湘兰有些迷惑，这吴真元可说是她的救命恩人，看模样也像是很有地位的人，出门还有华丽的软轿代步，一出手就是不凡的大方，光是送给她的这支钿翠牡丹金钗恐怕就是不得了的珍宝。吴真元白天一人逛花园，晚上挽着侍女，经过私塾时会看看儿女们上课的场景，不过她从来不干涉老师上课，颇为尊师重教。

有一天，马湘兰无意间从一位私塾先生口中得悉吴真元其实是南京教坊司的左司乐，属礼部官员，从九品（非正九品）。而兰花园，是因为她亲姐姐生前尤爱种植各色兰草而修建的。这倒让马湘兰委实吃惊。

私塾先生还告诉她说，吴真元为人很善良，能到幽兰馆是她的福气。

马湘兰望着贡院那边，两岸依依的垂柳，柳梢轻点着池面，岸边的草地柔软而芬芳。她低头，视线落在自己的那双大脚上，薄唇微弯成得意的笑。

原来，吴真元果真是冲着马湘兰的一双大脚去的。这才是吴真元愿意为她脱籍的真正动因。在吴真元看来，画兰画竹者，爱兰、知兰、种兰、画兰、吟兰，她不是很稀罕，她稀罕的就是马湘兰这双"天足"。在吴真元看来，她需要的不是一个种兰种草的园丁，也不仅仅是一个诗人和画家，更不是一个跳起舞来颤颤然、随时都要跌倒的三寸金莲，而是一个真正的舞蹈家、音律家。马湘兰的这双"天足"恰恰对舞蹈很有裨益，这是吴真元梦寐以求的。尽管马湘兰面相不美，但通过化妆术，是完全可弥补的。

直觉告诉她，马湘兰是一块可雕琢的美玉。马湘兰的"天足"，必定会在姿势、力量、恒心等方面比缠足女乐具有先天的优势。

然而，马湘兰的天足在以三寸金莲为美的明代是受到鄙夷和嘲弄的，贡院国子监的一名诗人曾作诗一首，讥笑马湘兰的大脚：

杏花屋角响春鸠，沈水香残懒下楼。
剪得石榴新样子，不教人见玉双钩。

这诗写的是马湘兰新做了一件裙子，把两只脚遮住不让人看见的场景。那时候马湘兰以自己的天足为丑，想方设法遮掩。而现在，在吴真元的影响下，她改变了心态，以女子的天足为荣，以缠裹后扭曲的小脚为耻。

吴真元是大家闺秀出身，也有一双天足。她的祖籍在福建，世代经营海运，专往返南洋线东南亚诸国，贩卖茶叶、丝绸、瓷器，家族资产丰厚。海上丝路起于秦汉，兴于隋唐，盛于宋元，明初已达到顶峰。吴真元凭着一双大脚跟着家族船队去过东南亚。她姐姐死于一场海盗打劫，是那缠裹后的小脚害了她，因为无法跑动，才被海盗抓住，强奸杀害。

见多识广的吴真元认为小脚不适合奔跑与活动，她认为，小脚变成了限制女孩人身自由的镣铐。在她看来，马湘兰的父母拒绝为了迎合男权社会的审美而让女儿缠足，这本身就是了不起的有见识的表现。而马湘兰性情刚烈，多才多艺，是不可多得的女中人才。吴真元的最终目的，是想举荐马湘兰到南京教坊司做教头。吴真元自己也才华横溢，除诗词外，还通音律，擅歌舞，并能自编自导戏剧。因此，她希望将自己的才能传授给有缘人。

让马湘兰留在府中做私塾先生，这只是过渡期，也是考察期。几个月后，通过了考验的马湘兰接受了吴真元的邀约，在南京教坊司当起了教头。她从此视吴真元为自己的老师和恩人。

吴真元要求马湘兰在教坊中训练戏班，要能演出"西厢记全本"，并随时承应诏命入宫表演，随时奉旨作画。但是，除了承应宫廷演出之外，平时还要做乐伎的营生。吴真元郑重告诉马湘兰，教坊司中的所有女性，职能是"女乐"，而非卖肉。吴真元还告诉她，乐人并非如有些人认为的那样地位低下，成祖就经常召"京城名倡"入宫表演，宁王朱权也得意洋洋地描写"良家子"演戏的情景。他们丝毫不以乐人为耻。

由此可见，永乐初年的教坊司还比较单纯，应该只是宫廷掌管礼乐外加唱曲演戏的机关，承办各种宴会演奏。

明代初期最初设立有三个掌管宫廷音乐的机构，即太常寺、教坊司和钟鼓司。太常寺隶属礼部，主管祭祀礼仪所用的雅乐，地位最为尊显，人数也比较少；教坊司也属于礼部，除了承应与太常寺相同的宫廷祭祀礼仪所用的雅乐之外，教坊司还负责制作和表演"俗乐"，即乐舞杂技和戏剧之类；钟鼓司的主要组成人员是宦官，掌管出朝钟鼓与内乐（内廷演剧乐舞），同样也承应雅乐和俗乐，与教坊司不同的是钟鼓司专门服务于内廷，此外钟鼓司还负责保管剧本，民间称其为"御戏监"。

可见与明代宫廷戏剧最具有联系的两个机构便是教坊司与钟鼓司。

大约一年之后，马湘兰正式在南京教坊司做女教，南京辖下有幽兰馆"富乐院""沉香院"等大小2500多家乐坊。

此外，马湘兰还负责编曲。吴真元拿了许多历代古籍乐谱给她借鉴和参照。马湘兰按照吴真元的要求，使明代宫廷音乐在继承历代王朝宫廷音乐的基础之上又有所创新，除了当时不断发展的民间戏剧文化为宫廷音乐输入新的血液之外，像是朝会宴飨时的"殿中韶乐"，由她俩以及几个乐师在原来的基础上改进谱写演奏曲，其中也掺杂了世俗的成分，但无伤大雅。

她们创作演奏的内廷诸戏剧主要包括金元院本、北曲杂剧、过锦戏、打稻戏等几种类型。但比较而言，马湘兰对气势宏大的"殿中韶乐"更感兴趣。于是，马湘兰提出建议，说想在金陵各大青楼挑选多名懂声乐的女乐和乐工进行排练演奏，进献世宗帝。吴真元又惊又喜，许诺她，如果做得好，让世宗帝满意，此生必定大富大贵。吴真元的话令马湘兰欣喜若狂，立即着手张罗此事。

但她很快陷入进退两难的尴尬之中，一是她完全没有实际经验，二是乐律知识的缺乏。比如敔（打击乐）需要几人，达到什么音响效果，怎么编排，等等，她心里没有底。马湘兰冥思苦想，一度打起了退堂鼓。吴真元却不干了，板着脸激她说："何言不可为？莫非汝难当重任，只能作乐伎，供人消遣？"

"非也！"

吴真元触及她的痛处，一下子将她心底的卑怯击退！

看她一脸涨红的样子，吴真元笑了。吴真元要求她在半年内，尽快熟悉祭祀、朝会、宴会的宫廷音乐，在此基础上推陈出新。吴真元的信任和鼓励给了她力量。马湘兰一边收集和整理搜集两宋以来的历史资料，一边采取了一个实地试听的笨办法。她这样做却也行之有效。她每天都要读一寸厚的音律书籍。聘请当地歌舞乐师，把雅乐加以改组，并正式命名为"中和韶乐"。

之后，马湘兰又慕名请来两个道士和一名乐师协助自己一同谱曲。世宗帝信奉道教玄修，于是，马湘兰又让道士加入长生不老字符并修改乐歌节奏。几天后，马湘兰就把韶乐团女乐和乐工的演奏编排形式，以及具体演职人员人数上呈吴真元。这张编排单这样写道：

> 上（世宗帝）1652年元旦拜年大宴飨，教坊司设中和韶乐于殿内，设大乐于殿外，立三舞杂队于殿下。驾兴，大乐作。升座，乐止。文武官入列于殿外，北向拜，大乐作。拜毕，乐止。进御筵，乐作。进讫，乐止。进花，乐作。进讫，乐止。进第一爵（场），教坊司奏《炎精开运之曲》，乐作。内外官拜毕，乐止。散花，乐作。散

讫，乐止。第二爵，教坊司奏《皇风之曲》。乐止，进汤。鼓吹缯节前导至殿外，鼓吹止，殿上乐作。群臣汤馔成，乐止。武舞入，教坊司请奏《平定天下之舞》。第三爵，教坊司请奏《眷皇明之曲》，进酒如前仪。乐止，教坊司请奏《抚安四夷之舞》。第四爵，奏《天道传之曲》，进酒进汤如前仪。乐止。第五爵，奏《振皇纲之曲》，进酒如前仪。乐止，奏百戏承应。第六爵，奏《金陵之曲》，进酒进汤如前仪。乐止，奏八蛮献宝承应。第七爵，奏《长杨之曲》，进酒如前仪。乐止，奏采莲队子承应。第八爵，奏《芳醴之曲》，进酒进汤如前仪。乐止，奏鱼跃于渊承应。第九爵，奏《驾六龙之曲》，进酒如前仪。乐止，收爵。进汤，进大膳，乐作……。

马湘兰紧张地注视着吴真元的表情。对她来说，这两份草案决定着她的命运沉浮。吴真元尽管善良大方，但也有着难以企及的高标准。倘若这两份草案不能让她满意，自己便有被吴真元撤换掉的可能。吴真元仔细看着名单，见上面写道：

定殿内侑食乐：领舞一（人），箫六（人），笙六（人），歌工四（人）。

丹陛大乐：戏竹二（人），箫四（人），笙四（人），琵琶六（人），箜四（人），箜篌四（人），方响四（人），头管四（人），龙笛四（人），杖鼓二十四（人），大鼓二（人），板二（人）。

文武二舞乐器：笙二（人），横管二（人），箜二（人），杖鼓二（人），大鼓一（人），板一。

四夷舞乐：腰鼓二（人），琵琶二（人），胡琴二（人），箜篌二（人），头管二（人），羌笛二（人），箜二（人），水盏一（人），板一（人），笛四（人），埙二（人），篪二（人），排箫一（人），钟一（人），磬一（人），应鼓一（人）。

迎膳乐：戏竹二，笙二，笛四，头管二，闉二，杖鼓十，鼓一，板一。

进膳乐：笙二，笛二，杖鼓八，鼓一，板一。

太平清乐：笙四，笛四，头管二，闉四，方响一，杖鼓八，小鼓一，板一。吟唱明君世宗。

吴真元寻思片刻，又板起指头计算了一会儿，不禁大喜，没想到马湘兰安排得如此周详，笑曰："甚好！甚好！真乃天才也。余未错付人也！"

吴真元没有想到，眼前这个只有16岁且貌不惊人的女孩，居然有这么大的能耐，不禁对她刮目相看，视她为得力辅士。

四个月以后，宴飨韶乐在"富乐院"进行彩排，当时的皇帝宠臣严嵩曾在金陵做过礼部尚书和吏部尚书，直到其升为武英殿大学士时才进京，可说是半个金陵人，而且在金陵广置有良田美宅。恰在此时，严嵩又休养金陵，应邀给金陵有的高等青楼及商埠写匾题字。吴真元决定请严嵩现场予以观摩欣赏和指导。马湘兰不敢丝毫怠慢，整天马不停蹄，奔波于排练场。

这天梆子敲响了，若是寻常百姓家，便是该做晚饭的讯号了。但在"富乐院"，却是一出盛大演出的序幕。

"富乐院"外的巷子，远远铺出了三里长的朱红毯。道路的两旁，每隔十步，便有戴尖帽、着白皮靴、穿褐色衣服、系小绦的男子如定桩般立着，还有官员着飞鱼服，佩绣春刀，透着凌厉威猛，一看就是锦衣卫。当有身穿东厂服装或锦衣卫服装的人出现，老百姓与当地的地方官都躲得远远的，生怕被这些人找茬抓起来。

这阵势，来人定是朝廷大官。

"富乐院"是当时金陵城里最大的官妓大乐营，迎来送往的都是官家人物。虽说"富乐院"的开销朝廷是拨了银子的，但若是将官家服侍妥帖，一来有了头脸，二来也能得些打赏。因此"富乐院"也是绞尽脑汁想着新奇法子请朝廷大员光顾。

就说前堂那横三竖三的九面花鼓,也是一大特色。"富乐院"的官妓每人的名字都是花名,名气最响亮的九位官妓,便能将自己独属的花鼓支在前堂。若有客人"点春"(点某个妓女),或是"走春"(出局应酬),便可击打花鼓,昭告四方,既是气派,也是官妓在"富乐院"的地位。

而"富乐院"的官妓,更是各显神通。有获罪的大家小姐,诗词歌赋、琴棋书画,可以做着歌妓、舞妓,或是乐妓,行走于达官显贵的家宴上;若是贫民小户的,酒量不错,也可陪酒,是为"酒妓";若是酒量也不佳,便只能做些皮肉生意,地位也是最不济。因此,"富乐院"也是最不拘形式的官妓青楼。

此刻"富乐院"前堂二楼的各个雅间,已坐满了客人。其中一间大包厢,内有四五人,正是严嵩父子和几个金陵高官及吴真元。严嵩宴请了一位外地的张姓官员,点了几位名妓作陪。

忽的前堂正中,一个舞姿轻盈的女子从高约四十尺的高台款步拾级而下,手中垂下一条红色丝绸,动作轻灵矫捷,一个漂亮的回旋,直击桃花鼓正中,翩然起舞,博得满堂彩。那个外地的张姓官员啧啧点头,问道:"此女乃是那名冠金陵城之马湘兰?"以一双"天足"起舞,其舞姿妙曼,挥洒自如,远胜"三寸金莲"之舞者,亦是不难想见矣。

包厢里,严世藩和几个高官对视了一眼,随即哈哈大笑。其中一个腰间挂着纯白双鱼玉佩的,那玉是难得的无一丝瑕疵,净白如雪,是难得的品相。那人坐于正中的尊贵的严嵩旁边,开口道:"正是马湘兰。马湘兰之舞,出神入化,此女扮相俊美,宛如云中仙子。更绝的是,那一手好兰画,和那舞配合得行云流水。此节目乃吴真元亲自教导编排也。"

严嵩听了不免神往:"奇女子也。一香已足压千红!"

官妓是朝廷的人,并非一般官员可以据为己有。大家正襟危坐,一边看戏,一边言谈饮酒。

俄尔,却见戏台一人执管横吹,六人吹着箫,六人吹着笙……众演员各司其职,各就各位,一曲气势磅礴的六十人大型"中和韶乐"曲目上演。

众人完全被这美妙的音乐陶醉了,严嵩已是按捺不住,擎起手中的白玉杯,转向吴真元连声道:"尽美矣,又尽善也!"

有曲、有歌、有舞,有文舞,有武舞,听起来中和祥瑞,如沐圣风,巍巍穆穆,与天地并其造化。改编创新的音乐和词句,意在歌颂明君圣德以及世宗永生不老的天神身份。在严嵩看来,它不仅有形式美,还有内容善,应该大加颂扬。

一般说来,女人的魅力在多数人心目中与是否姝丽有极大关系。不过,严嵩一高兴,就说想见识一下那位"奇女子"。就这样,马湘兰见到了严嵩,被其欣赏并大力举荐。

明世宗嘉靖四十一年(1562)元旦,金陵教坊司韶乐优伶团奉诏进京城献艺。

凝禧殿,灯光交织辉映,编钟、编磬金光熠熠,头戴垂绦冠、身着宫廷华服的演员,手执笛、排箫等朱漆云龙描金乐器,神情端庄肃穆。"乐起!"随着马湘兰一声悠长的鸣赞之后,一位富乐院花魁站立金漆彩画,装饰华美古乐器旁,开始敲击名叫"柷"的乐器三声,忽听鼓角齐鸣,随后,由314位金陵青楼乐伎组成的伶人开始响起悠悠中和韶乐。演毕,余音绕梁。它融礼、乐、歌、舞为一体,乐器均采用八种不同材料制成,即金(钟)、石(磬)、土(埙)、革(鼓)、丝(琴、瑟)、木(柷、敔)、匏(笙)、竹(笛、箫、篪、排箫),即为"八音"。

金陵教坊司韶乐优伶团演奏及文舞武舞都获得空前成功。

不久,吴真元因为教导有方,官升至奉銮,封赏正九品官。马湘兰的才华与名气也在秦淮河畔如水般蔓延开去!

满屋的烛光,摇曳得令人头晕。这比"于归之喜"还要令马湘兰骄傲和欢喜。她也曾经憧憬过这一天,见到世宗帝。可是因为马湘兰身份低微,礼部官员并没有将其禀告世宗帝。这无情的消息,打碎了她所有的憧憬。

但她为人豁达,虽然有遗憾,也自能认命。好在吴真元同情马湘兰,心里过意不去，便奏请朝廷以资嘉奖。

这年春节之后，吴真元带马湘兰赴严宅拜年，说严嵩很注意奖掖擢选人才以为国用，请求严嵩帮助解决此事。严嵩此时已被世宗帝疏远，不过，严嵩在了解马湘兰的身世之后，颇为同情，决定在自己被罢黜之前帮忙解决此事，便要吴真元以金陵教坊司的名义上奏朝廷，又附上马湘兰以金陵教坊司的名义写的宫廷乐曲教义草案。

马湘兰在草案中写道："令宫廷教坊司毋得以新声巧技进。于表演形式上，尚保留钟敲一声、歌更一字之传统，以明帝德矣。雅乐演奏须用源自华夏中原之乐器也，重视钟、磬之使用。敬请世宗帝嘉纳之。是时更定诸典礼，因亦有志于乐。凡大朝贺，教坊司设中和韶乐于殿之东西，北向；陈大舞于丹陛之东西，亦北向。驾兴，中和韶乐奏《圣安之曲》。升座进宝，乐止。百官拜，大乐作。拜毕，乐止。进表，大乐作。进讫，乐止。宣表目，致贺讫，百官俯伏，大乐作。拜毕，乐止。宣制讫，百官舞蹈山呼，大乐作。拜毕，乐止。驾兴，中和韶乐奏《定安之曲》，导驾至华盖殿，乐止。百官以次出。"

世宗帝见后，由衷赞叹曰："不图为乐至于斯！"并作为功臣封重赏马湘兰。此事终于得到圆满解决。

明世宗嘉靖四十一年（1562年）6月，严嵩被世宗帝罢黜归乡。

第三节　人生得意须尽欢

马湘兰22岁那年，吴真元为感谢马湘兰，把幽兰馆低价转给了她。马湘兰感激涕零，为感念恩师，幽兰馆一切照旧，又在馆内种植了大量各色兰草，还为吴真元的庭院种植了她喜爱的松竹等花卉。

一叶幽兰一箭花。人在高楼，凝望绿水斜阳。遍地飞絮，满目岑寂。

又是三月桃花。高马驷车的繁华，无缘无故触痛杯底的落寞。纵然花石清幽，曲径回廊，处处兰香萦绕，飘若浮萍的心绪依旧难掩她身安何处的寂寥。

山温水软，小桥木舟。烟雨杏花的江南，把春水剪成一弯潋滟的绝色。瘦弱如柳，典雅清幽。一眼望去，恰似暗移梅影过红桥。这株断崖倒垂的孤兰，绝壁千仞，异香婉约。以一抹斜叶一朵兰，把几阕相思酝酿得风情万斛。

转眼又是两年过去，马湘兰已经二十四岁，在古代，她已经是很难嫁出去的"老姑娘"了。

但马湘兰并不焦虑。此时，她的身边已有珠玑等几个丫鬟，并且配备了专职厨师和花工，生活十分优渥。

二十四岁的马湘兰拒做人妾。她的选择只有两个，要么做明媒正娶的正妻，要么独身礼佛。这在当时，需要相当大的自信和勇气。这勇气的基石来源于她雄厚的财力。马湘兰靠编排和谱写的"中和韶乐"，加上朝廷的重奖，已积蓄一笔巨资，足够她此生衣食无忧！

马湘兰的居处为秦淮胜处。在她家宅旁边，有一座叫玩月桥的石拱桥。这里集中了很多商铺小吃，也是青楼云集之地。玩月桥因为马湘兰而有名，每年到了中秋之夜，名流士子聚集桥头，笙箫弹唱，对月赋诗，追忆牛渚玩月，故称此桥为玩月桥。

风月清美的夜晚,马湘兰站在如霜月色中吹上一曲。笛声悠远清扬,远离尘世。她不光会吹笛子,她还会弹琴。

相传当年为了一睹马湘兰真容,各地的书生士子们纷纷聚集在玩月桥头各自秀才艺,热闹非凡,将玩月桥变成了一座名声远播的"求爱桥"。

每到中秋,马湘兰便差遣厨子大量采购用来制作供品的食材。她对供品很讲究,由于金陵水港湖汊很多,因此她的供果大多体现了水乡特色。仅秋果就有鲜藕、柿子、石榴、佛手等,熟食包括菱角、糖芋头、酸梅等。此外,桂花酒也是不可少的,分为用酒泡的和酿造的两种。每每中秋夜,马湘兰必会在家里摆上供桌,点上一种盘绕起来的斗香,将月饼堆成塔状,最多时堆到16层。供桌上插上桂花和菊花,桂花寓意"富贵",菊花的金黄色也寓意"财富"。

祭祀完后,供品一般拿来供丫鬟和所有家仆享用,有些还让丫鬟送到育婴堂和同善会,发给孝子、节妇等无依靠之人。

她的善举渐渐传开。

由于她的才华和极为讲究的生活方式,好奇慕名求访者甚多。她画兰,亦画竹,并将画兰竹所得钱款,一部分留馆备用,一部分以赈济灾民。马湘兰不因男人而名扬天下,这在秦淮八艳中是绝无仅有的。马湘兰的魅力不在其容颜,这自然就造就了她魅力不随青春的流逝而减损。

马湘兰为人开朗豪爽,对别人十分大方,曾周济过不少无钱应试的书生、横遭变故的商人以及附近的一些老弱贫困之人。

这样的女子,怎能不被人爱慕?然而,豪爽也是一把双刃剑,大开大合,甚至有些张扬的性情,也给她招来了麻烦。

有一年秋天,有个杜姓孝廉(举人)听闻这马湘兰美到花明雪艳,望者断魂,心生爱慕之意,专程从扬州跑来拜访,想目睹一下传说中马湘兰的风采。而马湘兰隔着珠帘见此人有些獐头鼠目,态度猥琐,便让丫鬟珠玑把他轰出了门,面都不给他见。杜孝廉为此事耿耿于怀,又羞又恼。不久,这个杜孝廉便花钱买了个礼部主事的官衔(根据明代捐纳制度,当时买官鬻爵严重)。杜孝廉"入官场顿改寒酸态",官场得意,"衣锦还乡"的他第一件事情,就是要出曾经的那口恶气。他随便找个茬儿，就把马湘兰传唤到金陵府衙，想不花一文见见她的仙姿艳容。

在主事的大堂前，昔日是情场失意的小厮，现在是官场得意的傲慢老爷。杜孝廉居高临下地看着眼前这个女人，大感失望，于是冷笑道："时人皆言汝与众不同，如今看来，亦是徒有虚名也。"

该不是搞错了吧，此人莫非不是马湘兰？杜孝廉丢下一块碎银，起身准备离去。马湘兰不卑不亢，一脚踢飞碎银，反唇相讥说："实乃当初徒有虚名，才有今日不名奇祸。"

杜孝廉见她答得巧妙，反而信了，原来她真是马湘兰！他深为她的内涵和才华折服，释然一笑，让她离开了。

马湘兰当红的时候，缠头多如牛毛，置田置地，以马湘兰的风采，也不乏追求她的人，但马湘兰都一一回绝了。马湘兰仗义疏财，俨然一个女豪侠，多次救济贫困书生，"时时挥金以赠少年，步摇条脱，每在子钱家，弗翻也"。

马湘兰凭借的，是一份不让须眉的豪爽。"豪爽"这个词，不是放在男子身上才成其为魅力，胳膊上跑马拳头上立人，那是孙二娘式的简单豪放。豪爽是相逢意气为君饮的痛快淋漓；豪爽还可以是拿得起放得下的豁达。

然而，也许是马湘兰的豪爽大方，也许是她的过分善良，有一个泼皮无赖便盯上了她的钱财。一天上午，丫鬟珠玑突然接到一个恐怖的"索捐"纸条："有人雇吾等花十万银票绑架马湘兰。然吾等看其乃是个大善人，若拿五百两银子酒钱，吾等对付过去算矣……"原来是那泼皮见马湘兰门前车水马龙，以为她有金银成山，于是串通官府敲诈她。

她只是出于内心对众生的悲悯，没有想过出名，或者是通过什么手段让人为自己树碑立传。

这厮敲诈了五百两银子之后还觉不过瘾，又再次敲诈。于是继续串通官员以种种名义索捐，对幽兰馆所购酒茶课以重税。幽兰馆需要大量的茶，纳税却比别人多几倍的引钱。马湘兰每次购茶，每购茶一百斤，就得纳引钱两百到三百文。

就是把钱扔掉,也不给那些人。当她发现有官员想在捐款里占便宜的时候,非常愤怒,这也深深刺伤了她的自尊心,原来做善事做善人是这么难的。因为青楼都是由官方垄断,亦即是所有青楼花金一定要通过教坊司统一管理。可该交的她都交了,而今就因为扶弱助困,反遭敲诈勒索!

也就在此时,她遇到了长洲落魄秀才王穉登。王穉登虽然不是官场中人,但其书法"名满吴会间"。于是,在收受了马湘兰的劳神金后,王穉登找到一位御史大人,把马湘兰的事一五一十地告诉了他。御史一句话,谁还敢敲诈她?这事也就轻松解决了。

在那个贪官污吏纵横朝野的年代里,女人的安全感是很薄弱的。她们会轻易地爱上一个有能力保护她的男人。在马湘兰心目中,王穉登的形象,超越了所有的门客,一时间仿佛他通身上下散发出温煦迷人的气息。马湘兰越过感恩,直抵爱情。

王穉登也有心相交,表示欣赏之心。一天,王穉登向湘兰求画,湘兰应允,当即挥笔为他画了一幅她最拿手的一叶兰。这种一叶兰图,是马湘兰独创的一种画兰法,仅以一抹斜叶,托着一朵兰花,最能体现出兰花清幽空灵的气韵来。画上还题了一首七言绝句:

一叶幽兰一箭花,孤单谁惜在天涯?
自从写入银笺里,不怕风寒雨又斜。

马湘兰意犹未尽,又蘸墨挥毫画了一幅"断崖倒垂兰",上面也题了诗:

绝壁悬崖喷异香,垂液空惹路人忙;
若非位置高千仞,难免朱门伴晚妆。

这首诗是想告诉王氏:我虽然是欢场中人,但并不是一个水性杨花女子,绝非路柳墙花,我就是悬崖绝壁上的孤兰,非那些凡夫俗子所能一睹芳泽。

王氏甜言蜜语,把马湘兰哄得晕头转向。马湘兰视他为亲人和爱人,每每相见都会细说情怀,曾结成一阕《蝶恋花》相赠:

> 阵阵残花红作雨,人在高楼,绿水斜阳暮。
> 新燕营巢导旧垒,湘烟剪破来时路。
> 肠断萧郎纸上句!三月莺花,撩乱无心绪。
> 默默此情谁共语?暗香飘向罗裙去!

就这样,一份她也分不清是友情还是爱情的感情,成为她之后生活的全部。《明史》说王穉登"四岁能属对,六岁善擘窠大字,十岁能诗",是才子,社会上他钻营得也不坏,是"青词宰相"袁元峰的门人。袁元峰曾举荐他做官,但王氏口碑太臭,没成功。后来徐阶掌权了,王穉登就断了仕途念想,一心写诗。作为当时有些名气的书法家和诗人,王穉登得到过众多前辈称许,尝及征明门,遥接其风,主词翰之席者三十余年。

王穉登在《马姬传》这样载述马湘兰:"姬声华日盛,凡游闲子沓拖少年走马章台街者,以不识马姬为辱,油壁障泥杂沓户外。池馆清疏,花石幽洁,曲室深閟,迷不可出。教诸小鬟学梨园子弟,日为供张燕客,羯鼓胡琵琶声与金缕红牙相间,北斗阑干挂屋角犹未休。虽缠头锦堆床满案,而金凤钗、玉条脱、石榴裙、紫襦挡常在子钱家,以赠施多,无所积也。"又说她是:"轻钱刀若土壤,居然翠袖之朱家;重然诺如丘山,不忝红妆之季布"。

这段话意思亦是说她重义轻利,有豪侠之气,重诺言。

马湘兰对王穉登满怀情意,她期盼有朝一日,能做他的正妻!若不得,亦可做一辈子的相好!

可惜,王穉登委实是花坛老手,更非士子清流,与马湘兰交往的同时,又勾搭南都旧院名妓薛素素等佳丽,还把马湘兰送他的砚台转赠给薛素素。他虽敬仰感激马湘兰对他财物的倾囊相助,但对动了真感情的马湘兰敬而避之。

王穉登自己曾说他12岁就开始游走青楼,到42岁才断绝此爱好,"迷花醉月"的经历既多,自然也深谙周旋之道。

后来,马湘兰也渐渐发现王穉登人品不端,整日里流连于酒楼花巷,勾三搭四。

曾在国子监读书的明文人沈德符曾揭发他藏名妓于内室,邀当任官员赴宴,待酒酣耳热之时,唤出妓女,官员无不下水。从王穉登喜欢"送宫花"给朋友,可见其是个世故、圆滑的秀才。

沈德符曾在《敝帚斋余谈》里,大骂王穉登无耻虚伪,荒淫无耻,乃无德无义无信之人。在沈德符的另一著作《万历野获编》里,他也嘲笑王穉登造假古董骗钱的勾当:"古董自来多赝,而吴中尤甚,文士皆借以糊口。近日前辈,修洁莫如张伯起,然亦不免向此中生活。至王伯谷(王穉登),则全以此作计然策矣!"

总之,他们关系的紧张程度已是不共戴天了。

沈德符如此态度背后,答案很可能是因为薛素素。王穉登与薛素素交情不浅,而吃醋的男人总是小气的。

马湘兰曾质问王穉登,看向他的眼光温和又带着疏离。王却说:"余乃修道之人,对美色见之淡。再者,助人消灾,不过就想打里面占便宜,跟制造灾难之人又有何区别?"

吴真元不忍见她被人骗,也听闻了王的劣行,曾劝诫她远离此人。说他非良善之人。

马湘兰明白了,王穉登不是她可以托付终身的人。她一语不发,转身默然离去!从此只有念想,没有山重水复的追问,排山倒海的表白。她已经过滤了爱,如月光透过花叶,筛下安静的疏影。

不过,王穉登在经济上有求于她,仍缠住她。她也会出手相援,因为她终究忘不了他曾经的举手相助。从她和王穉登的尺牍中,仍能读出她的痴情。

为了转移注意力,她更加重视幽兰馆的经营。马湘兰的身份是多重的,既是馆主,又是花魁;既是教头,又是乐师;是诗人,亦是画家。她的才华与明末清初的柳如是不相伯仲,音律方面,更在柳如是之上。

第五章　痴心才女——马湘兰

两年之后，就在马湘兰逐渐走出情感伤痛的一个冬天，却发生了一件几乎毁掉她声誉与幽兰馆倒闭的花魁自杀事件。

原来，马湘兰在所教的门生中选了五个年轻貌美能歌善舞的乐伎到幽兰馆，其中有个叫小绿的姑苏籍乐伎甚招客人喜爱。马湘兰对小绿有些偏爱，放任了她的小性子。小绿很羡慕马湘兰贵妇人般的生活，为了尽快积蓄银两，决心不择手段捞取金银财宝。此时，有个名叫武文厚的杭州痴情书生，来到幽兰馆。这位武公子长得一表人才，满腹锦绣文章，于杭州进金陵江南贡院准备参加科举考试。其父为江苏一丝绸大商贾。儿子进京赶考，不说是腰缠万贯，也是带足了银两而来。

武公子每日待在幽兰馆，渐渐迷上了招牌姑娘小绿。小绿生得妖媚性感，声音甜美，又有一套媚人的歌舞技艺，不知有多少才子拜在她的石榴裙下。

武公子为讨得小绿的欢心，总是高价赢得与美人下棋吟诗、吹箫操琴的机会！故事的发展貌似完全正常，武公子没有辜负旁观者的智商，成功地散尽了所有的银子。此时的他已经走火入魔，小绿只用了雕虫小技，就把他迷倒，她不叫"姐夫"，直唤他"相公"，甚至写诗传情。武公子神魂颠倒。自古伤心多离别，而这一幕也如期而至。

幽兰馆坚守自己的规矩，只收卖艺不卖身的女乐、歌舞伎。眼看二人犹如神仙眷侣，马湘兰便直接问小绿，是否真爱上了武公子，如果不是，切勿玩弄人。小绿阳奉阴违，敷衍过去。

一天，小绿对武公子嗲声撒娇道："公子此一去，不知何时能复返矣，不如留下信物，睹物思人，亦好让吾在思念公子之时一解烦忧。"

武公子一脸无奈道："余如今已一文不名，身下只剩回老家之盘缠，拿什么东西给汝？"

小绿从盘中拈起一粒葡萄，含入口中，又将杯中的酒含到嘴里，随即忽地俯身噙上武公子的唇。武公子还没来得及反应过来，只觉得牙齿被柔软的舌尖撬开，一股甘酿沁入口中。葡萄的清甜中和了酒的辛辣，再加上美人的唇香，武公子只觉得唇烫了，紧接着全身都烫了起来，不自觉地揽上了小绿的腰，目光迷离盯住她。

眼看榨干了他的所带银两,小绿心有不甘,便故作深情,欲擒故纵:"吾不要别物,吾唯喜汝两道秀眉,细且长,乃赠吾眉毛两道作为定情信物,可也?"

不就是两撮眉毛么,小绿不要金,不要银,其心大善哉!这位武公子大为感动,涕泪双流,二话没说,抓起桌子上的剪刀,对着铜镜,就朝自己的眉毛剪去,拿着两撮毛交给小绿。

武公子带着书童高兴地回到了杭州。这位痴男老老实实向父母交代了怎么认识小绿,怎么信誓旦旦要娶她为妻!父亲大人当然要顾及自己的脸面,不予准许。

于是乎武公子便得了相思病。这一病便是死去活来,母亲不忍见儿病亡,上场解围,父亲勉强同意儿子娶其为"小妾"。能进入这等富豪之家,即便是当小妾,对于一位青楼女子来说也是不错的机遇了。

武公子的病突然就好了,便夜以继日,不辞劳苦,亲力亲为购置娶亲用品。一月后,他带着一大堆绫罗绸缎、珍珠玛瑙和用名贵沉香木雕的一尊水月观音赴金陵。这尊观音身着天衣,下着长裙,胸饰璎珞,左手拿经卷,右手置于膝上,半跏趺坐于莲台之上,双目低垂,姿态自然闲适。武公子心想,小绿一定会万分喜欢。他还把放于书房案头的雅器,用沉香雕刻的笔筒及沉香雕松竹梅纹杯,以及山水人物小屏摆件都带上了,又把准备用于做家具的紫檀木、紫檀嵌瘿子、黄杨木、黄花梨木等一一绑好,雇了大船,又雇了多人护送,去金陵京安家落户了。一路上好不风光!

武公子平安到达金陵后,又乘兴去游览秦淮河,坐在小船上,与同行的艄公拉起了家常。当艄公得知武公子要娶一个风尘女子时,顿时脸色大变,劝他不要相信那勾栏院里姑娘的话,还说清馆也是要卖肉的。艄公还拿出一枚刻有春宫图案镏金的铜钱给他看。

武公子将信将疑,不过却因此多了个心眼。于是,武公子褪去一身绫罗绸缎,改换一套衣衫褴褛的行头来到了幽兰馆。门童一见,便将其拦在了门外。

武公子偷偷塞了几个铜板给小绿的丫鬟，要她无论如何也要把小绿请出来。

小绿款款从楼上下来了。武公子见到了朝思暮想的小绿，非常开心，刚想脱口说带了几条大船的贵重沉香金银财宝等迎娶物品，但马上聪明地噎了回去："娘子，吾从家乡带来了聘礼，可不想路上遇了劫匪，抢去余之财物，唯是……"还没等他说完，小绿便用厌恶的眼神看了看他，不耐烦地说："我不认识你！"小绿已是幽兰馆的头牌，在风月中习惯着被王公大臣们追逐的乐趣，怎么会在乎一个小小的富家公子呢？

武公子大惊："余乃武文厚也，一月之前还见过……娘子，汝还记得余赠汝之眉毛乎！"说完，他扬手抚摸自己渐渐长出的两道新眉。

小绿冷冷笑着，转身从帘子后面拿出一个锦囊，扔在武公子面前。武公子打开一看，竟是满满一袋的眉毛！"自己找吧！我怎么会记得哪一撮眉毛是你的！"说完，拂袖而去。

众人怀着看好戏的心理看了半天，见此状便笑笑离开，只剩下武公子呆若木鸡地站在门口。

天色渐晚，又气又恼的武公子回到居住的客舍，吩咐家丁将自己带来的绫罗绸缎、金银珠宝和水月观音都搬出来，运到秦淮河边烧掉！秦淮河畔很快烧成一片火海，满河都是沉香的味道。熊熊的火焰旁边，一位穿戴不凡的年轻公子长身玉立……连三里外的人都跑来观看这位痴情美男疯狂的举动。

勾栏院的妈妈看呆了，小绿也看傻了，望着身着锦袍、英武不凡的武公子，悔恨交加。

马湘兰没有想到自己倚重的小绿竟然如此不堪，她硬起心肠下了逐客令，将小绿撵出了幽兰馆。小绿顶不住舆论的压力和内心的悔恨，竟然跳河自杀了。

这一下，小绿的家人和族人找到了敲诈马湘兰的理由。他们拿着菜刀找上门来大闹一番，开口索要厚葬金。马湘兰好话说尽，据理力争，看家护院的又以火铳相逼，最后还拿出了一万银票，这才把一众无赖打发走。

此后，幽兰馆的生意也遭到重创，一度门庭冷落，乏人问津。马湘兰备受打击。

　　微凉的秋风卷起地上的落叶向前翻滚，如同人的心思。吴真元对马湘兰也有了误解。马湘兰想要向她解释，但吴真元情绪激动地当着众人的面责备她说："汝何故用小绿！"斥责了她的唯利是图，说她辜负了自己对她的信任。马湘兰压抑着心头的委屈，没有反驳吴真元的话，仍以平静的目光看着她，保全她的面子。

　　尽管马湘兰多有解释，但始终未能消除吴真元的误会。加上马湘兰对口碑不好的王穉登一意痴恋，令吴真元难以理解，两人的关系日渐疏远。

第四节　遇人不淑终是祸

幽兰馆元气大伤，生意清淡，门可罗雀，非短期所能恢复。马湘兰一边苦苦支撑着幽兰馆，尽力留住客人，挽回声誉；一边想方设法广开财路。同时害怕被官僚盘剥，也购置了几支火铳用以自卫。她请人在自家酿酒，节约了各种银钱，并让珠玑几个丫鬟在渡口官道驿站搭棚卖酒。彼时，没多少人胆敢走小道，大多走官道。官道一般为水运和陆运。在渡口搭棚卖酒，实际上是把各级官吏和巨商吸引到幽兰馆消费。

航运快、又运得多，但有枯水期与洪水期，这两个时候不能走船。陆运慢、运得又少，但安全省心，不受水位影响，于是在官道沿途、渡口、村镇，有大量的人在做歇脚生意。运输的东西以茶、瓷器、盐、布匹最为常见。

因为是幽兰馆产的酒，物美价廉，马湘兰只取微利，目的是尽量招揽生意，吸引客源。随后，她又频频跑动，和金陵各大酒馆、戏院拉上关系，免费赠送自己的兰竹画，并把幽兰馆自酿的长寿酒卖到了这些大酒馆、青楼、戏院。她也不再守株待兔，而是自降身价，带幽兰馆的歌舞伎四处接帖演出。

马湘兰没有倒下，她依然作词画画，为朝廷谱写音律，与文人豪客应酬唱和，迎来送往。随着时间的推移，人们大抵淡忘了令人不快的往昔。马湘兰重新招募了十几名年轻貌美的歌舞伎。能屈能伸和经营上的独到手法，使幽兰馆的经营渐渐走上正轨。但是，她在这时却又陷入了一场镜花水月的爱情！

明神宗万历二十四年（1596年），50岁的马湘兰爱上了一位俊秀少年。有一段时间，他几乎成了她生命的全部。

《马姬传》有记载："乌江一少年游太学，慕姬甚，一见不自持，留姬家不去。俄闻门外索逋者声如哮虎，立为偿三百缗，呵使去。姬本侠也，见少年亦侠，甚德之。少年昵姬，欲谐伉俪，指江水为誓，大出橐蹛，治耀首之饰，买第秦淮之上，用金钱无算；而姬击鲜为供具仆马，费亦略相当。是时姬正五十，少年春秋未半也，锦衾角枕相嫌婉久，而不少觉姬老，娶姬念愈坚。姬笑曰：'我门前车马如此，嫁商人且不堪，外闻我以私卿犹卖珠儿，绝倒不已。宁有半百青楼人，才执箕帚作新妇耶？'少年恋恋无去意，祭酒闻而施夏楚焉，始怏怏去。

这段话大概是说，乌江有一个国子监求科考的少年，十分倾慕马湘兰，是马湘兰的至诚爱慕者，经常流连在她家里不肯离去。当时来了个登门要债的在门外大喊大叫，声如虎啸。

不料，这少年眉头都没皱一下，就掏出了三百缗来（一千文为一缗，三百缗也就是三十万文钱，大概合人民币九万元），一下子就替马湘兰还了债。马湘兰本来就是豪爽的人，见他很有侠气，也很单纯，就爱上了他。在众人诧愕的目光中，她和少年出双入对，卿卿我我。她给他钱粮，给他玉佩，然少年一一婉谢。他在秦淮河畔买了房子，为她置办了好多名贵首饰。当时马湘兰都五十岁了，少年也就二十来岁，说成是"姐弟恋"恐怕年岁也差得太多。但是，哪个孤单女子，能经得起被爱的诱惑呢？这个少年指着江水赌咒发誓，要一生一世爱兰兰，坚持要娶马湘兰为妻。但是，马湘兰拒绝了他，话说得很实在：第一，我门前车马如此，嫁商人且不堪，况且你这么年轻？第二，外面的人听说我与你相好，以为像汉朝的馆陶公主宠幸那个年轻的卖珠儿，何必再添口实。第三，有谁听说过半百青楼人，才执箕帚做新妇呢？

她跟他说话的口气里，透着一丝怜惜与无奈。因为她知道他俩是不可能有结局的，是这个年轻人的一时冲动而已。但少年却还不死心，后来"祭酒闻之，施夏楚焉"，还是他的老师闻讯赶来，连打带骂的，他才恋恋不舍地离去。

时人有怀疑那位登门要债的，是马湘兰找来的"托儿"，如果真是这样，笔者倒觉得这招挺高明。不是马湘兰想讹少年几个钱，而是一招却敌之策。既可以试试他对自己的心到底是真还是假，又不伤彼此情面，可谓两全其美。没想到少年的一颗爱慕之心热烈璀璨，让她在感动之余却生出了退缩之心。

少年离去，马湘兰怆然独立，站在原地恋恋不舍地目送他，就像一棵坚持不肯老去的树，无视风霜年年催逼。

这段犹如狂风暴雨般的感情约莫在半年之后骤然停止。

年岁渐老，华颜日衰，门上宾客也愈来愈少，天天陪伴着马湘兰的是落寞和凄怆。

这是等待的姿势，不是等待一个人，而是等待时间，等待时间深处的无限可能。"保容以俟悦己，留命以待沧桑。"

万历三十年（1602年），王穉登七十大寿，姑苏那边中断多年往来的老风流才子突然捎话来，马湘兰下定决心，完成将近三十年未曾兑现的吴中之游。

多年来，她屡次说要去他的城市看望他，不知道说了多少回。她称他二哥、二郎、登哥，写信时自称娇妹、薄命妹或病妹。

一般来说，女人不容易洒脱地清空记忆。马湘兰显然更执拗。她是性情中人，那些离愁别绪或可望而不可即的万般心事，她表露得直截了当，毫不遮掩扭捏，如果置换成白话文，口吻语调活脱脱就是深陷情网的当代女子："捧读手书，恨不能插翅与君一面……即欲买舸过君斋中，把酒论心，欢娱灯下。""遥想丰神，望之如渴，心事万种，笔不能尽……会晤无期，临书凄咽。""昨与足下握手论心，至于梦寐中聚感……连日伏枕，惟君是念。""闻明日必欲渡江，妹亦闻之心碎，又未知会晤于何日也。"如果王穉登从家居的苏州到了南京，她信中总是情切切恳请他来幽兰馆面叙，"千万降步一面"，或"今日千万过我一面，庶不负虚待。"她一再叮嘱他保重身体，嘘寒问暖，不厌其详，絮叨得很像家人："玉体千万调摄，毋为应酬之劳致伤元神也。""天暑，千万珍调。"她随信相送的礼物，看得出是精心挑拣过的，又实用又贴心：手绘的兰花，亲手做的香囊香袋、绉纱汗巾头巾、扇子，乃至熏肉、酱菜。赠他太太的东西也讲究，绫罗衣料、五彩衣领、古镜、紫铜锁、香茶，等等，无不古雅而精致。

有次甚至要定下死约：中秋前后，纵风雨虎狼，亦不能阻我吴中之兴也。

可最终还是没能成行。尽管隔的城市很近，人与人见面，可以如此容易，也可以如此艰难。他七十岁，他还能存世于几年？而自己也韶华褪去，不能再等待了。她买楼船，载婵娟，顺流而下，为他举办了隆重的祝寿宴会。总之，就是一味付出。

这时，他们已经十六年不曾见面。

无论是十六年，还是二十多年，都是很长的一段时光。这样缓慢地酝酿出的一个庆典，自然隆重到了极限。在歌舞场中已经混成富豪的马湘兰，还有本事营造出另一种奢华。

她带了十五个能歌善舞的佳丽，住在王氏的百絮园里，为他缓凝丝竹，慢度新曲，朝歌夜弦，累月为欢。

马湘兰是这场盛事的主角。那些日子里，她容光焕发，眼神明亮，似乎有着无穷无尽的能量。她拼尽全部的气力，为他呈上一次华美的绽放，哪怕从此萎谢了，也是心甘情愿的。

然而，对于王氏来说，他书信请马湘兰来，则是另有一番算计。他只想着她口袋里的银票，指望着借寿诞之机，再捞一笔！在给她的信里，王氏又玩起了暧昧，玩起了假深情，谈起了多年思念，并给马湘兰设下诱饵，正妻命不久矣等云云。他的人品和为人，和把董小宛当奴当仆的冒氏不相上下，且一生把猎艳当炫耀吹嘘！

这是她平生所犯的最大的错，这个错也是最致命的。情至深则变痴，这次赴吴中，为了这个王氏，她几乎花尽了自己的积蓄！

故而，时人讥笑马湘兰愚痴！

王氏此时和马湘兰已经分别十六年了，但是马湘兰还是风姿依旧，发黑如云，连日的歌舞宴饮，马湘兰又感慨，又劳累。王稚登已七十岁，垂垂老矣。马湘兰自知再见的机会已经几乎没有，所以更是难分难舍。

《马姬传》道："姬与余有吴门烟月之期，几三十载未偿。岁甲辰秋日，值余七十初度。姬买楼船，载婵娟十五，客余飞絮园，置酒为寿。绝缨投辖，履舄缤纷。四座填满，歌舞达旦。残脂剩粉，香溢锦帆，泾水弥，月姻煴，自夫差以来所未有。吴儿啧啧夸盛事，倾动一时。计余别姬，凡十六年，姬年五十七矣。容华虽小减于昔，而风情意气如故。唇膏面药，香泽不去手，发如云，犹然委地。"

有一夜，很晚了，曲终人散，佳丽们都已回房休息，马湘兰一个人坐在屋中，微微有点疲惫。这时，王氏进来了，马湘兰欢喜如焰芯似地轻轻一颤，正待说什么，却见他从镜子里看着她。她顺着他的目光看过去，镜中的自己，眉目潋滟，乌发如云，难怪他眼中有激赏之意。她心中怦然，等他的下文。他微笑着，开口了："卿鸡皮三少若夏姬，惜余不能为申公巫臣耳。"意思是说：你今年二十明年十八，真像传说中的夏姬，可惜我不能做你的情夫申公巫臣啊。

夏姬是春秋时人，史上最为放荡的女子之一。马湘兰用自己的后半生爱着他那么多年，除了那位乌江少年以外没有任何人能够钻入她的心里，到头来在他心中，自己不过是夏姬一般的人物。

他一句话，击碎了一颗忠贞痴恋的心。她那惨淡经营、不肯老去的容颜，在那一刻颓然老去。

当才华横溢的女子倾慕于他，他又怀疑此女不善。可叹痴情反遭冷遇。最怕是欢场玩乐的男人，遇到了容易认真的女人，且这一认真便是廿余年。

马湘兰等了王氏一辈子，却等来这么一句讥讽的话。两人最终未结秦晋之好。

马湘兰回到金陵后就得了病。她谢绝医治，也许是人世间没有她再留恋的东西了吧，挥金如土的生活她过惯了，歌舞宴饮的日子她也厌了，她倾注了平生爱意的人老了，不变的却依然是虚伪贪婪、虚荣吹嘘，亦无真情。

明万历三十二年（1604年），有一天，她忽然对窗外红灯闪耀、酒气弥漫的秦淮河淡然一笑，然后关上了窗子。她在病榻上病了好多天，这天她预感到自己终于要走了。她挣扎起来，焚香沐浴，然后端坐在幽兰馆的客厅中，悄悄地走完了她五十七岁的人生。临终前，她命仆人在她座椅四周，摆满了含幽吐芳的兰花。

当时，金陵民间有俗语"二姑娘倒贴"，指的就是马湘兰。可叹！这件事为后世耻笑。世间女子，痴情者太多，然而珍惜"痴女"的男人却太少。一个女人，如果爱一个男人太深而迷失了自己，那是可悲，从受伤女子的角度来看，更是可怜。

遇人不淑是女人最大的不幸，而识人不明则是女人自己的错。

马湘兰如斯！据说她去世后葬在其宅第里，今白鹭洲公园碧峰寺附近。她的旧宅也改为佛庵。马湘兰是秦淮八艳中唯一没有婚嫁的佳丽，却也是最专情、痴情的一个。她不是靠男人得名的，在她的一生中，男人终究是点缀。是她的才华，让自己的名字在艺术长河里熠熠生辉。

现在，在北京故宫的书画精品中也陈列着马氏的兰花册页，散发着独异的光彩。

在文学上马湘兰亦颇具才华，曾撰有《湘兰子集》诗二卷和《三生传》剧本。她的绘画在国外也一直被视为珍品。马湘兰的《墨兰图》收藏于日本东京博物馆中。

第六章
侠骨芳心——顾横波

她是显赫的一品诰命夫人,
她是个性豪爽不羁的闺阁男儿。

她就是侠骨芳心
——顾横波!

第一节　花魁侍女

星光月影，酒醉花眠！

崇祯二年（1629年）烟花三月，华灯初上，秦淮河两岸的歌楼画舫流光溢彩。

不到戌时，灯船已蜿蜒似火龙。秦淮河边上亮起了一排高高的红灯笼，在晚风里摇曳生姿。三四等妓院，时有站在门口、街角挥着五颜六色丝帕的女子向在街前流连、满眼春光的男子招手致意。

一栋三间三进的青砖黛瓦庭院，门楣上烫金大字"美仙院"三字特别显眼。

一个约莫十岁、样貌清秀的小姑娘正黑着脸匍匐于地，等着美仙院花魁美仙踩着她的身子下轿。

这个看上去不甚高兴的小侍婢，名叫顾横波。

顾横波，本名顾媚，字眉生，又名顾眉，号横波，又号智珠、善才君，亦号梅生，人称"横波夫人"。

顾横波出生在南京市一个贫民家庭，父亲早早亡故，家里只有柔弱的母亲。平常母亲靠在街头的裁缝铺里做些针线活儿来维持家用。

彼时天灾人祸不断，在顾横波六岁那年，一场惊天大地震突然发生了。

明天启五年（1625年）二月十九日清晨，江宁府（今南京）天空一片暗黑，忽有巨雷滚滚而来，声震天地，江宁府西南角黑色云柱直冲天际，状如灵芝，云中有巨大蘑菇云翻滚不停，夹杂着丝状闪电和五色乱云四处横飞。紧接着又是一声巨响，天崩地坍，朗朗晴空顿时暗如黑夜。地裂十三丈，方圆二十多里，万间房屋顷刻化为乌有，飞沙走石漫天皆是，辨不清天地和方向。

两万多居民瞬间遭遇灭顶之灾,就连鸡犬牛马都未能幸免。一时尸骸重叠,秽气冲天。

侥幸活下来的百姓惊恐万分,谁也不知道究竟发生了什么。

"地动(地震)矣!"

好半天才有人反应过来,惶恐呼号!

地震酿成空前水灾,咆哮江水奔腾而下,水声震耳。一夜之间,沿江一带尽成泽国。

"一响摧塌五城门,城中裂碎万间屋。万七千人屋下死,骨肉泥糊知是谁?但见土砾成丘,尸骸枕藉,……号哭呻吟,耳不忍闻,目不忍睹。"

"二月十九日,溧水地震。十一月二十五日夜,地震有声。二万余民亡。"(南京市志丛书《自然地理志》)

彼时,天启朝廷一边开仓放粮救济灾民,一边以免税、捐官、荣誉等方式鼓励江南富豪济贫救灾,许诺贡献粮食的富人可获得一定官职和爵位:捐献三十石粮食者可以立碑留名,捐献一百石可以获得朝廷官员亲手题写的匾额,捐献五百石朝廷就为捐献者树立一个牌坊。虽然只是精神奖励,仍能鼓励许许多多的民间富户捐粮救荒。

因此,商贾云集、繁华喧闹、河舫竞立、灯船箫鼓的秦淮河上的桃叶渡,也就成为很多富户为灾民捐粮救荒,施放粥饭,免费提供棺材坟地,施药送医的一个集聚点。当中除了一心想当官而捐款捐粮的富户,也有不少不图名利的大善人加入施放粥饭队伍。

一时间,秦淮河夫子庙的桃叶渡,便成为穷人们活命的一条通道。大批无家可归的饥民灾民纷纷涌向渡口。

古渡上人来人往。

桃叶渡是位于秦淮河上的一个古渡口。一座座青堂黛瓦的青楼临江而立,每到夜晚,灯火阑珊,放眼望去尽是杂乱的喧嚣。

生活无以为继,小眉生只好每天跟着母亲排在桃叶渡等待富户施放粥饭的队伍里,以求果腹。

有一天，母亲听牙婆说桃叶渡这一带的青楼是朝廷开的，有吃有穿，还教人习琴画画，拥一技之长，卖艺不卖身，不禁心动了。这是一条生路。当顾横波的母亲脑子里闪出这个念头，顾横波的人生从此改变。

母亲伫立街头，在女儿发上别了稻草，标价出售。

机会很快来了。

一位叫十娘的鸨母跟着牙婆，在街头转悠物色女孩时，挑选了插草出售的顾横波。鸨母见她眉清目秀，唇红齿白，头发又黑又浓，顿生欢喜，迫不及待地与小眉生的母亲讨价还价，最终以二两银子买下了她。

小眉生哭闹着不愿跟鸨母走。母亲却为小眉生被官立青楼收纳、有吃又有穿而备感安慰。生逢乱世，命如草芥，女儿能活下来便已是幸运。在生与死面前，母亲给女儿留下了生的希望。在母亲劝慰之下，小眉生似懂非懂随鸨母十娘离去。

母亲站在那一端，用衣袖抹着不舍的泪水。母亲一心想为女儿找条活路的一念决定了女儿的终身。母亲的面目逐渐在视线中模糊。懂事的眉生知道，今后，就只有她一个人了。前路风烟弥漫，一如未知的人生。

红尘迷乱，何处才是归途？

细柳夹岸生，桃花渡口红。

从此之后，顾横波开始了青楼生活……

她的世界里只有一堆年轻的女子，鸨母十娘就是她的再生母亲。

美仙院是一间上等青楼，顾横波吃穿有了着落，生活有了改善，出落得越发美丽。年幼美丽的女孩在青楼里除了要学习诗词歌赋、琴棋书画，平日也要做些杂活。美仙院的当红花魁叫王美仙。当十娘征求选谁做花魁贴身侍女时，美仙选了顾横波。不用做重活，而且给有貌又有才的花魁做丫鬟，顾横波高兴得赶紧拜了又拜。

姐妹们看见她开心的样子，也忍不住笑了。

美仙作为美仙院的头牌，自然享受着不一样的待遇。她的生活一如豪门深宅里的贵妇一样，一身绫罗绸缎，珠光宝气，虽身在青楼，但精通琴棋书画，舞姿更是曼妙旖旎。色艺双绝的她名噪一时，无数男子拜倒在她的石榴裙下。但表面风光的花魁们日子并不好过，原因在于她们的开销太大。每个月房租、烛火、冬天柴火、厨师、花工等佣工的工资要支付，还要付妓院提成，给朝廷上缴花税，沉重的经济压力经常让她们入不敷出。这就需要她们拼命地赚钱，需要有更多的客人叫局，上门卖艺服务。

顾横波十二岁那年，吴中一才子来看美仙，看着侍女顾横波如盈盈秋水的眼眸，便说顾眉生这名字不好。美仙听了不高兴，便说，既然觉得名字不好，何不给她取个好听的名字？才子为博佳人一笑，又为显示才艺，当即欣然提笔为顾眉生写了一首诗：

盈盈秋水自横波，浅着红衫胜绮罗。

自是江南春色好，清塘行看涌新荷。

自此之后，顾眉生便有了另一个响亮的名字——顾横波。

既然是才子赞叹的人，十娘更看好顾横波，从此有意栽培。

在青楼摸爬滚打了大半辈子的十娘深谙各路来客的心理，青楼女子空有美貌是难以得到男人们青睐的，要想让男子争相渴望一睹芳泽，还必须有技艺傍身才行。这样才能上更高级的层次，才能和客人拼诗画、摆弈棋，才能为客人弹乐器跳舞、为客人解忧去愁，才能以风情、调情，撩拨客人一掷千金。这样的才色双绝与手段才能挣得大价钱，才能博得有身份、有地位的社会名流以及商贾贵胄的青睐。因此，有心栽培顾横波的鸨母让她跟着美仙学才艺。

顾横波觉得十娘很奇怪，竟然首先让美仙教授她如何哭泣。十娘说只要把哭学好了，当笑起来的时候才是真实的甘醇，客人才会从心里感到愉悦。哭不是号啕大哭、泣不成声，而是那种悲悲切切，如鲠在喉，欲哭无泪，适可而止的哭泣，让人心生怜惜，这才是最重要的。

美仙忙于各种应酬，没空教她。

顾横波觉得好笑，哭还要学吗？学哭用来干什么，大人要小孩子学习就是为了对客人哭吗？顾横波只想跟人学画学诗学演戏。可学画学诗与做侍女是难以两全的，她该放弃哪一样才对？不学画学诗怎可以，这是她平生的志趣。闲下来时，顾横波便去找清吟班的女孩子们偷师学艺。好奇心促使顾横波无时无刻不在想着学唱歌、学写诗。

可是，美仙不乐意让她接近诗画清吟小班的人。她知道顾横波的天性很适合学习诗画，如果让她对此产生更大的兴趣，岂不是很容易使她陶醉于吟诗作画学戏吗？那样的话，顾横波连服侍她的心都没有了。故而，美仙开始骂她。美仙从来就不喜欢顾横波谈起诗画唱歌的事，有时横波偶然说起将来要跟人学技艺，她便板起脸孔，骂她不听她话，扬言如果顾横波以后再提，就只能辞退她了。顾横波很机灵，往往她一坐下，都会帮她调整一下椅子，好让她舒服地靠在椅子里，并点燃香炉，端来热水，随时奉上她爱吃的果品和瓜子。

然而，好奇心是永远不能停息的。过几天后，顾横波又故态复萌，服侍她梳洗安寝后，便偷偷伏案练习写诗。

有一天，美仙对她说："你不好好做你分内的事，到底在想什么？再这样下去，我就告诉十娘换人了。"

顾横波哭着向她哀求，让她留下自己来做她的侍女，收自己为徒弟，自己一定一辈子好好服侍她。同时又求她同意，在不影响服侍她的闲暇时间，准予自己学画学诗。在顾横波的苦苦哀求下，美仙终于答应她了。美仙肯收她为徒弟，正合十娘心意。

翌日，十娘把她带到院内佛堂行拜师之礼。行完弟子之礼后，她算是正式当上美仙的徒弟了。顾横波高高兴兴拿了几件平日穿的衣服到了美仙住的院子，真真正正地日夜伺候师父了。顾横波每日替美仙装身、印汗、补粉、扇凉、递茶、洗脸、洗脚，直至服侍她睡了，才开始做自己要做的事。

美仙对她很严厉，有时甚至是铁面无情。诗写不出，唱腔不准，口腔不对，抖袖不到位便会命她一次又一次重来，达不到要求不准休息。

在顾横波未曾学懂出场的规矩前，美仙不准她登台，因为恐怕她第一次出

第六章　侠骨芳心——顾横波

场献艺就弄得心怯，不敢面对客人弹唱曲艺，不敢吟词赋诗，对今后的表演与应酬社交会有很大影响。所以顾横波跟随了美仙将近一个月，仍未踏过乐班台板，只是在后台服侍美仙。当美仙出场弹唱曲艺，或挥毫泼墨时，她便独个儿站在一边看她献艺表演，希望能从中学到一点美仙的功架。据内行人说，这便叫作"偷师"。不料，美仙对她这种"偷师"精神很赞赏，并对人说她将来一定有前途的，说得顾横波兴奋极了。

美仙对她说过，一个花魁的成功，除了声艺之外，化妆亦非常重要。如果扮相庸俗，没有清秀之美，是很难讨好客人的，故此叫顾横波多多研究化妆术，亦从旁指点她面部的化妆。所以在声艺未学成时，顾横波的化妆术却最先学成了。

女乐们的妆容扮相在当时的秦淮风月场中，除了美仙，便数顾横波最为靓丽了。美仙基本上不教她，都是叫顾横波自己摸索，但是，顾横波唱错了、做错了她都知道。台上没情面可讲，美仙把条文统统写了出来，不准这样，不准那样。美仙常对顾横波说："当旦角的，一定要演出来一个怜字，惹人怜爱的怜，没有恩客的怜爱是不行的。当生角，则必须演出潇洒这两个字。表演要有不同的感情层次。"

美仙也是很讲究做派的，生活上事无巨细都做甩手掌柜。

那时旧院家规甚多，比如生客，任你再有钱有势，姑娘们都不会随随便便出局作陪，必须通过熟客正式引荐才行。

熟客带着新客请女乐出来坐坐，大家一起喝个茶、吃个酒席，互相道了姓名和个人情况，那才算是正式结交。

只有在结交之后，新客才有资格去妓院单独探望这位姑娘，否则姑娘是不会见的。

因此，只要接到已正式结交的大户递来的邀约花笺，美仙定会欣然前往，即便刮风下雨也必须去，不去哪有机会结识官员土豪，遇不到土豪哪来的机会从良？毕竟赎身要交的那些钱是穷书生、小老百姓出不起的。美仙每天都在盼望着有良人带她去教坊司，把脱籍手续办了。

每一次去伴游，美仙连荷包也不拿，顾横波却大包小包地跟在她后面跑，美仙也不怜香惜玉。顾横波倒是从起初的不平衡，憎恶，到后来的乐此不疲，习惯成自然，反倒觉得快乐无比，只有对学哭一直不理解。

有一天，顾横波问美仙，为什么十娘让她学哭。美仙告诉她，来消遣的客人，就是为了图个放松、释压，但并不是人人都春风得意，有的客人仕途受挫或商场失意，希望在这里得到一些安慰。如果我们善解人意地因为他的遭遇而感伤哭泣，这就好比一剂抚慰良药，兴许很快就让客人重振旗鼓！女乐要充当慰藉医者的角色。

美仙还要求她，在没有器乐伴奏的情况下，能够不跑调且唱出韵味。脑子还要好使，反应要快，最好出口成诗，文章立等可取。酒席宴前，众目睽睽，构思上几个小时才能作诗，酒宴都结束了。如此一来，下次客人就不会叫你了。再说，我等写诗、词，本就是豪贵官人酒席前的助兴之物，官人才没有那个耐心等你字斟句酌呢。

当选为花魁的，一定是女乐中艳冠群芳的佼佼者，也是秦淮河畔人人爱慕的姝丽神女，还要有林下风致（即清新脱俗气质）。这是古代美女的最高境界。

美仙的声音就跟魔音似的，顾横波完全入了耳。这些话又让她有了新的领悟。

顾横波认真观察钻研美仙的画艺，回到寝舍便将一些受到的启发运用在自己的兰花画法上，亦颇见成效。

在美仙的严厉督促下，顾横波不断受到熏陶和影响。她清楚地明白才艺对于青楼女子有多重要，何况她觉得学习诗画、歌舞的日子，比饥一顿饱一顿的贫苦生活好多了，因而她学得极为用心勤奋。

崇祯六年（1633年），在她十四岁这年，终于有人下帖请顾横波游画船了。那晚，画船之上灯火通明，华丽舱内的顶上悬着一盏三层莲华灯，几十支红烛的光全部映照在灯下的一个少女身上。

这不是别人，正是粉墨登场的顾横波。

第六章　侠骨芳心——顾横波

顾横波手持玉盏款款而至，低首含笑看着那宴客的主人，那眼神像沾满了蜜糖的小刷子一般，眉目传情，动人心魄。

杯中琥珀红，春情似酒浓！

情窦初开、奔放热情的顾横波写了第一首诗作《自题桃花杨柳图》述怀：

郎道花红如妾面，妾言柳绿似郎衣。

何时得化鹣鹣鸟，拂叶穿花一处飞。

后世多以鹣鹣比喻恩爱夫妻。可知早在少女时代，顾横波就已有得遇良缘，脱离乐籍的心思，只是天意弄人，一年年蹉跎下来。

这样的日子过了几年，顾横波十七岁了，姿色更加出众，诗书的浸润让她气质如华，俨然一位绝代佳人。山是眉峰聚，水是眼波横。如此出色的眉眼，真不负"横波"二字。

也就是这一年，她的义姐兼恩师美仙因为朝廷高官恩客的推荐被朝廷召去做了"女校书"。美仙把自己的一些戏服送给了顾横波。师徒之爱与恩，让横波感怀万千。

第二节　登徒浪子劫春色

边月无端照别离，故园何处寄相思！

美仙走了，一时之间，顾横波感到前所未有的失落。之前美仙居住的那栋小楼，变成了顾横波住的"顾楼"。顾横波所居香巢在武定桥下，路名就叫"顾楼街"，即今天的长乐路。江南才士余怀则把顾楼戏称"迷楼"。

再也没有侍奉人的杂事，心绪失落间，顾横波不练诗不练功也不唱曲。为此，十娘打过骂过，她怎么会不知道顾横波在闹情绪：亦师亦友的美仙走了，顾横波也失去了上进的动力。但十娘不管那么多，逼着她每天必须背熟美仙留下的诗词，每天完成一幅画作，每三天熟练演唱一曲艺。否则，不给饭吃。

每个花魁的起步都是艰辛的。在十娘的督促下，顾横波的才艺突飞猛进。二八年华，才色出众的她，终于在打骂中顶替了美仙的位置，成为群芳之首。

关于顾横波的风采和才气，余怀在《板桥杂记》中有记载："庄妍靓雅，风度超群。鬓发如云，桃花满面；弓弯纤小，腰支轻亚，工于诗画，尤善画兰……"《妇人集》中评价她："顾夫人识居朗拔，尤善画兰蕙，萧散东托，畦径都绝，故当是神情所寄。"《图绘宝鉴》称她："长斋事佛，画兰石山水，天然秀绝，气韵在笔墨之外。有善诗词小令，有唐宋风味。"

而顾横波的画笔也穿越江南千年亘古不变的寂寥，为烟雨江南涂上一抹亮色。

一时间，顾横波居住的迷楼前宾客云集。她周旋于达官贵人与文人墨客之间，很快艳名远播。

青楼乃风月场所，有风流才子，文雅之士，亦有粗俗、鄙贱之人。

顾横波的风姿，迷倒了一大批醉生梦死的官宦子弟、豪门巨室亦有文人才子。为之神魂颠倒、意乱情迷、争风吃醋者更是不计其数。然，一场灾祸也随

第六章 侠骨芳心——顾横波

之悄悄来临。

有一天，黑漆漆的夜幕无半点星光，黑夜笼罩下，一抹身穿黑色夜行衣的身影快速掠过潜入迷楼，眨眼便隐入了夜色中。速揭开瓦片，屈身跳入宅院的房间，瞬间跌落到了一张大床上。

这个图谋不轨的泼皮无赖，名叫伦父，因为被顾横波美貌所迷，以至于茶饭不思，夜不能寐，尤为郁闷和狂躁。前几天，在迷楼喝酒聊天时，因为与一词人争风吃醋，伦父动手打了那文士，被顾横波怒骂呵斥。伦父因此怀恨在心，趁此风高月黑之夜，以遂自己曾欲。

她不是弱柳，她是一株不败的野草。青楼生活开阔了她的眼界，也造就了她豪侠不羁的个性。

顾横波翻身而起，大声疾呼："有盗贼！"

就在这时，房门被一脚踹开，只听"砰咚"一声巨响，便见几个看家护卫凶狠地冲了进来。

伦父被一把摞倒在地，猛踹几下，疼得直不起腰。

"滚！"暴怒的字眼从顾横波唇角挤出，铿锵的声音，威严的语气，如出鞘的锋刃，伴着一股寒风，凶猛刮来，刺得伦父直打寒战。

伦父匆匆逃出了房间。

然而，此事并没有就此完结。

伦父行奸不成，反遭一顿暴打，恼羞成怒，便依仗叔父权势，次日便唤了一帮地痞无赖大闹迷楼。他们砸烂了几案桌椅，砍掉了帐幔帘子，以及陈设玩具，抢掠了金银财宝及古董，铲伐了一色水磨墙裙，客人吓得纷纷逃走。伦父还不解恨，趁混乱之际，又把早已准备好的金犀酒器，使人偷偷藏于顾横波香闺，诬告顾横波偷盗，将其告至衙门。

地方官差人把顾横波逮捕过堂。十娘闻讯，联合美仙院众人鸣鼓喊冤，据陈事实。府衙明知是冤案，因那伦父的叔父是南京兵部右侍郎，哪敢得罪。顾横波一夜之间沦为女囚，在堂上被裸体笞杖（即杖臀）。这对顾横波来说，不仅是残酷的皮肉之苦，也是难堪的精神之辱。伦父仍不解恨，又邀请亲友，一齐去到公堂,名曰:"看打"。还买通行刑偹役,在行刑时对顾横波百般凌辱。

顾横波连连陈述冤情,却不料反而招致雨点般的笞杖,直打得皮开肉绽。

就在顾横波生死未卜、性命攸关的时刻,有一个才子,高举义旗冲了出来,他就是名动天下的《板桥杂记》作者,江南才士余怀。

原来,余怀一直对顾横波情有独钟。因顾楼曲径通幽,阁楼错落,轩帘掩映,互相连属,香炉四季香烟缭绕,如仙人游,环境优雅,因此,余怀感慨自己神差鬼使,一天到晚只知往顾楼跑,故玩笑曰为"迷楼",即迷惑士人之楼也。他时常来迷楼饮茶听曲赋诗。最近见迷楼被府衙查封,便找十娘细问缘由。十娘一一告之。余怀气愤不已,决心为顾横波作檄文讨回公道。

文人与妓女,似乎是经久不衰的话题。也许是江南烟雨的浸润,也许是诗词歌赋的兴盛,文人墨客与青楼妓女在秦淮河畔书写了他们的绝代风华。

顾横波和余怀的交情,就源于余怀这一次援手。

余怀焦急万分。监狱之中男女混杂,肮脏黑暗,这是人所共知的。女子一旦进了监狱,便成为狱吏、牢子们凌辱的对象。也许是爱的力量,也许是本能的善良、义气,余怀顾不得伧父势大,连夜冒险写檄文问罪。又求文友们在檄文上签字,托他们到处张贴。一时间起到了广而告之的宣传效果,震慑了江宁府邸。几经周折,终使顾横波免遭牢狱之灾,化险为夷。

关于顾横波这桩祸患,余怀在他的《板桥杂记》中简述了这件事:"适浙东一伧父,与一词客争宠,合江右某孝廉互谋,使酒骂座,讼之仪司,诬以盗匿金犀酒器,意在逮辱眉娘也。余时义愤填膺,作檄讨罪,有'某某本非风流佳客,谬称浪子、端王,以文鸳彩凤之区,排封豕长蛇之阵;用诱秦诓楚之计,作摧兰折玉之谋,种凤世之孽冤,煞一时之风景'云云。伧父之叔为南少司马,见檄,斥伧父东归,讼乃解。眉娘甚德余,于桐城方瞿庵堂中,愿登场演剧为余寿。从此摧幢息机,矢脱风尘矣。"

顾横波能得保清节,不能不说是赖余怀之力。顾横波心生感激,于是,她在桐城方瞿庵堂中,登场演剧专为余怀祝寿。

第六章　侠骨芳心——顾横波

顾横波对余怀的义举只有感激！以她挑剔的标准，她非常理智地没有把感激之情升华到情爱。然而，在彼时，余怀算得上是一个异端存在。他和很多寻花问柳争风吃醋的人不同，他有自知之明，更有自爱自尊之心。他从不表白对顾横波的爱。

余怀，字澹心、号曼翁、广霞，清初著名文学家。生于南京一殷实富裕书香门第之家，祖籍福建莆田。他熟读经史，学识渊博，有匡世之志，文名震南都。早年被曾任明南京兵部尚书范景文（质公）邀入幕府，负责接待四方宾客并掌管文书。余怀有济世之志，而非普通文士可比。虽生于乱世，苟活于陋巷，但心中善念犹存。从顺治年间直到康熙初年，他经常奔走于南京、苏州、嘉兴一带，以游览为名，联络志同道合者，进行抗清复明的活动。这时期余怀的诗歌，宣泄着丧家失国的悲痛，表述了抗争复国的壮志，流露出期盼胜利的心情。他还著有《味外斋文稿》《研山堂集》《秋雪词》《板桥杂记》《东山谈苑》《砚林》等文集。

余怀别署甚多，但后人多以余怀澹心称之，留下的作品不少，尤以《板桥杂记》最为出名。连鲁迅也说："唐人登科之后，多作冶游，习俗相沿，以为佳话……自明至清，作者尤伙，清余怀之《板桥杂记》尤有名"。后世研究秦淮八艳，余怀的《板桥杂记》是非常重要的史料。

他长期出入旧院，广识名妓，经常和她们一起宴集。《板桥杂记》中就有很多记载，如"同人社集松风阁，雪衣、眉生皆在，饮罢联骑入城，红妆翠袖，跃马扬鞭，观者塞途；太平景象，恍然心目"。

余怀的这本《板桥杂记》，虽记载的都是秦淮狎邪之事，活脱脱一幅末世的浮世绘，但言语并无半点轻薄之意，反而透着繁华旧梦今不再，犹似前朝梦里人的凄凉。故此，它历来受到文人的推崇。而余怀之所以感时伤怀，和国破家亡的经历不无关系。明亡后，他改姓隐吴门，卖文为生。也只有同病相怜的人，才会对不幸的生命捧一掬同情之泪。

因此，这样的一个余怀，对顾横波的相思，也不过是见美而慕，敬之惜之而已。余怀之所以能打动顾横波，正应验了夫子所言："思无邪"。

余怀在《板桥杂记》中有言："教坊梨园,单传法部,乃威武南巡所遗也。然名妓仙娃,深以登场演剧为耻。若知音密席,推奖再三,强而后可,歌喉扇影,一座尽倾,主之者大增气色,缠头助采,遁加十倍。"

由此可见,顾横波这个生于江南、名动秦淮的妙龄女子,有一颗洞察世情的圆滑心。在友情面前,她能做到"投我以木瓜,报之以琼琚。匪报也,永以为好也"!

可见,她对择偶有天然的现实感。她希望他们之间义结金兰,停留在友情知己的层面就好!

他们并没有擦出爱之火花。

彼时,余怀写城市的纸醉金迷和市井生活,也写落魄江湖的忧伤与无奈,然而写得更多的是烟花女子的幽怨情思。他才情高妙,与众红裙争相亲近,看遍青楼,寄情风月,醉卧花丛,怜香惜玉,直把群妓当倩娘。他是才子,也是浪迹天涯的旅人,风一样的男子来去匆匆,不知道哪里是他的归宿。

余怀与顾横波的相交与友情浅尝辄止!

她不是他梦中期待的白莲,他也不是她渴望共度的良人。尽管不能成眷属,但是知音难觅,从余怀老年时所作的《板桥杂记》中大篇幅描写顾横波的风华之姿便可见,在这一生中,他们都是彼此的知己好友。

劫后余生的顾横波静养了一段时间后,面对生存的压力,迷楼不得不重整旗鼓,重新迎接新的客人。

尽管顾横波贵为花魁,但经此浩劫,元气大伤,损失银两不说,经历人生劫难,不觉嗟叹不已,唯有把希望寄托在尽快寻觅到如意郎君身上。

窗外和风细细,抚着小院中的花草,串串客人的笑声偶尔夹杂着几句柔婉唱腔随风飘来。楼下人山人海,迎来送往,性情不拘小节的顾横波背靠着三楼上的柱子,一只脚踩在横栏上,一只手里拿着一支横笛,茫然地吹起笛子,以聚集人气。

那如意郎君在哪里?

第三节　阳春三月始逢君

台城江宁府乌衣巷、桃叶渡、江南贡院……一个个充满诗意的名字，是江南的召唤。秦淮河的水，是沧海桑田变幻的心。

顾横波的艳名浮动在秦淮河上，"五陵年少争缠头，一曲红绡不知数"，与她来往的大都是当时极负盛名的文人墨客与朝廷显贵。

不过是弹指繁华、渺若云烟。

也就这个时候，她遇到了她如意的男子。此人即"江左三大家"之一的龚鼎孳。此后，顾横波的人生才真正启程。

要书顾横波，必写龚鼎孳！欲知顾横波，不可不知龚鼎孳。

龚鼎孳原籍为庐州府合肥（今安徽合肥市），明万历四十三年（1616年）出生于江西临川（今江西省抚州市），崇祯五年进学，崇祯六年中举，崇祯七年中进士，可谓年少才俊，春风得意。他是《贰臣录》中最有名的人之一。

崇祯八年（1635年），时年十九岁的龚鼎孳履湖广蕲水（今湖北浠水）知县任。十九岁还只是个大孩子，却已经当上一县父母官了。他上任的地方在蕲水（今湖北黄冈），虽说是富县，可惜时局不太平。崇祯皇帝登基后，大明王朝内外交困：外有后金连连进逼入侵，内有无数支农民军揭竿而起。大明帝国在不可阻挡地迅速走向崩溃。

明朝皇帝对待臣子严苛。到了明末，君臣之间呈现一种扭曲的互相防范、互相敌视的状态。臣子们更结党营私，互相攻伐。就是在这样的大背景下，龚鼎孳登上了政治舞台。在地方官任上的他，年轻锐气，做出了骄人成绩。

其时，张献忠率领的农民军正在两湖一带攻城略地，农民起义烽火已燃至蕲水所在的江北。官府一夕数惊，惶恐不安。明军将骄兵懈，望风而溃。龚鼎孳刚到任，蕲水就成了乱军围攻的一座孤城。初生牛犊不怕虎，年轻的龚鼎孳立刻调度兵饷，召集大批饥寒交迫的流亡饥民，加固城墙，深挖壕沟，日夜练兵坚守，竟然将这座孤城足足守了七年。

增城浚濠以守，与农民起义军相持六年而保城池无恙。农民军打起的虽说是义旗，可所到之处，也是抢粮抢人抢地盘，并不受百姓欢迎。龚鼎孳保住了这一方安宁，蕲水人对他感激不尽。《合肥县志》有载："蕲人德之，立生祠祀焉。"这是民间对大人先生们至高至诚的评价。龚鼎孳的名字，也因此传到京城，进入朝廷至尊的视线。

崇祯十四年（1641年）秋天，二十五岁的龚鼎孳顶着一个"大计卓异"的美誉，政绩列湖广之首，应诏进入京城，授兵科给事中。这是一个品卑而权重的官职，其作用与御史差不多，直接对皇帝负责，监察弹劾百官，甚至对皇帝下的诏书也有权提出不同意见。而能够被放到这个位置上的，大都是极具才干和锐气的年轻人。

人生得意须尽欢！

龚鼎孳踌躇满志，在赴京途中，经过六朝烟水之地金陵（南京的别称）。龚鼎孳到了南京，领略了一番六朝金粉的韵味，以消遣旅途寂寞。

明末清初，外有虎狼，内有流民，局势不太平，士大夫们却大都仍在享受着太平的奢华。江南士风以追逐风流韵事为乐，名妓与骚客间的往来尤为文人津津乐道，几乎到了一言一行无不留吟咏为证的地步。名妓文化与名士文化成了社会上两道夺目风景线。名士诗酒风流，文采与清谈共举，名妓高张艳帜，才华与美貌并重。二者惺惺相惜，水乳交融，不论谈政治，谈爱情，或者谈诗论文，都在这秦淮河畔一座座精巧华丽的小楼里。在以风流浪荡，空谈骂政的"复社四公子"小分队里，又多了一个政坛新秀、未来"江左三大家"之一的龚鼎孳。

此时的顾横波在院中已是压台的柱子，受千人追捧，已经博得"南曲第一"的美名，几乎无日不与诸生交往。

黄昏的秦淮,在残阳的映照下有花事靡靡的芬芳,也有一种与世隔绝的苍凉。顾横波觉得,那些喧闹的声响只是来应景的过客,她才是这里的归人。

这天戌时,龚鼎孳来到迷楼,一见顾横波,惊为天人,立刻为之倾倒。当时,顾横波在包厢已唱完一曲,谢过众宾客,就要退场。龚鼎孳为引起她注意,立即高声嚷着要她再唱一曲,并往台前装银两的彩盒投掷了十两银子。风月场上的女子本就见多识广,何况顾横波眼睛毒辣,见龚鼎孳气度儒雅,出手大方,料定他非庸俗之辈,也予以热情回应,唱了一曲《苏幕遮》(唐玄宗时教坊曲名)。

龚鼎孳其人,性格爽直,放荡不羁。当时社会风气是名士美人相得益彰,狎玩可以,娶嫁不行,然龚鼎孳不理这套俗礼。几天后,他便郑重地把一首求婚诗呈在顾横波妆台之上:"腰妒杨柳发妒云,断魂莺语夜深闻。秦楼应被东风误,未遣罗敷嫁使君。"

这是一首题画事,诗中以罗敷代顾横波,而以使君自况,明白陈述相思之意。

当时,顾横波裙下之臣数不胜数,其眼界、才艺本为绝高,也只有龚鼎孳这种名士才能入得了她的法眼。龚年貌相当,温柔体贴且多金,六品朝官还有似锦前程。但她毕竟看多了青楼的逢场作戏,自然不会轻易相信一位陌生客人的许诺。

当龚鼎孳抛下身份,明确提出要为她脱籍、纳她为妾之时,她并没有同意。

"公子切勿冲动,此等大事须考虑周全也。"

久处章台之地,见惯了男子逢场作戏的顾横波,起初对龚鼎孳也并未上心。

情之生发不难,难在持久。一个风花雪月之地,想必"一见钟情"的事多了,顾横波早就见怪不怪!

虽然龚鼎孳是品、貌、才俱佳的男子,顾横波仍怕他只是一时冲动,最终负情薄幸,导致自己半生凄苦。经伦父一事之后,她理性成熟了许多。

青楼的姐妹们都趁着年华正茂时陆陆续续赎身从良嫁了出去，以求后半生的安宁。但在秦淮河畔住了较长时间的顾横波，目睹了不少嫁出去的姐妹们的命运。她们毕竟出身低微，嫁人多半只能作侍妾，最终又受到家中大婆的排挤，不是别馆独居，受夫冷落，就是受尽大婆刁难抑郁而终，极少有个好结局的。看得多了，顾横波不免联想到自己，青楼之客大都是多情负心之辈，谈情说爱下笔生花，但真要他们纳娶时，一个比一个跑得快。

而此时的顾横波不乏家财，她的一幅兰花图卖的钱就够平常人过一辈子了。顾横波根本不需要用"以身许人"这种自贬身价，甚至后患无穷的低级伎俩招揽生意。而且，顾横波更与东林党首领们交往甚密。她还是想打算走一步看一步再说，不能轻易允诺龚鼎孳，让他觉得自己不贞。

在龚鼎孳眼里，顾横波就是那支临水的荷花，空谷的幽兰。龚鼎孳便不作强求，只好明日再来拜会。

龚鼎孳在江宁府盘桓了整整一个月，天天来到眉楼，或邀顾横波同游金陵山水，或逛夫子庙，或两人静坐楼中吟诗作画，情意十分融洽。

临行前，他提出带顾横波同往北京赴任。尽管两人情意浓浓，可龚鼎孳毕竟还是要上京赴任。

顾横波思索再三，终究没有同意随行，只是取下一只金钗作信物，约定等龚鼎孳再来江宁府时相会。临别之时，顾横波满腔柔情地写下一首《忆秦娥》以寄托相思之情："……妆台独坐伤离情，愁容夜夜羞银灯；羞银灯，腰肢瘦损，影亦伶仃。"

龚鼎孳北上入京任职，并没有冷淡对顾媚的情感，双方鸿雁往来，各陈离别之意。顾横波终于相信龚鼎孳可堪佳偶，动了相许之意。而此刻时局动荡，辽东清兵战报频传，北方闯王起义逼近京城，烽火燃尽半个中国，身奉朝廷的龚鼎孳也随时处在朝不保夕、城破人亡的动荡之中。

龚鼎孳走了，顾横波不由得心生牵挂，夜夜梦中会龚郎。

转眼中秋到了，秦淮河畔的众姐妹相邀聚会赏月。大家围坐在迷楼院里的花亭中，饮酒弹唱，好不热闹。酒酣时，有人提议依次作诗，作不出的罚酒，评出最佳者则奖以桂花编成的花冠。轮到顾横波时,她凝视着院中开得正浓的菊花,忽然想起了与龚鼎孳共度的那些日子,诗意顿时涌上心头,吟了一首《咏醉杨妃菊》:

> 一枝篱下晚含香,不肯随时作淡妆。
> 自是太真酣宴罢,半偏云鬘学轻狂。
> 舞衣初著紫罗裳,别擅风流作艳妆。
> 长夜傲霜悬槛畔,恍疑沉醉倚三郎。

大家各吟一首诗后,一致认为顾横波更胜一筹,一顶散发着馥郁浓香的桂花花冠戴到了她头上。

中秋过后不久,龚鼎孳第二次来到迷楼。这回他是赴广东公干路过此地,时间甚紧,却仍千方百计地抽了时间来看望顾横波。他只能在迷楼停留一天时间,临走前好不容易说服了顾横波,同意等他回头时随他同往京城。

在龚鼎孳远去广东的这一个月时间里,顾横波身边又发生了一件对她触动颇深的事。

原来,迷楼里一个与顾横波年龄相仿的姐妹被一位杭州富商看中,量珠聘回府中为妾。前往杭州时,那姐妹心中充满了喜悦和憧憬。谁知两年后,那姐妹却又回到了迷楼,容颜憔悴,与去时判若两人。顾横波一问才知,原来她嫁过去后,先是受到富商家正妻的刁难,被迫独居在郊外的一座别墅中。开始丈夫还时常去看她,保证她充足的生活用度,可后来她丈夫又从苏州娶回了一个美娇娘,兴趣一下全部转到新人身上,对别墅中的这位姐妹渐渐冷落,最后连日用开支也不再提供,逼得她只好含恨返回了迷楼。

这位姐妹的遭遇让顾横波的心凉了半截,对二人前景失去了信心。一月后,龚鼎孳回到迷楼,兴致勃勃地准备为顾横波赎身再娶回京城;可是顾横波竟又改变了主意,只推说自己身贱德薄,不堪做官家之妇。龚鼎孳失望之余,对她千抚百爱,一心想挽回她的心,最后好说歹说,顾横波总算答应等一年之后,再随他去往京城。她是想用这一年时间,来考验龚鼎孳对她的诚心能持续多久。

又过了些时日,社会上传言,李自成已离开河南向北进犯,许多人怕道路被阻,便争着回京。龚鼎孳回京后,日夜想念顾横波,写下《长安寄怀》:"才解春衫浣客尘,柳花如雪扑纶巾。闲情愿趁双飞蝶,一报朱楼梦里人。"两地暌隔,相思磨人,而在《江南忆》四首之三龚鼎孳又写道:"别袂惊持人各天,春愁相订梦中缘。缕金鞋怯长安路,许梦频来桃叶边。"

不等顾回信,龚鼎孳又写了第二封情书《邸怀》七首之五:"送眼落霞边,只愁深阁里、误芳年。载花那得木兰船。桃叶路,风雨接幽燕。"两诗中"桃叶"是指晋代王献之妾桃叶。她与献之每次短暂的相聚以后,都在南京清溪渡口告别。后来,人们将清溪渡改名为桃叶渡,并成为情人依依惜别处的代称。

龚鼎孳在离别的一年里,不断地写信给顾横波,表明自己并非那些薄情寡义的男子,不同于他人。期望二人能早一天重聚。

只是南北遥望、千里关山,相聚谈何容易。

春去秋来,两人鱼雁传书中一年又很快就过去了。龚鼎孳并没有因顾横波的一推再推而生烦,约定的时间一到,他马上专程赶到南京。当时,辽东战事日急,西北闯王大军逼近京城,京师的形势已经相当险恶了。在明清交替的战乱中,龚鼎孳一心牵挂顾横波,不顾非议,径直南下,三至金陵,郑重其事地向顾横波提出求婚。在这种感情攻势下的顾横波,心思也不知不觉地融化了,终于相信了他的一片挚爱,内心感动不已,同意了他的求婚。

崇祯十五年(1642年)初,龚鼎孳上京之后,急派人南下,为顾横波脱籍,纳顾横波为妾。"未几,归合肥龚尚书芝麓。"余怀在《板桥杂记》说。

顾横波也改名为"徐善持"。

因为龚鼎孳尚在京城任职,顾横波先充任他在金陵的外室。此时国内"大局"已经相当不堪,明军在和清军、农民军交锋的两个战场都遭惨败。京师地区已经危在旦夕,很多前往北京为官的官员已经不带眷属赴任。龚鼎孳的原配夫人也留在了合肥老家。乱世之际，一个生于繁华长于安乐的弱女子，不顾前路艰险，抛下了金陵的繁华绮梦：同年秋，顾横波孤身北上与龚鼎孳团聚。

顾横波跋涉千里"长安路"去追寻龚鼎孳，希望与龚鼎孳相聚。当时的中原数路狼烟，遍地烽火，昔日的帝京俨然一座危城。路途艰险，兵匪奸淫抢掠，甚或屠城，汉人几乎被屠戮净尽，死尸堆于井中，井水积年不能饮用。大顺起义军与蒙元屠人也无论城乡，见人就杀。一个"弓弯纤小"从没出过远门的江南女子，一路舟车劳顿胆战心惊走出山东，进入河北沧州却无法再前行了。当地兵燹纵横，道路阻绝，顾横波只好转路淮河沿岸的清江浦避祸，次年春天复渡江返泊于京口，辗转徙倚，四处流寓。入秋后，战事稍停，才又北上，到达北京时又恰逢中秋。

月明芳草路，人去真珠阁。问何日、衣香钗影同绡幕。

顾横波千里寻夫，辗转崎岖，历经一岁寒暑，直到崇祯十六年中秋始抵京都。千里颠沛，"尽畴昔、罗裙画簟，无数销魂，见面都已"。

青楼女子嫁给了多情进士郎，秦淮河畔的姐妹们无不投以羡慕的眼光。

这一年，她22岁，他26岁。

顾横波欣然命笔：

识尽飘零苦，而今始有家。
灯媒知妾喜，特著两头花。

对于龚顾这段情缘，时人大抵是或瞠目，或艳羡，或祝福，并无什么不平之鸣。可是到了乾嘉年间，文人吴德旋《见闻录》记钱湘灵事中，忽指顾横波原与湘灵之友刘芳约为夫妇，后背盟嫁龚鼎孳，以致"芳以情死"，后事为湘灵经办。又言"同时文士，侈言归龚之盛，无道刘芳者"。《见闻录》给顾横波带来了水性杨花，背信弃义的名声。

由于这一记载，大史学家孟森先生在《横波夫人考》中批曰："以身许人，青楼惯技"。大国学家钱钟书读了孟先生的文章，又针对孟先生这八字考语加批了一句"极杀风景而极入情理"。这二位大家一言九鼎，经他们这么一说，顾横波之轻浮势利水性杨花，似乎是无可争议的了。

然而，龚顾成婚后，有一个人却伤感不已，他就是余怀。对于顾横波之嫁龚鼎孳，他曾自伤云："书生薄幸，空写断肠句。"余怀是自问敌不过龚鼎孳的深情与地位。作为情敌，他是最有资格评品龚顾关系的，既然连他都承认是龚鼎孳的深情与地位赢得了顾横波的芳心，旁人更有何可置议？

余怀是"圈内人"，这不仅代表他知道各种内情，也意味着他的情况深为众人所知。

因此，《见闻录》载顾横波原与刘芳约为夫妇，后背盟改嫁，致刘芳殉情而死。此事不甚合情理，故本书不取。

曰朝飞暮卷，云霞雨翠轩！

龚鼎孳在京城做的是兵部给事中，公务繁忙。但他还是抽出时间和精力来陪伴新婚爱妾。他带顾横波遍游了北京城里所有的名胜古迹，闲暇时，他们静静地待在家中，品茗清谈，无语赏花。

龚鼎孳夙愿得偿，生气越加勃发，耿直无畏，在此期间，以区区一六品言官，竟然"一月书凡十七疏上"，两弹首辅周延儒、陈演。

龚鼎孳毫不顾忌地直陈政事之弊，于一潭深不见底又暗涛汹涌的京都官场，扔出了一枚枚重磅炸弹，水花四溅。他的这段经历，人们向来褒贬不一。褒之者认为他是刚直不阿，是对明王朝的忠心耿耿；贬之者则斥之为沽名钓誉，卖主求荣，老谋深算、居心叵测。

龚鼎孳一月之中两弹首辅，其风发蹈厉，一方面，正投了崇祯的心意；另一方面，也很容易因为政敌的反击和皇帝本人的心血来潮，而置自己于死地。

龚鼎孳敢于两次弹劾首辅，这在中国历史上也属于罕见的大胆。同时，他也有暗怀警惕、自我保全的一面。给周延儒送行，上密疏，都是为了留后路、自我保全而采取的政治小花招。他个性中的圆滑与实用主义，在此开始显露，而这些，恰恰在以后影响了他一生的抉择。

龚鼎孳口无遮拦的行事风格令顾横波担忧不已。正当两人沉浸在蜜月的幸福中时，一场横祸突然到来。事实也证明顾横波和她的戒惕并非杞人忧天。由于龚鼎孳一再弹劾崇祯皇帝的亲信重臣，终于触怒了崇祯帝。在兵科任职两年后，27岁的龚鼎孳被冠以"冒昧无当"之罪名下狱，其时距顾横波入京才不过月余。

明代监狱的黑暗恐怖，广为人知，而且龚鼎孳系弹劾朝中权贵而入狱，处境更加不容乐观。不仅如此，作为他的家人，连顾横波也不无遭受池鱼之殃之虞。

凶多吉少，生死难卜。然而顾横波并没有逃避，而是执着地留在京中等待龚鼎孳出狱。就在顾横波一筹莫展的时候，有人告诉她，龚鼎孳罪不至死，定会有相见之日。顾横波略感心安。

她对龚鼎孳的感情和支持，使他咬牙挺过艰难时期。这由他在狱中写的大量诗词可以看出。他这样写道："一林绛雪照琼枝，天册云霞冠黛眉。玉蕊珠丛难位置，吾家闺阁是男儿。"

正值十冬腊月，雪花飞舞，道路泥泞不堪，不时地有人滑倒。布满水潭和泥淖的街道散发出令人窒息的腐臭。

顾横波坐在不停晃动的轿子上，两眼定定地注视着前方。料想牢狱阴暗寒冷，就做了一床厚厚的被子辗转送到牢中。谁知众衙役一起上前，将她团团围住，调戏一番，幸好书办认识顾横波，才帮她解了围。顾横波又花了些银子，拜托书办关照龚鼎孳。龚鼎孳抱着被子感动不已，虽然见不到顾横波的面，但这被子已足够温暖他的心。这一夜，龚鼎孳辗转难眠，作《寒甚，善持君送被，夜卧不成寐》一词：霜落并州金剪刀，美人深夜玉纤劳……

龚鼎孳心里想，顾横波千里迢迢而来，却没让她过几天好日子，每天担惊受怕，让他深觉愧疚，或许，这次下狱，使他体会了冲动与直言所换来的代价！

这一夜，龚鼎孳开始对生命与仕途有了另一种理解。他原本就不是死磕到底的烈士型人物，他已经逐渐适应环境，作为政客，他已熟稔官场生存之道……

崇祯十七年二月，龚鼎孳终于获释，捡得一命。此后，龚鼎孳进退之际往往为自己预留后路。龚鼎孳见到了久违的顾横波，赋词纪念她的一片深情，写出"料地老天荒，比翼难别"，这是共过患难的夫妻才有的誓言。而顾横波也经此事，看清了朝廷的腐败，人也更为圆通。虽然她对国家大事并不关心，却也不缺乏政治觉悟，告诫他以后少说诤言，枪打出头鸟乃至理名言。

甲申之变，山河变色，顾横波和龚鼎孳这对刚刚渡过一次劫难的夫妻，又将卷入朝局风云的漩涡中去。顾横波的命运也随着丈夫仕途的升降沉浮而跌宕起伏。

第四节 "一品诰命夫人"的手帕交

顺治七年（1650年），多尔衮亡。

顺治十年（1653年），天灾频繁。顺治多次下"罪己诏"，为了缓和与汉族士人之间的矛盾，对汉人官吏进行了一系列封赏。

龚鼎孳升吏部右侍郎，次年连迁户部左侍郎、都察院左都御史。

此为龚鼎孳降清后仕途上的第一个高峰，从此开始了他高官厚禄的阶段。

顺治皇帝的用意非常明显，他明知龚夫人已受过大明朝的封赏，现在又不在京城，就想重新再封赏龚鼎孳，好让已归降大清的龚鼎孳彻底洗心革面，与过去一刀两断。这是一种心理战，也是皇帝和他智慧的较量。

一日，一群太监敲锣打鼓来到龚府。

原来龚鼎孳以文才敏捷得世祖"真才子"之褒奖。顺治把他作为拉拢对象，就封龚鼎孳的原配妻子童氏为"一品夫人"。按照大清例律，丈夫是一品高官，原配妻子即可受封诰命，便可以凭夫贵妻荣。龚鼎孳的夫人童氏明朝时曾被封为孺人，一品诰命夫人理应是她的。她自然是皇帝封的一品诰命夫人。

此生，龚鼎孳是彻彻底底负了童氏。爱是有限的，他悉数给了顾横波，实在无法匀出一星半点予旁人了。龚鼎孳对父母对童氏冷淡无情，从始至终，他都没有爱过童氏。

童氏明朝时曾被封为孺人，此后一直独居江南，无论是龚鼎孳下狱还是后来任职清廷，都坚决不肯入京，对自己的丈夫不闻不问，二人的婚姻名存实亡。对于诰命一事，童氏致书龚鼎孳："我经两受明封，以后本朝恩典，让顾太太可也。"寥寥数语，道出了童氏之铮铮铁骨和绝不与敌为伍的气节。龚鼎孳见信，大喜，即为顾横波请封诰命。顾横波欣然接受了大清帝国"一品封典"。此事轰动京城,几令半国之人咂舌不已。在龚鼎孳心目中,怕只有顾横波能配得上诰命。

童氏不受清朝诰命,或因自己气节高尚,鄙弃自己的丈夫弃节降清,故坚拒之;或因妒意生发,见不得龚鼎孳与顾媚风流快活,故借此事将其一军。诰命惯例只封正妻,若由一个出身青楼的小妾受封一品诰命,这是滑天下之大稽。

这一时期降清的汉人在"留发不留头,留头不留发"的高压政策下生存得很有情绪,很多人不愿接受赏赐。清政府的政策很毒辣,总是先从形式上制服汉人,慢慢地,汉人也就接受了既定的事实。如有形式上的不满或反抗,则坚决镇压之。众臣明白顺治的用意了,明着是赏,实质是将了龚鼎孳一军。

来到龚府的宫中太监宣读完圣旨后,龚府便有仆人应声高呼:"谢万岁!"可是听旨的人却没有反应。太监忙又喊了两声,还是没有动静。太监急了,忙将自己身上的玉坠摘下,放在顾横波手上。顾横波抬头问:"此是何意?"宫中太监没等她"何意"两字出口,迅速将圣旨递到顾横波手中。顾横波的心激动而欢畅。在她看来,诰命夫人虽没有实权,但有俸禄!除了有旱涝保收的俸禄,更是一种荣誉的象征。它可以帮助她在夫家站稳脚跟,而且,可以享受皇恩浩荡,在重大节庆日子到后宫,参加由皇后主持的宴会,挤入上流社会,和各路名门闺秀打交道,眼界会更开阔。顾横波将圣旨捧于胸口,喜形于色。或许,之于一个长期被卑微身份煎熬的女子来说,能够融入至尊的上流社会何尝不是此生的荣光?

顾横波绝不会为了别人眼中的顾横波而委屈自己,她只想抓住现在的安逸。无关国事,只关乎家事,关乎个人,关乎内心,这可能是她与其他几位秦淮佳丽的不同之处。

她我行我素,敢作敢为,毫不在乎世人眼光,倒是那个年代难得的真性情。她认为是老天爷给了她特别的眷顾,她对此欣然接受,从不觉得有什么可耻!非盗非抢非骗,乃是命运所赐也!她觉得无上荣光!

当然,在男权至上的时代,女人说到底是卑微的、依附的、渺小的。世事洞明、人情练达的顾横波，其实很清醒：婚后的她，说到底还是被他的荣光照亮、也被他的污渍染黑。

当天，顾横波便兴致勃勃地命仆人将皇帝御赐的"一品夫人"牌匾高高挂起。一时间，趋炎附势者纷至沓来。

人一旦做了高官，就有厚禄；一旦出名，挣钱就更容易了。龚鼎孳时为清廷礼部尚书，被京师四方名士尊如泰斗，因此，凡有客求龚鼎孳诗书画时，龚鼎孳皆由顾横波代笔。顾横波下款多署"横波夫人"四字。顾横波声名才气愈盛，"画款所书横波夫人者也"，这也就是"横波"之号得以盛传的原因。

顾横波善于画兰花，请她画兰的人也愈多。"横波"一词形容女性眼睛之晶莹透亮，其义近于今人所说的"水汪汪"，如"昔时横波目，今作流泪泉""睡起横波慢，独望情何限"。顾横波取吴中才子所赠诗中"横波"二字为别号，与她的姓氏"顾"字结合在一起，情趣更加盎然。她也借此时时告诫自己：一定要心明眼亮，用一双慧眼，把这尘世纷扰看得清清楚楚，明明白白，真真切切。

顾横波不仅善画兰，还画梅、竹、松。她的画，从不轻易出售或者送人。很多人一掷千金，只为求得她的一幅画作，但她从来不为所动。如果被她视为有缘人，送画则分文不取。

龚鼎孳尽管仕途偶有起伏，官运总体还是亨通的，这与顾横波有极大的关系。她告诫他，就算有任何事他看不过眼，也绝口不提。甚至有人做错事，也要他不讲出别人错处，永远留给别人面子。

在龚鼎孳看来，正是顾横波在乎自己生死才如此在意他，以前他是不平则鸣，但是现在，他已改变许多，变得进退游刃有余。

尽管降闯、降清的大明朝官远多于为国殉难的，龚鼎孳、顾横波夫妇和大多数官员及家属一样，本能地选择了求生，因此，他们被人视为无气节名节。

以顾横波的身世和经历，"气节与名节"对于她来说，不是要紧事，对龚鼎孳的选择，她也是赞成的。故国残碎，难以收捡，多少人命如草芥，她还有一个安稳的、来之不易的家，苟全性命于乱世，有何不可，有何不对？况且大多数人都尚且如此，为何要以命殉国才叫有气节？

但也正是因为顾横波本能的明哲保身态度，使得在时人眼中留下不节之名声。但其时，大多数的明朝官员都选择了降闯、降清，并不是只有龚鼎孳顾横波夫妇及少数官员。

对于降闯的大明官员，《明季北略》《爝火录》等史书有详细记载，曰，死难的文臣只有二十一人，投降李自成的明百官上朝候选，"囚服立于午门外，约四千人。"这是一支庞大的大明官僚队伍，在午门外熙熙攘攘乱成一片，有的站，有的坐，有的拥挤着排队等待候选，人人畏缩惶恐，对闯将打躬作揖。他们为了博得新主子的重用，摇身一变而为新贵，极尽奴颜婢膝、阿谀奉承之能事，有送金银珠宝的，有献出娇妾美婢的，还有为上"劝进表"争功邀宠，互相攻讦，当众扭打的。在投降李自成的百官中，龚鼎孳也是其中之一。

不管是因为胆怯懦弱，还是圆熟狡猾，或是迫于无奈，龚鼎孳两度为贰臣的耻辱是洗刷不掉了。而且，他的所有诗词几乎找不到他为自己的失节行为而痛苦或忏悔的诗句。是"于他人讽刺之语，恬然与之酬酢。自存稿，自入集，毫无愧耻之心"。你骂他是贰臣，他呵呵笑，还跟你一起喝酒；你骂他汉奸，他笑呵呵，依然是写诗作画编文集。究其原因，是龚鼎孳"国"的观念稀薄，"人"的观念相对浓厚些。

龚鼎孳的态度决定了顾横波的态度。夫唱妇随，女子从夫是那个时代的显著特征，顾横波出于维护自己家庭的安稳，和自己的个人利益，"国"的观念稀薄自然非常好理解。

在封建时代极力强调儒家的忠孝节义、伦理纲常，龚鼎孳与顾横波的所作所为，不符合当时的做人道德，而降敌又是最令士林不齿的劣行。因此，顾横波欣悦接受"一品夫人"，更是令士林不齿。

余怀有正义感，在得悉顾横波已欢天喜地接受了大清帝国一品夫人的封典之后，怅然若失，既失望又伤心。他曾忍受着心灵上的巨大苦痛，坚守明遗民的身份，拒绝了清朝廷的诏令，拒不出仕，不与清政府合作。他的许多著作，都不书清朝年号。可想而知，当他悉顾横波欣然接受清朝廷的封典，是怎样的失望。

在《板桥杂记》里，他不无慨叹道："顾遂专宠受封。呜呼！童夫人贤节过须眉男子多矣！"以大明遗民终老的余怀，有意用童夫人的"贤节"来反衬并暗讽须眉男子龚鼎孳大节有亏。

到此时，曾经迷恋于顾横波的余怀心理起了很大变化。作为顾横波的知己朋友，何以在这件事上，如此反感顾横波？究其原因，还在于余怀的故国情怀。作为大明的遗民，何以反叛朝廷？这是因为刚刚建立起全国统治的清朝并未得到天下的认同，前事不远，人们记忆犹新，那种亡国遗恨不会在短期内被消除。而更重要的是，新来的统治者，清朝的封疆大吏、地方官府，并未给他们带来更多的光明与幸福；相反，新的统治者想方设法鱼肉百姓，剥削百姓，旧恨新仇，激得人们怒火中烧。

反清志士们响应吴三桂起兵，正是这种不满和愤怒的总爆发，也是复明心态的总爆发。余怀的心态也正是如此。龚鼎孳始降李自成，再降满清，因而为时人所非议。对龚鼎孳降闯降清，余怀在《板桥杂记》难过得不愿多谈，只寥寥几句："后龚竟以顾为亚妻。元配童氏，明两封孺人，龚入仕本朝，历官大宗伯，童夫人高尚，居合肥，不肯随宦京师。"

由此不难看出他对龚顾夫妻的鄙视与轻蔑，对龚鼎孳的原配夫人童氏则是不加掩饰的高度赞赏。

从此之后，余怀几乎与顾横波断绝了来往。但是，性格豪爽，喜交朋结友，崇尚江湖义气的顾横波却因了另一份别样的金兰之谊而忘却了尘世的冷嘲热讽，疏离冷淡。那个暗暗支撑她的女子，成为救赎她的一股有生力量。

两个同样才华横溢的女子，同样蔑视一切礼法的人，不自觉间惺惺相惜。月下流年，无拘无束的灵魂在红尘掩埋的岁月里执着地漂泊。

这个支撑她生命的另一个人叫朱中楣，字懿则，一字远山，江西南昌人。她出身贵族，乃明宗室辅国中尉议汶次女，吉水少司马李元鼎夫人，俗称李夫人。

朱中楣因家境优渥且受家学熏陶，自幼便聪颖绝伦，常不分昼夜地批读史书及诸家诗集。又因记忆极佳，常能成诵，尚未及笄，便已才名远播。她是明末清初时期著名的才女，也是一位有林下风致的传奇美丽女子。朱中楣的词亦以清疏狂放的风格见长。其词作的成就能与同时代徐灿（南宋以来，唯一可与李清照抗衡的女词人）比肩，她的学养与徐灿不相伯仲。著有《随草诗馀》《镜阁新声》《随草续编》《亦园嗣响》等，均收入《石园全集》中。彼时，朱中楣其人其词亦无他人可取代、可超越之处，是明末清初时代女词人中之佼佼者。

没有确切的时间点记载她们是几时认识的，她们邂逅在红尘的某一点，一缕诗意的红线触动着彼此的心弦，其中有一首《浪淘沙》朱中楣如此写道：

新月映眉妆，露滴花房。香风暗透薄罗裳，何处清音偏著耳，恰在西厢。

切切指生香，雅韵悠扬。愿天速变我为郎，竟作牵牛他织女，早日成双。

只因邻家女子清越的琴音，朱中楣竟生出变为男身与其作配之意，其想法之大胆、立意之新颖、惊世骇俗，震惊了一干遵守礼教的人。后人在编选词集时，大概是觉得最后这三句太出格，不合闺阁本色，遂将最后三句"愿天速变我为郎，竟作牵牛他织女，早日成双"，改成"凄凄楚楚断人肠。流水调高人不见，遥隔长廊"。如此一篡改，词不对意，境不对文，欢喜之心竟突兀成愁思，一丝情趣全无。可擅做更改又如何？这反而让世人在拨开迷雾后，对她率真放旷可爱的一面更感惊喜。

朱中楣卓然特立于一般闺秀词人之上，成为女中翘楚。

顾横波就喜欢她不凡的个性与识见，更佩服和欣赏朱中楣的才华。朱中楣成为顾横波入京后唯一的知音。

这两个女子，都是多情敏感细腻善良且性情奔放的旅人。

顺治九年（1652年）阳春三月，顾横波曾邀朱中楣一起去看东岳盛会。

朱中楣诗集中有《暮春次龚年嫂》二首赠予顾横波："纷飞彩蝶簇群芳，两歇红残日正长，细听莺声歌似曲，杨花点点缀罗裳。"

情由景生，景由心生。春光潋滟的时节，彩蝶纷飞，红日下长，黄莺的啼鸣是那样悠扬婉转，似一首动听的歌曲。此时的杨花点点，再也不是离人的眼泪，而是衣裳的点缀。

"凭栏无事数飞花，簾卷晴光翠影遮。却忆江南春欲暮，双双燕子夕阳斜。"

京城的春天正飞花，而生汝的江南已是暮春了吧！此时，是否是夕阳正好，燕子双双正归家？

彼时，两人兴奋出游之际，顾横波便着男子服，佩刀剑，以保护外表柔弱的朱中楣。二人还经常戏谑地以"相公""娘子"互称。因此，时人也就把顾横波称为"闺阁男儿"，有关她男儿风范传说也在此阶段刮起。

不效游仙去，且向尘中住。在把酒称觞、赏菊东篱的自我期许中，完成内心的安定自在与恬适。

因为人生有知音，旅途的崎岖都成为一种美好的回忆。

而朱中楣身为女子，即使是宗室之后，在当时亦无所作为。社会动荡，又作为明代宗室高官之女，亲眼看到明代的灭亡，一生患难频仍，升沉不定。朱中楣唯一可以选择的，只是退隐林下，在相对平静的生活中尽可能地远离尘世中难以面对的风波与巨变，以看似闲散优游的日子，以宁静沉默的方式掩饰曾经的创伤与隐痛。然而即使这样卑微的愿望一时间竟然也难以实现，于是她开始觉得沮丧。乱世之下，幻想变作男儿身也在情理之中。

顺治十年（1653年），朱中楣南归江西南昌，而顾横波则返回南京。两个手帕交至此就要告一段落，再也不能诗词闲话，把酒话沧桑，再也不能把臂同游，共赏秋菊篱下。每个人都有不同的路途要走，同行一段，挥手作别，只待来日再相逢。

朱中楣作《留别龚夫人时夫人将有得麟之喜》（见《镜阁新声》一卷，闺秀词）赠予顾横波：

> 苑柳垂垂乳燕忙，衔杯共对紫藤香。
> 兰芬九畹堪栽赋，桂落三秋好弄璋。
> 旅舍论文知己远，天涯分袂客途长。
> 为怜别后烦宵梦，颜色还疑照屋梁。

人生最难舍莫过于生离，两个知己从此就要天各一方。

时光是如此散淡、美好，不染尘埃的寂静欢喜。

分离在即，朱中楣依依不舍，又作《千秋岁·别横波龚年嫂南归》一词（见《镜阁新声》一卷，闺秀词）相赠，抒发了知交分别的感伤与留恋，以及对重聚的期许：

> 天涯分袂。更绝愁千倍。凭寂寞，添憔悴。风移蝉唱短，雨滴梧桐碎。方信道，离怀未饮心先醉。湿花疑有意。点点如红泪。新荷碧，残葭翠。秋清人渐远，水静鸳浓睡。知音少，斯时别去何时会。

现在读来，仍觉一股清流扑面而来，沁人肺腑，情真意挚！

顾横波更为朱中楣的才气所折服，一挥而就，画了一幅她最擅长的两色筒叶兰回赠。

想起亭中，饮酒赏月的好时光，想起绡帐彻夜长谈的情景，又不知何年何月何日才能重聚？想来这次离别可能是最长久的，伤感之余，在画中附写了缠绵悱恻的《千秋岁·送远山李夫人南归》一词答送：

> 几般离索，只有今番恶。寒柳凄，宫槐落。月明芳草路，人去真

珠阁。问何日，衣香钗影同绡幕？曾寻寒食约，每共花间酌。事已休，情如昨。半船红烛冷，一棹青山泊。凭任取，长安裘马争轻薄

从来都有诗情画意，有画还需有诗。二人的诗中不复昔日之乐，充满了离愁别绪。那些曾经的美好，如同春日里盛开的鲜花，明艳的色泽，动人的姿态，醉人的香气。

即使后来，隔着长安与江南的遥远距离，两个也从未中断过往来，对友谊十分忠诚，顾横波时常鸿雁传书，朱中楣也时常有书信寄来。二人尺素不断。

顾横波有《虞美人·答远山李夫人寄梦》一词记录了二人之间的鱼雁传书：

春明一别鱼书悄，红泪沾襟小。却怜好梦渡江来，正是离人，无那倚妆台。朱栏碧树江南路，心事都如雾。几时载月向秦淮，收拾诗囊，画轴称心怀。

江南路，鱼雁住。一首清词，却惹人泪满衣襟，什么时候才能回到朱栏碧树的江南？带上我的诗情你的画意，白日放歌，词歌酒盅作伴。

可见顾横波亦是极重感情之人。

人的情感就像竹子，每一节都是封闭的整体，而每一个封闭的竹节关联在一起，便形成了一道最美的风景。也许，在两人心里，一份青娥玉人的闺阁情都是一节封闭而生动的竹子，因为彼此独立而又关联的情感，构成了她们坚贞不朽的金兰友情。

流离患难，兵火风涛。在那乱世，明朝的覆亡对于身为宗室之女、天潢贵胄之裔的朱中楣来说，打击更为深重。宦海的波澜、人事的诡谲尤其让她为家人与知己友人的安危而终日伤神，使得她心力交瘁，故此亦对闺阁分别更为怅惘……

然而，命运跟随龚鼎孳起伏的顾横波又何尝不是如此，对家人的牵挂，

对知己的不舍，五味备尝，何况是在皇帝与太后及满族权臣政见不合，暗里相争的情况下。龚鼎孳的上疏再次牵涉少师兼太子太师冯铨。龚鼎孳的仕途遇险。

顺治十二年（1655年）十月，龚鼎孳因对法司审理各案"往往倡为另议，若事系满洲则是同满议，事涉汉人则多出两议，曲引宽条……不国尽心报国"。如果冯铨失势，就会长汉人志气，灭满人威风。顺治迫于满族权贵的压力，将龚鼎孳降八级调用。又因受到顾仁案的牵连，龚又被降三级调用。原来，顾仁向章冕索取贿赂，但是没有达到他的期望，于是徇私枉法，将章冕远发于真定府，并且打算杀人灭口。后被章冕告发，顾仁被以纳贿行私罪处斩。而举荐顾仁的官员皆受到处分，"龚鼎孳降三级用，王永吉降一级照旧管事，曹溶降一级，仍赴广东任"。可见，龚鼎孳又遭受了无妄之灾。

龚鼎孳任刑部侍郎时，反对朝廷重满轻汉的不公政策，要求由满汉官员一起审案，对满人汉人的案情一视同仁，为很多汉人洗刷了冤狱，使社会上满人欺压汉人风气得到扭转。但他自己因涉嫌包庇汉人，而被连降八级。龚鼎孳常在职权范围内维护汉人的利益，反对民族压迫。一个明朝的降臣，要有多大胆子，才敢有意偏袒汉人，苛待满人。其实只因法有不公，他才矫枉过正，尽其所能为同胞争一个公平罢了。而这次贬黜，虽因冯铨一事而起，实可视为朝中权贵对龚鼎孳之不满甚至猜疑的一次惩罚。

在这方面，顾横波始终是龚鼎孳的知音，也是支持他的重要精神力量。故他在这一年自咏曰："神索风传台柏枝，天街星傍火城移；袖中笼得朝天笔，画日归来便画眉。"

顺治十三年（1656年），龚鼎孳赴广东上任，于是携顾横波南下。由于这次分别，顾横波与朱中楣的书信来往也更甚于任何阶段，二人的感伤更甚于以往。

龚鼎孳曾经在南京购入大片的土地，在大油坊巷市附近有一处大庄园。顾横波和龚鼎孳素来是爱财而又不吝啬的好施之人，两人又懂得享受生活，秦淮好景，自然是不能错过的。

然而，官道附近的农田里长满蓬蒿，村落破败，没有人烟。一路上树都呈白色，树皮早被剥光，充当食物。只有靠近城市的地方，还有几亩薄田，城里人勉强耕种糊口。路过的城市，到处是饥民。就是在如此困顿的情况下，他仍是不忘为顾横波庆生，足以见他对顾横波的宠爱之情。

龚鼎孳与顾横波回到南京，顾横波看着眼前这些，无限悲悯，竟致无心进食。龚鼎孳亦知她放不下朱中楣，深为理解二人深厚的情谊，便带她去夫子庙散心，也要她写信邀请朱中楣一家前来金陵做客。

这一日，两人刚到一个小镇，那镇里面百姓见了他们个个惊慌失措。龚鼎孳拦住个胆大的小个子青年才问清楚，原来前几日，刚有一队清军路过，说是抓混入城的反清人士。清军将城里所有人家清洗一空，今晨刚走。百姓看见护卫他们的兵将，以为又来一支官军，连声哀告，城里实在找不出一点米和菜了。

面对金陵城断井颓垣，山河易色的景象，顾横波不觉十分感伤。

顾横波与龚鼎孳重游金陵，住在秦淮河畔大油坊巷市的江南庄园。庄园中只有他亲戚，还有替他收租的管家和一些家丁、仆人。

然而，就在南京逗留之时，一件令顾横波意想不到的事发生了。

有一天，龚鼎孳和顾横波在夫子庙文德桥遇到了身着和尚衣服的抗清志士阎尔梅。这几年他到处呼吁反清复明，为清廷追缉。钱谦益则说他："古古（阎尔梅），善骂人，当世无所推许"，其评语既中肯又不无自愧。而此时，有官兵发现了阎尔梅。官兵封闭城门，设了关卡，阎尔梅插翅难飞。时间紧迫，怎么办，顾横波没有多想，让人停下马车，要龚鼎孳想办法救阎尔梅！龚鼎孳急中生智，脱下自己的便服，让阎尔梅换上。顾横波因为以前常来夫子庙拜佛，对周围大街小巷等环境非常熟悉。两人一商量，决定让顾横波和仆人带阎尔梅离开夫子庙渡口南面，坐水师快船到庄园藏匿起来。这样一来阎尔梅方才化险为夷。

原来朝廷官府已有文书传来，要江宁府追杀这个曾经两次被清兵俘获、却又两次成功越狱的朝廷重犯。

固城湖和石臼湖，是南京南面两个大湖，有天然深水航道同长江连接在一起。这里有反清势力的蜈蚣快船（一种名为加莱斯的西式快船），可以直抵高淳县城外龚家庄园。

阎尔梅何许人也，值得顾横波夫妇冒险营救？作为大明帝国的遗民，他在"反清复明"的斗争中，称得上是真正的豪杰之士。阎尔梅受到清政府通缉，他一方面避匿，一方面继续为榆园军奔走。

顺治八年，榆园军再次举事。失败后，阎尔梅于顺治九年八月被捕。顺治十一年八月，他越狱潜回沛县。不久，追捕者围抄阎家。其妻妾双双自杀。这次阎尔梅逃至南京，是准备召集旧部，西逃河南的。顾横波夫妇救他，一是阎尔梅曾是顾横波在迷楼的恩客，二是被他的士子斗志所感染。

阎尔梅是江苏沛县人，此人天生异相，双耳长白，自称白耷山人，武功高强，生平侠义，爱打抱不平。大明朝面临崩溃之际，阎尔梅散尽家财，在其家乡组织了7000人的抗清队伍，先拜见南明小朝廷，后又投奔抗清名将史可法，虽三起三落，却是百折不回。

顾横波与龚鼎孳救下他，问他为何到此，又欲往何处？阎尔梅说，只是前来故地，召集旧部下，欲重新起事。又听说老友柳敬亭在河南发展迅速，也想去看看。顾横波认为现在朝廷追他正紧，先在庄园躲一段时间会安全很多。

此时，果然有人在注意龚府。顾横波派人去朝廷报称龚鼎孳外感风寒，暂时一月不能上朝。

两个取暖的火盆里燃着炭火，阎尔梅若有所思地看着那铜质火盆，他口中所说的炭薪指的是"木炭""薪材"。阎尔梅急需银两、军需用品和武器，特别想购几门杀伤力很大的红夷大炮（红衣大炮）。

此时江宁府天寒地冻，秦淮河上更是结了一层厚冰，曾经繁忙的码头顿时陷入了萧条之中。阎尔梅告诉顾横波夫妇，他们想把失散的旧部下重新召集起来，另外，还打算雇佣一些在作坊干活的民夫匠人跟随义军一同起事。但是，眼下最需要的就是银两。

这时城内风声更紧，顾横波给了阎尔梅银两，援助他们购买西洋红夷大炮、火枪、弓弩等武器，又让龚鼎孳护送他们安全离开。

街头，阎尔梅浓密的长髯飘动，谢了又谢，方骑马和重新汇集的一众旧部离去。

在此期间，顾横波曾多次利用龚的政治地位，对抗清志士慷慨解囊。《清史稿》记载龚鼎孳：尚有黄宗羲、丁耀亢、纪映钟、杜浚、陶汝鼐等人都曾得到龚、顾两人不遗余力的帮助，这里面有不少人属于著名的抗清志士。在当时的社会现实下，这类资助牵扯自身的安危，存在相当大的风险。清初词坛上的风云人物陈维崧、朱彝尊等也都得到过龚鼎孳的揄扬和"分俸资助"，"康熙初，士人挟诗文游京师，必谒龚端毅公"，而龚鼎孳也总是"倾囊，以恤穷交，出气力以援知己"。

顾横波仰仗的是他的地位，所花销的是他的钱，若得不到他的支持，相信顾横波是不可能如此慷慨如此洒脱的。她利用龚鼎孳的地位和钱，对抗清志士慷慨解囊，赢得了一些江湖志士的口碑与感谢。但是，顾横波并不在意这些。

龚鼎孳暗中保护了不少明朝的遗民志士，对于有才之人也是倾囊相助。他这些行为，离不开顾横波的支持。这个并没有受过大明朝多少恩惠的女子，却对那些大明的旧臣遗老，多次解囊相助，出手救援。从另一个角度，对于龚鼎孳的投降大清做了一些正面的补救，在一定程度上赢得了大明旧臣和遗老们的赞誉和爱戴。

"共谁欢笑共谁愁？生死相怜二十秋。"龚鼎孳毕生知己，其实是顾横波。在那二十年生死与共，荣辱与共中，他俩有着同样的机智与手腕，同样急人所难的热心肠，同样藐视世俗的大胆，并且，坚决地走在自己内心的道路上。他们不是忠臣烈女，但在苍凉世事中，他们顽强地活下去，自有他们存在的意义。

"尚书雄豪盖代，视金玉如泥沙粪土"，余怀渐渐改变了对他们的看法。在《板桥杂记》里，他由衷感激龚鼎孳的轻财好义，"得眉娘佐之，名誉盛于往时"。

清代陈康琪在《郎潜纪闻》中提到："合肥龚尚书，怜才下士，嘉惠孤寒，海内文流，延致门下，每岁暮，各赠炭资，至称贷以结客。"

也许顾横波很清楚，无论反清志士们怎样的热血，终究成不了气候，翻不了天，她所做的，只是出于良心和正义的驱使，仅此而已。烈女气节之类，非她所向往，她也毫不在意世俗的看法和言论。

转眼又是顾横波的生日，金陵城内有诸多顾横波的熟人，故而龚鼎孳又是一番铺陈，已是刑部尚书的他摆下筵席，大宴四方名流、官宦世家，甚至还有顾横波昔日交好的南曲姐妹，一时间盛况空前。顾横波的风头可谓是无人能出其右。

经过了那么多年的时光流逝，顾横波越来越思念南京。她并没有因飞上高枝而忘却旧友，她忘不了迷楼的那些姐妹，更忘不了曾经帮过自己的余怀和养母十娘。夫妻俩张灯开宴，邀集宾客近百人，把旧时的南曲姐妹们都请了过来，还专门派轿夫上门把余怀和养母十娘请来赴宴，又请来梨园名戏班名伶唱戏助兴。

更让顾横波高兴的是，朱中楣也从江西赶来为她贺寿，好不开心热闹。朱中楣兴致勃勃，票了一出《王母瑶池宴》，果然是祝寿的好剧目。

珠帘之后，顾横波华装丽服，与朱中楣及当年南曲姐妹李大娘、李十娘等一道看戏。龚鼎孳的门人，进士出身、将赴浙江任监司的严某揭起帘子，捧杯长跪，恭恭敬敬连称"贱子上寿"。客人们也都纷纷起身为她祝寿。顾横波也不推托，欣然连饮三杯。名优们唱念做打再出色，戏铺排得再喧嚷闹热，都不过是烘云托月的帮衬，顾横波才是当天真正的主角。故友新交，宾客如云，无论来者身份背景如何，都乐陶陶地捧主人的场。龚鼎孳见状，"意甚得也"。这样宾客尽欢的场面，最令主人心满意足。龚鼎孳为自己也为顾横波高兴。他真正为她在老家挣足了面子。游妓燕儿、李大娘、十娘、王节娘等姐妹频频敬酒，顾横波也来者不拒——干了。席间，姐妹们纷纷问她生养子嗣之事，谁知一问便触到她的痛处。姐妹们不知隐情，更使劲劝起酒来。顾横波酒品似也不在群男之下。往来宾客，无一不欣羡这对璧人。

酒席间，顾横波与余怀，言笑晏晏，尽释前嫌。后来，余怀在《板桥杂记》写道:"岁丁酉,尚书挈夫人重过金陵,寓市隐园中林堂。值夫人生辰,张灯开宴,请召宾客数十百辈,命老梨园郭长春等演剧,酒客丁继之、张燕筑及二王郎,串《王母瑶池宴》。夫人垂珠帘,召旧日同居南曲呼姊妹行者与燕,李大娘、十娘、王节娘皆在焉。时尚书门人楚严某,赴浙监司任,逗留居樽下,褰帘长跪,捧卮称:'贱子上寿!'坐者皆离席伏,夫人欣然为罄三爵,尚书意甚得也。余与吴园次、邓孝威作长歌纪其事。"

第五节 "人妖"之殇

顺治十四年（1657年）十二月底，顾横波和龚鼎孳从江宁府南京回到寒风凛冽的北京。顾横波的感受十分复杂，像是如释重负，又有些不舍，有些遗憾，有些做完一件花费了很多心力的事情后的那种空荡和失落，总之，五味陈杂。

姐妹们的话言犹在耳。这些年来，只有一件事令她耿耿于怀，那就是膝下无子。龚鼎孳喜男儿，不能为龚鼎孳诞下一子，令她寝食不安。顾横波虽然不以世情为意，却非常在意不能为龚鼎孳生一个小相公，归根结底是她害怕失去龚鼎孳的宠爱，因此，她常常去庙会拜送子观世音菩萨，以求遂心如愿。

这几年，龚鼎孳仕途如意，两人夫唱妇随。顾横波不以世俗礼教为意，看得开，放得开，所以，她才抓得住龚鼎孳。尽管她受封诰命夫人遭受京城人士不耻与各种非议谩骂，她依然我行我素。只有子嗣问题，却成为她日益加重的一块心病。

转眼，又到腊月了。龚鼎孳特地为顾横波写了《祈子疏》。因此，顾横波高高兴兴坐了轿子到慈仁寺。

那时，京城的庙会，其实就是民间的市场，有贵重的金玉绸缎，也有廉价的粗碗废铁；有高雅的字画图书，也有各种风味小吃、虫鸟花草，更有风车、面人、窗花、空竹这些富有地方特色的手工艺品。慈仁寺庙会也是娱乐场所，京城的戏院、茶楼，价格昂贵，不是普通百姓能够享受的，可庙会上摊棚栉比鳞次，百戏竞陈，杂技、武术、曲艺、游耍、戏剧，无奇不有，民间的艺人登台献艺，又不收取昂贵的门票，引得老百姓呼朋引伴地前来游玩。

庙会上人山人海，一眼看不到头，锣鼓声、叫卖声、唱戏声，此起彼伏。到处都是喜笑颜开的人，手里拿着糖火烧饼，或者拿着面人窜来窜去的孩子们。

这样的场景，令顾横波非常感慨，求子之心愈发急切。

然而，尘世再美，于顾横波而言，都不及龚鼎孳的一丝一缕。她直奔送子观世音菩萨大殿求拜。

她虔诚地献上贡品，点上檀香。顾横波手捧《祈子疏》，跪在观世音菩萨前念念有词：

"我躬之有后，惟患难相依之久，有女士以代良朋。故天涯失路之余，盼佳儿以慰夫子。其诚可念，有感须通伏。念某赋性嵚崎，遭时坎坷，无伯鸾高隐之福，合受尘埋。有司马远山之逢，差堪壁立。闺人顾氏，襟期共许，韵轶香奁。笔墨作缘，风清彤管，深灯一诺。奉珠玉以为心，长路经年，历水霜而见骨，是盖兼儿女英雄之概。"

（《龚鼎孳全集》四册人民文学社）

木鱼声隐隐传来，回响在幽幽的大殿里，给隐在广安门内大街的慈仁寺增添了几分神秘而又庄严的气氛。

顾横波在庙堂里跪了好半晌，又去找一个叫九娘的婆子打听生子秘方。这些走家串巷的婆子，跟算命先生一样，在察言观色上训练有素。看来她们已经是熟客了，彼此施礼后并没有客套话。

九娘一眼看穿顾横波的意图，于是就小心地指着一个刚走出的客人道："看前边那人，进门多少时儿，倒生了个儿子，何等好！"

顾横波表达了一种无可奈何听天由命的心情，曰："随天罢了。"

九娘期待的就是这句。

"非也，不必认命，有办法！"她开始向顾横波兜售秘方。

"我认识的一个大师父，一纸好符水药……用着沉香木儿雕了头胞，拿酒洗了，烧成灰儿，伴着符药，打扮得好儿，拣壬子日，人不知，鬼不觉，空心用黄酒吃了。算定日子儿不错，再雕一个沉香木儿，至一个月就坐胎气！"

这其实就是一个荒谬的鬼话，它要求夫妻同房时间必须安排在"壬子日"，谐音即为"妊子"；头胎木即一胎男孩，头胎的谐音为"投胎"，意为一举得男。顾横波信以为真，交代九娘照方去办。九娘不愧江湖老千，就用劣质沉香木冒充昂贵奇楠沉香木，美其名"药沉"高价兜售给顾横波。一来二去，九娘从顾横波身上刮得不少银子。

顾横波用从九娘那里高价买来的劣等沉香木雕了一个四肢都可以自由活动的小男孩，又用上好的锦缎做褓褓，并且雇了乳母给它喂奶，还做出把屎把尿的姿势来，又命举家上下都称这个木头孩儿为"小相公"。对于顾横波这种疯癫的行径，龚鼎孳亦不制止。

时人遂鄙视顾横波为"人妖"。

期间，龚鼎孳又为顾横波书《祈子文》曰："嗟哉巾帼，愧此完人……伏念顾氏，根染凡尘，结缘伉俪。金戈铁马，年年多难相从。园土井泥，惊魂未定。皋伯通之庑下，眉案方齐。龙居士之圈门，躬耕未遂。他乡书剑销然，共对牛衣。吾道江湖弋者，何劳鸿慕。虽猿鹤之踪渐稳，而兰桂之望方赊。欲付青箱，同庄白首。令世界从注无缺，惟我佛能度有缘……"（《龚鼎孳全集》四册）

顾横波索性请九娘来龚府做法事，九娘又趁热打铁向她兜售春药。

顾横波为生子夜夜求欢。

龚鼎孳是懂顾横波的，懂得她风尘背景下的无奈惶恐，也懂得她因为无子的不安而生成的恣行无忌与生理放纵。这种惊世骇俗的行为，被时人"目为人妖"。他们却丝毫不以为然，继续求神拜佛，祈求子嗣。

对顾横波来说，人言怎么唾沫横飞，与她又有何干？她根本无谓什么道德之束缚。

我行我素，昂首阔步，这是顾横波的观念与行事特征。然而，总是有一些小事会多多少少影响出行的心情。"人妖"二字如雷贯耳，越传越远。

"人妖！"

"人妖！"

顾横波每次坐轿出门拜佛，总会遇到那些顽皮的孩子们一边追着轿子用石头投掷，一边大声嚷嚷。

顾横波对此视而不见，充耳不闻，依然抱着沉香木偶小相公出入于市井街衢，或各地大庙寺。

春风翠柳，流水小桥，暖了经年的孤独。

这年秋天，顾横波随龚鼎孳去天竺国灵隐寺（古印象）拜佛求子。时值大雨，二人仍冒雨前往求拜。

后来，龚鼎孳提到了此事："《秋分同善持君冒雨重游天竺灵隐漫成口号十二首》第十二首云：'萧条生事卧柴桑，种秫无田也不妨。他日五男能纸笔，不知谁得老夫狂。'题下自注：时同礼送子大士。"（《龚鼎孳全集》四册）

顾横波的执着与虔诚，感动了婆婆。龚鼎孳对此也有记载："《挽石疏母夫人许太君》其二有'花外斗坛明绛烛'名，自注：'太夫人为吾金陵归人礼斗祈嗣。'"（《龚鼎孳全集》四册）

可见，顾横波不但赢得了龚鼎孳的心，也赢得了婆婆的心，比起为奴为仆的董小宛，开怀安稳舒适自是千倍不止。

而远在江宁府南京城的余怀，展读信后也颇为感慨，在《板桥杂记》不禁感怀："顾横波既属龚，百计求嗣，而卒无子。甚至雕异香木为男，四肢俱动，锦绷绣袜，雇乳母开怀哺之，保母蹇襟作便溺状，内外通称小相公，龚亦不禁。时龚以奉常寓湖上，杭人目为'人妖'"。

风起终有停，花开终有落。

顾横波千方百计求一子嗣，而始终不得，直到去世也未能遂愿。无子延世，亦可谓她人生之最大遗憾。一心求子，却无子。求子而不得，终积郁成疾。

康熙三年（1664年），这一年，是她生命里的劫。四十五岁的顾横波病逝于北京铁狮子胡同家中。龚顾二人的感情从相识到故去，历经三朝，前后二十余年，由郎才女貌到身败名裂再到富贵荣华，这份情感有过波折却从未变过。

四十余载春夏秋冬，四十余载雨雪风霜，四十余载起伏跌宕，蕴藏了多少欢笑、荣耀，亦蕴藏了多少无奈、遗憾。顾横波的一生，不长不短。但这四十多年，踏遍天高地广的山河，看过世间百态众生。唯独离世，如落花无声，徒留无限悲伤，无限落寞给众生。

走过奈何桥，喝过孟婆汤，她是否还会记得龚鼎孳，今生倾心爱过的男子？是否与他还会延续前世未了的爱，和她的亲人重新来过，守候一份地久天长的爱情？唯愿爱有来生。

顾横波去世时，龚鼎孳已官至左都御史。"吊者车数百乘，备极哀荣"。人们对顾横波的吊唁，不消说，很大程度上跟龚鼎孳当时位高权重有关系。此外，他们一向都因"轻财好客，怜才下士"，口碑甚好，这也是她为人敬重的原因之一吧。

远在江南的阎尔梅、柳敬亭、余怀等亦在当地开吊设祭。江南一带前往凭祭者络绎不绝。朱中楣专程前来吊唁。几年后，壬子年（1672年）二月朱中楣也于家病亡，终年五十一岁。

后世才子袁枚追慕顾横波，誉之曰："礼贤爱士，侠内峻嶒。"自她死后，龚鼎孳悲痛欲绝，收录了《白柳门》一册诗集来纪念他们的爱情，流传于世。只是诗稿尚存，佳人难寻。龚鼎孳还在北京长椿寺为她建了妙光阁。顾横波最终以贵夫人身份入土为安，算是安慰矣。

顾横波十七岁所作《兰花图》扇面现藏于北京故宫博物院。

从表象上看，顾横波应该说是八艳里结局最好的了，也是最幸运的一个。然而，顾横波的生活果真如人们看到的那样美满幸福吗？笔者不敢妄测！生活在社会底层的女子们对于不幸命运的抗争，是我们后来者无法想象的。我们只能以今人的心态与眼光，审视那充满着悲剧色彩的生命画板。

她是顾横波,秦淮河畔的绝代传奇。她从江南的烟雨里走来,亦走向宿命的烟雨里去。她拥有过真挚的爱情,拥有忠诚的友情,是命运的恩赐。任何哀悼,都化作江南苍白的雨滴,生亦何欢,死亦何苦,曲终人散,众鸟归林,才是生命最终的去处。我们且把上面这些文字当作她留给世人最后的传奇。

第七章
出尘道姑——卞玉京

她是不喜应酬的冰美人,
她是异类风尘道人。

她就是出尘道姑
——卞玉京!

第一节　姑苏选美女探花

崇祯七年（1634年）四月，给事中吴甘来请发粟以赈饥。陕西自去年八月至今年四月不雨，赤地千里，民大饥，人相食。民饥而乱兴，而明将多杀良冒功。中州诸郡，畏官兵甚于畏贼。大臣上书朝廷，四月初六日，崇祯帝诏发帑赈饥。

可惜的是明朝大势已去，积重难返。朝廷武备不修，官员庸碌无能，党派纷争，战场上兵疲将骄。战争不已，流寇蔓延，赤子沦为盗贼，西南部一带，马贼为患，奸淫掳掠，无恶不作。百姓日夕担惊受怕，生命财产不保。良田化为荒野，国家之祸，莫大于此。同年四月二十八，南京郊外发生了一起骇人听闻的命案。

在朝廷担任少詹事的卞坦（正四品，相当于尚书令与仆射之职），被张汉儒告状，说他在朝廷结交了一帮朋党，整日散布怪论、诽谤朝政。于是，卞坦被贬回乡。卞坦经过一个多月的赶路，眼看就要到南京城东北郊燕子矶了，却见突出的岩石屹立长江边，三面悬空，宛如飞燕。他只好带着家丁和家仆赶着几十辆马车风尘仆仆地来到了距离燕子矶不足二十里的一片树林里。

这里丛林茂密，道路崎岖，很是难行。卞坦带着他的车队蜿蜒地行走在狭小的道路上。

卞坦不会骑马，平日里都是坐马车坐轿子的。他从车帘里探出了头，看着渐渐黑下来的天色，对在一旁骑马的幕僚说，告诉前面的人加快速度，一定要在天黑前赶到南京城。

很快，车队的前面传来了几声吆喝，加快了速度。"砰——啪！"

突然，前面一辆大车的轮子陷入了一个泥坑，由于泥坑太深，车夫虽然不

第七章　出尘道姑——卞玉京

断地向驮马抽鞭子，但不管怎么用力车子就是出不来，最后车轴竟然断了，整辆车斜倒在路面上，几口大箱子也掉出来。箱盖被摔开，里面的食盐、茶叶和书籍散落了一地。

正在这时，一阵急促的马蹄声从旁边响起，一队身着黑衣、蒙着脸的盗贼出现在他们面前。火铳声震耳欲聋，一支支箭镞朝着路上的人们射了过去……惊慌之下，卞坦从马车上跳下来钻到了路边的一块石头后，手足无措地看着这场面。

锋利的箭镞带着死亡的呼啸在一瞬间穿透了几名家丁的身体，将他们射倒在地上。两轮箭雨过后，几十名家丁便倒下了七八个，还没等剩下的家丁反应过来，这些盗贼们已经从马鞍上抽出了长刀朝着他们砍了下去。

家丁来不及发出声音便倒在了血泊里。卞坦还想逃走，被马贼头目一箭射死了。

半个时辰以后，一行马贼赶着几十辆大车消失在了官道上，只留下一地的尸体……这位卸职的少詹事卞坦就是卞玉京的父亲，不幸惨死于这场飞来横祸！

就在卞玉京的父亲卞坦去世一个月后，灾祸再次降临到这个不幸的家庭。

日上三竿，梧桐疏影映在窗纱上，往日婆娑的绿叶已经落尽，只剩下一帘清瘦的枝条。

卞府是一栋三进的四合院，砖砌的围墙，高高的门楼，门口还修建了一个小广场。正对着大门的所在，乃是一个照壁，一丈来高，是用青砖修建而成的。房中地板上铺着厚厚的氍毹，陈设着黄花梨木桌椅，华丽的泥金描花落地屏风，壁上一幅名人山水，几上摆着纤尘不染的古筝。琴台边一只梅花仙鹤铜香炉，鹤嘴正吐出袅袅香气。悬着流苏锦帐的月洞式门罩架子床上，一个正值豆蔻年华的少女拥衾斜靠白缎绣兰花软枕上，一抹幽香在房中浮荡着。细看这少女，细眉淡若远山，明眸凝着两汪秋水，靠的软枕上翻了几页宋版线装书，却是无心看下去，神态带着几分冰美人的样子。这正是幽居金陵的卞赛（也就是后来的卞玉京）。

这一年，卞赛刚好十四岁。妹妹卞敏十一岁。

悲伤至极的卞母让下人去江宁府打听追查一桩无头案的进展情况。刚听到一个消息，说是有官员获罪抄家了。正说话间，远处忽然传来了一阵马匹的嘶鸣，是一行骑士疾奔而来，很快到了府门前。

情急之中，卞母沉着地让下人闩住大门，拉着两姐妹跑到后院密道，为两姐妹打开了求生的路。

这一天，被抄的绝不止卞玉京一家。当初和卞坦一起被罢免的官员，都一同被抄家了。

崇祯的一个决定，不知让多少权贵被抄家落籍。那些脑满肠肥、高高在上的公子哥，香车宝马的贵妇，锦衣玉食的千金，尽成阶下之囚。卞母至此生死不明。卞玉京和妹妹卞敏侥幸逃脱，免遭了被流放被贩卖的命运。

卞玉京带着卞敏从聚宝门向北，过了秦淮河走到南门大街，再到花市大街。这一带向来就金陵最繁华的地段，豪富聚集，权贵如云，著名的长干里、乌衣巷，都分布在这附近。

放眼望去，飞檐碧瓦，鳞次栉比的楼阁沐浴在秋天的阳光下，大街两侧分布着密密麻麻的店铺。

街道上人流如织。宝马香车，肩舆华轿，贩夫走卒，熙来攘往，来自四面八方的客商，汇集在官廊内。这里到处是高声叫卖，讨价还价的人群，可是卞玉京没有心情看。

是留在南京，还是逃难他乡？就在两姐妹举棋不定时，她们听到街边密密麻麻的民众在高声议论着官员抄家的事。于是，两人商量了一下，既然在南京已家破人亡，说不定还有被追捕的危险，不如先离开南京躲一阵，坐船逃亡吴门（苏州），视情况再作打算。

两姐妹舟车劳顿，辗转奔波，好不容易来到了苏州最繁华最热闹的阊门山塘街一带。

苏州是个水乡，河道多，桥多，而山塘街最具苏州街巷特征。它的中间是山塘河，到处是朱栏层楼，柳絮笙歌。山塘街又是一条典型的水巷，这里的房屋沿河皆有石级。

河边或绿树成荫、芳草依依，或蒹葭苍苍、村舍野艇。这一切，和还处在战乱之中的其他地方相比，就像是仙境一般。

清代西溪山人在《吴门画舫录》中记载："吴门为东南一大都会，俗尚豪华，宾游络绎。宴客者多买棹虎邱，画舫笙歌，四时不绝。垂杨曲巷，绮阁深藏。银烛留髡，金觞劝客……"

已至戌时，眼下当务之急就是尽快找个落脚点，卖艺求生。卞玉京牵着妹妹的手，一间间茶社酒楼的打听询问。

门前挂着灯笼、供着时鲜花朵的一间茶社酒楼里，座无虚席，生意兴隆。酒楼上人声鼎沸，笙歌盈耳，随风飘散着勾人的轻笑和酒肴诱人的浓香……

卞玉京天生内向，加上家庭突遇大劫，而今流亡他乡，由官宦千金一夜之间沦为乞丐，这种巨大落差，使她一时之间茫无头绪，再加上胆怯，有些语无伦次。

"你到底在说什么？走，走，快走！"

两姐妹又累又饿，只好失望地继续前行打探。绝望之际突然有了转机，有人告诉她们，在阊门有间梅花楼，是有名的大青楼，那里的姑娘各个怀有绝技。梅花楼的鸨母，据说也是才情具备的落难千金，大家都管她叫花大娘，心肠不坏。那里好像需要人，正在进行选"花榜"比赛，只有比赛合格的才能留下来。姐妹俩眼前一亮，她们琴棋书画无所不能，遂抱着一线希望，前往一试。

夕阳西下，暮色四合，高墙外唯余一片浅赭淡青。梅花楼西园的大戏亭上，红灯高挂，亭外一池秋水荡漾，卞玉京和妹妹穿着戏装，在戏亭上演唱南曲《紫钗记》。花大娘邀请当地经验丰富的文人骚客们参与"评花榜"，对前来参赛的每个女乐的优劣高下进行点评。评选的项目，除了容貌、神态、言语之外，还有诗词歌赋、琴棋书画。排名则仿照科举考试，分别划分等级，分一、二、三、四、五、六，依次为状元、榜眼、探花、解元、女学士及太史六个等次。

彼时青楼选美有个很优雅的名字，谓之："花榜"或"花案"。花榜，便是品评妓女的等级优劣。花案，即指评定妓女优劣的名单。这可能与古人喜欢以花喻女人有关，既然是花，必然是美艳的，因而不论绿肥红瘦，她们都必须才貌双全，是牡丹与月季的比拼，而非野花与稗草的较量。

远在盛唐时期，文人骚客便常与名妓歌女往来，诗酒唱和。诗人常赠诗名妓，赞美或品评其才艺品貌。到了北宋就开始出现正式评选青楼名妓的"选美"活动。没落士人以此寻欢作乐，还名美其名曰"评花榜"。有的是用各类名花来品评比拟名妓，评选出"花魁"；有的则干脆模仿科举考试的功名头衔来排列名妓等次，也分一、二、三甲，一甲三名自然便是"状元""榜眼""探花"。

距今九百多年的北宋熙宁年间，汴京就已有"评花榜"。当时汴京名妓郜懿以美貌著称，红极一时，被文人词客品评为"状元红"。

与时下的各类"选美"大赛相类似，"评花榜"前，主持者要选好花场，订立评选章程条例，其内容则是"琴棋书画，诗词歌赋"。评选之日，当地各青楼中的名妓打扮得花枝招展，争相赴会，场面非常热闹，围观者往往成千上万。风流才子与名妓汇于一堂，边饮酒行吟，边品题高下，题写诗词或评语。评写完毕，当场唱名公布。青楼女子一旦"中榜"，便会身价十倍。评选前后，当地旅馆、酒肆自然爆满，生意空前兴隆。

显然，花大娘是紧跟时尚潮流的生意人。在姑苏，是她最先提出要模仿科举考试功名头衔来排列名妓等次的"娘儿"！

花大娘发誓要把梅花楼的名头推向高峰，拼出一番事业来。

明代由早中叶始到明中叶以后，品艳风气盛行，青楼乐伎地位颇高，一时金陵、苏杭为其中翘楚。明嘉靖年间，金坛人、嘉靖进士曹大章创立"莲台仙会"，与当时社会名流吴伯高、梁伯龙等，品藻名妓，一时称为盛况。

因此，明清时的一些名流才子，除了积极参加"评花榜"的评选工作，还专门为此写了许多文章，如清初文人冰笔梅史的《燕都妓品》，潘之恒的《金陵妓品》。

《金陵妓品》中把评判妓女的标准共分为四等，即"品、韵、才、色"。

这也成为后来"评花榜"的四条标准。

显而易见，一位乐伎要经过很长时间的学习、实践，才可能被评为一名花魁。

花榜选举的票，当时不叫"票"，很文雅地被叫作"荐书"，一份荐书算一票，以票数的多寡分胜负。进入状元、榜眼、探花三鼎甲的美女，将来自然少不了捧场的人。

余怀《板桥杂记》曾记载过一次颇负盛名的选花魁比赛："崇祯十二年（1639年）七夕，己卯岁牛女渡河之夕，大集诸姬于方密之侨居水阁，四方贤豪，车骑盈闾巷，梨园子弟，三班骈演，阁外环列舟航如堵墙。品藻花案，设立层台，以坐状元。二十余人中，考微波第一，登台奏乐，进金屈卮。"

这次比赛的时间和地点都选得恰到好处。参选者也非普罗大众，而是秦淮诸位名妓。时间选在传说中天上牛郎与织女的相会之日七月初七。而地点则更妙，挑的是金陵最有名的青楼"八百居水阁"，再加上当地的戏台班子也来友情演出，自然引得四方的好事者前去观看。当天晚上，通往"八百居水阁"的路上车马喧嚣，甚至连秦淮河上的船只都挤得水泄不通。经过预赛层层选拔，决赛时选出二十位佳丽。最终，名妓王月（微波）拔得头筹，成为本次乐伎比赛的花榜状元。

总而言之，青楼选美是文人的一种闲情逸致，一种雅好，实质上不过是好事文人的嘲风弄月之举。但对于参加评选的青楼女子来说，却是她们改变命运的大好时机。

所以，当梅花楼的邀约一出来，各地佳丽便云集而来！彼时民间的娱乐活动甚少，这花魁大赛赛制新颖，评判公允，已造出了好大的声势，梅花楼瞬时成为街头巷尾的热议。

梅花楼门前更是车马不绝、宾客盈门。

参赛佳丽已陆续到梅花楼，众人说了几句无关痛痒的话之后，依席坐定，准备开赛。

外间锣声一响，评判开始唱名，轮到卞玉京姐妹俩登台了，卞玉京弯腰开口便道："给诸位评判请安。小女来自江宁府，如今浪迹于姑苏。我二人乃是一母所生的姊妹。家中姓卞，小女年长为姊，名卞赛。旁边白衫者是小女妹妹，名卞敏。"

好一双碧玉。

卞玉京依然紧绷着脸，妹妹却笑靥如花，一脸稚气。姐妹俩对视一眼，点了点头，朝众人看来，两双眼睛如秋水寒星一般，摄人心神，真乃声未至而情先到。众人心神跟着一震，便目不转睛地看着她俩。

卞玉京用时兴的昆腔唱道："无意燕分开，有情人夺采。他将袖口儿怀，恁想着花头戴。步香街，淡月梅梢，领取个黄昏自在。钗钗，书生快。恁是个香闺女孩，逗的个女孩，女孩伽伽的拜。"这时卞玉京接着转身客串鹦哥叫云："客来，客来！"妹妹卞敏扮的旦角一抖水袖，惊起唱道："影动湘帘带，鹦哥报客来。呀！原来鲍四娘也，到来多会？"卞玉京反串男角，一旦油彩涂上来，冠冕穿起来，她便成了那倜傥潇洒的少年郎，那历经险难牵挂着小玉妻的李公子，那夜半挑灯有心作窥妆的大明驸马。

一旦一生，演出那怀金悼玉的《紫钗记》。

歌声如泣如诉，声声含情，字字含泪，句句泣血。后来越唱越缓，越唱越低，到最后已近无声，几不可闻。

这《紫钗记》，在座各人都听过，心中明白到此句已是完结，却都缓不过神来，依旧沉湎在歌声中无法自拔。

其实《紫钗记》讲的就是一个老套的才子佳人的故事，与《西厢记》同一类型，只不过剧情不同罢了。不过卞玉京声音婉转，演得生动，一颦一笑之间极有韵味。

原来，两姐妹在家读书习字时，家里请的私塾先生，会提醒她们在睡意浓时，演一下子戏玩耍，这反而激发起了她们对戏曲的兴趣。

字画也都一一考过。卞玉京一手秀丽的小楷，铁划银钩，学识渊博的父亲就喜以收集金石字画作趣，又怎能难倒七岁就会吟诗作画的她。

可就在这时，一小脚候选佳丽进得门来，嘴中却是"咚锵咚锵"唱着鼓点，人未站稳，先舞了一阵枪。看她那杆枪不过是戏台上纸糊的花枪，众人哭笑不得，将其喝停。此位自是淘汰无疑，嘴中却还不服。众人无奈，只得叫人强架着她出去了。

卞敏哈哈大笑起来，卞玉京朝她瞪了一眼，卞敏赶紧抿住了嘴。

最后一关就是古琴比试了。外间锣声又一响，评榜先生又唱名，经过评判，众人经验已丰富了些，一切按流程进行。一位笑容甜美的佳丽进得帘来，先自我介绍了一番，报上弹奏曲名《胡笳十八拍》后，评榜先生开始点评其仪容。谓此女姿色上等，又笑容可掬，当属会应酬助兴之上等之列云云。评了姿容，又评琴音琴技等。前面的佳丽各弹了《阳春白雪》《醉渔唱晚》等曲目后，卞赛在后台静静地观摩她们的弹奏指法，心里有谱了。唯一可以成为她竞争的对手怕是弹奏《胡笳十八拍》的这位佳丽了。

又轮到卞玉京上台了。却见她长发如乌，皓肤雪齿，颀长的身材紫罗裙袭地，立于亭台水榭风姿超然一如她宣纸上面的兰。却不料卞玉京扬手召了妹妹，她俩各自轻轻将琴置于桌上，右手纤长的指甲拨弹琴弦、左手按弦取音。一曲《雁落平沙》悠扬流畅，时隐时现的雁鸣声忽高忽低，弹奏出雁群降落前在空际盘旋顾盼的情景与意境。姊妹二人一拨一和，忽高忽低，时缓时急，二人配合默契，如行云流水。

"妙哉！妙哉！"有文人连声惊呼。

原来，技法运用是有玄机的。卞玉京俩姐妹使用了演奏古琴的巧办法。卞玉京在平素的弹奏中，摸索出了一套经验，由于古琴有效弦长，振幅广阔，故同样一种弹弦技法，可以弹出极轻柔飘忽的音，同时也可以弹出非常沉重刚烈的音。这全凭演奏者使用的力度如何。古琴弹弦的四指本身也是有着力度差别的。大指的托、劈和中指的剔、勾尤见力度，而食指与无名指则相对地要柔弱一些。四指中，用肉弹与用甲弹效果又有不同。肉弹所出的音线较粗，甲弹则较细；如果用力相等，那么较粗者体积大，单位压强小，故以强度胜；较细者体积小，压强大，故以力度胜。古琴演奏时可以根据出音力度的需要而选择适当的弹弦技法，其选择的余地相当大。

故而，两姐妹在演奏古琴时，用的是半甲半肉，用右手指甲击弦出声，所以半甲半肉音色最佳。她俩在演奏时，又特别注意触弦点，有一种隐世高人的感觉，不同于其他佳丽，只用肉弹，因而该高亢时，出不了声音。过了好半晌，姐妹俩结束了这首曲子的弹奏，缓缓站起。

"妙哉！甚为动听也。初弹似鸿雁来宾，极云霄之缥缈，序雁行以和鸣，倏隐倏显，若往若来。其欲落也，回环顾盼，空际盘旋；其将落也。息声斜掠，绕洲三匝，其既落也，此呼彼应，三五成群，飞鸣宿食，得所适情：子母随而雌雄让，亦能品焉。"

一儒雅模样，长须飘逸的长者举起了手中的"荐书"。

吴门碧水寒潭之上，卞玉京亭亭玉立，恍若仙子下凡，令人不敢逼视。她长发轻飘，紫衫如花，说不尽的风雅冷冽，面容犹如清瓷冷月般的冰凉，却有说不尽的忧伤和落寞，即使听到一片赞美声，仍一脸高傲。

她就像秋天山野里燃烧的那一树红叶，沉静美丽、嚣张夺目，少言寡语又聪明绝顶，目中无人却风情万种。

这谜一样的少女，谁会不爱？

就在卞玉京姐妹夺魁呼声最高的时候，却见有评判突然发难曰："二位姑娘，这花魁大赛乃为一个号码对应一位姑娘，尔等二人用一个名额，可是坏了规矩。"

卞玉京怎不知他的意思？她又福了一福："我姊妹二人，自幼便待在一块儿，从未分开超过半个时辰，即便在家中见客，也是二人同出。今日来此，亦是二人同行，若是各位先生觉着不妥，小女和妹妹就此告退了。打搅了诸位，实在对不住得很。"

长须飘逸的长者看她姊妹二人谈吐有礼，心生怜惜，不忍叫她二人就此离去，对众人说道："姊妹俩同时参赛，实属难得。既然来了，不如给她们一次机会罢，各位意下如何？"

几位评判也没什么说的，姊妹二人自是谢了又谢。关于卞玉京和她妹妹卞敏的才色风姿，明知名文人吴梅村在他的《听女道人卞玉京弹琴歌》有言：

"中山有女娇无双，清眸皓齿垂明珰。"

尽管是寥寥几字，也道尽了两姐妹的才色！

余怀在他的《板桥杂记》里，对她们两姐妹的才色及生活经历也有简单客观记述："卞赛，一曰赛赛。后为女道士，自称玉京道人。知书，工小楷，善画兰、鼓琴。喜作风枝袅娜，一落笔，画十余纸。……玉京有妹曰敏，顾而白，如玉肪，风情绰约，人见之，如立水晶屏也。亦善画兰鼓琴，对客为鼓一，再行，即推琴敛手，面发赪。乞画兰，亦止写筱竹枝、兰草二三朵，不似玉京之纵横枝叶、淋漓墨渖也，然一以多见长，一以少为贵，各极其妙，识者并珍之。携来吴门，一时争艳，户外屦恒满。"

从《板桥杂记》里不难看出，到底还是姐姐玉京才艺比妹妹更胜一筹。然妹妹"如立水晶屏也"，貌似比姐姐长得更好看一些。

最后，出人意料的是，在留下来的20名佳丽当中，卞玉京夺得前三甲之探花，妹妹卞敏由于姿容略高姐姐玉京一筹，但才养稍逊姐姐，也夺得解元。夺得女状元花魁的是一名绝色佳丽，许是出于好奇或不甘，卞玉京偷瞄那人，却见门帘开启，一女子莲步轻移，缓缓进来，想必就是女状元花魁了。卞玉京细看那花魁，原来是弹《胡笳十八拍》的那佳人。果真生得袅袅婷婷，翩若惊鸿，如花解语，似玉生香，好一个如花美人。但弹奏和字画是明显处于自己下风的。卞玉京心中想，此女这等人才，如此风流，单凭这容貌即可夺花魁吧，何况言语诙谐，又笑容可人，善于应酬，果为上等之选。

想来还是姿容比才艺更为人看重也！

比起自己天性一副冷若冰霜似梅寒样，这女子便是一抹暖阳的牡丹。笑容可人，善于应酬，正是自己天性缺少的，而且相比外貌，那女子要稍微强过自己。不过姐妹俩能留下来，有个容身之处，便是大幸矣！卞玉京并没有什么怨言。此时，姐妹俩对于青楼还没有明确的意识，只觉得这里夜笼长巷，一排排高檐低墙悄悄隐匿于夜幕之中，石板路映着月光闪着银白的露光向远方延伸去，很是奇丽。

对她们来说，陌生而迷离扑朔的新生活就此拉开序幕！

第二节　重返金陵旧院

姐妹俩命运的开启由一场"状元游街"开始。

评花榜结束几天后人们还在议论花魁的美丽姿容，更有一干人等，将品花榜上佳丽的名录一一誊抄回家，或与三五好友逐一品评，或在家中独自品读，似乎一个个美人都从纸上走了出来。端的是春色无边。为了扩大影响，梅花楼决定趁热打铁，搞一场花魁版的"状元游街"，以将梅花楼的牌子打响打亮，求迎八方客，财源滚滚，生意兴隆。

据说这状元游街，是颇有几分趣味的。头名状元谢过皇恩后，由顺天府尹（指明清朝两代北京地区）插了花、披了绸，头戴了金花乌纱帽，身穿了大红蟒袍，手捧了钦点皇帝圣诏，足跨金鞍朱鬃马，然后前呼后拥游街。一路伞盖仪从无数，由旗鼓开了路，在京城游上一圈。所到之处，无不欢声雷动，喜炮震天，遍街张灯结彩，到处人山人海，气势非凡，热闹异常。

花魁大赛本来就效仿了朝廷科举取士，花大娘决定也让姑娘们在姑苏城转上一圈。虽然比不了皇家威严，但也能风光风光，让百姓们见识见识，说不定还能把其他的秦淮青楼佳丽也吸引过来。这样再多开几间青楼，再打上梅花楼的牌子，真是名利双收。

梅花楼管事的大小头目聚集一起商量了好半天，决定取名为"花魁大赛群芳花车巡游"，让前三甲状元、榜眼、探花，以及解元、女学士、太史这六位姑娘穿上华服站在上头，再请伞盖仪从和吹打班子开路。

大家定好良辰吉日后，便各自分头行动，准备马匹车辆以及为姑娘们画像等事宜。

梅花楼场子大，临街粉色围墙便有数十丈长，精明能干的花大娘还准备将此墙贴上二十位佳丽的画像。

正是初夏时节，5月22日五更，万事俱备。

青丝三丈，轻垂及腰，梳娘轻轻地拨弄着卞赛的长发，一层一层盘绕，只有鬓角旁留着一撮长发，高高耸起的云髻，显得人清丽脱俗。

佳丽们各自梳妆完毕，尽数到齐，只等吉时一到，花车巡游即可开始。

此次花车巡游时间定在辰时三刻，十辆马车自梅花楼起，结队而行，在姑苏城主要街道绕上一圈，再回到梅花楼止，方告完毕。

刚交卯时，梅花楼外已是人山人海，闻声而动的百姓接踵摩肩，生怕错过这百年一遇的盛会。花大娘有亲戚在姑苏府衙当官，又派了帖子下去邀请名士风流，姑苏府衙派了一队士兵，在此维持秩序，恐因乱生变。

梅花楼二楼临街的抄手游廊则设有嘉宾观礼席，数十把靠椅一字排开，间或摆着些小几，自是为各路显贵人士专设。最神气的还是游廊正中的两张红木太师椅，不知是为哪两位贵宾准备的。

过了卯时，观礼席贵宾们或乘车马，或坐官轿，陆陆续续地来了。奈何人流如潮，只得远远下车落轿，由姑苏府衙的兵勇拨开人群，步行至梅花楼。花大娘和龟公自在门前恭迎，领着来客拾级上楼，于观礼台上就座。

一阵锣声响起，远远便看见一群人簇拥着一顶八抬官轿走了过来，原来是鸣锣开道。轿前的衙役们，扛两块"回避""肃静"的牌子，一边走一边吆喝，好不威风。百姓们知是官老爷来了，赶紧噤声，自动让出一条道来。

忽的，人群又是一阵骚动，抬眼看去，又来了一队人马。前面先是看街的，手持了长鞭驱逐闲杂人等，随后是一队武士，手持了金瓜、月斧，再后面是一排衙役，手持了对旗、对锣、对牌、对伞，真是威风十足，直将众人看得眼花缭乱。

"梅花楼花魁大赛花车巡游开礼！"唱礼官话音一落，鞭炮同时响起，更有吹鼓手早已在一旁待命，随即锣鼓唢呐、笙竽箫磬亦是同时奏响，一时间万乐齐鸣，万炮齐响，声震天地。

马蹄声由门内得得响起，众人定住眼睛，屏住呼吸盯着中门。先是一朵红绸大花自门中晃晃悠悠探了出来，花后面是一匹雪白的马。观那白马，端的毛色油亮、四体稳健、膘肥体壮，神骏非凡，众人忍不住一阵赞叹。

再接着是一架披红戴绿的马车，车辕上所坐的马夫身穿绸袄绸裤好不神气。车架上除了各色红绿装饰外，更摆着各色花卉，如牡丹、秋菊、芙蓉、秋海棠并茉莉等，琳琅满目摆了一车。那百花丛中却矗立着一位白衣素裙的女子，随着马车缓缓驶出，衣袂飘飘，宛若仙子。

马车在门口停了一会儿，又缓缓而行，围着梅花楼外的粉墙绕场一周，最后再于门前停下。待唱礼官立于车旁，唱完状元、榜眼三鼎甲两佳丽后，唱礼官又唱道："请三号探花花车！"

待到三号花车卞玉京、卞敏出来的时候，更将气氛推向了高潮。只见群芳丛中亭亭立着一支并蒂姊妹花，顿使群芳黯然，百花失色。妹妹卞敏身披素色翡翠纱衫，桃红湘裙上绣着鸳鸯凤凰，卞玉京则更为清雅。众人一看，禁不住大声喝彩。

花车沿着粉墙绕场一周停下，唱礼官补充唱道："三号探花花车上站着的乃是一对并蒂姊妹花，姐为三鼎甲探花，名卞赛，江宁府人氏，明眸善睐，玉骨冰肌，貌比寒梅初开，素馨将放，知书，工小楷，善画兰、鼓琴。现居梅花楼。妹名为卞敏，得解元，江宁府人氏，现居梅花楼。锦心绣口，风情绰约，貌比牡丹初开，肤如白雪，瑰姿艳逸，皓齿流芳，巧笑倩兮。亦善画兰鼓琴，真乃人间尤物也。"

围观人群一阵阵喝彩。

在围观的人群里，有一个贵公子模样的男子目不转睛地盯着花车上的卞敏。

这个叫申维久的进士，一眼就看上了身材高挑肤白如凝脂的卞敏。正因为这次花游一见，从此扭转了卞敏的命运。

在姑苏众多的公子中，申维久也是鼎鼎有名的人物。花游之后，申维久常来梅花楼捧场。卞玉京对申维久也印象不错，她当然盼望卞敏有个好归宿，但是觉得妹妹太小，同时也需要了解申维久，也就没有马上答应申维久。

余怀在《板桥杂记》,记载了卞敏和申维久的事:"乃心厌市嚣,归申进士维久。维久,宰相孙,性豪举,好宾客,诗文名海内,海内贤豪多与之游。得敏,益自喜,为闺中良友。亡何,维久病且殁,家中替。敏复嫁一贵官颍川氏,官于闽。闽变起,颍川氏手刃群妾,遂自刭。闻敏亦在积尸中也。或曰三年病死。"

无法妄测卞敏那几年是怎么过的,无论砍杀还是病逝都是惨痛的结局。也无法知晓卞玉京在失去双亲之后,再失相依为命的妹妹的痛苦。就在妹妹卞敏离开梅花楼的第二年,卞玉京的命运再次发生了重大转折。

原因是花游动静太大,震撼了姑苏四邻县乡,也震撼了秦淮四水。卞玉京被南京倚红青楼一王姓老鸨相中,特来姑苏聘用。她找了府衙一中间人去同卞玉京的中人谈条件。两边的介绍人都要付费。起初梅花楼的花大娘死活不肯让卞玉京离开,但秦淮王鸨母答应可为花大娘提供阿芙蓉(鸦片)贩卖牟利,有丝绸品业务的花大娘也可将丝绸品让王鸨母在应天府(南京)代销。这样可谓互利互惠。双方谈了两天才终于谈妥条件,签字画押。

时间飞快,不消半月,卞玉京和贴身侍女柔柔一行人已进入应天府境内,风景为之一变,远处出现了雄壮巍峨的城墙,南京城已近在眼前。故乡一别一年,想必卞玉京感慨也是多矣。

柔柔在行路中常扮作她的弟子,是她的得力助手。柔柔知书识礼,会唱会画,聪敏艳丽,既是卞玉京的侍女,也是她的知音。两人相依为命,情同手足。

城防自是严密。大家出示了府衙开具的路引,守门兵卒核对无误,才放人入了城。

虽然当时流贼祸乱数省,南京城似乎并没有受影响,一派太平盛世的景象。柔柔看着熙来攘往的大街,不禁感叹秦淮的繁华。

倚红楼坐落在夫子庙旁的乌衣巷,地处秦淮核心地带,自然是胭脂胡同首屈一指的豪华青楼。妓女优伶都是来自江南,大多是戏班子出身。

王鸨母为卞玉京举行了隆重的欢迎仪式。她选了个吉时,又请来乐班子。

消息传出，民众纷至沓来，在门外等候看传说中的女探花。观众里有穿绫罗绸缎的，有穿粗布长衫的，挤着争着看玉人。寅时已到，鸣炮三响，一阵吹打之声，早有王鸨母带着龟奴一脸笑容地迎出来。卞玉京坐着八人抬的大红轿，与在前头骑着马的看家护院的壮汉并辔缓行，宛若出嫁一般，吹鼓手也是配合，唢呐锣鼓又响了起来，倚红楼的姑娘们列队紧随其后，逶迤蜿蜒。

卞玉京成为倚红楼当之无愧的花魁！

王鸨母乃是一位风韵犹存的中年美妇，举手投足间颇有种大家闺秀的文雅。为了讨好卞玉京，她为卞玉京安排了单栋大院，其中，最引人注目的是前院东厢房旗楼的影壁墙，"花魁大赛女探花卞赛"九个镏金大字赫然醒目。王鸨母将此视为无上荣耀，将卞玉京的画像高高挂起，引得门前车马不绝，宾客盈门。

这是四合院式的建筑，进了院子即是宽敞明亮的花厅，三面是高达三层的阁楼，正中一道雕花镂空楼梯，彩绸垂下，珠花点缀。这么一个曲径通幽、珠联玉映、竹清松瘦的大院子，由后门楼梯拾级登楼来到二楼，迎门便是一座镶金嵌玉的琉璃屏风。又向北折，出门来，却是一座加亭空中游廊，窗上糊的都是碧绿色如云的蝉翼纱。脚下是偌大一片人工湖，满塘的莲叶，远处的水榭、池心亭、曲曲弯弯的石栏桥透窗可见。这里有书房、卧室、会客厅、餐厅。这么大的院子，只有卞玉京和侍女柔柔一同居住，又配备了厨子、花匠、看家护院门童和护院。如此一应俱全，好大的排场，好奢华的大院。

王鸨母问她满不满意，卞玉京只是淡淡一笑。她的表情向来很少，总给人以冷峭却又不失自然的感觉。她不置可否，想是早就知道了，也便不再多说。

王鸨母看中的也许正是卞玉京这般高贵大方的气质。清心玉映，自是闺房之秀。还有一个重要的原因是，卞玉京出身名门，不用再下血本请人教她琴棋书画之类的技艺，而且她是经过层层选拔的琴棋书画样样拔尖的女探花，尤其是她的小楷和丹青画更是出神入化，又是南京老乡，可谓同根同宗，有种先天的亲近感，王鸨母对她格外看重。

由此，卞坦的乐伎生涯开始了。

倚红楼走的是上层路线。秦淮河上等青楼的规矩大同小异，又各有不同。按倚红楼的规矩，每位客人想进入青楼消费，要经过严格筛选，要见花魁就更难了。若是想要见她，就要"过五关斩六将"。第一关就是要过旗楼赛诗这一关。

彼时，能够来南京都最负盛名的花楼看花魁的，家境自不会寒酸，也有如王府和相府般殷实阔绰之辈，比如达官贵人、文人骚客。他们进门后，先要把写的诗，写到旗楼的影壁墙上。门童看到要抄下来，拿进去给花魁看。如果花魁看不上这首诗，会告诉门童直接拒绝宾客入内。如果花魁见过这首诗，知道有人代笔，会直接把人轰走。花魁们见多识广，天天的工作就是读诗、与豪门巨室应酬，调调情，说说爱，写几个小楷，画竹梅、弹弹琴。

但是，花魁们会把三至四个过了初试这一关，有诗词才华的宾客让门童请进门，参加第二关考核——打茶围。也就是要赛茶，要识茶、品茶，要有优雅的谈吐表达。此关，花魁依然不现身，只是在帘子后面听这些人的发言。这时，宾客几个，就要开始比文化，比知识，比脑筋急转弯反应快，比吟诗作赋、对对联等，但最后，也没有人能在第一天就见到花魁。就算花魁头牌已经认可某宾客，也不会马上见面。

按照行规，如果两关都过了，但因为没有交钱，仍然见不到花魁。而如果过了两关交了钱，花魁不现身，宾客见不到，即可向青楼投诉，重则诉诸衙门。青楼也将按青楼的律条对其惩戒。

倘若有人敢闹场子，会直接被龟爪子暴打一顿扔将出去。客人求见花魁必须特别有风度地留一首诗，付缠头之后，才能离去。客人除了缠头，要付的钱还不少。整个院子所有人，包括老鸨、龟公、茶壶、看家护院的，都要打点到。离去时，走路要有风度，走如风，站如松，步子要大要稳，不可碎步，这也是对身体健康与否的初步检阅。这个时候，花魁就在绣楼上观察客人，他必须举止潇洒，前后有书童仆人，有豪华马车，是有蓬顶贴饰宝相花，四柱上支撑一顶大帷幔，帷幔上绣有梅花图案，四周边垂缀丝穗，极尽奢华之能的那种大马车。它们可是财富的象征、身份的彰显。

如果第二天，此客人又来了，则又开始重复前一天的步骤：写诗，打茶围，离开。因此这就催生了一个行业，替人写诗。冯梦龙小说中的杜十娘就是爱上了门口替人写诗的穷书生绍兴人李甲。

所以，有着"倾家荡产只为红颜"冲动的客人每天都来，实际上就是财力和才华的博弈。直到有些人囊中羞涩，还背了债，银子也花光了，诗也写不出了，现实生活才开始显露出它冷酷的一面。他们人在旅途，缺少盘缠，就败下阵去，直到剩下最后一个人。这时，花魁才轻摇慢步地出来。

接下来，开始面试。首先是对对子，然后出些题，或弹些曲子，或挥毫泼墨，或拿出国画鉴赏。通过思想文化的交流，一来二去，产生感觉。最后通过写投其所好的诗，捧得花魁情意萌动，这才算有了眉目。这时花魁会希望客人出资梳拢自己，也就不用见别的客人了。至于最后能否赎身脱俗从良又是另一回事，要看花魁的运气了。若是遇到良人，用情至诚又有财力的，是会梳拢后即为花魁赎身的。

说来说去，在古代如何才能娶得青楼的花魁，无非就是"才""财"二字。第一个"才"是才华的"才"。才子配佳人，宾客若是有才，自有佳人为之倾倒。卞玉京想想自己，绝对算有才，何况她天生丽质出自书香门第，高官之家，才情学养自然远非同行所能比，就是普通才子恐怕也难入她的法眼。第二个"财"自然是钱财的"财"。家中有万贯家财，何愁没有如花美眷。花魁也是人，是人就会本能地向往美好的生活，不会喜欢粗衣恶食。安逸美好的生活需要银子来支撑，有钱虽然不一定就让宾客抱得美人归，但一定会给宾客加分不少。

若没有财，恐怕卞玉京再有林下风致，也会屈服于现实的残酷。尽管大部分时间，卞玉京是待在倚红楼，但是按契约画押协议，她还要根据经营情况充当驿使的角色，回吴门姑苏梅花楼，传递阿芙蓉及丝绸品销售财务状况，倚红楼会给她月例，付她月资。而且，在虎丘，她还有许多迷恋她的宾客。她可以卖字画，以增加收入。

卞玉京一向以深居简出神秘而闻名。客人问她的年龄，她不回答，若强行再问，她干脆到别的地方坐下。王鸨母也迁就她的性格。她每天的工作，就是画画兰花。为防意外，也暂时不做花头出局应酬。王鸨母这广告做得简直绝了，每日自是顾客盈门，连门槛都快被踏破了。

接着，王鸨母又换上了卞玉京手书的倚红楼牌匾楹柱，挂出她的画像，还打出"姑苏女探花"的金字牌匾，文人雅士更是趋之若鹜，只为瞻仰一下美人的墨宝。越不让见，客人越想见。卞玉京高傲的性格传出以后，众人对卞玉京也变得敬重起来。坊间还有消息暗传卞玉京其实是朝廷前卞少詹事的女儿，因父母双亡，才被迫出来做了艺伎。倚红楼对此传闻也不做回应，卞玉京的背景变得越发神秘起来。于是，各路达官显贵甚至朝廷重臣也频频来访。卞玉京知道他们心中所图，总是不冷不热，众人越发觉得卞玉京不是普通女乐，就连倚红楼众人对她也变得更加客气起来。王鸨母几次拐弯抹角地向她打听此事，卞玉京出于自保自是矢口否认，然而她又不说清自己的身世来历，因此有关她的传言也就越传越玄。

女探花留下墨宝，引来了一大批附庸风雅之人来倚红楼中留字留诗。短短几日，光是"人间尤物""才貌双全"之类的书法作品就收了近百张。留书之人都希望能将其作品挂起来，与卞玉京所写书法、所画兰花同列一室，那是何等荣耀。奈何空间有限，不能一一陈列。一些秀才、举人的字，那都好说，集中收起来充柴烧了；而那些达官显贵、文坛领袖的作品就不敢如此亵渎了。一来确实价值不菲，二来这些人也不敢得罪。王鸨母只得将这些作品装裱起来，又在卞玉京旁边另打扫整理了一间大房子作画院，专辟一室来陈列这些字画。

王鸨母突发奇想，看出其中商机，索性雇门童卖起了门票，一两银子参观一次。一时间，居然观者如云，每日能收近百两银子。为了让卞玉京安心留在倚红楼，她也算豪爽，这些收入和卞玉京分成，尽管卞玉京所占分成比例很小。

卞玉京很快成为文人雅士、公子王孙竞相争夺的对象。古人重视礼仪，权贵们来拜访卞玉京，自然不能空手，礼品和缠头是必需的。这些人自是排场惊人，各类珠宝玉器、端砚贡墨、奇珍异玩、千年山参，送起来眼睛都不眨。

卞玉京起初还暗暗咋舌，收得多了慢慢就麻木了，任由这些东西堆了满满一屋子，懒得去看了。因为，这些所收财物，大多数都充公为倚红楼所有。

此外，倚红楼的水上画船也很出名。山水胜景，历来为文人雅士所喜爱，他们特别喜欢笙歌画船，宴乐于秦淮长板桥水上。

当时的倚红楼拥有大小船只几十艘，其中有一艘为秦淮河一带最大的花船，自卞玉京来了之后也改名叫"女探花画舫"了。一年四季除了冬季，倚红楼的经营策略主要还是以秦淮水榭诗会为主。东水关到西水关足有十里，水满的时候，画船箫鼓，昼夜不绝。那秦淮到了有月色的时候，越是夜色已深，更有那细吹细唱的船来，唱得凄清委婉，动人心魄。

夏日的夜晚，江面凉风习习，月色妖娆，最为销魂。卞玉京倒也喜欢在这时候出局应酬。但是，有一次出江陪游，却让她心有余悸，恐慌不止，从此再不愿参加这样的应酬。

女探花花船很大，容得下百人玩赏，这天戌时，倚红楼在花船举行诗会。秦淮河两岸灯红酒绿，卞玉京一曲江南绿，船室满座，绝无空席。随着一阵暗香袭来，琴曲声里，却不见卞玉京走下内舱来，紧接着只听一阵叫好声不绝。此时越来越多小船靠近那华丽女探花花船，江面就显得拥挤，倒是那些小船只轻便灵活。不想待小船接近那画舫的时候，从外围又涌来不少船只。每一只船就像一个人，越是热闹越是拥挤，越多人往里面挤，顿时以女探花华丽画舫为中心，被无数大小船只围得水泄不通。此刻就算那些小船只也是动弹不得，前后左右都是船，船只互相撞来撞撞去，争吵声，骂声，诅咒声，有人着急，有人看着好戏，比街边菜市场还要热闹。反观秦淮其他佳丽的画舫，相比之下就显得冷清了许多。

"那几位公子先来。"侍女柔柔喊道。

几人涌了上去，有四人纷纷拿出自己身上最贵重的东西递了上去，多是玉佩之类的东西，其中有一人写了一首情诗，其他人都作壁上观，察看形势。四人匆匆入内，又匆匆出来，柔柔把东西和情诗归还那几人，表示这些东西小姐都不喜欢。几人听完倒颇有风度下船而去，但有一人死赖着不肯走，最终被龟爪子拖下船。

继续有人争着上船看卞玉京，有醉醺醺的阔商称愿出二百两银子求佳人一见，可是连呼了数声，也不闻卞玉京应答。这画舫大的离谱，船头船尾已聚有百来个人，却不知船舱之内只有大约二十个座位。如果处理不好，一时失衡，这画舫完全有翻船的可能。船头船尾各两个丫鬟和龟爪子在维持着，卞玉京看到这种场面心中不免着急。

眼看船上的人越来越多，这可如何是好，又不能赶人下船。卞玉京只好让柔柔告知，为了各位公子的安全，此船不能再上人，请他们明日再来。

有人止步，有人不听，继续登船，画舫之上，人挤着人，已经没有半点空隙的地方了。倚红楼的几个龟爪子拼命阻挠，仍不时有人上船，死命往上挤，咒骂声四起。就在这时，画舫突然左右轻轻摇晃了几下，众人大惊，这船该不会要翻了吧？念头刚过，这画舫又摇晃了几下，较刚才激烈了许多。有些人紧张了起来，纷纷抓住可以抓住的东西，那些处在中间的人则抓住身边的人。咚，有人落水了，咚咚咚，陆续有人落水。船上的人慌了起来，船摇晃得更为厉害，一时间落水声不绝。那些身处船栏边的人，许多都被挤了下去。柔柔挡在卞玉京面前，龟爪子也护在了卞玉京周围。

可就在这时，一件令人意想不到的事发生了。一个登徒子突生淫欲使坏，趁船身摇晃之机，迅速窜到卞玉京面前，抱起她跳入河中，趁势乱摸乱亲。卞玉京吓傻了，大声呼号。几个龟爪子忙游将过来，救下卞玉京。柔柔等人赶紧过去瞧看卞玉京伤势，还好只是有些擦伤，没什么大碍。几个龟爪子气呼呼地把那登徒子拖上岸，一顿拳打脚踢，直打得登徒子头破血流，哀号不已。又从他身上搜走了二十两银子，仍不解恨，又拖回画舫，交由卞玉京处置。是死是活，全凭卞玉京一句话。卞玉京见他手臂被打断，牙齿也打掉了几个，也无任何反应，起身走开。

小船只开始离去，画舫才显得清净了许多，接下来就要入舱一睹美人风采了。这时船头之上大约有五十人，地方显得空旷了许多。"嗡嗡"的吵声沉寂了起来，众人都等待着见玉京。舱内只能请二十位公子入内，其他的人只能回去了。

决定客人"档次"的大致有三方面：富贵出身、横溢才华、是否重权在握。

没人上前，心想着让别人先来，也好揣摩这画舫主人喜好。又有五人上前，经过第一波的五人，终于得见美人一眼，从船舱出来，脸上笑容可掬。这让众人心里清楚了，这画舫主人不喜俗物，于是，又有五人纷纷吟诗一首，那柔柔记性也是不差，听完便记下了，匆匆进入船舱。这次较刚才要费了些时间，不过也是很快，柔柔又出来了，叫了两位公子入舱。将另外三人阻挡。三人中有一位相貌英俊的公子怨道："许是把我的诗传错了？我的诗，小姐何故会不喜欢？"

"公子的诗词可是，'几番春信，遮得香魂无影，衔来好梦难凭，睡处轻红成阵？'"

"无错，一字无错。然小姐如何不喜？此乃一首好词啊。"

"小姐听完说，此词太过幽怨，不像男子手笔。"事实上，卞玉京觉得此词是这男子抄袭了闺阁女儿的诗作，但没有让柔柔据实已告，因为要给客人留几分面子。俊美公子有些不甘心，便想再吟上一首，但是，一人只有一次机会。

到底是什么东西？竟比别人高上几分？俊美公子顿时变脸，骂骂咧咧一脸怒意离开。

众人大惊，没想到如此风月好词，那画舫主人竟也不喜欢，想来是这位花魁太过挑剔了。

剩下的人见画舫女探花喜欢诗词，都纷纷不送俗物，很快船头之上只剩下寥寥十来人，但应邀入舱的也不过四人。也不是想见就能见得到她，一如所有的头牌妓女，卞玉京见客是看心情的，不得她的允诺，任是何等人，也只得望帘兴叹。因为刚才的惊骇和不快，卞玉京突然改变主意，脸色一冷。谁也不见了，走到另一边，诗会到此草草收场。

四人也不再多言，只好悻然离开。这次出局陪游，竟然碰见这些闹心事，卞玉京完全没了兴致，也从此留下了难以抹掉的心理阴影。此时的卞玉京，对于自己的命运遭际，已然完全明了。可是，短期之内，又能有何出路？既是身在青楼，就还得安守那卖艺取悦他人的本分。至于以后，她不去想，也不敢想。

第三节　娥眉不幸狎弄月

眨眼冬天已到，细雪落红尘。

这一年，一个叫吴梅村（吴伟业）的名流才子闯进了她的情感门槛。吴梅村在文学上是一个才华横溢的大诗人，在政治方面却是一个患得患失的贰臣。文学上备受赞赏，气节上饱受非议。卞玉京情系此人，从此开始了她漫长的悲剧人生。彼时，很多妓女碰上个稍微情投意合的男子就想上岸，即便对方并非真心，她们也会虚拟一个体贴的君子形象骗自己，把未来寄托在一个完全不可靠的名流、官员身上，以致跳入另一个苦海。

卞玉京亦然。

吴梅村第一次见到她，正是几年前的那次梅花楼花魁大赛花车巡游。最初，已经有妻妾在家的吴梅村看上的是卞玉京同胞妹妹卞敏。趁卞玉京赴金陵之机，他写了一首很有名的歌行体长诗《画兰曲》给卞敏，年少的卞敏看也不看一眼便扔了。之后，吴梅村又转移目标，一封又一封香奁体的诗词寄予卞玉京。卞玉京只觉得此人好生奇怪，有时暧昧不明，欲擒故纵，有时又轻佻猥陋，百般挑逗。

有一天，卞玉京又收到了他的一封出格"情书"《醉春风》：

> 眼底桃花媚，罗袜钩人处。四肢红玉软无言，醉、醉、醉。小阁回廊，玉壶茶暖，水沉香细。重整兰膏腻，偷解罗襦系。知心侍女下帘钩，睡、睡、睡。皓腕频移，云鬟低拥，羞眸回睇。

尽管吴梅村貌似对卞玉京情思缱绻，但骨子里仍未脱尽文人意淫狎妓的味道，憧憬的只是两性生理关系。他的为人处世，也全是凭了自我内心的一时喜好。他恶平庸，尚奇异，又常患得患失，拘泥于个人门面，喜新鲜，怕担当。因而，后来荒唐之极又恐负责的胡乱行事也是他这一性格的表现。

晚明士大夫的末世颓风和秦淮河畔的桃色环境，正是催生吴梅村这类文人创作"香奁体"诗词的温床。

对于吴梅村这样混迹于青楼的风流常客，有主见又生性冷淡的卞玉京不屑一顾，根本没有理睬这个一面不识、几近癫狂的传说中的文人大家。

但一个人的掺和很快打碎了卞玉京的矜持与宁静。此人便是姑苏知县吴继善。

吴继善自少年起就是吴梅村的好友，二人经常来往。花魁大赛花车巡游那天，吴梅村也正应邀作客吴府，并列席观瞻。吴继善自然也不必忌讳，何况在江南一带，名士配名妓已蔚然成风，是一种常态。时隔几年，陷于追逐名妓泥淖的吴梅村爬坑上岸，专程前往苏州虎丘去见卞玉京。因为当时吴继善要离开苏州去成都当知县，免不了大摆宴席。这样的官方宴席，作为行走于苏州、金陵等地的名妓卞玉京，自然也收到了吴继善的邀请。

这是卞玉京第一次见到这个奇怪冒昧寄"香奁体"示爱的男人。她也未作特别打扮，只穿了一身月白长衫，头上也没什么首饰，随意梳了一个发髻，倒也简简单单，清清爽爽。席间，卞玉京与一众姐妹歌舞助兴。歌停，她只漫不经心地推杯换盏，拒人千里的淡漠疏离，不言语，只饮酒。

参加宴席众人都是身穿朝服，唯独吴梅村身着平民衣衫。尽管他貌不惊人，却很有些鹤立鸡群的感觉。

"余乃吴府主人义弟吴伟业，号梅村。"他文质彬彬，谦谦有礼，"久慕女探花才名，终得一见，梅村三生有幸。"

因为性子生来就冷，不苟言笑，见吴梅村彬彬有礼找自己搭讪，便也敷衍几句。吴梅村又曰："可否请扫眉才女赋诗一首？"众人酒酣，为她添酒。

卞玉京低眉略思一会儿，便信手拈来："剪烛巴山别思遥，送君兰楫渡江皋。愿将一幅潇湘种，寄与春风问薛涛。"

满堂称赞。应景之作，能写到这个份上，真是才女。满座的宾客皆做倾倒不已状。

风月场上，溢美之词司空见惯，她并不惊喜。吴梅村不死心，一边频频与卞玉京对饮，一边情话挑逗。

"常听人说，玉人冷艳无双，原来醉酒微醺时犹带牡丹香。"吴梅村色迷迷撩拨卞玉京。

酒后酡红如醉，粉颊微艳，眼角沁上几分迷离，这样清丽温婉的女子，如何能不令人动心？向来清冷孤傲的她，竟也会在微醉之时，眼波流转。

坊间于是有了"酒垆寻卞赛，花底出陈圆"的说法。

也许是卞玉京的冷淡促使他收起原先的放浪。此后见面，吴梅村皆是以谦恭君子面貌出现。此后他多次为卞玉京写诗，且殷勤备至。他巧舌如簧，加上情书、情话齐发，单纯的卞玉京渐趋放下戒备，认为他是可托付终身之人。然而吴梅村原本就不是那种有担当的良人，而是软弱自私的利己者。

他频繁幽会她，却就是不答应娶她。他只想跟卞玉京做巫山云雨的浪漫情人，不愿成为世俗中的现实伴侣，怕美人牵绊住自己追求功名的步伐。

第一次云雨交欢后，吴梅村又写过几首淫亵艳词给卞玉京。其中一首香艳旖旎的《西江月》这样写道：

娇眼斜回帐底，酥胸紧贴灯前。匆匆归去五更天，小胆怯谁瞧见？
臂枕余香犹腻，口脂微印方鲜。云踪雨迹故依然，掉下一床花片。

他夺走了她的贞操，却从未想过要娶她。

乱世之年，唯恐错过了时辰与机会，她从来不是一个热情的人，在他频频引诱下，却动了真心，愿为了眼前的男人，燃尽毕生温情。

卞玉京平素不善言辞，心中有话也不说出来，加上性情冷淡，对已既成事实的情爱关系茫然不知所措。名动江左的冷美人，因为爱他，却放弃了所有的清高。

女人坠入情海，都在乎结果，吴梅村却只想开花，希望一直是花季。

卞玉京见他每天装聋作哑，不作其他任何安排打算，心境郁闷得很，可他又温柔体贴，情话连绵，难道吴梅村只是狎妓？既然二人已然发展到"云雨相融"的地步，总该有个说法和结果吧。出于现实考虑，她想问个清楚。于是借酒斗胆试探着问他，是否对自己有纳娶意思？

但是，吴梅村既不答应，也不回绝，只敷衍了事。

这段没有指望、不可能上岸的艳情，使本想托付终身的卞玉京倍感迷茫。她怕陷得更深，不能自拔，于是选择了逃避。即使这样，也有点晚了，她的心已经受伤了。

多年以后，吴梅村在《过锦树林玉京道人墓并序》记载了这件事。

古往今来，大凡文人写的狎妓记录，无一例外都是妓女主动献身，自己则是坐怀不乱的柳下惠，即使真发生了什么，也是被逼无奈，十分自恋，十分炫耀："酒酣，拊几而顾曰：'亦有意乎？'生固为若弗解者，长叹凝睇，后亦竟弗复言。"大概是说，那一天，酒酣耳热时，在虎丘之山塘卞玉京居所，卞玉京扶案几问他是否有真情意，可是，他退却了。

"汝薄醨浅醉，余不解其意。"吴梅村装疯卖傻，装作没有听懂她的话，转移了话题，拒绝了她的满腔情意。他以为这样的含糊其辞，既能不伤佳人自尊，又可以全身而退。

殊不知卞玉京是一个颇有傲骨的女子，既然不爱，又何必纠缠？

寥寥几笔却至关重要，吴梅村优柔寡断、自私、懦弱的性格特征暴露无遗。两人关系的走向，也成了卞玉京人生的转折点。

吴梅村只想与卞玉京保持低调的情人关系，哪怕是私设外宅，在他看来也同样存在风险。吴梅村绝非离经叛道之人，也绝非本分之人，他逃脱不了世俗礼教的束缚。家族需要他时刻维护，家中若突然来个风尘女子，没有人能够接受。纵使与卞玉京周旋时，他也经常游幸青楼歌馆，写艳词挑逗，城中几个有名的妓女，几乎都与他有染。

卞玉京见吴梅村如此畏缩，只是万分失望地看着他，长叹一声，便不再说话。吴梅村害怕卞玉京缠住他,直接找了一个借口仓促离别。

多年以后,吴梅村在《过锦树林玉京道人墓并序》中简短记载了两人在虎丘期间亲密的交往,曰:"年十八,侨虎丘之山塘。所居湘帘棐几,严净无纤尘,双眸泓然,日与佳墨良纸相映彻。见客,初亦不甚酬对。少焉,谐谑间作,一坐倾靡。与之久者,时见有怨恨色。问之,辄乱以它语。"

这段简短的记叙已让卞玉京的形象跃然纸上,喜洁净,居所纤尘不染,又好读书,工书法,为人高清,性格冷淡、不善逢迎。与一般青楼女子不同,她有一双清澈的双眸,除此外,令吴氏印象最为深刻的是卞玉京脸上常有"怨恨色",却不愿向人言,问她,她也不愿多说。

这也说明,卞玉京对吴梅村的狎玩及自己的痴心错付产生了无比懊悔怨恨的心绪。

第四节　别样女冠

浮云朝露，露往霜来，转眼又是流年！

自吴梅村离开虎丘，再无尺素寄来。那人走了，却把伤口留给了她。于卞玉京而言，爱是一团火，燃过一次，剩下的，就只有灰烬。

她不愿玩物一般被男人耍来耍去，她要的，是熨帖心灵的精神伴侣，尊重她理解她欣赏她臣服她。于是她在万绿丛中浪迹，拼了命地搜寻，同样，也丢了魂一般失望。

两年后，也就是二十岁这一年，伴游秦淮河岸的卞玉京被浙江会稽一世家公子看上，并嫁给他做妾。她离了青楼，带了贴身丫鬟柔柔，只想安稳终老。但时间一长，他嫌她不解风情，犹如木偶泥胎，不够放荡，她也无意讨好他，这份婚姻没有丝毫的幸福。不到半年，世家公子又娶了小妾。

此处待不下去了，卞玉京决定离开。为了报复她，她的丈夫有意将她最后的命运伙伴柔柔拆散。除了柔柔，她没有知己朋友。夜灯下，柔柔含泪为她整理行装，表示愿意跟随卞玉京入青灯古庙。卞玉京不忍她陪伴自己吃苦。前路叵测，她知道走到天涯海角也没有她要的路，只好说服柔柔留在府里。她只身前往南京，遁入空门，在江宁府南京狮子山麓天妃宫（妈祖）道观参禅。

《明实录》有记载："永乐五年九月戌午，新建龙江天妃庙成，遣太常寺少卿朱焯祭告。时太监郑和使古里、满加剌诸国还，言神多感应，故有是命。"

狮子山麓道观，山岭连绵，西临长江，北屏幕府山，南连秦淮河。阅江楼上，凭栏西望，江面浩浩汤汤，追天际逶迤而去。长江北面奔流而过，更显出几分壮阔气势。夕阳从对面的山坡中斜照过来，山水相映，柔和而神秘。

道观有一法堂之中，没有佛像，只有一张西方三圣的挂像，却是人用毛笔一点一点画出来的。但见这图中三圣佛，庄严殊胜，眉眼低垂，捻指人印，宛若法身显化。两旁挂着两尺红布，上面密密麻麻写着许多文字，神秘而庄严。一日，三清正殿，甘氏真人（道长）问她："汝如此才华学养，为何出家入观？"

卞玉京语气转冷："不喜做人妻，不喜做人妾，不喜做女乐，不喜做光头尼姑，唯不舍吾之浓密长发，故唯有做女道士矣。"

话音一落，殿中小道姑顿时哗然。

一处戒持精严的道场，根本不是她要的生活。

有一天，甘氏要她讲经，她反问，俗世之中行走的修行者，大多都会结交达官贵人，这是因为达官贵人能提供金钱供养吗？

当然不是，真正的修行人，于金钱看得很淡，金山银山，与砂砾土石没有什么区别，够用就好。而与达官贵人相交，却是为了在世俗之间行走方便。结交达官贵人，利处有，他们可以帮你扬名。但是害处更多，因为富贵之人，在世间能力越大，也更容易造孽。

在修行前，卞玉京就疑心甘氏真人故弄玄虚，夸夸其谈，这些都远非她所喜。

而修行又是天长日久的积累，是水滴石穿的功夫，起初见不到效，反倒会越来越不信。卞玉京对此不感兴趣，就放弃讲经了。

于是她便写诗，饮酒。有音乐，座上有游侠，有文士，有官人。诗酒作乐后，一别两宽，各自欢喜。

她入道门，只不过想做一个独立自主自由的女人罢了。入道观的好处是，有食宿，可以持度牒自由出入任何地方，可以避徭赋，免被官府盘查。

其他的她并没有多想。

从此，南京狮子山多了一位才貌双绝的女冠诗人。卞玉京一袭黄色道装，自改名为卞玉京，号玉京道人。

当时，南京有"三月二十三，乌龟赶下关"的谚语。妈祖诞生日前后，本地和外地文人骚客以及豪门贵胄便会赶到滨江下关，参加踏青春游、祭拜天妃和驮碑赑屃（形似大乌龟）活动。碑上书刻有用正楷书写的十一个大字"御制弘仁普济天妃宫之碑。"凡下江、下海的渔夫和海船商人，都要前来朝拜，香火十分旺盛。

从下关区的兴中门走出，便看到那座兀立而灵秀的狮子山。到一路陡峭蜿蜒的山路上，更是"张袂成阴，挥汗成雨，比肩继踵而在"。

南京狮子山有了"玉京道人"这块招牌，自然就吸引天下的虔诚香客来进山祈愿。到了春秋两季，每天上山前来进香、一睹芳颜的人络绎不绝。

可香客们发现这个道人很少笑，总是穿着一身素净的衣服在杏花树下弹古琴，裙裾飞扬背影孤傲，白得近乎透明的手指在琴弦上上下飞舞，悠扬的琴声能将人的魂魄带上九天云霄……

但是卞玉京对这里的一切很不适应。她不诵经，不追尊老君，不与人研讨长生不老丹药，不喜欢香客们叫她"道姑"，喜欢被称为"仙姑"。出家的她好像并不安分，而是继续我行我素，专注于丹青，弹琴，独来独往！

最令人惊奇的是，道姑们竟然对此视而不见，平静得很。

甘真人很矛盾，一方面欢喜因她而带来的道观收入，另一方面却不容她放任自我。甘氏甚至认为她并不是真心皈依教门，恪守戒律，了此一生，而是为生活所迫，无路可走，或是为情所困，只是以道观作为一个归宿或一时的栖身之地而已。

于是，甘真人委婉敬告她，要她潜心修道，做法事。

她只应一声，甘真人一走，她竟在一旁燃起艾香，独自饮酒，脸上露出异样的潮红。

道观神祠有个"姻缘庙"，往来的人不少，尤其是七夕，都是弱冠少年，二八少女，前来进香，求取良缘。

这姻缘庙的正殿中，别无他物，神台之上，供奉着两个童子像，一个持圆盒，一个持荷花，面容娇小可爱，让人一见便欢喜。

卞玉京却向拜月老的人唱反调，表示，这世间哪有什么月老，天上也没有月老这位仙家，月老实际上就是世间给人牵线搭缘的媒婆而已。其实姻缘之事，都是因果业力牵引，是良缘，是孽缘，轮回之中，自见分明。谁有那么大的能耐，能乱点姻缘？

"一世之中，两个人因果纠缠过深，归天之时，在元神照见之中，依旧难舍难分。这个难舍，未必是爱恋，也有可能是怨恨。即便是再入轮转，依旧会受业力牵引，走到一起。月老之说，却是传言演化，做不得真。"

"世间婚约，自有世间律法，故而说，今生枕边人，也许是前世恩人，今生共度良缘以了缘恩。今生枕边人，也许是前世仇人，男者负心薄幸，女者红杏出墙，彼此诟骂动手，一生口角不断，却偏偏分不开，必须做这一世夫妻，由此以了前生恶果。"

正说着，突然听到另一旁，传来一阵不满的呵斥："无仙家修为，竟敢开口闭口妄语神仙！"

原来是甘真人。卞玉京不理她，也不申辩，转身离去。

为了把卞玉京引上"正路"，甘真人从藏经阁搬出几本古经，让她通读背诵。

一天，卞玉京看到甘真人在经堂唉声叹气，问了其他道友，才知甘真人正为银饷发愁。

道友还告诉她，平时庙里只有到了庆典，诸佛神仙的生日等重大节日香火才旺盛，收入才多。加上狮子山的山路太过险峻，石阶太长，于是有文人才子豪门巨室抬头看看山顶，连山都懒得爬，在下面妓家享受几天便打道回府了。最要命的是之前虔诚的海运富豪们，千辛万苦爬上山，本想见见手提拂尘、素面黑衣的玉京道人，见不到人，只好失望地随便应付插一炷香，便匆匆下山找老相好聊天去了。

这样一来，山顶上的十几家大小道观文庙、武庙，还有祭社（土地）稷（农神）的庙便断了生计，没有香客的进献如何维持运转？

自己有这么大的魔力吗？卞玉京不信。可道友明确告诉她，真是有很多人冲她的名声而来。

看来，此道观非久留之地，也非洁净之所。她本来是厌倦青楼生涯才投奔道观的，只想寻个自在清静。现在她深为失望，决定尽快离开。

金陵冷暖，花谢花开。江南水远，长亭柳青。

观前是无边落木，浩荡长江，闲月栖霞。

关于卞玉京上段生活经历，《过锦树林玉京道人墓并序》有几行简短记载："侍儿柔柔，承奉砚席如弟子，指挥如意，亦静好女子也。……逾两年，渡浙江，归于东中一诸侯。不得意，进柔柔当夕，乞身下发……"

《板桥杂记》也有同样记录，不赘述。

第五节　逆风狭路冰弦断

崇祯十七年（1644年）李自成破北京。崇祯皇帝自缢，明亡。清军入关，一些投降清朝的无耻之辈四处寻找粉黛佳丽送给清朝贵族重臣。

"昨夜城头吹筚篥，教坊也被传呼急。碧玉班中怕点留，乐营门外卢家泣。私更装束出江边，恰遇丹阳下诸船。"（余怀《板桥杂记》）。

由于卞玉京在秦淮河畔名噪一时，所以她的名字也在被劫之列。原本就想尽快离开南京天妃宫道观的卞玉京披上道士衣冠，趁着夜色来到江边，坐从丹阳而下的舟楫逃离虎口。躲过劫难后，卞玉京从此浪迹吴越，身着道袍，开始浮家泛宅的道姑生涯。

这一年，卞玉京二十四岁。留都金陵建立新朝，朱由崧称帝，年号弘光。弘光政权欲效仿南宋，保住半壁江山，终因皇帝昏庸，朝臣腐败，在清军铁骑下，零落成泥碾作尘。

顺治七年（1650年）秋，距离与吴梅村初见，已过了七年。卞玉京素喜清静，修道几年，只与为数不多的几位友人尚有往来。

钱谦益在常熟修了一座别墅，名曰拂水山庄。吴梅村是钱谦益的朝中好友，别墅建成之日，吴梅村应邀去做客。他闻说，音信久无的卞玉京，竟然亦在此地。以成人之美著称的钱谦益保证，凭着自己的面子，无论如何，要将卞玉京请来相见。满座宾客闻此，亦纷纷"停杯不御"。为助雅兴，柳如是也几番盛情邀请秦淮的卞玉京前来聚会。听说那人也会出现在宴会上，卞玉京拒绝见他，但是经不住柳如是劝说，只好勉强答应。吴梅村听说卞玉京要来，激动万分。

一别就是六年，这六年不知道卞玉京过得怎么样。已任职南京国子监司业的吴梅村,第二天,便装扮一新早早地来到了拂水山庄,焦灼地等待卞玉京的到来。

这一天,晨曦微露,卞玉京乘着钱府的车,不上客厅,径直上楼去了内室。

六年,隔着流水光阴,记忆斑斑驳驳。

六年了,他在她心里,不是热情,不是怀念,是年深月久的生活和习惯。写诗、作画、参禅,笔落处,点点行行,总是相思意。若她仍在纸醉金迷深处,或许早就忘了他罢。

读书时,看到他的诗句,他的名号,刹那间恍恍惚惚失了神。流亡路上,偶遇与他眉目相似的人,竟怔怔地跟在身后走了许久。夜夜入梦,都是那个谦谦温雅的素衣男子,在觥筹交错间,温柔地望穿秋水。

想见又怕见,是忘不掉,还是好奇想看看他变成何等模样?

"常听人说,玉人冷艳无双,原来醉酒微醺时犹带牡丹香。"她已分不清,是梦境,还是怀想,还是习惯!

这是意料之外的重逢,她手足无措,心乱如麻,不知如何面对吴梅村,更不知如何面对他身边的主人和宾客。众目睽睽下,就这么与他相见,这样的场面,实在是为难了这个酒意微醺下才可以潇洒的女子。破镜重圆也好,最后告别也罢,与吴梅村的相见,于他人,是难得的逸闻和热闹,于她,却是桃李春风最后的仪式。不论此刻之后是夏花绚烂,还是寒冬萧索,她都必须给自己足够的空间,去思考,刻骨深爱过的人会懂得,经年累月挣扎在思念的沧海里,却在即将泗渡上岸的那一秒,生了胆怯。

岁月荣枯。所有酸楚和牵挂,想念和哀怨,尽数化作泪,却终不敢推开那扇门。

"这么多年了,你依然不肯见他?"柳如是问她,眼里是理解和疼惜。

她沉默了。头一回知道,情到深处,人竟会变得如此怯懦,甚至了无冲动与兴奋。

怕见飞花,怕对吴郎。

而仆人跑进来传话，吴梅村极欲求见。

想见伊人，却高高在上。你是什么人，以为我招之即来，挥之即去？一颗已觉醒的自我至上的孤傲之心突然占了上风。

卞玉京让仆人回了吴梅村，言称宿疾突发，择日造访。她跟柳如是告辞，匆匆离去。

相见真如不见，有情还似无情。

半年后，柳如是托人往道观送来一封信。信中说，当日吴梅村不得相见，黯然神伤，写下四首《琴河感旧》，随信附上：

一

白门杨柳好藏鸦，谁道扁舟荡桨斜。
金屋云深吾谷树，玉杯春暖尚湖花。
见来学避低团扇，近处疑嗔响钿车。
却悔石城吹笛夜，青骢容易别卢家。

二

油壁迎来是旧游，尊前不出背花愁。
缘知薄幸逢应恨，恰便多情唤却羞。
故向闲人偷玉箸，浪传好语到银钩。
五陵年少催归去。隔断红墙十二楼。

三

休将消息恨层城，犹有罗敷未嫁情。
车过卷帘徒怅望，梦来襦袖费逢迎。
青山憔悴卿怜我，红粉飘零我忆卿。
记得横塘秋夜好，玉钗恩重是前生。

四

长向东风问画兰，玉人微叹倚栏杆。
乍抛锦瑟描难就，小叠琼笺墨未干。

第七章 出尘道姑——卞玉京

弱叶懒舒添午倦，嫩芽娇染怯春寒。
书成粉笺凭谁寄，多恐萧郎不忍看。

也许吴梅村知她心里有恨有怨，怕应羞见。那段年少往事，他亦念念难忘？陈寅恪云："《琴河感旧》没有《陈圆圆曲》著名，但梅村投入的感情想必尤深于《陈圆圆曲》。"

心中五味杂陈，无数个夜晚的辗转反侧之后，卞玉京决意去见他一面。毕竟许了择日造访之约，尽管当时只是随口说说而已，但他当了真，理当与过往好好道个别，以断他的念想。

是时候彻底放下了！一段没有结果的缘分留着干甚？别自作多情！他感兴趣的只是她的流年过往，说不定他还想听她痴情的告白！

一袭黄衣道袍，一张古琴，一张素脸，她乘着一叶扁舟，携琴而至，来到江苏太仓吴府。

这是辛卯年的初春，新政权的统治渐渐成了被众人接受的事实。和风如故，人的内心，也多少感染了新朝代的初苏，变得平静温和。

他们的重逢，没有指责，没有怨恚，似乎一切都在预料之中，尘封的画卷渐渐舒展。她曾在不眠之夜，对着星辰，反复练习与他见面时的神态言语。

吴梅村理了理衣服，带着着女装的书童迎了出去，吴梅村跟风喜欢将小书童乔装打扮成女随从。

一个名流做到这份上，是够另类的。

站在吴府门口，卞玉京看见他，鬓上青丝换了白发，满目沧桑。他诧异地看着她那身黄衣道服，对她说："等汝已久矣。"

这张脸……仿佛清澈湖水中的一朵睡莲，那么清绝不染尘埃。

一丝歉疚涌上心头。他似乎明白了什么，情难自控，上前想拉她的手。

卞玉京脸上毫无笑容，甚至一点儿表情也没有，眼角眉梢流露出些许的不屑。这傲慢的态度让人觉得有些无礼。她不语，身子一闪避开他。都过去了，都过去了。卞玉京提醒自己，也用冷静阻挡他。无论如何精巧的准备，真正面对他时，还是失了一切言语，风声鹤唳。他告诉她，他让厨房张罗了一桌酒菜，嘘寒问暖、礼数非常周全。她进了屋，声言只弹一首曲子就走，而且在大厅，不作私人会面。

她当是死了心的，早就明白这个男人不值得托付终身，可是，仍留恋了那么些年。

国破家亡，生活的艰辛，爱情的不如意，一时感慨万千。卞玉京端坐案几边，慢拂琴弦，一弹三叹。她感慨着中山玉女的遭遇，简述了自己的逃难经历。

她原想借抚琴，掩饰自己的寡淡与慌张，却在汩汩流淌的琴音中，簌簌落泪。心，仿佛沉入了无底深渊。

那么多的艰辛，她没哭过；那样多的委屈，她没有哭过。可是现在，想起当初那种到达山顶的希望，在转瞬间又跌入谷底的失望，那种巨大的心理落差，让她黯然泪下。晚矣！再也回不到过去！

一别六年，白云苍狗。道观荒芜，挨冻受饿是家常便饭，山河破碎，她无人可依，只得四处飘零逃难。

过去了，便想忘记了。此刻，她没有丝毫要与他重温旧梦的念头，有的只是厌恶！她再也不想看到他，也不想看到关于他的一切。仿佛只有这样，才能忘记以前伤害过她的这个人。

吴梅村明显注意到了卞玉京的情绪变化，感觉美人咫尺天涯，冷若冰霜。他原来想的是重续旧梦，却不想她完全无意缠绵，一时间羞愧难当。

吴梅村听卞玉京抚琴而歌，也就知道此时即是情花凋零之时。

这不是一个私密的场合，在座的还有不少别的客人。他们都经历过明末那一场最后的奢华。

柳如是对卞玉京深为怜惜，暗自落泪。

一段琴音，勾起生逢末世的无限沧桑，勾起红牙暖翠的旖旎过往。无奈，自责，深深浅浅的感触融在一起。所谓"予本恨人，伤心往事。江头燕子，旧垒都非；山上蘼芜，故人安在？久绝铅华之梦，况当摇落之辰""听琵琶而不响，隔团扇以犹怜，能无杜秋之感、江州之泣也"，车声渐远。

在卞玉京的心底，是绝然地终结，平和地放弃。吴梅村这一生，败在一个懦字，一个私字上。如果他够勇敢，何至于让卞玉京沦落至此，何至于使他们劳燕分飞，无缘相守。说到底，他才华横溢，亦绝情绝义。就此一见，再无交集。不见！再也不见！

桨声依稀，轻舟渐远。就这样，为这份蹉跎的情感，定下了一生的基调，写完了最后的结局。

当年的狭邪艳冶里，留下了多少文人豪客的虚情假意。一场战乱，可以铺陈多少意外的结局，又可以埋掉多少故事的尾巴。同是天涯沦落人，相逢何必曾相识。悲歌慷慨，满堂泣下。

美人无意，这令吴梅村黯然神伤。

在这样的情景下，吴梅村写出了他最负盛名诗歌之一《听女道士卞玉京弹琴歌》。现在，编选吴梅村作品集时几乎无一人会忽略它。毕竟，这首诗，是一段爱情的见证，是一个时代的苦难。

顺治十年（1653年），吴梅村选择了归顺清王朝，应诏北上，入清为官，继续当他安乐的官僚。变节仕清，负了大明。他生来懦弱，既不敢以死明志，亦不敢抗旨隐居。老来空嗟叹：浮生所欠只一死。

而卞玉京则云游至吴中苏州道观。这里从窗口看出去，可以看到远山的眉黛，可以闻到风中的花香。

梅花的嫣红，空山的鹤唳，静夜的钟声，似斜依在道观的经堂。

卞玉京身着道袍，手持三清铃，在为居士祈请安康。想街上的女子倚在西园绣花的残楼，提针捻线，屏上是猩红的鸳鸯和燃放的梅花。

梅英疏淡，冰雪溶泄，西风暗转年华。

半帘残月，一垄花痕，长剑铮破了明风。姑苏河的水，汇聚成江南的一抹碎影。

乱世之下，道观遭毁，一位年逾古稀的良医好心收留了卞玉京，为她另筑别室，悉心照拂。她潜心修行，持戒极严。钱谦益与邓汉仪闻之，前往求见一面而不可得。对医者的关照无以为报，卞玉京刺破舌头，以舌血为他抄写《法华经》，历时三年。

《板桥杂记》曰："依良医保御氏于吴中。保御者，年七十余，侯之宗人。筑别宫，资给之良厚。刺舌血，书《法华经》，以报保御。又十余年而卒，葬于惠山祇陀庵锦树林。"

焚香诵经的时光，她曾无数次回望此生，自问是否后悔。

陌上乍相逢，误尽平生意。无论世事变迁几何，在她心里，他是金陵城内的一段记忆。

国已不国，何以家为？卞玉京怅然漫步经堂中庭，南望帝都方向。又是一年春归时，桃花如雨，纷纷洒洒，是为故国覆灭的祭奠。

然而，对于她们这样身世飘零的女人来说，无论是新王朝，还是旧王朝，又有什么分别呢。

卞玉京一个人上了路，官道上，风吹起她的衣袍，她清冷落寞的身姿，翩然若仙。身后是前来送她的道友，沉默而安静地看着她远去。

卞玉京后来隐居无锡惠山。这漫长的十余年她是怎么生活的，史料没有任何记载。

公元1665年，卞玉京病逝，葬于惠山祇陀庵锦树林，年仅四十五岁。

第八章
风流女侠——寇白门

她是绝密细作,
她是性情女子。

她就是风流女侠
——寇白门!

第一节　金陵第一婚

　　明朝天启四年（1624年），发生了几件大事：二月，扬州六级地震，震倒城垣三百八十余垛，且南至应天府多处同日地震；几万大军溃亡；五月，荷兰殖民者占领台湾南部；七月，黄河决口于徐州魁山堤，东北灌州城，城中水深一丈三尺；七月，两广总督胡应台奏云：广州民变，由于米贵，殴击知府程光阳，辱及巡按，斩杀为首者五人；九月，上海发生一次破坏性地震。

　　寇白门，便于此大灾之年出生。

　　她的母亲并不欢喜她的到来，拜托稳婆（接生婆），若生女子，就弄死，银两会双倍支付。仿佛这是天经地义的事情，仿佛那不是自己的骨肉。

　　由此可见，寇白门一出生便遭遇了坎坷和磨难。

　　寇湄，字白门，"所谓伊人，在水之湄。"湄，是说水与岸之间，近水近岸，似水似岸，非水非岸的一抹，是极动人的一个字。"白门"又是旧时金陵的别称，更显端庄大气。本是钟灵毓秀的一个女子，奈何生于钞库街那个世娼之家。这也是由不得她做选择的，也是其生母要弄死她的原因。

　　亭台掩映，花木扶苏，这是夫子庙秦淮河南岸钞库街，也是大明国家金库宝钞库的所在地。在街口当中，有一栋最有名的青楼，便是那满春院。正红朱漆大门顶端悬着黑色金丝楠木匾额，上面龙飞凤舞地题着三个醒目大字"满春院"。

　　这是寒冷的一个早春，满春院一间布置典雅的房间里，待产的寇母卧在榻上，痛苦地呻吟着，嘶喊着。她鬓云散乱，神情颓唐，透过如墨一般乌黑的秀发，仍可见她姣美的面庞，眉如远山，鼻依琼瑶，竟是难得一见的美人。

　　冷风劲吹，门窗紧闭，只有两个丫鬟在稳婆的吩咐下，用铜盆端来热水，

第八章　风流女侠——寇白门

小心翼翼地进出，又拿来剪刀、棉布等物。

伴着响亮的啼哭声，寇白门降临人世。

稳婆小心地将手里的孩子托到精疲力竭的寇母面前。寇母听到响亮的啼哭，心中暗喜，开口问道："可是男孩？"

"恭喜夫人，乃千金也！"

"什么千金，长大了不过又是一个娼妓！"寇母失望疾呼，对这个刚出世的女儿嫌弃至极。

眼前的婴孩，细细的五官，竟有雕琢之美。稳婆惊异之下，竟下不了手。寇母见她不动，挣扎着起身就要过来抢小小的寇白门。

门外，乌云密布，绵绵的春雨又要没完没了地下了。在寇母严厉的呵斥下，稳婆当着寇母的面把刚出生的小白门扔在冰冷的地上，想让赤裸的小白门冻死。小白门一直啼哭，一下子没冻死，稳婆就又拿铜盆盖上去，想让她窒息而死。

可怜的小白门，小手和小脚被冻到通红，蜷缩着身体在挣扎着大哭。她才刚出生，就遭到如此毒手。寇母躺在床上没有任何表情。

铜盆刚盖上去，突然，天际轰隆一声巨响，雷声仿佛在痛斥这人间的惨剧。寇母的眼神，如风吹红烛，陡然惊恐地明亮了几分——如此狠毒，必遭天谴！

寇母挣扎着坐起来，慌忙要稳婆抱起奄奄一息的女儿，又唤了奶妈来喂寇白门奶水。稳婆一边宽慰，一边麻利地用炭盆暖了寇白门身子……许是寇白门命大，经过好一番照料，这个小小的女婴竟然缓过气来。

自古红颜多薄命。寇母容貌绮丽，风华正茂时，以妓女身份与当地一商贾交好，结下鸳盟。风月场中，多的是露水情缘，又能有多少真情实意？商贾与其厮守几年，生下一女。后来，商贾厌倦了寇母，以做生意为由，一去不返，从此杳无音信。

寇母的母亲也曾是风月场里的花魁。如今，两个女儿都生得粉雕玉琢，寇母心中难过，恐怕她们日后也会重蹈自己的命运。

三代为娼。想到这四字，寇母心中一片苦寒。她早已隐隐感知到这样的宿命。从明太宗始，靖难之变后，建文帝朱允炆失踪，朱棣即位。永乐皇帝朱棣将"籍没"进一步扩大化：但凡政敌之妻女，一律送进教坊司。面对无数建文帝的旧臣，朱棣将他们的妻女充为官娼。严格来说，大明朝除了民户、军户、商户这些之外，还有一种户籍，就是妓户。既然称为户，自然是不能只有女人的，还要有男的。妓家男子，其妻女皆从事卖笑生涯，其本身是龟公；而乐工，一般来说其妻女皆为歌妓，自己是乐师，地位能稍高一些。

寇家的祖先就是在那时遭难的。

教坊司的不少官妓都是这般来历，都曾经是官宦人家的夫人、小姐，不仅姿色上佳，而且温婉柔顺，知书达理，远非一般的烟花女子可比。再加上她们曾经那般高贵的身份，对嫖客自然很有吸引力，教坊司下属的青楼，生意都很火爆。

《弇州史料南京法司所记》中记载："铁铉妻杨氏年三十五，送教坊司，茅大芳妻张氏年五十六，送教坊司。"

因此，婴孩降临人世之际，寇母并没有再为人母的喜悦，心中反而有对自己身份的憎恶，所以才对刚出生的女儿施以残忍极端的手段。与其女儿坠入烟花柳巷，供人践踏污秽，莫如痛下狠心，免遭来日之苦。只是没想到隆隆的雷声拯救了这个小生命，想是女儿命不该绝。

在花街柳巷，女人能身怀六甲，顺利诞下后代，是罕有之事。这一切能发生，因为寇母是这家青楼的鸨母。她置下这份产业，使家人不致四处沦落，衣食无着。

幼小的孩童，天真懵懂，不辨世。每日啼哭索乳，蜷身酣睡，醒来以温润如玉、明亮如星星的眼神打量周围的世界。这一切早如日光下水滴的蒸发，悄然消逝，不会在记忆里留下任何痕迹。

月升又月落，光阴寸寸流逝，孩子也一天天长大，偶然一笑，梨涡浅浅，也似知人意。寇母心中渐渐欣慰，想着孩子大了，也该有个名字。左思右想，却是茫无头绪。

第八章　风流女侠——寇白门

一日，月圆之夜，客人寥寥，寇母命人在亭中摆了时鲜瓜果和茶点，将空闲的姑娘们都唤来，一面闲聊，一面为爱女斟酌芳名。

露华正浓，花气袭人，值此良辰美景，姑娘们兴致极高，叽叽喳喳，一边笑闹，一边冥思苦想。

不消半炷香的工夫，姑娘们已争先恐后地说出数十个名字。然寇母都不中意，嫌名字太过柔媚。望着怀中幼儿，看她挥舞着胖乎乎的小手，眉眼如画，笑容浅浅，心中不由暗暗叹息一声。生为女儿身，或许已是她的不幸，再取个柔媚至极的名字，岂不更将她推到了烟花柳巷的脂粉丛中？

念及于此，寇母开口："就叫'白门'吧！"话语一出，满座皆惊，这分明是一个男孩的名字。再看看眼前的孩子，那模样，那脸蛋，分明遗传了寇母的美貌，将来必是一个美人，与这名字实在是不太匹配。

"白门"亦是金陵的别称。以城名为人名，算不得高妙。然寇母为女儿取这样一个奇崛中有几分刚硬之气的名字，也颇有几分意味。寇母希望女儿以后能如男儿般，刚强自立，有开阔自由的人生，不必拘囿于这片莺莺燕燕的青楼。

余怀在《板桥杂记》这样评品她："白门娟娟静美；跌宕风流，能度曲，善画兰，相知拈韵，能吟诗，然滑易不能竟学。"

寇白门歌喉尤其出众，有"寇郑歌喉百啭莺"之誉。只是为人率真，身为青楼女子，"滑易不能竟学"。

如此一个女子，琴棋书画，诗词歌赋，无一不通，雅韵天成，眉间眼底，自有一种风流态度。

如此聪明伶俐、兰心蕙质的女子，本应降生在富贵人家，闲时作画赏花，待到芳华正好，觅得忠良子弟，共赏夕阳西下。只可惜寇白门偏偏生在花街柳巷，如沾泥柳絮，徒然挣扎。寻常人家的女儿，或是因生计，或是因为战乱，多半是不得已沦落风尘。而寇白门，她没有任何选择的余地。这珠玉买歌笑的风月欢场，这莺歌燕舞，为世俗鄙薄的浮浪之地，就是寇白门的家。

钱谦益亦有诗云："寇家姊妹总芳菲，十八年来花信违。今日秦淮恐相值,防她红泪一沾衣。"

寇家姐妹俩面容秀丽,窈窕妩媚,其中犹以寇白门为佳。寇母吃尽了青楼的苦,不想让女儿重蹈覆辙。她不给寇白门缠足,把她当男孩养。在白门幼年时就找人专门教她诗词歌赋,琴棋书画,希望她长大后能觅得良人,脱离苦海。

琴、棋、书、画被视作文人雅士修身养性之物,几乎算得上才子佳人、文人骚客的必备技艺。其中尤以古琴清、和、淡、雅,音如天籁,最受人推崇。寇白门惯用的一张古琴,造型优美,两块铜木贴合于龙池、凤沼,是为音。琴身漆着栗壳色灰,采用冰纹断,古朴优雅,音质如山间清泉,泠泠之声,极悦人耳目。明朝时期,造琴者颇多,宗室之中有宁王、衡王、益王、潞王,堪称四大琴家。而四王之中,又以潞王造琴最多,质量最佳。

寇母除了教会女儿们琴棋书画,更顺了寇白门好动不爱女红的性情,教会了她骑马。

世事总是难遂人愿。渐渐地,寇母开设的青楼生意惨淡,人影寥寥,她终日唉声叹气,想尽法子,却于事无补。姐姐比寇白门年长几岁,迫于生计,早已堕入风尘。她每日浅斟低唱,迎来送往,厌倦了这样的生活,却也无可奈何。

寇白门不忍母亲和姐姐如此辛劳,也想待客见人。寇母深知,这是一条不归路,一旦沦落此间,女儿家一世清誉尽毁。无奈自己百般阻拦,寇白门心意已决,偏要向这烟花路上走。

于是寇白门堕入青楼,只卖艺不卖身。

由此,寇母费尽心思想出的芳名,并未使寇白门的命运轨迹发生改变。寇家姊妹中,寇白门德才兼备,最是貌美,顺理成章地成为花中之魁,令无数王孙富贾拜倒在其石榴裙下。这是1640年早春。母女三人出门打算买些胭脂水粉,在长街的一角,看到一个衣衫褴褛,蓬着头的孩子。寇白门不由轻轻地走过去,蹲下身,孩子抬起头,眼里有几分惊恐,眼神却非常清澈,如同溪水中墨黑的石子。

第八章　风流女侠——寇白门

虽是早春时节，向晚时分，空气里仍有料峭寒意，眼前的孩子却只穿一件薄薄的衣衫。寇白门将围在身上的白兔毛披肩裹在孩子身上。寇母见了，亦是满脸怜惜问她叫什么名字。

孩子六七岁光景。寇白门见她可怜，就哀求母亲收养她。眼前的孩子，无疑令她动了恻隐之心。

寇母虽不是冷心肠的人，此时却有些踌躇。偌大的青楼，全靠她一人勉力支撑，却并无多少盈余。而这街头巷尾，乞丐弃儿并不少，见一个收容一个，她实在没这样的能力。念及此处，寇母叹息一声，罢了，各人有各人的造化，听天由命罢。寇母不打算收留这个孩子。

天气渐凉，寇白门见女孩拖着两条清涕，便拿出锦帕，替她拭干净，顺便把她的小脸儿也擦了又擦。

尘垢去除，寇白门和母亲、姐姐望着眼前的孩子，不由有些惊讶，只见她模样清秀，面庞眼底，一片敦厚单纯。

一望之下，寇母不由改变了主意，如此一个孩子，带回去悉心调教几年，未必比楼里的那些姑娘们差。从此，这个叫斗儿的孩子便成了寇家的一员，每日跟在寇白门身边，做些力所能及的事情。闲暇时，寇白门也会教她唱曲，弹琴。一想到与之相见的那个傍晚，寇白门心里便不由涌起一阵怜惜。

紫陌红尘，熙来攘往。一生之中，该会与多少人相知相识，有时只是擦肩而过，或者只是共一局棋，共一盏茶的缘分。又有几人能相依相伴，陪自己穿越一段漫长的岁月，感受人生暖凉，静看花开花落？

面对身边人，眼前景，心底难免有喟叹：为何是她？或许，一切都是缘。

寇白门不曾想到，落魄无依的孩童，清冷繁华的春日街市，会如此长久地停驻于记忆，直到很久很久之后，斗儿的身上添了伤痕，那是她亲手所为。她的一颗心，也在那一刻寸寸成灰。

岁月不再，温情减损。寇白门不能忘记的是她终究陪伴自己走过一段浮世悲欢。

> 彩袖殷勤捧玉钟，当年拚却醉颜红。舞低杨柳楼心月，歌尽桃花扇底风。

十五岁的寇白门一出场，就缭乱了众人的眼。来寻欢的文人豪客们没有想到，寇家还有如此花容月貌的女儿。这也难怪，寇白门一直养在深闺。母亲和姐姐为免她沦落风尘，走上同样的道路，恨不能铸一锦匣将她藏于其中。

选择决定人生。寇白门的这一选择令她遇到朱国弼。

头一次见他的情景，寇白门已记不清了。只记得那一天，声势显赫的大明朝廷保国公朱国弼，在差役的拥簇下来到了钞库街寇家。

彼时的朱国弼虽是一掷千金的豪客，也只能与一干同样富贵显赫的人坐在一处，静静地看她在台上起舞，一下腰，一回眸，她的一举一动光彩生姿，厅堂间春色滟滟，暗香浮动。

朱国弼大感惊艳，世间竟有如此美人！

他虽有泼天的富贵，如此佳人，却是平生仅见。正是：千金易得，一美难求。

寇白门风姿绰约，容貌冶艳，艺压群芳。偌大的金陵城，谁人不知钞库街的寇白门？她太美，太艳，如一座朱门铜环的宫殿，辉煌璀璨，却是幽闭着的，仿佛没有人能够走进其中，没有人能当得起这份绮丽绚烂。

唯有朱国弼，他的柔情令她一度沦陷。

这个年方三十且富贵逼人的男子，却是斯文有礼，温柔亲切。他没有平日里欢场上才子们口吐珠玉，七步成诗的才气；也没有那些激昂慷慨的士子们治国平天下的抱负。但几次的交谈寇白门觉得这个保国公敬她、懂她、怜她，偶尔大字不识几个的朱国弼，还能凑合着与她谈几首早已私下苦功背熟了的唐诗。她的心绪乱了，当朱国弼提出婚娶要求时，率真的寇白门想也不想就答应了，竟没有半点矜持和对其人品的进一步观察。她没有像顾横波那样对男方多加考验、更没有像柳如是那样千挑百拣。当时的保国公是想用这一场婚礼表明他对寇白门的承诺的。与所有的文人墨客一样，这一场婚礼，也是寇白门价值的一种体现。

对这桩婚事，寇白门内心是甘愿的，欢喜的。事情一经传开，直令满楼的姐妹羡煞！年华有限，红颜一瞬，她们也巴望着早点嫁个良人，却始终难遇有缘人。年轻俊朗、温顺体贴的，多半家室寒微，这些女子在风月场里阅尽人间富贵荣华，又怎肯轻易俯就？好容易遇到一个富贵多金的，却又年老体弱，终归是不甘心。风尘里熬了多年，只有寇白门找到这么好的归宿。

1642年暮春之迎亲夜，一顶华美的花轿自钞库街抬出。帷幕低垂，流苏款摆。十八岁的寇白门奇服旷世，正绮年玉貌。

这个春风沉醉的夜晚，秦淮河畔，古都金陵，声名显赫的南明功臣，保国公朱国弼，以国公爷的显赫身份，声势浩大地迎娶寇白门为妾。为了显示威风和隆重，朱国弼特派五千名手执绛纱红灯的士兵从武定桥开始，沿途肃立到内桥朱府，恭迎花轿。盛况空前，成为明代南京有史以来最大的一次迎亲场面。

一路之上，纱灯笼烟，每一个士兵手执一盏大红纱灯。寇白门坐在轿内，看着外面那红彤彤的光，她想象这光会照耀着她走向一个全新的世界，她心中的幸福会和着这颤动的光一起来到她的身边。这是轰动金陵城最盛大的一桩喜事，也成为当年金陵城最为人津津乐道的一场迎亲盛事。

寇白门本是一介风尘女子，三代娼家，对方却是大明功臣保国公朱国弼。按当时规矩，妓女从良婚嫁，必须在夜间悄悄进行。朱国弼却不顾礼规，用八抬大轿将寇白门浓妆重彩抬进门。这足以令她骄傲。寇白门的名字不单诱惑了众多寻欢作乐的官员、士大夫们，更是羡煞了那些青楼里的小姐妹。这些沦落风尘的女子，谁不愿找一个如意郎君，早日过上正常的夫妻恩爱的生活？每当她们送走一个从良的姐妹，纵然千般不舍，万般不愿分离，但总也有道不尽的羡慕和祝福。有谁愿意把自己的生命葬送在被胭脂染红、美酒迷醉、泪水浸染的十里秦淮？

可是，表面斯文大方的朱国弼，实际上是一个圆滑狡黠的风尘客。他迎娶寇白门是一时猎奇猎艳的需要，而寇白门爱慕虚荣、贪图他的高官厚禄，注定也会酿成一场悲剧。

似乎也不能苛责寇白门太多。身处那样的乱世，如同浮萍一般朝不保夕，又有哪个女子拒绝抓住一双有能力拉自己脱离苦海的大手？更重要的是，对于一个世代娼家出生的女孩子来说，有什么比脱乐籍、从良嫁人更有诱惑力的呢？更何况嫁的是声名显赫的保国公朱国弼。这足以让她扬眉吐气。

一时间，朱府宾客云集。文官送的大都是一些笔墨纸砚之类的东西，还有字画诗词；武将俗些，银两珠宝都不在少数。而那些勋贵们送的礼物都比较重，有送田送地送房子的，有送侍女奴婢的，各自不同。

但凡是有些关系的，又接到了请帖，基本上一个不落都来了，连那些清贵的翰林学士们都来了一些。他们自称是仰慕寇白门的文采琴艺。朱国弼本身就是世袭爵位，又是刚刚受封不久，算得上是双喜临门了。这些日子，他和南京城里的这些都督、指挥使们也建立了一些交情，因此前来贺喜的也不少。

寇白门喜不自胜。她在满春院这么多年，迎来送往的不知道见了多少贵人，可这么大的排场却从未见过。她心里琢磨着，这来的人不消说，肯定是朝中大臣、边关大将，再一看众人簇拥的自己的情人，愈加高大。这时的他不过三十岁，已经是朝廷里的大员了。崇祯的倚重让他平步青云。他望向她时，眼底竟有痴迷和疼惜。

湄儿，湄儿，他一声声唤着她的乳名，仿佛是从他口中，她才知晓自己的名字可以如此圆柔婉转。

第二节　万金赎还恩义断

寇白门以朱国公侧室的身份，嫁入豪门巨室，如愿以偿。她以为可以从此举案齐眉，夫唱妇随，与他相知相伴，让人只羡鸳鸯不羡仙。

然而，出了秦淮画舫，走过那五千甲士挑起的彩灯长廊，走进的却是她人生命运的地狱之门。原来，寇白门，只不过是朱国公府内众多妻妾中的一员，一个摆设而已。

两个月后，朱国弼那薄寡情义的嘴脸便逐渐暴露，他将寇白门丢在一边，依旧走马于章台柳巷之间。

不仅如此，他还有变态的嗜好。他在家里蓄养了家伎，高兴起来完全不顾家伎的感受，肆意玩弄与侮辱她们，只要自己获得满足就行。

有一天，朱国弼请几个朝廷官员到家里饮酒，还让家伎们吹笛助兴。为了博官人们一笑，就令寇白门领了这帮家伎，让她们脱光全身衣服，然后向地上撒钱让她们争抢。朱国弼则和客人边看边取乐。这一夜总共撒了十万钱，家伎们发了不小一笔财，至于尊严不尊严的，家伎们已经麻木了，因为如果不从，她们就有可能面临被杀死或被贱卖的命运。之前朱家的七个家伎，就有三个是被朱国弼所杀。

寇白门实在看不下去，忍不住责怪了朱国弼几句，说他不该请这样的客人。朱国弼大怒，拂袖而起，竟挥拳击向寇白门，寇白门一颗牙齿被击落，鲜血直流。她忍痛压住怒火。她知道，顶撞的结果就只有死路一条。有一位官员劝阻，朱国弼却回答说，他打自家人，爱打就打，爱杀就杀。

朱国弼对寇白门的这种态度，使得她不敢对他抱有任何奢望。虽然深为痛悔当初的虚荣，但为了面子，为了不被休掉或杀掉，她不得不忍耐，夹起尾巴做人。

然而，纵使寇白门忍辱偷生，用心侍奉讨好朱，他也仍不满足。

短暂的新鲜期一过，寇白门就被束之高阁。朱国弼忙着猎艳，寇白门也是强悍，忙着"宅斗"，争风吃醋。她居然将朱国弼娶来的另一个秦淮名妓王月的妹妹王节给赶出了朱家，赶回了秦淮河畔。"宅斗"胜利了，可如此一来，朱国弼对寇白门更恼怒了。他们由此爆发了一次激烈的争吵。寇白门性子刚烈，斥责他强抢民女，奸淫掳掠。朱国弼说大丈夫皆三妻四妾，理所当然等云云。一番争吵下来，朱国弼竟扬言要休她。耳中听着他冷漠无情的话，却是陡然间感到一阵难言的心酸，这才归朱府几天，就遭背叛抛弃。她眼眶一热，眼泪便是扑簌簌地落了下来。寇白门叹了口气，只能忍气吞声，向朱国弼服软。

纵然寇白门再怎么千依百顺、贤惠温良，也难以得到朱国弼的心。朱国弼除了妾室、歌姬，还跟外面数不清的女子有染。他章台柳巷，彻夜不归，短短的时日，就把曾经掩盖的污浊暴露无遗。

寇白门对朱国弼也是越来越失望。

为了面子，寇白门把一切忍了下来。少女一心期许的幸福，并没有像婚礼那样，浩大惊人地席卷而来。得到手的东西，便弃之如敝屣。这是朱国弼这样的男子，擅长玩弄的把戏。从他把寇白门这样的珍宝收入囊中的那一刻起，他邪恶的眼光便投放到下一件饰品之上。

过去寇白门与李十娘交好，客人酒后失言，戳中了李十娘的隐痛，她便风风火火地为她报仇，当众羞辱那位公子。如今她的侠气全都不见了，她只能隐忍，尽量改变自己暴躁的性子，专心做一位贤妻良母。都说妓馆是苦海，这世间才是苦海吧。

崇祯十七年（1644年），寇白门嫁入朱家不到两年，崇祯自缢，大明灭亡。南明小朝廷建立，朱国弼被弘光皇帝重用，担任南京兵备道主事，操江水师副统帅。如今功成名就，似乎愈发得意了。末日南都朝廷里的气氛不比战乱荒地，那里依旧是高墙旧院，歌舞升平。朱国弼和马士英等人除了出卖官职、科名、爵位之外，还允许考生交钱免科举考试，犯人也可以用钱来免去好几种刑罚。群臣对皇帝的挥霍无度完全不加限制。

清顺治二年（1645年），清军占领南京，将明朝的"南京应天府"改名为"江宁府"。

一天，一队清兵，拥入巷来。一时间，南京四门戒严，清兵于城内大肆搜捕，喊杀之声，弥漫整个南京城。暴雨瓢泼，街上没有一个路人。雨越下越大，雨珠连成串，从屋檐上滑落，一抬头雨滴就会落满脸。乌云宛若铁块一般厚实扼住了阳光。许多富户成为清兵敲诈勒索的对象，仅仅一日，下狱者便有一千之众。南京城内顿时人心惶惶。百姓闻声，心中恐惧，一时间街上行人为之一空。南京百姓，纷纷关闭门户，防止清兵劫掠。

寇白门没出国公府，却知道朱国弼在干什么。清军南下，识时务者为俊杰，国公爷不愿意做一个必死的英雄。

朱国弼是东林之人，他和众官员就在城门边的石道上跪着。雨把他和其他跪着低着头的高官全都浇成了落汤鸡。而清军大队人马上就要来了。他们的最高将领多铎正骑在马上，带着步行的士兵，一队一队地涌入城门。

随着南京失陷，钱谦益为保全自己和柳如是，也为保八十万南京民众及财产而降清。东林失去赖以生存的土壤，立马就土崩瓦解。

东林的那一套，在大明行得通，可以骂皇帝，骂大臣，骂朝局，那是因为大明是有底线的。如今在清廷，言必称"主子英明，奴才该死"。东林再敢出来指责清廷的不是，就是寻死矣。

如此，不是背叛了大明吗？可是寇白门又能怎样。

朱国弼怎会如此窝囊？他可是靖难之变的名将朱能的后人，就是因为这位祖先，这一门朱家才会世袭爵位，躺在祖先功劳簿上作威作福。

当年，朱能南征行至广西时，明成祖对侍臣说道："朕夜观天象，西帅有忧，难道要应在朱能身上吗？朱能虽然可以完成这件事，但朕却担心他不适应南方的气候。"

十几天后，朱能死讯传来。明成祖非常震惊，觉得是自己诅咒了朱能，废朝五天告慰朱能在天之灵。如今，朱能是否能看到，他的后辈如此胆小懦弱，主动投降，弃江山而不顾？

雨没有停下，每一滴雨珠仿佛都在拼尽全力浇透这一座城。

清兵大部队已至。这时院门外，却忽然传出一阵砸门之声，原来是朱国弼的士卒前来禀报，朱国弼于南京府附近消失不见，多铎自带清军人马，前来府上搜查。寇白门心中不禁大为惊慌。情势危机，眼看就有被清军抓走的危险，寇白门拉了吓得小脸煞白的斗儿一步跃进莲池，又抓了莲叶遮盖在上面。她衣襟湿透，紧紧抱住浑身颤抖不已的斗儿。幸亏寇白门机智，躲过了一劫。

若是以前，就算是一百悍卒，也不可能攻破朱国弼的国公府。多铎为了防备降臣暗算，便将朱国弼他们府中的卫士统统裁撤，这才给了手下动手的机会。

南京城中的混乱，在清兵的镇压下，终于平息。朱国弼一投降满臣，其作用远不如钱谦益，加之多铎因为锦衣卫发乱一事，亦对其不喜，遂对朱国弼敲诈勒索，府中抄出金银百万两。

国公府被清军头目侵占，朱国弼亦不能像在大明时，随意敛财，早已没了收入来源，只得变卖仅剩不多的资产。

朱国弼一家失去了生活来源，开始想法子寻出路。朱国弼想的法子，居然是最损人利己的"贱卖家中妾室"。寇白门因为当初和锦衣卫百户徐太初一家颇为友好，所以免于一死，而现在却成了朱国弼最有价值的一件货物。

历来官员倒霉，都是先拿小老婆开刀。

他觉得，既然能花钱将她们买回来，就能再将她们卖出去。

消息一经传开，家里乱成了一锅粥。

唯有寇白门神色如常。刚嫁进朱家时，她仅凭着一时冲动，一点虚荣就成了别人的妾室，没想到两年不到就要大难临头各自飞了。朱国弼已准备将寇白门，连同一众歌姬婢女一起卖掉，以换钱保命。

在阖府上下鸡飞狗跳之际，寇白门却表现出异于常人的冷静。她很清楚，自己在朱国弼眼里只是件随时可以做商品交换的货物而已。于是她找到朱国弼谈判。反正他就是要钱，不过一场金钱交易的买卖罢了。寇白门对朱国弼说，如果你把我卖了，顶多换来几百两银子，以后你还得继续卖别的女子来凑钱。不如你放我回金陵，给我一个月的时间，我就能筹到两万两银子给你。

朱国弼听了先是奉上了一阵冷笑。他看着她，眼中有愠色，也许是嫌她的措辞过于赤裸。她没有退却，沉静而坚定地与他对望。

陪在这样的人身边，她不耻。活在这样的世道中，她不甘。

堂堂保国公，保护不了自己的姬妾，有何颜面叫一个弱女子对你负责？你身为大明宗室重臣，屈膝投降异族，社稷君恩民族大义一概抛诸脑后，又有何资格要求别人对你讲道论义？

也许是朱国弼想起了寇白门在秦淮河的名气，想起了她从前的挣钱能力，他最终答应了，让这个小妾为他南下四处筹钱，到处奔波去了。

几天之后，寇白门匹马短衣，携斗儿南归秦淮河。

再次踏足秦淮河，她凭着过去的名气与各路交往的友谊，齐聚各位姐妹，把事情的前前后后全部告诉了葛嫩娘、李十娘、沙才等姐妹。

"事情我们都知道了。那朱国弼也太不是东西了。我们虽流落风尘，也不是他想怎样便是怎样的。照我说，还帮他筹什么钱呐，他就是活该。"李十娘表示不要理朱国弼，不管他。

"是啊，白门，不要回去了。"葛嫩娘、沙才、马娇、顾喜、朱小大、张元、崔科等南曲姐妹也纷纷劝阻她。

特别是好打抱不平又有一身武功的葛嫩娘，更直言，若遇到那厮，定要斩断他的狗头！

《板桥杂记》有言，谓葛嫩娘"负文武才略，倚马千言立就，能开五石弓，善左右射，短小精悍，自号'飞将军'。欲投笔磨盾，封狼居胥，又别字曰武公。然好狭邪游，纵酒高歌，其天性也"。

众姐妹表示不是不肯相助，而是不值为那种无情无义之人筹款。

寇白门情急之下，向姐妹们跪求道："我与他也算得夫妻一场，更何况也已经答允了他要筹钱回去，我不能失信于人。今日还求诸位姐妹接济一二，白门日后定当报还！"

众姐妹忙把她扶起来。好姐妹葛嫩娘首先拔下头上玉簪置于桌上，李十娘、沙才、葛嫩娘、马娇、顾喜、朱小大、张元、崔科等南曲姐妹也纷纷拿出珠宝玉器。斗儿拜礼致谢，并将金银财宝一一装入宝匣。

葛嫩娘不但拿出金叶首饰给寇白门当用，还从相好的情人名士孙克咸那里借来五千两银票给寇白门。葛嫩娘一人所借最多，更是让寇白门感激涕零，在众姐妹的帮助下，白门很快就筹得了两万两白银。

一个月后。

一艘画舫在秦淮河码头开船，向着通往京师的运河而去。朱国弼见到寇白门时非常震惊。他已经被清政府软禁在家，活在水深火热之中，等着她借来的银子为自己换取自由。他不敢相信她真的能借到这么多钱。

但她居然做到了，果真将他从软禁的住所赎了出来。他想问问她是怎么做到的，寇白门却一言不发，只是看着他，目光灼灼。朱国弼还以为她想跟自己破镜重圆，没想到寇白门却冷笑一声，说："我对你早已死心，今日救你，不过是出于旧时的一点情义。你曾经为我赎身，今天我也为你赎身，从此以后，你我两不相欠。"

说完，她扬长而去。

寇白门恪守诺言，把银子给了朱国弼之后，没有在京城多做停留，就与斗儿再次策马扬鞭，重回秦淮河畔。

寇白门的重义守信赢得了江南人的尊重。有诗叹云："短衣风雪返金陵，红豆飘零弱不胜。尝得聘钱过两万，哪堪重论绛纱灯！"

第三节　红粉细作

回到秦淮河畔，寇白门重操旧业，每日陪人饮酒作乐，把挣到的钱攒起来，以待有朝一日还给自己的姐妹们。中间她还再嫁过一次，是给扬州的某孝廉做妾。但这段姻缘依然只维持了很短暂的时间。《板桥杂记》有言：嗟红豆之飘零，既从扬州某孝廉，不得意，复还金陵。

没过几年，她再次回到金陵。

在扬州的时候，她接触到了当地的反清义士，但她并不关心国事，也不关心什么反清复明，她在意的只是怎么尽快归还姐妹们的钱。

葛嫩娘去了哪里？李十娘、沙才在哪里？她必须找到她们，以归还所借之资，兑现承诺。

因为所借葛嫩娘的银票最多，回到金陵的寇白门多次去玉香院找葛嫩娘，但鸨母告诉她，葛嫩娘早在一年前就离开玉香院，并因反清而被清将杀害。

这个意外的消息令她无比震惊，悲痛，只觉天旋地转！

原来，好姐妹葛嫩娘经李十娘介绍，爱上了一位迁居南京名叫孙克咸的反清将领，并跟随他参加了反清义军队伍。

明末清初，于朝代更替之际，多有特立独行之士。《明史》卷二百七十七末尾附有《孙临传》，极简短，云："临，字武公，桐城人，兵部侍郎晋之弟。文骢招入幕，奏为职方主事，竟与同死。"

余怀《板桥杂记》则较为详细地叙述了葛嫩娘与孙克咸从相识到相爱，以及葛嫩娘最终英勇就义的过程："余与桐城孙克咸最善。克咸名临……十娘盛称葛嫩才艺无双，即往访之。阑入卧室，值嫩梳头，长发委地，双腕如藕，而色微黄，眉如远山，瞳仁点漆。教请坐。克咸曰：'此温柔乡也。吾老是乡矣。'是夕定情。一月不出，后竟纳之闲房。甲申之变，移家云间，间道入闽，授监中丞杨文骢军事。兵败被执，并缚嫩。主将欲犯之，嫩大骂，嚼舌碎，含血喷其面。将手刃之。克咸见嫩抗节死，乃大叫曰：'孙三今日登仙矣。'亦被杀。中丞父子三人同日殉难。"

扬州兵败后，清军乘胜南下，扬州城遭到清军血洗，城池遭毁，百姓生灵涂炭。

清兵攻下浙江后，正准备翻越仙霞岭直取福州。福州守将杨俊自知将弱兵薄，难以抵抗清兵的压城之势，因此事先派人四处寻找有志之士相助。听说堪称文武全才的孙克咸正闲居南京，便派部将武标特地前往聘邀。武标到达南京正逢城破之日，混战之中，他总算找到了孙克咸，当即引着他，带着葛嫩娘及友人俞澹心、李十娘、侍女美娘，在火光滔天中逃出南京城，星夜赶往福州。

此时，清将博洛所率领的大军，正陆续越过闽浙交界的崇山峻岭，潮水般地逼近福州城。孙克咸一到福州，就开始替杨俊出谋划策，将有限的兵力作最佳的部署，以待强敌攻城。葛嫩娘则负责动员全城的妇女，对她们进行编排和紧急训练，以便作战时充当后援力量，必要时还可拼死一战。

就这样，福州的防御力量猛地增强。清军到达后，发起了一连三次猛攻，都未能得手，双方一时处于相持状态。狡猾的清将博洛，一面派特使向清朝廷请求增援，一面积极地拉拢手握重兵坐镇泉州的南安伯郑芝龙。博洛特意派了郑芝龙的同乡老友黄熙台前往泉州劝降，许以高官厚禄。郑芝龙本是海盗出身，受了明朝廷的招安成为南安伯，此时早已对明廷失去了信心，所以开始对博洛的劝降动心。

凑巧的是，这时福州城里的守军也想到了泉州的郑芝龙。杨俊认为敌军休战，必定有更大的阴谋在后面，城中兵力经过了三次血战损失不少，下次敌军再发起进攻，恐怕难以抵挡，必须设法趁这个空当请来援兵。郑芝龙手下兵精马壮，离福州又近，请他来增援是再合适不过的了。可是派谁去完成这次使命呢？此去必须冒险穿过敌军的包围圈，即使有幸到了泉州，面对固执暴躁的郑芝龙，必须能言善道才可能打动他，否则说不定连性命都得赔上。

正愁无人可当此重任时，葛嫩娘主动请缨。杨俊心头一亮，心想："她确实是不错的人选！凭她一身高超的武功，偷袭出城应该不成问题；而她知书识礼、口舌伶俐，由她出面说服郑芝龙也大有优势；可是，她毕竟是个女子，在战场上有这么多的须眉男儿，却让她去冒这个险，岂不是有些失礼？"

葛嫩娘一眼看透了杨守将的心思，索性挑明，表示这种场合宜以柔克刚，自己去更为合适。大家都认为她的话有道理，于是请援的重任就落在了葛嫩娘的肩头。

葛嫩娘趁着深夜月黑偷偷从城墙上沿绳坠下，在城外找了一匹快马，火速奔往泉州。见到郑芝龙，葛嫩娘以忠义之节相激励，动之以情，晓之以理。无奈郑芝龙投降清廷主意已定，任葛嫩娘说得唇焦口苦，他始终无动于衷。葛嫩娘只能失望地返回福州。

这时清军已发动了第四次攻城。为了掌握主动，孙克咸率兵出城浴血苦战，打退了清军一次又一次的进攻。然而有了后援的清兵不断地涌上前来，孙克咸部下寡不敌众，不得不退回城中。眼看城中粮食日渐告罄，不击退清兵的包围，全城兵民只能坐以待毙。无奈之下，葛嫩娘再一次冲出重围，快马加鞭奔往泉州求援。泉州郑芝龙已做出了投降清廷的布置，不但没答应葛嫩娘的请求，反而对她冷嘲热讽，劝她也归降于清廷。葛嫩娘气愤不已，掉头冲出了郑府。

二次请援不成，杨俊、孙克咸与葛嫩娘决心死守福州，直至战死。城中毕竟只有不足两万的疲惫饥饿的兵马，哪里经得起清兵十万精锐力量的昼夜猛攻。守军死伤殆尽，福州城陷落了。杨俊战死在城墙之上，孙克咸与葛嫩娘带着侍女美娘，在城破之时依然在街巷里与清军拼死搏杀，但最终被团团围住，落入了清军手中。

孙克咸、葛嫩娘与美娘被带到博洛面前。待博洛仔细打量战俘时，一下子被葛嫩娘的风韵迷住了。此时葛嫩娘虽已秀发蓬乱，衣妆褴褛，浑身溅满了血污，可那红润丰满的脸庞，挺拔俊逸的身材与眉宇间的一股凛然英气，构成了令人心动的风韵。博洛上前调戏，葛嫩娘被捆绑得无法动弹，放声大骂："逆贼！畜生！"

　　一旁的美娘因年龄较小，敌人放松了警惕，所以把她的绳索绑得较松。她趁着人们把注意力都集中在葛嫩娘身上，暗中奋力挣脱绳索，猛地抽出藏在袖中的匕首，不顾一切地刺向博洛。博洛毕竟是沙场老将，听到风声连忙一偏身，匕首刺进了他的左手臂。博洛拔出佩剑，一剑将美娘砍成两段。

　　失去了亲如姐妹的美娘，葛嫩娘痛不欲生，她深知已没有了胜利的希望，狠心嚼碎了自己的舌头，满口鲜血喷向博洛。博洛来不及防备，被鲜血喷了一脸。他恼羞成怒，将剑一挑，刺入了葛嫩娘的胸膛。孙克咸见此惨状，悲愤狂呼："孙和嫩娘、美娘三人今天成仙呵！"博洛果然又挥动了佩剑，将孙克咸砍死在葛嫩娘身旁。他们的鲜血融汇在一起，把大地浸得深红！

　　得悉真相的寇白门泪如泉涌。她痛惜自己的姐妹，决心把欠葛嫩娘的银两捐给抗清义士。她决定尽快和钱谦益取得联系。据史推测，寇白门大约就是在这个时候，加入抗清队伍的。

　　南明永历二年（1648年）春，寇白门按密函约定，带着她的婢女斗儿去了龙潭湖畔，与东林党首钱谦益共议"扶明逐清"之约。此时的寇白门已是反清复明义军中的一员。

　　为反清奔走、为朋友尽力的民间著名艺人柳敬亭、苏昆生以及张怡、阎尔梅等都已汇聚南京。柳敬亭、苏昆拒不降清，四处奔波，联系民间力量共抗清廷。张怡是清代早期士林中一位著名的人物，崇祯时以诸生袭锦衣卫千户。李自成进京时，张怡在京被俘，不久乘机逃出北京，追随南明的弘光帝。在南明小朝廷即将败亡的时候，他见大势已去，便上了摄山出家为道士，主要隐居在南京栖霞山的白云庵。张怡虽然归山隐居，仍与友人保持诗文唱酬。他们相约在南京龙潭湖畔，面见在祭神社祷告准备起事的钱谦益。

　　众人在一起，薄酒一杯。此时，苏昆生是"采樵度日"的樵夫，柳敬亭是"捕鱼为业"的渔夫。张怡是"归隐词人"，寇白门是"满春院"院主，实际上，三人已是隐秘的反清复明斗士。

　　故地重游，再遇故人，对钱谦益与寇白门来说，既有惊喜，更有感伤。

在聚会议事期间，钱谦益和寇白门有一段关于"若事不辑"的问题。钱谦益不动声色，先让寇白门说。既然问了寇白门，他胸中必有打算。钱谦益让她先说，是谦让，是鼓励，也是有意考察寇白门的刺探能力。寇白门大致讲了她的见解。在她看来，鞑子步兵多，粮草就多，骑兵多，马粪和军马用的干草就多，士兵有多少，大致可以通过看灶计算，马匹就可以通过马粪的总量以及脚印知晓。寇白门还表示，有时候，根据脚印还可以看出是重骑兵还是轻骑兵。最后一个就是看军阵，她认为数量也可以事前侦查判断出来。一个阵营能够容纳多少人，基本是有规律的，看敌军扎多少阵营，就可以大致推算出敌军人数多少了。另外是看敌方的炊烟。一个锅能煮多少粮食，能够多少人吃，都是可以算出大概的，看敌方出现多少炊烟，就可以算出敌军多少了。

所谓锐卒，在令行禁止，进退如一，所向无前，不计生死，并不在刀枪击刺杀之武术。

在乱世之中苟延残喘，不是寇白门的理想，她做好了充足的准备，来支持抗清义士的大业。

钱谦益听完大喜，又交代了她一些任务后，大家才分头离开，准备起兵事宜，以呼应江西的金声桓。

金声桓原是明末名将左良玉的部属。在弘光时期（1645年）左良玉起兵"清君侧"，率领大军进攻明朝自己的首都南京，后来左良玉半道病死。左良玉大军被黄得功所部击败。左良玉的儿子左梦庚率领残部投降了清军，而金声桓就是其中一员。后来，金声桓帮助清朝建功立业，打下江南等地，又为清朝打下了江西。打下江西之后的金声桓十分得意，满以为清廷会授予其江西巡抚一职，结果清廷仅授予他江西提督一职，只能管军队，而不是军政大权一把抓。金声桓十分失望，深感清廷对他不公平。

南明永历二年（1648年）闰三月，金声桓气愤清廷封赏太薄，觉得清朝给的官太小了。特别是金声桓在收取江西郡县时凭借武力勒索了一批金银财宝，成了暴发户。清廷新任命的江西巡抚章于天、巡按董学成看得眼红，胁迫他献上钱财。权力和金钱之争，使金声桓对清廷的不满日益增长，于是决定效命原主,暗中谋划反清复明。然而孤掌难鸣,即使金声桓手握一省之兵力,也势单力薄。清军当时势如破竹,此时要反转局势仅靠一省之力根本不可能。于是,金声桓通过中间人联系了东林党首钱谦益,抗清官员、江西南昌新建人姜曰广以及贡士卢南金等八人,让他们联系江西、福建、广西、吉林、南京、扬州、广东、湖南等处的义师和广东李成栋将领共相策应,准备在八月一同起事。这样,不仅江西义军纷起,而且远在湖广西部和福建沿海的官员也重新归顺明朝。湖广的义军也再度活跃起来。

然而,就在离起事还有四个多月之关键时刻,有人向清军泄密了。这个泄密的人是贡士卢南金的儿子。不知道出于什么原因,卢南金的儿子把卢南金的信件出示给外人看了,后来被田知县得知。田不敢怠慢,赶紧上报,最后顺藤摸瓜,将这八个人全都逮捕,押解到了省城。多亏了金声桓暗中斡旋,这八个人才得以无罪释放。但是夜长梦多,经过此事之后,金声桓决定提前起事。

四月一日,寇白门携钱谦益密函下广东,将密函交予广东提督李成栋。

寇白门从袖中小心翼翼地掏出钱谦益的信件,呈给李成栋。李成栋认真看了钱谦益的信及附上的水军总管画的水战图,上面标明兵力多少,将领是谁,水雷区位置,以及需要在当地募兵等事项。李成栋认为时机成熟,决定易帜。他在广州发动兵变,剪辫改装,用永历年号发布告示,宣布反清归明;总督佟养甲仓皇失措,被迫剪辫,违心地附和复明大业。

这是寇白门平生第一次见到珠江,她兴奋地翻身下马,冲到江边。向着船舷向下看去,看着甲板上的帆索、火炮等一切新奇的东西,寇白门觉得自己到了另外一个世界。

十几名炮兵喊着号子,把沉重的红衣火炮放到炮架上,合力推到一块空地上。

毫无疑问,这是一次声势浩大的起义,一场抗清复明的大战即将燃起硝烟。

但是,事到临头又出问题了。

原来,金声恒这时才发现还有一件很重要的事情没来得及做,那就是义军大小头领们的衣服还没做好，因为明清在服饰上有很大的差距，而之前明朝的服饰清朝廷已经戒穿了。起义兵是朱明赤子，自是应头戴红巾，身披赤衣。而服饰和蓄发是最重要的事情之一。清政府自入关以后，严厉推行剃发令。为了方便老百姓都知晓，还编了句顺口溜，叫"留头不留发，留发不留头"。意思是，老百姓如果还想留着脑袋活命，就必须剃发留辫，否则格杀勿论。因此，剪辫意味着反清复明态度的明确，也是最重要的反清复明的外在标志，但是仓促之间也不好找明朝的服饰。

后来，金声桓的手下通过中间人柳敬亭和苏昆生找戏班子借戏服。当时，戏班子是被清朝廷允许使用明朝服饰做表演之用的，于是这些戏服都被金声桓和钱谦益借了过来。各将领剪辫改装，穿上这些戏服，领军反清复明。虽然是仓促起义，但是这次反抗也让清廷措手不及。后来，江西被金声桓占据一年多才被清廷攻克，而更重要的是金声桓的这次举事掀起了一股浪潮，直接引领了一次降清将领的起义高潮。不久各地义师大举攻城。郑成功北伐南京。义师举火为号，攻打南京。阎尔梅兀自立在南京城头指挥，鲜血早染红征衣。好一场鏖战，两队杀红眼的斗士，把清军队伍冲得哀号遍野。阎尔梅本来想借用城外乡兵阻挡清兵。可是，这些临时组织起来的农民哪有什么作战经验，实在难以同正规清军作战。双方才一交锋，乡兵就不战自溃，"走者不知所为，相蹈藉而死"，许多人被挤入河中淹死，"尸骸乱下，一望无际"。

郑成功犯了两个致命错误。一是没有迅速攻打南京江宁城，将其一举拿下；二是没有派兵占领江宁周边，切断清军所有增援的通道。郑成功在东南沿海高举抗清义旗多年，若能拿下江宁，其影响力是不可估量的。可惜郑成功败了，差点就全军覆没。正因如此，他充分意识到了自己的陆战之短，水战之长，决定前往台湾岛建立根据地。

同年六月初十，永历帝由广西南宁起程，前往肇庆。寇白门受钱谦益派遣，化装成尼姑，又高价买了度牒，携用明矾水写的密函至肇庆，求见钱谦益门生、吏部右侍郎、东阁大学士，兼掌吏部事瞿式耜。希望瞿式耜辅佐永历帝发愤图强，抗击清兵，收复失地。

大街上人影匆匆。寇白门混在一群送货的百姓中，也没引起任何人的注意。这些人像是给酒楼送货的伙计，一队人跟着两架载着大酒缸的牛车。寇白门和斗儿来到肇庆城楼下，抬头望着城楼上的朱红砖瓦，心中一时百感交集。

见到钱谦益的密函，瞿式耜眼眶有些湿润。他拂了拂大明装束的戏服，郑重地用双手从寇白门手上接过密函。

"分兵三哨，先列火器，后列车徒，骑兵继之，奇出两翼，伏设江南，佯攻其坚，间抵其瑕，佐以明火、毒火等箭，将军、灭骶子等炮，焚薰搏击，俱遵照朝夕讲求……"寇白门转告钱谦益的作战建议，并提醒他说要起事先要联络天下英雄共同反清。

"请转告牧斋先生，吾定舍命保南明。"瞿式耜信誓旦旦地说。

为免外人生疑，寇白门先行告辞。瞿式耜送别寇白门二人，心中思绪万千。八月初一，永历王朝由桂林迁回肇庆。永历帝乘船到达肇庆，李成栋郊迎朝见，在行宫中预先准备白银一万两，供永历帝赏赐之用。

李成栋受爱妾张玉乔的影响，他的反正极大地影响了战局，对南明无疑是非常有利的。然而，永历朝廷虚有其名，无人统筹全局做出相应的决策。永历朝廷内部的不团结，就给了清军喘息的机会。清军得以重新占领湖广和广西。各地实力派自行其是，结果丧失了收复失地的大好机会。

这样，四个几乎奇迹般地为明朝收复整个南方的人——金声桓、瞿式耜、何腾蛟和李成栋，1649年春，一个月之内，相继陨落。金声桓、瞿式耜、何腾蛟被清军残忍杀害，李成栋投塘而死。各地起义军虽然被血腥镇压了，但从此成了清政府的噩梦。反清志士就像幽灵一般，生而复死，死而复生，搅得清人永无宁日。

而在南京已另筑园亭的寇白门得知这一消息，搥胸顿足，只能扼腕痛惜。

腊月末的南京，彻骨的寒冷，天阴沉沉的，没有一丝阳光。清政府已经贴出了安民的告示，宣扬反清作乱已经被平息，威胁老百姓做安分守己的良民。但南京还是有不少居民出逃。烧毁的房子，街头的残尸，巡逻的卫兵，都在诉说着反清义军战斗的惨烈。

寇白门为反清义军奔波效力的这段往事，在钱谦益和吴梅村等文人的一些文字里可以寻见踪迹。

这两大才子最擅寓史于诗，他们的很多诗歌是可以当史料来看的。当时的文人闵华在寇白门死后为其画像题诗，以葛嫩娘比寇白门，十分耐人寻味。葛嫩娘是和寇白门同时期的秦淮名妓，两人情谊深厚，葛嫩娘嫁飞将军孙临（孙克咸），共为抗清奔走，被时人视为当代梁红玉。后以兵败被俘，斥敌而死，是秦淮名妓中唯一一位在抗清活动中慷慨罹难的。闵华说寇白门虽然没有抗节而死，却堪与葛嫩娘齐名。而吴梅村在《赠寇白门》诗中更以西施比作寇白门。西施不是一般的美女，在祖国越国亡于吴后，她以身事敌，旨在助勾践雪亡国之耻，这是妇孺皆知的故事。

吴梅村这样的大才子，断不会糊涂到错用典故。何况诗中还提到了勾践，写到了"计自深"。

从吴梅村和闵华的诗来看，寇白门南归后的活动应当不仅仅是迎来送往倚门卖笑，她的所作所为很可能和西施一样，以美色为手段，以其特殊地位交往各色人等，为反清事业秘密奔走，所以才能被时人共誉为"女侠"。只是反清是极为机密之事，了解内幕者固然只有少数同道，即使知道了也不便明写，所以《板桥杂记》对寇白门返回金陵后的记载才如此隐讳不明。

最后再看寇白门死后钱谦益悼念她的诗作"黄土盖棺心未死，香丸一缕是芳魂。女侠谁识寇白门"恰与文闵华诗中"合把芳名齐葛嫩，一为生节一为生"互为映照。钱谦益所指显然不止寇白门众所周知的侠义行为，而是包括寇白门秘密为反清复明大业做出贡献之壮举。

第四节　情劫

秦淮河畔的夜色，香艳，迷醉。

闻讯起义失败的寇白门，置身空旷的钞库街石巷内，隔着朦胧的雨帘，抬头望，仍旧是她住过的那所熟悉的小楼，门前的"寇府"匾额还是她昔日亲手所题。但是，她再也没有勇气走进去，只是隔雨凝视。往日在她跌宕起伏的生涯中，曾是那唯一亲切温存的小楼，如今是这般的凄冷与衰败。

山河依旧，但大明已经不复存在，家园已经面目全非，和自己一起嬉游的同伴，那些旧院名姬、红尘知己，都已经渺无音讯，怎能不令人痛惜感伤！

而今，她自号女侠，却只能在家中修筑亭园，捡拾以往的闲情，聊以消遣，与诸多名士往来交游，终日醉生梦死，以摆脱绝望和痛苦的心境。

入夜，南京城内东南一隅，酒肆、青楼灯火通明。秦淮河南岸钞库街最大的那间满春院楼内，一位少年书生正与寇白门饮酒调笑，突然间，一位粗使婆子慌张进来，在寇白门耳鬓私语几句，她顿时花容失色。她将书生推入床下，将床幔放下，妆容尚未整理毕，后边厢房门就被打开，西宁王、农民义军领袖李定国在手下众多将士的簇拥下徐步进入。此时，子夜更鼓声刚响。

寇白门见他带这么多人不报而入，十分不满。李定国说了一句："请夫人息怒！"

这句话一出，说明李定国对寇白门是有几分敬畏的。

修建后的满春院设有议事堂，颇为宽敞，内有长案桌椅，李定国跟那些军官们在这里议事。南明抗清势力节节败退，为挽回颓势，李定国决定联合南明，领兵出滇。后来，他和郑成功频频给清兵以沉重打击，支撑南明政权长达二十年之久。

第八章　风流女侠——寇白门

天快亮时，李定国才带兵离开。无法想象这一夜，那位少年是怎么在寇白门的床下度过的。

有女侠美名的寇白门，与诸多复社名士、抗清将领都有来往，但特立独行的她，真心爱的却是风流美少年。据说她多次对穷困潦倒的读书郎慷慨解囊，资助他们的学业。

在她床下躲了一宿的这个少年叫韩岑，剑眉星目，鼻梁高直，丰姿隽美，举止温柔。寇白门开始只是爱他的风流年少，但时间一长，竟然对他动了真情。可能对她来说，这个少年就像是岁月凉薄中的温暖，是虚空精神的寄托。她不再视他为寻常客人，反而常拿银子、衣服等资助他。韩岑想参加科举，苦于贫寒，无盘缠赶考，寇白门便倾囊而出；韩岑不第，寇白门又出钱出力把他送进国子监复习研读，以备来年再战，鱼跃龙门。韩岑爱美食，她就命厨子把全天下最好的食物捧到他跟前。后来，她在迷恋中渐渐丧失了清醒与理智，简直愿意为他倾尽所有。

韩岑对她心存感念倾慕，便隔三差五前来做客，吟诗品茗，小叙便走，偶尔在寇白门房内过夜。跟她毫无保留的奉献相比，韩的态度平淡得多，他像是洞悉了她全部的心思，理所当然享受着寇白门的宠爱。

有一天，寇白门身体不适，没有接待韩岑，却听见他在隔壁与别的女子调笑。她挣扎着起身去看，没想到跟他在一起打情骂俏的那个女孩，居然是多年跟随自己走南闯北、亲如姐妹的侍女斗儿。

被爱人和朋友同时背叛，这种打击让寇白门心如刀绞，一病不起。她无力再去深究，最终让斗儿跟韩岑离开了。

自此以后，漫漫长夜像是枯萎的花，一片一片掉落下来，被摧毁，被融化，亦被消解。

余怀在《板桥杂记》有记载说她："筑园亭，结宾客，日与文人骚客相往还，酒酣耳热，或歌或哭，亦自叹美人之迟暮……老矣，犹日与诸少年伍。卧病时，召所欢韩生来，绸缪悲泣，欲留之同寝。韩生以他故辞，执手不忍别。至夜，闻韩生在婢房笑语，奋身起唤婢，自棰数十，咄咄骂韩生负心禽兽，行欲啗其肉。病甚剧，医药罔效，遂死。"

没有被命运的波折打败，最终打败这位侠女的，只有参不破的爱情。在失望和孤独中，寇白门的病情渐渐恶化。不久之后，一代女侠魂消香断于秦淮之畔。

寇白门侠义一世，终不过在墓碑上，留下一行字：纵死侠骨香，不惭世上英。

【全书完】

作者简介

熊诚，笔名：水能沉，熊程，丁撬，楚人斋，有时也用佚名。1957年10月31日出生，江西省南昌市新建县石埠镇人，是中国著名影视制作人，作家，教授，收藏家，美术和文物鉴定爱好者，著名文化学者。现任捷成世纪股份有限公司股东、北京捷成中视精彩影视文化有限公司创始人、执行董事兼总经理。汉族，中共党员，在职研究生学历，先后获得军事工程学学士、汉语言文学学士、工商管理硕士和艺术学博士文凭。是中国作家协会会员，中国电视艺术家协会常务理事兼微电影专业委员会副会长、农村电视工作委员会副会长，中国电视剧产业协会常务理事，中国广播电影电视社会组织职合会电视制片委员会理事、电视剧编剧委员会会员，曾任江西省影视家协会副主席，江西省演出协会副主席，2015～2018年美国国际艾美奖中国区域轮值主席。2009年被评为全国优秀电视制片人，2012年被评为全国十佳电视剧制片人，2012年荣获第六届"全国德艺双馨电视艺术工作者"荣誉称号，2014年被评为全国十佳电视剧出品人，2015年荣获"文化创意先锋人物"荣誉称号，2016年荣获"亚洲文化传媒风云榜最具影响力人物"荣誉称号，2017年荣获"北京最美江西人"荣誉称号。所拍摄的影视剧作品先后荣获"五个一"工程奖、华表奖、金鸡奖、百花奖、飞天奖、金鹰奖、白玉兰奖、国际艾美奖等多个奖项。是中国传媒大学、中央戏剧学院、北京电影学院、暨南大学、上海电影艺术学院等10余所大学的兼职教授或客座教授。参与拍摄电影10部，电视剧50多部2000多集，秉持"弘扬经典、聚焦现实、传承文脉、家国情怀"的创作理念和职业精神，在影视业界有良好的信誉和较大的影响力。

参与投资制作的主要影视作品：

一、电影《所以和黑粉结婚》《欢乐喜剧人》《极速挑战》《双兄弟》《快递小哥》《禁忌关系之双非》《大轰炸》等10多部。他所在的捷成世纪文化产业集团，近几年来，还参与投资了《战狼Ⅱ》《红海行动》《羞羞的铁拳》《机器之血》《空天猎》等有影响的电影作品。

二、电视剧《天仙配》《愚公移山》《孔雀东南飞》《大瓷商》《霸王别姬》《非常岁月》《当兵的人》《传说》《红军东征》《麻姑献寿》《妈祖》《莞香》《猎天狼》《兄弟们开火》《忠者无敌》《杜心五传奇》《好想好想爱上你》《凭什么爱你》《恋恋阙歌》《怒海红尘》《铁血淞沪》《花木兰传奇》《多情江山》《三八线》《女怕嫁错郎》《大牧歌》《第一纵队》《半步之遥》《热血军旗》《擒狼》《春风十里不如你》《如果爱》《奋不顾身的爱情》《黄浦女生》《猎豺狼》《爱的正确标记法》《回家的路》《隐密而伟大》《猎隼》《大浦东》《第三警区》《热血芳华》《毛泽东寻乌调查》《健身时代》《第三警区》《心理师》《一代宗师王阳明》等40多部。

此外，熊诚自小热爱文学，笔耕不辍，几十年来先后在人民日报、新华通讯社、解放军报、光明日报、经济日报、中国改革报、中国文艺报、京华时报、文艺时讯、湖南日报、江西日报、湖北日报、北京晚报、潇湘晨报、长沙晚报、南昌日报、工程兵报、求是杂志、解放军文艺杂志、新华文摘杂志、当代杂志、十月杂志、人民文学杂志、中华散文杂志、诗刊杂志、绿风杂志、山花杂志、作品杂志、作品与争鸣杂志、赤子杂志、中华诗词杂志、探索历史杂志、芙蓉杂志、杂文月刊杂志、中国作家杂志、当代杂志、黄河文学杂志、中篇小说选刊杂志、半月谈杂志、紫光阁杂志、炎黄春秋杂志、花城杂志、家庭杂志、知音杂志、文学与批评杂志、纪实文学杂志、工程兵杂志、毛泽东军事思想研究杂志、政治工作研究杂志、军队基层工作研究杂志、年轻人杂志等报刊出版发表诗歌、散文、短篇小说、长篇通讯和新闻报道不计其数，包括出版的长篇小说30多部在内，共计发表各种文学作品1600余万字。

主要文学作品：

一、电影、电视剧剧本主要作品：

（一）电视剧剧本：20集《非常岁月》36集《天仙配》30集《血浓于水》40集《愚公移山》36集《孔雀东南飞》36集《牡丹亭》40集《莞香》35集《天仙配后传》40集《麻姑献寿》35集《黄梅戏宗师传奇》36集《大瓷商》38集《当兵的人》40集《传说》38集《妈祖》40集《猎天狼》40集《谍战》40集《湘西往事》40集《钟馗正传》40集《国家财富》50集《打珠帘》40集《章华台》35集《大乔小乔》40集《玉皇大帝传》50集《光绪皇帝》40集《王安石》40集《秦淮八艳图鉴》40集《范仲淹》40集《鹊桥会》40集《人生如戏梦如初》40集《前台小姐》40集《东京国际大审判》40集《解缙外传》40集《义门陈》50集《汪山土库》40集《大国工匠样式雷》30集《归心似箭》30集《别样人生》40集《铁血苍生》40集《猎银狐》51集《霸王别姬》40集《哈密王朝》40集《寂寞红》30集《高考》40集《春运》40集《大药商》40集《大画家》40集《妈姐外传》40集《九龙聚首》40集《数风流人物》等。

（二）电影剧本：《男管家》《硝烟散尽》《苦恋树》《八一南昌起义》《我不是刁民》《鸡缸杯》《钓鱼城》《海昏侯传奇》《我心光明》《庐山保卫战》《问鼎中原》《屈原》《袁崇焕》《梵花》《喋血瀛台》《弋墨》《我问乾坤》《鄱阳湖大战》等。

【以上剧本大部分是与人合作创作的，合作者包括曾有情、于京旭、卢建中、莫夫、宋晋川、彭景泉、安兴本、金海涛、翁德林、陈玉春、吴颖、刘勇、萧云、郭琪等文友，但有些参与了创作但未署名的在此未列。】

二、政治经济理论著作主要作品：

《彪炳史册十三年》（与人合著，中央文献出版社）《话说小康》（光明日报出版社）《军事教育学教程》（军事科学出版社）等。

三、报告文学主要作品：

《永远的信念》（作家出版社）《血染南疆化长虹》（战士出版社）《非常岁月——邓小平在江西新建县的日子》（文化艺术出版社）等。

四、长篇小说主要作品：

《一代忠烈左宗棠》《一代圣贤曾国藩》《一代官商胡雪岩》（三部作品均由甘肃文化出版社出版）《东京国际大审判》（与人合著，中国文联出版社出版）《光绪皇帝》《天仙配》《愚公移山》（与人合著，文化艺术出版社）《血浓于水》《中国瓷商》《光绪帝传》《大乔小乔》《男管家》（与人合著，安徽文艺出版社）《大瓷商》《孔雀东南飞》《谍战》（与人合著，新世界出版社）《牡丹亭》（国际文化出版公司出版）《埋葬的利剑》《国家财富》《华夏演义》《楚汉争雄》（与人合著，百花洲文艺出版社）《牡丹亭画传》（江西美术出版社）《楚国兴亡记》（与人合著，江西人民出版社）《屈原大传》（与人合著，安徽文艺出版社）《打珠帘》（作家出版社）《建军大业》（百花洲文艺出版社）等30余部。《秦淮河畔的美丽与哀愁》是作者的新近力作。